日暮乡关何处是 上

小黑 著

华夏出版社
HUAXIA PUBLISHING HOUSE

图书在版编目（CIP）数据

日暮乡关何处是：全二册 / 小黑著 . -- 北京：华夏出版社有限公司，2021.1
ISBN 978-7-5222-0049-1

Ⅰ . ①日… Ⅱ . ①小… Ⅲ . ①散文集 – 中国 – 当代Ⅳ . ① I267

中国版本图书馆 CIP 数据核字 (2020) 第 234718 号

版权所有，翻印必究。

日暮乡关何处是

著　者	小　黑
策划编辑	朱　悦　陈志姣
责任编辑	陈志姣
特约编辑	魏　杰
责任印制	刘　洋
装帧设计	殷丽云
出版发行	华夏出版社有限公司
经　销	新华书店
印　刷	三河市万龙印装有限公司
装　订	三河市万龙印装有限公司
版　次	2021年1月北京第1版　2021年1月 北京第1次印刷
开　本	880 × 1230　1/32
印　张	19.125
字　数	300千字
定　价	69.00元（全二册）

华夏出版社有限公司 　地址：北京市东直门外香河园北里4号　邮编：100028　网址：www.hxph.com.cn
电话：（010）64663331（转）若发现本版图书有印装质量问题，请与我社营销中心联系调换。

另一个梦想（自序）

或许是受母亲的影响，我从小语文学得不错，不知天高地厚地在心里树立下了一个当作家的理想。后来，在父亲（以及当时全社会）的"学好数理化，走遍天下也不怕"的理论引导下，我毅然决然地选择了理科，最终成为一名科研工作者。但那一个梦想，始终在心底出没，没有一刻远离。我从初中毕业那个暑假开始自发地写日记（之前的日记都是在老师"逼迫"下写的，早已散失），一直持续到现在，积累的"非职业"文字可能有几百万字了吧。

其实，对于大部分脑力劳动者来说，工作的最后一个环节都是"写作"，把自己分析、思考和实验的结果呈现给读者，尤其像我，从事的是政策分析工作，最终的产品就是报告、文章和书籍。从业以来，我的职业文字发表数量也累积上百万字了。所以，"写作"这件事情并不局限于"文科生"，特别是在这个文理分科已经很模糊的时代，一个好笔杆让很多人受用终身。但是，长时间的日记写作和科技写作对文风的混合影响非常显著。有些时候，我的职业写作会被批评"有点感性花哨"，而非职业写作又被批评"过于枯燥，有卖弄之嫌"。为此，我有点沮丧，一时感觉自己的心血"左右不是人"。

  我的职业写作要求论点清晰、论据扎实、逻辑流畅，在此基础上越简单明了越好。就科技文章而言，一般是四段论，即背景+前人工作基础，方法和数据，结果，总结和建议；文字数量有一定灵活性；至于政策建议报告，则以三段论居多，即背景、问题和建议，文字数量在三千字为宜。大体而言，科技论文需要明确的结论以及结论背后扎实的支撑，而且这结论或论点应该在前人的工作基础上有所推进，绝对不能是简单重复。时间久了，我的很多非职业写作也呈现出这个特点——总希望给大家呈现一些"观点"，而且是新的观点，然后罗列论据。这个特点在我的"在影院"系列中表现得最为突出。"在路上"系列，如果条件允许，我也会尽最大努力描写对象的前世今生，而绝不仅仅是写看到了什么、简单想到了什么。我不是卖弄而是确实有所感悟，相信打动我的也能打动同道中人；不是简单重复，而是尽量选取新颖的角度，让我所撰写的东西超越百度。而且我像写科技论文一样撰写"在路上"系列，所以在写作的时候我的书桌上会出现很多相关参考资料，以确保每一个独特的史实和具体的数字都有出处，有些会特别以脚注形式给出。虽然文字略显简单质朴，缺少特别细致的铺陈和情绪调动，但通篇的逻辑是严密的，用词是严谨的。这些都是职业写作赋予我的随笔的特质吧。我慢慢接受了这种"混搭"式的文风，并开始乐在其中。

但仍有遗憾的地方。如前所述，我从1986年开始进行文字原始积累，到2006年才抛弃日记本改在电脑上写作，直到2017年我才真正意识到我不应该继续以那种略显"私密"的风格进行创作了，否则可能没有那么多时间进行改造，最终大概只能放弃了。于是，我注册了新浪博客，正式开始公开而且主题明确地写作了——当然，日记体的写作我也没有放弃，只是不公开而已。亡羊补牢，为时未晚，三年来这些公开的文字大概也接近20万字了。我没有进行任何宣传，只是偶尔发个影评到朋友圈，收获一些赞美，满足一下虚荣心。慢慢地，越来越多篇文章被推荐上新浪博客首页，收获了一些粉丝，还有几篇文章在《北京晚报》等报刊的副刊发表。在朋友的鼓励下，我有了出版随笔的念头。于是，基于目前公开的文字，再从2017年之前的文字中筛选出一部分，形成了目前的文稿。我通读下来，还是感觉能从中读出日记和"流水账"的痕迹，有些文字与撰写时间点有密切关系，特别是"在家中"系列，希望读者谅解。为了便于理解，每一篇随笔后面都标有写作时间。这样做可能产生的好处是，读者大致能从中读到我的心路历程。

"在路上"系列占据了一半篇幅。我一点都不同意把这些随笔定义为"游记"，因为在我看来它们远远超越游记。如前所述，我会尽可能地呈现记录地点的今生前世，文字和史实都是严谨的，心得体会是独特的。为此我付出了大量心血。而且我特别忌讳贴照片。网上的游记随处可见，多是一点点文字加大量照片，或者干脆都是照片。在这个人人都可以是摄影家的年代，照片谁都可以拍，但文字描绘不见得人人擅长。有了太多的图片，人们往往会忽略文字，更不用说编撰文字远比拍照和贴图片花费的心思多，二者完全不可比。因此，即使在这个读图时代，我也坚持以文字为主。我坚信，能够长存的是精心撰写的文字，而不是信手拈来的照片。读者如果想看图片，随便搜索一下就可以，到处都是。另外，很多随笔里会提到国际友人，感谢我的工作让我有机会认识他们。这些朋友的存在让这些记录显得灵动丰厚了许多。

"在影院"里的随笔，我想称它们为"影评""剧评"，但估计有专业人士不同意。读了《如何写影评》这本书之后，我自己也不敢说它们是"影评"了，至多是"观后感"，是从自己的角度出发谈谈感受，谈不上对影片的评论。写影评，那是很专业的工作，不是人人都能做到的。小时候最怕写"观后感""读后感"，现在却不说不快，都是拜生活所赐，感谢生活。此外，"在影院"系列的涵盖范围也不局限于电影和戏剧，还包括图书，以及在办公室和书房的一些思考。

"在家中"系列中的小文章大部分跟女儿小凤凰相关，很多文字都是从我写给她的"成长日记"中摘取的，有对她生活的描写，也有对我童年的回忆。另外也有一些与职业相关的随笔，例如对日益严重的气候变化的悲观感叹。

人生就是一场旅行。少小离家，脚步离家乡越来越远，虽总是自问"日暮乡关何处是"，但也会安慰自己"心安之处即故乡"。路上的风景、电影中的故事总会让焦虑的我寻得片刻慰藉,把它们转化为文字并有机会和读者分享更让我心存感念。完成了这本书,我的作家梦想还要继续下去。在我看来,要成为一位真正的作家,必须要有小说压阵。看看手边积累的厚厚文字,想想林林总总的大千世界,想想自己一直以来的流浪和思考,我相信自己能真正实现这个梦想。

小黑

2020 年 5 月 16 日

目录

另一个梦想（自序）　　　　　　　　　　　　　1

第一辑　在路上

伊朗行之一：自然景观　　　　　　　　　　　4
伊朗行之二：历史篇1　　　　　　　　　　　10
伊朗行之三：历史篇2　　　　　　　　　　　19
伊朗行之四：历史篇3　　　　　　　　　　　25
伊朗行之五：宗教篇1　　　　　　　　　　　35
伊朗行之六：宗教篇2　　　　　　　　　　　43
伊朗行之七：伊朗人及其他　　　　　　　　　49
马拉喀什回忆之一：别具特色的家庭旅馆　　　56
马拉喀什回忆之二：幽深的老城　　　　　　　58
马拉喀什回忆之三：马拉喀什人　　　　　　　62
马拉喀什回忆之四：民居和饮食　　　　　　　67
记德国帕加马博物馆之行　　　　　　　　　　70
依然大雪纷飞的芬兰之一　　　　　　　　　　80
依然大雪纷飞的芬兰之二　　　　　　　　　　85
依然大雪纷飞的芬兰之三　　　　　　　　　　88

在巴黎遇到海明威和凡·高	94
重返巴黎	100
又遇塞纳河边的莎士比亚书店	116
另一个视角：新冠病毒阴影下的忐忑巴黎行	118
在佛罗伦萨遇到达·芬奇和米开朗琪罗以及他们的朋友们	122
重返澳大利亚	133
匆匆印度行	138
重返莫斯科	148
重返罗马	154
再赴罗马	159
耶路撒冷7天记	166
耶路撒冷外一篇：阿姨还是大姐	194
京都四百八十寺	196
波恩小城的小旅馆	204
德国之行新感受	207
远处的雨	210
下雨的时候到底该不该跑	213
蒙古行与童年记忆	215
斯里兰卡印象	219
新加坡印象	222
我的那些国际专家朋友	225
女性的力量	230
希腊的尼古拉斯	234

在绍兴遇到鲁迅先生和他的士人同乡们　　237
庐山的山语云韵老别墅　　245
徽州行——寻访遥远的祖籍　　254
旅途细节　　262
沱江之畔凤凰古城随笔　　266
西安行的收获　　270
漠河：失望和希望　　274
旅途随笔——记我的好友正文　　280
那一个姓"黑"的姑娘　　283
大同行之一：大同老店和老伙计　　288
大同行之二：为你而来　　293
大同行之三：相忘于江湖　　297

第二辑　在影院

伊朗电影观后感　　305
过去的时代更美好？——《无问西东》观后感　　309
小镇大社会——《三块广告牌》观后感　　313
其实都是套路　　318
穿越的爱情　　320
又是一个夏天——《西小河的夏天》观后感及其他　　322
没人经得住查——《完美陌生人》观后感　　326
其实是江湖女儿——《江湖儿女》观后感　　330

珍贵的社会责任心——《厕所英雄》观后感　　333
2018年观影盘点：在电影中发展自己、他人和世界　　338
再叛逆，你还是个好学生——《狗十三》观后感　　345
主角、配角或双男主兼意大利色彩——《绿皮书》观后感　　348
从牙叔的牙谈起——《波西米亚狂想曲》观后感　　352
现在还要不要读《红楼梦》　　356
一羊两寺，探访信仰的一天——兼《撞死一只羊》观后感　362
矫情的落伍的爱情　　366
种族、性别、阶层和权力鸿沟——《罗马》观后感　　368
都是少年，差别怎么就那么大呢——《少年的你》观后感　372
作为文学家的吴冠中　　374
2019年观影盘点及其他　　380
17岁的孩子是魔鬼——《误杀》观后感　　385
也谈贾府初一打醮　　388
小谈形式主义　　393
以母亲为"主角"的自传——《生而有罪》读后感　　397
一个三观"超正"的人是什么样子的　　401
那些战争中的异想：漫谈《1917》和《乔乔》　　406
乱世中的科学家和少年　　409
《少年派的奇幻漂流》观后感　　414
2017年观影盘点　　420
英国怎么了　　422
再见《苔丝》　　425

小凤凰看《天河》　　　　　　　　　　　　　427
绿色鸡蛋是这样养成的　　　　　　　　　　429

第三辑　在家中

活在珍贵的人间——疫中生活纪事　　　　　433
居家念故乡清明　　　　　　　　　　　　　446
享受自由：不刮胡子的男人和不戴胸罩的女人　452
疫中随笔　　　　　　　　　　　　　　　　457
好友验证　　　　　　　　　　　　　　　　460
我的家庭塑料袋"零增量"生活小记　　　　464
外卖小心机　　　　　　　　　　　　　　　468
大学入学30周年聚会兼记老同学宣东　　　473
给16岁～17岁女儿的一封信　　　　　　　478
世园会里的埃塞俄比亚雏菊　　　　　　　　482
地球母亲到了最危险的时候　　　　　　　　484
夏日里的中秋节　　　　　　　　　　　　　490
岁月小插曲　　　　　　　　　　　　　　　493
那些在微信中失去的朋友　　　　　　　　　502
我在南堂卖咖啡　　　　　　　　　　　　　506
辜负了一只猫的深情　　　　　　　　　　　511
听妈妈讲过去的故事——身边的能源革命　　514
新生活一月盘点　　　　　　　　　　　　　517

周末散记	521
给即将参加"学农"活动的小凤凰的一封信	524
通灵的衣服	527
别人家的卫生间	530
日暮乡关何处是	533
一天到晚游泳的鱼	536
世界末日	539
再见,我的诺基亚手机	542
记好友源源以及大学舍友们	545
夏日纪事	550
那时的端午节	555
最美好的时光	558
童年的冬天	560
孩子们的"欢乐"	563
一个有信仰的人	565
遇到年少时的自己	568
被时光遗忘的故乡	570
记母亲的最后时光	576

结　语	589

第一辑

在路上

日暮乡关何处是

2017年春节期间，我和小凤凰一起奔赴伊朗进行了为期12天的旅行。从伊朗北部（德黑兰）开始深入中南部，之后折返到东北部（接近阿富汗），然后回到起点，我们游历了库姆、卡尚、伊斯法罕、设拉子、亚兹德、马什哈德和德黑兰这七个城市及周边的山村、沿途的历史遗迹。除了从亚兹德到马什哈德、从马什哈德到德黑兰是乘坐飞机之外，其余路段我们都是乘坐长途大巴在伊朗土地上奔驰，算是名副其实的深度游了。这趟行程以游历古代波斯帝国（波斯第一和第二帝国）为重点，辅以观察伊斯兰化后社会（阿拔斯王朝、塞尔柱王朝、蒙古人和帖木儿王朝、萨法维王朝、赞德王朝、恺加王朝以及巴列维王朝）的发展。这一趟走下来，从自然景观到人文历史，从气候到宗教，从物产到人，都让我们对伊朗有了更加立体的了解，尽管我们之前已经做了很多功课。

回到北京后，我断断续续用了一年的时间写了这几篇文章，把在伊朗的见闻记录了下来，并顺藤摸瓜探究了它悠久多舛的历史和别样的宗教文化。

第一辑 | 在路上

俯瞰波斯波利斯遗址

伊朗行之一：自然景观

在伊朗旅行途中，听到新闻，说美国新任总统特朗普宣布对七个中东国家实施3个月的"禁令"，不允许这几个国家的公民入境美国，即使拥有合法签证。伊朗首当其冲。一时沸沸扬扬，国际社会和美国国内的抗议声音不断。随后，伊朗第一个宣布反制措施，以其人之道还治其人之身。不久又听到新闻，说前挪威首相因为曾入境伊朗而在美国海关滞留了一小时。我不由得想到我这样一个极其普通的中国公民，如果未来一段时间需要因私入境美国，是否也会遇到同样的麻烦？可能就会被遣返了……不管怎样，此次伊朗之行的收获抵得过被遣返的风险。

这次伊朗之行，时间之长、行程之深、入游览地点之多都是我此前从未体验过的。前后整整12天，从伊朗北部（德黑兰）开始深入中南部，之后折返到东北部（接近阿富汗），然后回到起点，游历了库姆（Qom）、卡尚（Kashan）、伊斯法罕（Isfahan）、设拉子（Shirazi）、亚兹德（Yazd）、马什哈德（Mashahad）和德黑兰（Teheran）这七个城市及周边的山村、沿途的历史遗迹。除了从亚兹德到马什哈德、从马什哈德到德黑兰是乘坐飞机之外，其余路段我们都是乘坐长途大巴在伊朗土地上奔驰,算是名副其实的深度游了。这趟行程以游历古代波斯帝国(波斯第一和第二帝国)为重点,辅以观察被迫伊斯兰化后社会(阿拔斯王朝、塞尔柱王朝、蒙古人和帖木儿王朝、萨法维王朝、赞德王朝、恺加王朝以及巴列维王朝)的发展。这一趟走下来,从自然景观到人文历史,从气候到宗教,从物产到人,都让我们对伊朗有了更加立体的了解,尽管之前已经做了很多功课。且容我慢慢道来。

首先是自然景观。虽然此次旅行以人文历史为主,但首先映入眼帘的是自然景观,乘坐大巴在城市之间转徙,更有大把时间饱览沿途景致。不出所料,伊朗是个干旱的国家。从伊斯法罕到设拉子、从设拉子到亚兹德,两趟长途奔走,我们长时间地穿行于大片的荒漠中,看到的尽是干涸的土地,稀稀落落的矮小植物颜色灰黄,几块绿洲模样的小村庄和庄稼一闪而过。有时候会突然看到一小群羊,准备拿起相机拍照的时候已经不见踪影,想等待下一群羊就很难了。一路走下来,没有看到一条大江大河,即使是看上去河水充盈的伊斯法罕扎因达鲁德河(Zayandeh),也是3天前才刚刚开闸放水的。

很可能是因为在冬天吧,所以景致会显得更加萧条一些。而且我们也并没有深入自然景观也许更美的里海附近、气候更加湿润温暖的波斯湾,所以无法对伊朗的自然景观做出更全面的评价。1999年秋冬之际,余秋雨先生曾随凤凰卫视工作人员深入游历欧洲和亚洲人类文明发源地,伊朗自然是不能错过的一站。在余先生笔下，秋天的伊朗是这样的：

> 它最大的优点是不单调。既不是永远的荒凉大漠，也不是永远的绿草如茵而是变化多端，丰富之极。雪山在远处银亮得圣洁，近处则一片驼黄。一排排林木不作其他颜色，全部以差不多的调子熏着呵着，衬着托着，哄着护着。有时好像是造物主怕单调，来一排十来公里的白杨林，像油画家用细韧的笔锋画出的白痕。有时稍稍加一点淡绿或酒红，成片成片地融入驼黄色的总色谱，一点也不跳跃刺眼。一道雪山融水在林下横过，泛着银白的天光，但很快又消失于原野，不见踪影。
>
> 伊朗土地的主调，不是虚张声势的苍凉感，也不是故弄玄虚的神秘感，也不是炊烟缭绕的世俗感。有点苍凉，有点神秘，也有点世俗，一切都被综合成一种有待摆布的诗意。
>
> 这样的河山，出现伟大时一定气宇轩昂，蒙受灾难时一定悲情漫漫，处于平静时一定淡然漠然。它本身没有太大的主调，只等历史来浓浓地渲染。

由于有所准备，冬季自然景观的萧条并没有让我多失望，相反，伊朗给了我更多的惊喜。在度过第一个晚上之后（在卡尚）的第二天清晨，我就注意到了远处的雪山，十分喜悦。在拜访古村落（Abyaneh）的途中，我更是近距离地看到了一座座雪山迎面而来，在阳光下闪闪发亮，目不暇接。雪山下的小村子古朴宁静，土黄色的小街弯弯曲曲，披着花围巾的妇女坐在街角边晒太阳。这个小村庄算是伊朗之行的最大亮点。在路上奔波的时候,眼前总是一片荒芜,但雪山,那一带白色的山峦总在远处闪亮,让人们充满了希望。有雪山就会有雪山融水,就会有绿洲和生机。在德黑兰的时候,我们的酒店就坐落在山上。一夜之后起来看,地上白茫茫一片,大雪还在继续纷飞,酒店背后的大山早已经银装素裹,太美了!发照片给朋友,有人很吃惊——原来伊朗也会下雪,而且还下得这么大!雪很快融化成水汇入河沟中,十分清澈。余秋雨先生也说,德黑兰最让人惊喜的地方,是街道边潺潺的流水。水流潜行在深而无盖的石沟中,行人需要迈大一点的步子才能跨过。水质清纯,水流湍急,从不远处的雪山一路下来,等于是喧腾的山溪了。导游说,德黑兰的达马万德(Damavant)山有终年不化的雪岭,冬季滑雪、夏季探险的欧洲游客很多。

说起遇到的气候事件,导游说我们非常幸运,雨、雹、雪和沙尘暴在这10天都遇到了。第一天在参观库姆圣陵的时候,我们就看到了小小的雪粒飘落,颗颗粒粒地打在我们刚换上的白色大袍上;在从伊斯法罕赶往设拉子的路上,遇到了不小的雨,雨与荒原景致融为一体,不由让人沉思遐想;在设拉子的那一天,一整天都在下雨,中午时候居然遇到了冰雹!细雨霏霏的天气虽然影响了"粉红清真寺"和卡维尔盐湖的观赏效果,但我一点都不气馁,对一个干旱的国家和城市来说,什么时候下雨都是件值得高兴的事情。在从设拉子到沙漠城市亚兹德的路上，我们看到了沙尘暴——这对我们这些北京的客人来说并不稀奇；在马什哈德登机赴德黑兰的时候，鹅毛大雪纷纷扬扬，真有"燕山雪花大如席"的感觉。看看，我们是不是很幸运！特别是2017年冬天，在北京几乎没见到什么像样的雪呢！

整体的荒芜感觉，越发让我们体会到了波斯花园的可贵之处。此行我们参观了两个被划归为世界文化遗产的波斯花园——卡尚的费恩花园和设拉子的天堂庭园。其实，伊斯法罕的"四十柱宫"、德黑兰的格莱斯坦王宫，以及主要城市的广场（例如伊斯法罕的伊玛目广场、亚兹德的阿米尔恰赫马格广场），其格局与传统的波斯花园都类似。我们在伊斯法罕住宿的阿巴斯酒店也是一座花园饭店。波斯花园中最引人注目的是一道长方形的水池，主要建筑远远伫立在水池的一端，建筑倒映在水中，别有风味。花园中的植物总是非常高大繁茂，与围墙外仿佛是两个世界。百度百科说：

在波斯园林中，水和树是最主要的元素，水的设施支配了庭园的构成，蓄水池、沟渠、喷泉在园林中起主体作用。庭园中栽培果树与花卉，凉亭和回廊环绕其间。波斯人喜好绿荫树，认为树顶的高度可以让他们更加接近天堂，因此将绿荫树密植在高大的围墙内侧，以获取独占感，同时也用于防御外敌。水是生命的源泉，按照伊甸园和古代美索不达米亚神话，生命中有四条河流，因此波斯园林的主要特征就是四条河分成的十字形水系布局。河边绿树成荫,穹顶建筑掩映其中,象征天堂和尘世的统一。

因此,即使是更钟情于伊朗的人文景观,这样的自然景观和人为制造的"小景观"也不会让游人失望。

(2017 年 2 月 10 日)

伊朗行之二：历史篇 1

伊朗，它的前身是几乎被很多人遗忘掉的波斯古国。其实在 20 世纪 30 年代之前，伊朗的正式名称还是"波斯"。当时巴列维王朝的国王不喜欢这个带有希腊风格的国名，下令改成"伊朗"，意为"雅利安人的后代"，但是波斯湾至今还保留着古老的名称。据说，曾经有阿拉伯国家试图将"波斯湾"改成"阿拉伯湾"等类似的名称，伊朗人毫不掩饰地宣布，哪个国家敢这样做，就等于向我们宣战！从伊朗人特立独行的风格看，这绝对不是开玩笑。于是改名这件事情在阿拉伯世界也就偃旗息鼓了。不论名称如何改变或保留，古代波斯文明的的确确已经中断了——中东、北非灿烂的古代文明没有一个能存续下来，说起来都是泪！

此行我们游览了古代波斯政治和文化中心帕萨尔加德（Pasargadae）遗址、波斯波利斯（Persepolis）遗址和纳歇克（Naqsh）岩棺遗址，这些都是波斯第一帝国留给我们的印记。这些地方都离设拉子不远，在伊朗中部偏西，离两河流域也不遥远，备受美索不达米亚文明影响，甚至也能让我们感受到浓浓的埃及文明的影子。此外，公元 3 世纪，起源于波斯部落的萨珊王朝重振了波斯帝国的雄风，史称波斯第二帝国，这差不多已经是500多年后的事情了。

话说波斯人的祖先是来自北方的雅利安人，到达设拉子周边后定居下来。公元前7世纪，其中一个部落的首领阿契美尼德（Achaemenid）缔造了第一个统一的王国，并以自己的名字为这个王国命名。发家之初，这个王国最著名的事迹是消灭了当时赫赫有名的建都于西北部哈马丹的"米底"王国（Medea，也称米提亚）——这个王国可曾经消灭过残暴的亚述帝国。后来，阿契美尼德王国被国王的外孙居鲁士（Cyrus）武力接管。居鲁士，就是史称"居鲁士大帝"的一代伟人，古代亚洲伟大的政治家。他的成长史可以被称为波斯版的《赵氏孤儿》，导游津津有味地给我们讲了半天，这里就不详述了。在随后的十几年里，居鲁士的军队征服了西至土耳其、东到巴基斯坦的广大土地，并在公元前539年最终打败两河流域的巴比伦人。他的继任者更把疆域拓展至埃及、印度以及北部的多瑙河附近。这是波斯文明最辉煌的年代，波斯人建立起了世界上第一个横跨亚非欧的帝国，特别是建立起了目前还在被效仿的行政管理结构，即把国土分成若干个单元（当时是24个属国），创造统一的货币系统，并采用一种通用语言。

我需要用一些笔墨描述一下居鲁士大帝。我们拜谒了他的已经残破不堪的帕萨尔加德王宫遗址和看上去过于简单的陵墓。那天风萧萧云密密，茫茫荒原上见不到什么人，也看不到一棵树，一派苍凉景象。小凤凰看到了三只野狗，两只黑的一只白的，这让她很高兴。波斯猫没见到，看看波斯狗也可以，遗憾的是没什么特别的。遗址建筑分列几处，看上去规模不小。火神庙的庙门由背后的钢铁支架支撑，要不然岌岌可危。觐见厅、皇宫、花园都只剩下几根残柱伫立，我们不能想象当初的繁盛。大风中导游指点我们注意保留着居鲁士形象浮雕的石柱，侧面站立，明显的埃及风格；还有雕刻着楔形文字的石碑，大体内容是"居鲁士大帝，王中之王，受命解救一切被奴役的人……"。这不是自夸，居鲁士大帝所做的部分证实了这句话的可信度。据说他以仁慈著称，对于被征服的王国，他只要求臣服和纳税，并不要求他们改变信仰和宗教，他甚至还释放了被巴比伦王国扣押的犹太人，发还了属于他们的全部金银祭器，鼓励他们回耶路撒冷重建圣殿。因此，他的远征并没有掀起太多的战争狂潮，那么多邦国对他心甘情愿地臣服，主要是由于他的政治气度。导游说，人们都是主动打开城门欢迎他的到来。他的陵寝也在附近，高约8米，6米见方，由灰褐色的大石砌成。下面是阶梯式台座，上方是一个棺室，开着一扇小小的门。石棺棱角已磨损，圆钝不整。茫茫原野之上，这个陵墓显得异常渺小。对于波斯帝国的初始缔造者而言，这个陵寝太过简单了……

也许由于它的简单和主人的威名，当马其顿的亚历山大征战到此的时候，摧毁了宫殿，但保留了这个陵墓。直到今天，它已经存在2500年有余了。据说陵寝中只有居鲁士大帝的身躯，有人干脆说就是个衣冠冢，他的头颅被击败他的哈萨克斯坦部落女王当了酒具。这个故事就不讲了,总之,居鲁士大帝在继续东征的途中吃了败仗,丢了性命。他的继任者——大流士,也是一代霸主,继续扩展了波斯帝国的疆域。大流士的登基也不是那么顺利,这里略过一万字。功成名就之日,大流士在距离帕萨尔加德不远的地方开始兴建规模更为恢宏的波斯波利斯都城,该城最终在他的儿子和孙子(大流士二世、薛西斯一世和二世等)的继续努力下完成。这也是我们此行最重要的目的——一睹波斯帝国昔日的繁盛。据余秋雨先生讲,这座都城建于公元前518年,如果以中国的古代纪年作为对比,那还是春秋时代,孔子33岁,刚过而立之年。

那一天依然风萧萧,但阳光明媚,白云漂浮,我们都无比兴奋,尤其是团里的老先生。遗址雄踞在一片巨大的高台之上。导游说,波斯文明深受美索不达米亚文明影响,后者发源于两河流域,该地经常遭受水灾,大型建筑一定要建于高处,因此大流士的都城也是在半山腰(慈悲山,Mountian Rahmat)开辟而成的。一眼看上去,尽管被亚历山大放火烧过了,依然"站立"的遗迹为数不少,台阶、柱墩、浮雕历历在目,残存的气势也在那里。当然,听导游说,很多是后来修复的。这也说明,伊朗政府对遗迹的保护还是很上心的。

走上台阶,导游首先带我们来到"万国门"(gate of all lands),这是当年24个属国向国王敬奉贡品时必经的地方。相对而立的大理石门柱上各站着一头人面牛身鹰翅的想象动物［虽然有些游记称呼其为翼人（wingman），但伊朗人称之为"卫兵牛"[1]，其脑袋上的头发和胡须都是典型的卷曲状，像烫发，有圆冠。之后见到的所有波斯人浮雕，不论是王侯将相还是普通士兵，都有非常卷曲的头发和胡须。我问导游这是天生的还是修饰而成的。导游说当时盛行这种模样，都是"做"成的。观察现在的伊朗人都没有这种卷曲毛发，确实应该是修饰而成的。后来在书中读到，这种想象中的神牛来自亚述文化，但融入了浓厚的本地色彩——亚述牛有五条腿（见《记德国帕加马博物馆之行》），波斯牛更自然一些也更富有感情。还有一种卫兵形象没有鹰翅，只有人面牛身。

"万国门"不远处就是著名的双面霍马神鸟（Homa）雕像，牛首狮身鹰面，有一副直立的耳朵，眼神凶悍，尖尖弯弯的嘴巴向下弯曲。这更是想象中的动物了。导游说这种动物有浴火重生的本领，类似凤凰涅槃。伊朗航空公司的标志就是这种神鸟。据说这些霍马神鸟都是石柱的柱首，石柱坍塌之后留下柱头。此外还有牛首、狮首、人首等柱头。伊朗国家博物馆有一个完整的牛头柱首，栩栩如生。我不禁感慨这些本身重量就有若干吨的柱头是怎样被放置到20米的石柱上的——全世界各处遗址都有类似情况，只能说现代人不懂古代人，就像黑夜不懂昼的白。

穿过成排的"万国门"后，眼前就是一片残柱，高高

---

[1] A.Shapu Shahbazi, 2014. *The Authoritative Guide to Persepolis*. Safiran-Mirdashti Publication:39.

低低，有的只剩下巨大的柱墩，有的倒卧在地，站立的石柱高 20 米左右吧。过了行军道（Army Street），便来到波斯波利斯遗址最重要也是最精美的宫殿——"阿帕达纳"宫（Apadana），或者叫"觐见大厅"。十几米长的连环浮雕告诉我们当年朝觐和纳贡的盛况：每个属国官员都拿着或者牵着本国特产，金银珠宝或者牛羊驼等动物，前后都有波斯士兵引领和跟随。这里的全部人物和动物都呈侧面站立状，只有一个例外，就是著名的"狮子咬春"图（这是我独创的叫法）所示，狮子的脸完全是正面呈现的。据导游介绍，这里的牛不是繁荣昌盛的象征了，而是冬天的象征，狮子象征着春天，一口咬住牛的后身，不咬死而只是不断地驱赶，说明冬天就要结束春天就要降临。大家都很高兴，这不是和我们庆祝春节的习俗一样吗？除旧迎新！这真的是全部遗址中唯一一张正面朝向世界的脸。这一浮雕形象不断地在遗址中出现，仿佛在反复提醒大家春天的到来。当年，一年一度的波斯新年庆典——纳吾肉孜节的庆典就在这里举行，来自帝国各地的臣民四处赶来，向他们的国家元首表达敬意。

除了这个，还有其他例外。伊朗导游侯赛因指着连环浮雕上的一头狮子说，遗址里的人物和动物都是雄性的，唯独这只狮子是雌性的。但我没有特别明显的感觉，也许它只是个头小一些。我在书上读到[1]，在皇家战车队中，车轮的车轴

---

[1] A.Shapu Shahbazi, 2014. *The Authoritative Guide to Persepolis*. Safiran-Mirdashti Publication:111.

上有一个蜷曲的女人像,这是波斯波利斯遗址中唯一的女性形象。不过,即使书上附了图,我也看得非常勉强。

之后我们来到大流士的寝宫塔查拉(Tachara),许多巨大的石柱依然伫立在那里。导游重点讲解了浮雕上的阿胡拉·马自达形象,拜火教的主神之一——光明神,这个将在宗教篇中讲解(见《伊朗行之六:宗教篇2》)。随后是哈迪什(Hadish)宫。侯赛因满怀深情地讲解:当年亚历山大仇恨波斯波利斯,从这个宫殿开始劫掠和焚烧辉煌的都城,以报当年波斯人在雅典卫城纵火之仇。哈迪什宫石基上的木柱就是亚历山大纵火时的引火之物。从哈迪什宫出来,就到了破败不堪的"百柱宫"(Palace of 100 Columns),这是一座由100根石柱支撑的奢华大厅,是波斯波利斯的第二大建筑。百柱宫东边是宝库(Treasury)。在这一路行走中,导游还指点我们看了两幅著名的浮雕。一副是国王在华盖的荫蔽下出行的形象,那华盖就像一把伞。由此伊朗人认为伞是由波斯人在2500多年前发明的,而不是其他人。另一幅是国王与一个怪兽搏斗的图像,国王将两把匕首一上一下插入怪兽身体。导游说,这个怪兽象征"weakness"(软弱)或疾病,国王的胜利标志着国家战胜软弱和病痛,永远强盛。根据余秋雨先生的记述[1],遗址上有一则楔形铭文,内容是这样的:

大流士祈求阿胡拉和诸神保佑。使这个国家、这片土地

---

1 余秋雨,2013. 千年一叹. 武汉:长江文艺出版社:189.

不受仇恨、敌人、谎言和干旱之害。

大流士对谎言的惧怕让余先生很感慨。因此我认为那个怪兽的形象更可能代表大流士不喜欢的诸多东西。一路攀爬到小山上，那里是阿塔塞克西斯三世（应该是大流士的曾孙辈了）之墓。墓穴凿崖壁而开，最引人注目的还是各国使臣的朝拜以及阿胡拉的浮雕像。站在小山上可以俯视波斯波利斯的全貌。很快，我匆匆返回集合地点，花50美元买了一本书，这本英文读物是我撰写此篇文字的重要参考之一。

驱车直奔纳克歇·洛斯塔姆（Naqshe-Rostam）遗迹——岩棺。从波斯波利斯出来往东北方向走6公里，就会看到一座山，山的石壁上凿有四个殿门，这就是大流士一世、大流士二世、阿塔塞克西斯一世和薛西斯一世的墓穴了。通往墓室的洞口上方的浮雕与波斯波利斯的相似，都是国王坐在宝座上接受各属国朝拜的景象。不同的是，墓穴下方有几幅萨桑王朝时期的雕刻，表现的是国王俘获东罗马皇帝瓦勒良的景象。我们在墓穴旁流连片刻，天上的白云飘过。之后，我们就奔亚兹德了。

波斯帝国盛况空前。被胜利冲昏头脑的大流士又一次把目光投向了希腊。众所周知，公元前490年的马拉松一战，大流士溃败；公元前480年，大流士之子薛西斯在希腊萨拉米斯（Salamis）海战中又被击败，标志着帝国从此走向衰落；公元前333年，亚历山大东征；公元前330年，亚历山大放火将波斯波利斯夷为平地，帝国就此覆灭。一座几乎完全用石头建造的宫殿怎么会被烧毁呢？"Lonely Planet 旅行指南系列"之《伊朗》认为原因在于屋顶[1]。多数建筑的屋顶都是用巨大的木梁建成的，木料燃烧，由铁和铅做成的支撑夹板受热熔化，导致了整个建筑的坍塌。这是伊朗人心中的第二痛，第一痛当属公元 7 世纪被迫皈依伊斯兰教吧。

亚历山大病亡后，他的庞大帝国一哄而散，波斯的主人从此不断更迭，出现过昙花一现的波斯第二帝国，更多时候是被外族侵占或统治，包括帕提亚人、阿拉伯人、塞尔柱人（突厥人）、蒙古人、乌兹别克人、阿富汗人，还有英国人和俄罗斯人。说起来满眼都是泪啊。

（2017 年 2 月 11 日）

---

[1] 澳大利亚 Lonely Planet 公司，2014."Lonely Planet 旅行指南系列"伊朗. 北京：中国地图出版社：205.

伊朗行之三：历史篇 2

阿契美尼德王朝覆灭以后，伊朗（波斯）的历史，在我看来，有点杂乱，只能结合我停留过的地方进行梳理。

亚历山大以及随后的塞琉西帝国之后，波斯大部分领土被帕提亚人（Parthia）接管。从这个名字中我们似乎可以看到帕提亚人对波斯帝国的认同，虽然有时候我们也称该帝国为安息帝国（取自一个叫阿萨息斯的首领）。这是伊朗历史上最悠久的王朝，长达471年（公元前247年—224年）。这些出色的弓箭手是罗马帝国长期的敌人，双方战争不断。从那时起，帕提亚帝国与中国建立了外交和贸易关系。据说[1]，在帕提亚和罗马的一次战争中，幸存的罗马士兵说帕提亚人作战的时候举着一面晃眼的白色旗帜——这是欧洲人第一次见到丝绸。可惜这次没有看到与这个帝国有关的遗迹，因为保留至今的很少，毕竟有2000多年的岁月了。此外，它的都城貌似在伊拉克境内。

之后，就进入了我曾经提及的波斯第二帝国——萨珊王朝时代（公元224年—632年，差不多是我国的三国到唐朝

---

[1] 澳大利亚 Lonely Planet 公司，2014. "Lonely Planet 旅行指南系列"伊朗. 北京：中国地图出版社：285.

初期的时期），都城设立在西南部的法拉什班德（Firuzabad，距离波斯波利斯不远）。由于萨珊王室属于正统的波斯人，这也成为伊朗人为之骄傲的一段历史。在语言方面，萨珊王朝推广巴列维语（现代波斯语之源），取代之前的希腊语；在宗教方面，琐罗亚斯德教成为国教——这是宗教篇（见《伊朗行之六：宗教篇2》）的主要内容；在建筑方面，波斯建筑中常见的结构凹龛（IWAN，朝向庭院的带穹顶大厅）开始出现，最有代表性的是法拉什班德的阿尔达希尔宫（不在我们的行程之内）。最具特色的是，萨珊帝国的传承方式不是长子继承制度，而是王室和大臣们联合推选传承人，所以大部分传承人推选的不是长子，而是幼子，甚至还有两次推选出女王（这是波斯仅有的两位女性君主）。王朝鼓励城市和小工业发展，但与东罗马帝国无休止的战争——虽然节节胜利——消耗了不少国力。

王朝后期与中国的交往非常密切，唐诗中经常出现的"胡人""胡姬"，指的就是萨珊王朝的波斯人。当阿拉伯人打过来的时候，萨珊王朝无力抵御，末代国王伊嗣埃三世（Yazdegerd III）被杀，末代太子卑路斯（Pirouz）一路逃到了长安。但唐高宗拒绝了他的出兵请求，太子最终客死他乡。余秋雨先生说，高宗的拒绝是非常明智的，否则唐朝、波斯、阿拉伯这三支军队打成一团，无疑是古代的一场世界大战，对人类文明的伤害难以想象。余先生认为萨珊王朝在文明建设上取得了极大成就，为后代伊朗文化奠定了基础，遗憾的是我们也没有见到太多纯粹属于这个王朝的遗迹，唯一的一处就是纳克歇·洛斯塔姆遗迹处的雕刻，描述东罗马皇帝瓦勒良（Valerian）被俘的情景。当然，王朝留下的凹龛建筑结构在伊朗到处可见，不仅仅是清真寺，普通民居也有个小小的穹顶（以及给路人预留的歇息石台）。

公元 7 世纪，伊朗进入伊斯兰化时期。阿拉伯帝国持续了不到 300 年（公元 633 年—1051 年）。这时期，波斯人发现了伊斯兰文化和宗教的可取之处，放弃了琐罗亚斯德教，听从了穆罕默德的教诲。当然，一些沙漠和山区在很长时间里还继续坚持原有宗教，包括我们走过的亚兹德，这是后话。阿拉伯人也充分吸取了波斯人的建筑、艺术和行政管理方式的经验。萨珊和阿拉伯元素互相交融，产生了有独特波斯风格的伊斯兰建筑。在语言方面，虽然被要求使用阿拉伯语，但波斯人很聪明地在阿拉伯字母中保留了三个波斯字母（导游之语），因此，表面看上去是阿拉伯语，但实际上还是有本质区别的。在如今的伊朗，阿拉伯语和波斯语看上去通用，彼此都懂得，但显然有些偏好。记得在德黑兰的酒店，我习惯性地用"salam"（意为"你好"）和服务员打招呼，一般人都会回一句"salam"，但那个服务员认真地说："这是阿拉伯语，你应该这么说，×××，这才是波斯语。"可惜我没有记住。在伊斯法罕的聚礼清真寺，导游给我们演示如何咏诵《古兰经》的时候，用的是阿拉伯语；在马什哈德的菲尔多西墓前朗诵他的诗句的时候，用的是波斯语，因为这个诗人以传承了古波斯语而被后世尊崇。阿拉伯帝国期间的阿拔斯王朝、萨曼王朝等，都在一定程度上复兴了波斯语。这都是波斯语能够幸存的原因。遗憾的是我们似乎也没有特别游览这个时期的遗址或建筑。可见，10天时间游览波斯显然是不足的。

1051年，源于中亚的突厥人建立了包括波斯在内的塞尔柱（Seljuk）帝国，建都于伊斯法罕——这是我们重点游览的城市。导游介绍说，伊斯法罕在伊朗的地位类似于中国的上海，繁荣富庶，很早就有"伊斯法罕半天下"（Esfahan is half the world）的说法。虽然更为人熟知的建筑——伊玛目广场和伊玛目清真寺以及谢赫清真寺——建于500年后的萨法维王朝，但聚礼清真寺（Jameh Mosque）是始建于塞尔柱时期的，它于2012年成为世界文化遗产，也是我们在伊斯法罕首先参观的清真寺。那天我特意罩上了黑色的长袍，裹上了绿色的围巾——绿色是最受伊斯兰教欢迎的颜色。说这个清真寺是伊斯兰建筑博物馆一点儿都不为过，从塞尔柱时期优雅的几何风格建筑到蒙古时期日趋精美的瓷砖、高大的拱顶，再到更加偏向巴洛克的萨法维王朝风格，它包罗万象。它占地22000平方米，是伊朗最大的清真寺，东西南北四个凹龛围起一个长方形庭院（我们都说有点像四合院），中央是模仿麦加的克尔白（Kaaba）设计的净身泉。西凹龛应该是主建筑，有一个极好的大门廊，上面刻着塞尔柱时期特有的古阿拉伯字母，圣殿内有朴素的砖结构圆柱。导游特别讲解了上面雕刻的《古兰经》经文，可惜我没记住。随后导游带我们进入了西凹龛的一个小礼拜厅，那里拥有这个清真寺乃至整个伊朗最美丽的米拉哈布（Mihrab，指清真寺正殿纵深处墙正中间指示麦加方向的小拱门或小阁，见书末图1），砖结构的拱门上刻有极为精美的花卉、几何图形和七种不同类型的库法体（Kufic）书法，拱门两边各有一个厚实的台阶式木椅，供当年的阿訇登坐传经授道。这个古老但唯美的拱门特别用玻璃挡板保护起来。

清真寺里有很多这样的礼拜厅，大部分由于年代久远，穹顶没有釉色瓷砖装饰，呈现出的是泥土、石头和木头本身的颜色，其实这些地方更能让人驻足回想历史。有些小拱顶没有完全聚拢，留下一个不算小的圆形缺口。通过这个缺口，我们能够看到蓝天，还会看到鸽子飞过。再仔细观察，我们发现有不少鸽子已经在礼拜厅内驻扎了，通过那些缺口在大厅内外来回穿梭。小凤凰很惊喜。塞尔柱时期的数学家兼诗人伽亚谟（Khayyam，也称哈雅姆）计算出一年是365.242198天，比西方人早了近500年。他的陵墓在内沙布尔，图片看起来非常独特，我们并没有去。

13世纪初进入蒙古和帖木儿时期，直到16世纪初。从11世纪到16世纪这500年被伊朗人称为黑暗时期。蒙古人摧毁了许多波斯城市，使有记载的波斯历史被中断，但他们并非一无是处，也留下了一些美丽的建筑，例如对上面提到的聚礼清真寺的扩建和修饰。帖木儿时期也有所发展，我们参观的马什哈德伊玛目礼萨圣陵内中心位置的美丽清真寺

（Gohar Sahd）就是 15 世纪初帖木儿汗国一个统治者（Shah Rokh）的妻子下令建造的。

  16 世纪伊朗又进入了一个发展小高峰，即萨法维王朝。

（2017 年 2 月 18 日）

伊朗行之四：历史篇 3

16 世纪，伊朗进入萨法维（Safavi，又译萨菲）王朝时代。这个王朝失去了对伊拉克的控制权，首都从大不里士迁至加兹温，之后迁入伊朗腹地伊斯法罕。第二次迁都的沙阿（国王）就是大名鼎鼎的阿巴斯（又译阿拔斯）一世（1587 年—1629 年在位）。在他的统治下，王朝达到鼎盛，商贾云集，八方宾客汇聚，其历史见证就是伊斯法罕这座城市。上文我介绍了塞尔柱时期主建的聚礼清真寺，其余的标志性建筑——伊玛目广场（Imam Sq）、沙阿清真寺（Masjede Shah）、谢赫洛弗拉清真寺（Masjede Sheikh Lotfollah）、阿里卡普宫（Kakhe Ali Qapu）、四十柱宫（Chehel Sotun）、三十三孔桥（Sio She Bridge）、郝久古桥（Khaju Bridge），都是阿巴斯时期的作品。我和小凤凰都有幸走过了。

从卡尚赶到伊斯法罕已经是晚上了，我们在暗夜中游赏了那两座著名的古桥。其实它们都是蓄水工程，也是聚会、纳凉和观看演出的地方，即所谓的集合点（meeting point）。三十三孔桥位于扎扬黛河上，长达 298 米，我们去的时候赶上开闸放水，桥下波光粼粼。两层的大桥上到处都是休闲的伊朗人，以男人（而且是年轻男人）居多。由于在伊朗，男女还是不大可能在大庭广众之下谈恋爱,因此常能看到两个男士亲亲密密地结伴同行,感觉有点怪异。"Lonely Planet 旅行指南系列"之《伊朗》中提到桥上曾经有很多茶馆,但近年来都关张了。导游说桥下会有演唱民歌的小型演出,我们果然看到了一出,但歌者和围观者均为男性,我和小凤凰混在其中颇有些引人注目,于是很快走开了。我在桥上礼品店里买了一本精美的英文书籍,它图文并茂地介绍了伊斯法罕,才17美元,感觉不错。我还托店员给我开了一张小小的收据,主要是为了留下点波斯文痕迹。

第二天我们游览了其余的名胜。参观完著名的聚礼清真寺后我们就奔四十柱宫了,它也是波斯花园的样貌,宫殿远远地蹲踞在长方形水池那一头,倒影完美地呈现在水中。光线恰当的时候,20根宫柱可以全部倒映在水中,形成所谓的"四十柱"。据说这是城中唯一保存下来的宫殿。这里更吸引人的可能是宫殿内的众多壁画,不是说这些壁画多精美(当然也不拙劣,据说是荷兰画家画的[1]),而是这些壁画大多描绘了帝王的宴请、歌舞和几场战争,比如描绘了印度莫卧儿皇帝胡马雍向当时的国王求援的情景,其中帝王的面孔清晰地出现在画面上。不是说伊斯兰教拒绝偶像崇拜,一般不画人像吗?正是萨法维王朝正式选择什叶派伊斯兰教为王朝国教。不是那么拒绝偶像崇拜,这是我理解的什叶派和逊尼派的主要区别之一。而且歌舞中出现的歌女们个个摇曳多姿,

---

1 S. Adbolreza Aorashizadeh, 2010. *Isfahan: Splendence of Beauty*: 148.

戴着维吾尔族那样的小帽子，长长的黑辫在背后飘摇，就像是维吾尔族姑娘。那个时候她们还不用包裹起来吗？

阿里卡普宫是观赏伊玛目广场的好地方，后者据说是亚洲第二大广场，呈长方形，长512米，宽163米，也是世界文化遗产之一。阿里卡普宫有两个地方颇有特点，一个是它的台阶，每个木制台阶上都绘有精美的经典伊斯兰花纹，颜色以黄色为主，夹杂黑色和少许红色、青色，非常和谐，虽然已经相当陈旧了，但每个迈步上台阶的人都会被它吸引；另一个是位于顶层的音乐厅，它的天花板被打造成花瓶和其他器皿形状的孔洞，以达到扩音效果。从宫殿的天台可以相当近距离地看到谢赫洛弗拉清真寺的美丽黄绿色圆拱，看起来薄如蛋壳，其实砖墙厚度达到170厘米。这个清真寺没有宣礼塔，说明是私人建筑，据说专为皇室女眷打造。内部高大精美的圆顶就是"Lonely Planet 旅行指南系列"之《伊朗》的封面图——阳光透过几扇高高的格子窗照射进来，天花板上由马赛克组成的复杂黄绿色图案显示出惊人的美丽。我们站在大厅内，久久地看着那些绚丽光影。

与精巧的谢赫清真寺相比，沙阿清真寺就显得雄浑伟岸多了。这是伊斯兰世界最大的清真寺，建筑面积12264平方米，风格与聚礼清真寺类似，可以理解为"四合院"式，四个巨大的凹龛分立四周，院落中央留出了足够的回音空间，保证布道的时候演讲者的声音能传遍祈祷大厅的各个角落、庭院周围的回廊和侧面的所有门廊。导游指导我们站到院子中央的几块黑砖上，大声说几句话，说是能听到七个回音。我们都表示分辨不出来，虽然回音确实挺大。阳光暖暖地照着，我们在院子里流连了许久。

广场四周是各种巴扎小店，我谨慎地买了两块棉织物，图案就是谢赫清真寺天花板上的美丽花纹。说好20美元，但我没有零钱，又不能刷卡，小姑娘出去了一段时间，找回了80美元零钱。广场上有马车，我带小凤凰坐了两圈，挺过瘾。广场上还有很多聚餐的家庭。在几天的游历中，我发现伊朗人真喜欢在外野餐。他们会找个合适的地方，铺开地毯，拿出红茶和馕饼席地而坐，其乐融融。

这就是相当世俗化的萨法维王朝黄金时代留下的历史痕迹了，现在看来也非常有气势。200多年后，萨法维王朝被纳迪尔沙阿（Naderi Shah）篡夺，此人建立了短命的阿夫沙尔（Afshar）王朝，首都设在伊朗东部的马什哈德。我们在马什哈德参观了他的博物馆，那一天天气严寒，我们龟缩在简陋的博物馆里，有一搭没一搭地听导游讲解。此人一生戎马，收复了阿富汗并赶走了当地居民，也与奥斯曼土耳其、俄罗斯人开战，胜多负少，后因觊觎财富而入侵印度，最后被刺而亡，陵墓被设计成帐篷模样。此后又是一个短命的王朝——赞得（Zand）王朝，也就二三十年的历史。新国王对战争毫无兴趣，唯一的政绩就是把国都迁至设拉子（伊朗国王们都好迁都），并在那里修建了宏伟的卡里姆汗（Karim Khan）城堡。我们在细雨霏霏中路过了这座城堡而没有入内。

在设拉子，我们把更多的时间留给了粉红清真寺、大巴扎、天堂庭园、哈菲兹陵墓和卡维尔盐湖。由于距离波斯波利斯、帕萨尔加德不远，设拉子算是波斯文化的中心，其代表应该算是哈菲兹（Hafez）陵墓。哈菲兹在伊朗的地位相当于中国的李白，他一生酷爱以美酒、美女和夜莺为代表的美好事物——这又是波斯文化与伊斯兰文化的不同之处了。哈菲兹生活在14世纪，波斯的伊斯兰化已经进行了好几个世纪，他居然还能堂而皇之地饮酒。他的陵墓安放在一座八角亭内，八根石柱支撑着一个镶嵌着五彩瓷砖的穹顶。导游说穹顶中的五种颜色各有象征意义，白色为白天，黑色为暗夜，蓝色为蓝天，黄色为大地，而红色为葡萄酒。这个小小的庭院绿意盎然，甚是迷人，尽管是雨天，参拜的人还是络绎不绝，大多数还是本地人。我打着伞在院子里走了走，在小小的纪念品商店买了一套当地CD，歌词来自于哈菲兹的诗歌。歌者都是男性，导游说伊朗不允许女性当歌手。伊朗人对哈菲兹的热爱应该蕴含着对过往自由生活的向往吧。设拉子还有一个著名诗人——13世纪的萨迪（Sa'di），他的坟墓稍远一点，我们就没有过去了。因为这两个诗人，设拉子也被称为"诗歌之都"。

设拉子更有名的建筑应该是粉红清真寺，本名是莫克（Molk）清真寺。女孩子们带了不同颜色的衣服头巾到这里拍照，说是当阳光穿过彩色玻璃进入室内时，犹如置身万花筒中一样。我感觉很一般，也许因为那天是阴天（后来还下雨，甚至有冰雹），而且清真寺实在看多了，审美疲劳了。这些清真寺内的彩色玻璃与基督教堂内的如出一辙，只是前者不会出现人物，都是各种花纹，后者以宗教人物为主。下午游览的卡维尔（Kavir）盐湖从远处看也呈现出一些粉红色，倒让人惊异了。

赞得王朝之后，伊朗进入毁誉参半的恺加（Qajar）王朝（18世纪末到20世纪20年代），终于定都德黑兰。"誉"的地方在于这个时期伊朗成立了第一个议会，所谓"宪法革命"；"毁"的地方在于这个议会名存实亡，而且在位时间长达近50年的纳赛尔·沙（Nasser Shah）做了许多让伊朗人民痛心的事情，例如挥霍成性，差点将采矿权廉价卖给英国，谋杀了他当政时期的首任总理埃米尔（Amir），而后者勤政廉明，被后世尊为民族英雄。谋杀案发生的地点就是我们到达伊朗第一天参观的位于卡尚（Kashan）的费恩花园。那天我们刚经过长途旅行到达伊朗，听导游津津有味地介绍花园浴池中谋杀案的复原现场，个个都有点晕头转向的；后来又在马什哈德听到"纳迪尔沙阿"，更晕了。现在细细捋一下，总算有点眉目了。那天参观的阿高·布佐勒格（Agha Borzog）清真寺（更像是一个神学院）和布鲁杰迪（Borujerdi）古宅也是恺加时期的建筑。看样子，纳赛尔好像比较喜欢卡尚。阿高·布佐勒格清真寺看上去很朴素，最大的特点是大门上的门钉数与《古兰经》的节数相同。里面有一个下沉式的大院，一堆孩子在里面踢球，给小凤凰留下了挺深的印象。在这里第一次看到了传说中的风塔（badgirs），还看到了几只猫，我们都很好奇地围观，想看看是不是"波斯猫"——我们都想当然地认为伊朗遍地都是波斯猫。古宅子很阔气，奢华的凹龛、玻璃镜面、壁画和风塔都说明主人非寻常人。这里的古宅都有一个特点，即大门上有两个不同的门环，一个浑圆，一个细长。这是为了让房内的人分辨出访客是男性还是女性——细长的门环发出声音意味着男客到访，浑圆的意味着女性访客上门。该设计深有文化韵味。

德黑兰的古列斯坦宫（Golestan Palace，世界文化遗产）也是恺加王朝的功劳。我们参观的那一天大雪初霁，蓝天舒展，空气凛冽，波斯花园式庭院里的一切都显得分外美好。宫殿里最有名的物件是一个大理石宝座，由十几个人形怪物抬举，据说是进行加冕典礼用的，说是宝座，其实更像张大床，看上去怪怪的。在德黑兰参观的时候，旅程已经进入尾声了，人困马乏，所有的参观都有点走马观花。

1921年被英国支持的军官礼萨可汗（Reza Khan）发动政变，掌握政权，伊朗进入了大家熟知的巴列维（Pahlavi）王朝统治时期。这个阶段，王朝在西方国家的支持下开始进行大规模的社会改革——削弱宗教势力对国家事务的影响，解放女性，发展工业、医疗、交通等基础设施建设，这就是所谓的"白色革命"。20世纪70年代后期，伊朗发生了举世瞩目的"伊斯兰革命"，亲西方、推动世俗化的沙阿穆罕默德·礼萨·巴列维领导的伊朗君主立宪政体被推翻，阿亚图拉·霍梅尼成立了政教合一的伊斯兰共和国。这一次异乎寻常的革命使全世界感到错愕：它的发生没有那些引起革命的惯常因素；革命很快使国家发生了彻底的转变；革命获得了广大群众的支持；在军队及保安部门保护下的原政权被推翻，取而代之的是在法基赫监护（伊斯兰法理学家管治）之下的现代化神权性君主政体[1]。我不知道经过30多年的时间后，伊朗人民如何评价这场革命，尤其是从女性的角度。至少在革命前，沙阿赋予女性投票权，颁布了中东最具进步性的家庭法，离婚变得很严格，一夫多妻不受提倡，结婚年龄提高到18岁。她们没想到采用伊斯兰律法的伊斯兰共和国使她们失去了许多权力吧：她们重新戴上面纱，结婚年龄跌至9岁，家庭法听从宗教法庭，女性不得不放弃工作……2018年伊朗又发生了大规模示威事件，群众的诉求也是五花八门的，而不仅仅针对政教合一（所以美国等国以及海外的巴列维遗族的支持是没什么大用处的），有针对体制的，也有针对经济的，有针对总理的，也有针对宗教人士的，有针对国家外交政策的，也有针对妇女戴头巾的……伊朗的社会矛盾看上去是尖锐的。其实每一个历史厚重的国家都难以避免这个阶段。

我们参观了巴列维王朝时期的典型建筑，有萨德阿巴德王宫（Saad Abad Museum Complex，即巴列维皇宫）和涅瓦

---

[1] 伊朗伊斯兰革命.百度百科.https://baike.baidu.com/item/伊斯兰革命/4607531/[2018-01-04].

兰宫（Niyavaran Palace）。这两座王宫都位于德黑兰郊区的雪山脚下，远离了城里的污浊空气，加上雪后的天空澄清透明，高大的雪松直刺向蓝天，小鸟在其中跳跃鸣叫，我们腿脚轻快地向上攀爬，丝毫没有疲劳的感觉。巴列维皇宫为王室避暑之地，宫内陈设自国王一家（当时的国王是礼萨可汗的儿子穆罕默德·礼萨）仓皇出走之后几乎没有改变。都说王室一家奢侈误国，在我看来宫里的陈设似乎很一般。当然，地毯是很豪华的，毕竟是波斯地毯嘛。巴列维皇宫最吸引人的莫过于宫外一尊巨大的礼萨沙阿雕像，但现在只剩下一双青铜长靴，看着有点瘆人。涅瓦兰宫是王室的主要居所，充满了生活气息：小女儿的摇篮床、王后的步入式衣橱、走廊里的家庭照片，最奢华的依然是珍贵的波斯地毯。在我看来，涅瓦兰皇宫中央的可收缩电动天花板才是最奢靡的，因为一摁按钮就可以在室内观赏星星和月亮！

在德黑兰我们还参观了伊朗国家博物馆（其镇馆之宝来自波斯波利斯）、地毯博物馆和一间私人细密画（Miniature）工作室。说起细密画，它是土耳其作家帕慕克的小说《我的名字叫红》中主人公的职业背景，没想到波斯细密画更负盛名。细密画，顾名思义，是一种精细刻画的小型绘画，与我们的工笔画异曲同工。我拜访的工作室里的老画家，作品等身，题材以民间传说为主，刻画了很多细眉丹凤眼、肤色白皙、含羞侧立、婷婷袅袅的波斯美女，也有一些宗教题材的作品，这是我挺感兴趣的。这是后话，将在宗教篇中略作描述（见《伊朗行之五：宗教篇1》文末）。

  除了中国，我从来没有如此深入地研究过另外一个国家的历史。读万卷书，行万里路，两者相辅相成才能达到理想境界。感谢这次说走就走的行程，让我如此深入地了解了古代波斯、现代伊朗的前世今生。文明古国的历史都是这么沧桑，让人无限感喟。

（2018年1月6日）

伊朗行之五：宗教篇 1

  我终于要写这一篇了，在心中酝酿了很久，但还是不知道写出来会是个什么样子——多难的一个主题。去年此时的 2017 年 1 月 27 日，我正在伊朗大地上旅行，从伊斯法罕到设拉子，途径帕萨尔加德，拜谒了居鲁士大帝的陵墓和宫殿遗址。那是波斯帝国的发源地，伊朗历史上最辉煌的时代，遗憾的是近千年之后波斯还是没能挡住阿拉伯人的铁蹄，归化了伊斯兰教。至今世界大部分人无法分辨波斯人（雅利安人的一支）和阿拉伯人，这应该是这个古老国家最让人痛心的地方吧。美国电影《撞车》中有个镜头也反映了这一点，一个伊朗移民家庭的主妇愤愤不平地说："把我们当成阿拉伯人了，这是什么世道啊！"尽管这样，倔强的波斯人还是在伊斯兰教中融入了自己的特色，让它与众不同。

  在饮食和着装这样的一般风俗礼仪方面，伊朗的宗教要求与其他相对严格的伊斯兰国家的没有太大区别；绝对不能出现非清真餐；不能饮酒；女人一定要围裹头巾，上衣要遮盖住臀部；如果要进入清真寺等圣地，一定要罩上黑色长袍，伊朗人称之为 "Chador"（罩袍）。因此，在赴伊朗之前，我从同事那里借来了一件黑色罩袍，同时在家里演习围着围巾从事日常活动，发现挺难，围巾不断滑落下去。于是我又从网上购买了几个"衬帽"，戴起来紧紧地贴着头皮，之后再裹上围巾就好多了。出发的时候旅行箱里装了十几条围巾，足以让我和小凤凰天天换且不重样。在伊朗的十多天里，我和小凤凰的围巾规规矩矩还天天花样翻新，再看看周围的女士们，只有一条围巾从头戴到尾，乏味了就拿出马汉航空上发的绿色化纤围巾充充数，还需要不断调整，防止滑落；进清真寺穿上拖地罩袍的时候，更是顾头不顾腚，手忙脚乱了。在景区碰上一些同胞游客，拿帽子充围巾，不伦不类。我感叹她们为什么不提前做点功课。

　　时值冬天，大部分地方的气温不高，戴着围巾旅行还挺保暖的，没觉得不适。在马什哈德机场候机飞德黑兰的时候，候机厅里暖意融融，女士们开始冒汗了。团里的台湾大姐脱掉了羽绒服和毛衣，露出了短袖T恤。没过多久，导游过来提醒她注意一下，我们这才发现四周投射过来的好奇的目光。在德黑兰，我们吃到了唯一的一顿中餐，是在一家中餐馆，那时候已经临近回国了。一上二楼，我们在欢呼声中卸下了围巾，痛痛快快地吃了一顿。饭后，在老板的一再叮嘱下，我们又都披挂整齐才出去。离开伊朗的时候，台湾大姐说，在伊朗取消这些对女士的不公平规则之前，她不会重游伊朗的。但有时候我也不得不说，戴着头巾、穿着黑袍的伊朗女人有时候呈现出一种别样的美感。余秋雨先生在《千年之旅》中说：

从雅典出发至今，各国女性之美首推伊朗。优雅的身材极其自然地化作了黑袍纹褶的潇洒抖动，就像古希腊舞台上最有表现力的裹身麻料，又像现代时髦服饰中的深色风衣。她们并不拒绝化妆，（黑袍）甚至让唇、眼和脸颊成为唯一的视角焦点。这种风姿，决不像外人想象的那么寒伧。

我在旅途中也看到，一些年轻伊朗女士的头巾也就是象征性地戴着，稍稍在后脑发髻上沾着一点儿，大部分头发都是露在外面的。除了马什哈德这样的圣城圣地，黑袍并不是满街都是，有些姑娘的上衣相当鲜艳花哨。估计年轻人逆反一些，内心深处对这些规矩是不认同的，就像年轻时的我。等到了现在这个岁数，我就感觉一些具有仪式感的规矩确有必要，这里面有历史和传统，不能怎么方便怎么来，这也算朴素的信仰吧。

我们一路上参观了无数的清真寺和圣陵：在库姆参观了马苏麦哈圣（Masumeh，第八代伊玛目礼萨的姐姐）墓、扎姆克兰（Jamkaran）圣地清真寺（传说中隐遁的第十二代伊玛目现身授谕的地方）；在卡尚参观了阿高·布佐勒格清真寺（就是上文介绍的那个带有下沉广场和神学院的地方）；在伊斯法罕参观了聚礼清真寺、沙阿清真寺和谢赫清真寺（这几个清真寺都已经成为旅游热点了，礼拜功能式微）；在设拉子参观了粉红清真寺；在亚兹德参观了又一个聚礼清真寺（也称礼拜五清真寺）。在马什哈德这个埋葬着第八代伊玛目的圣城，我们更是两进两出伊玛目礼萨神殿（Harame Razavi）建筑群。我们乘车奔走的时候，与路边众多的小清真寺擦肩而过。这些小清真寺也带有一个蓝绿色的圆顶，精巧漂亮。

除了旅游景点，进入功能尚存的清真寺或圣城，都需要领取一件白色带碎花的罩袍（以便和当地人有所区分），从头蒙到脚后，服务人员再简单审视一下我们的妆容——团里两个女士不止一次被要求擦掉口红，然后才能放行。在寺内，有专人引导我们按照固定路线参观，进入室内的时候需要分开走男女通道。总能看到几个手拿"鸡毛掸"的宗教警察，看到谁的服饰礼仪不规范，就用掸子轻触一下，算是警告。在伊斯法罕的聚礼清真寺，导游侯赛因向我们简单展示了他们做礼拜的过程，其中非常独特的一点是，他们跪拜以头碰地的时候不是直接触地，而是在一块小小的圆形土块上轻点几下。礼拜处的篮子里装满了这种圣物。侯赛因解释说这是在提醒祈祷者，每个人都来自泥土，要像泥土一样谦卑。我觉得有点意思，于是悄悄地拿了一块留作纪念。

侯赛因特别提醒我们注意清真寺宣礼塔塔顶上的那个东西。由于距离太远，肉眼并不能很清晰地辨识，侯赛因说那是一只手形物体，以纪念"卡尔巴拉惨案"中殉教的第三代伊玛目侯赛因（伊朗有无数男人取名侯赛因）。我利用相机将那个物件"拉近"，果然是只"手"（见书末图2）。侯赛因说这是什叶派伊斯兰教清真寺和逊尼派伊斯兰教清真寺的主要区别。

这里不得不费些笔墨说一说什叶派和逊尼派的区别，我也是经过伊朗之行并阅读了相关书籍之后才有所了解。话说伊斯兰教开山鼻祖穆罕默德去世（公元632年）之后，由于他没有儿子，只有一个女儿，而且老人家也没有明确指示，继承人的选择成了一个问题。一派（据说是北方阿拉伯人）注重资历和领导能力，习惯以德高望重者为领袖，选出的领袖称"哈里发"，这一派支持先知的密友兼岳父；一派（南方阿拉伯人）更注重出身的高贵和神圣的世系，如此选出的领袖称"伊玛目"，这一派支持先知的堂弟兼女婿及首批皈依者之一阿里（伊朗也有无数男人叫阿里，比如我们的司机）。两派争执不下。初期的矛盾并没有尖锐到不可调和的地步，阿里算是识大局顾大体，数次宣誓效忠对方选出的哈里发，隐忍20多年后，终于成为第四代哈里发（也是首任伊玛目）。然而两派之间的斗争并没有平息，阿里的地位一直受到挑战。5年之后，阿里遇刺，他的长子哈桑（第二代伊玛目）被迫放弃职位，之后阿里派别又隐忍20年。而公元680年发生的"卡尔巴拉惨案"把阿里派真正转变成了一个宗教派别。那时，阿里的次子侯赛因受到阿里派别的召唤，带领追随者动身前往库法（当时的都城）主事。他们在卡尔巴拉（Karbala，在伊拉克境内）附近遭遇敌对派围击，血战数天被全歼，阿里派成年男子几乎全军覆没。这次殉教激发起了阿里派极大的悲愤，活动规模不断扩大，最终形成了阿里什叶派（Shait Ali，意为阿里的追随者），独立于哈里发一派（后称逊尼派）。

什叶派的主体是"十二伊玛目派",伊玛目的选择在代与代之间传承。在逊尼派的打压之下,诸位伊玛目一直都受到秘密监视,活动范围有限,而且大多数伊玛目都死于非命——除了侯赛因是在战争中牺牲的之外,其余都是被毒死的,听上去有些窝囊。什叶派有一个著名的理论与此派别的秘密活动有关,即"隐遁"(ghaybah)理论和复临理论。其基本内容是,为躲避政敌的仇视和迫害,伊玛目奉安拉之命藏匿起来,生活在人的肉眼难以看见的世界,直到经安拉的核准,在世界末日来临前重返人间,建立平等正义的制度[1]。第十二代伊玛目本·哈桑就是传说中的最后一任伊玛目,据说他在公元874年消失在萨迈拉(Samarra)一座清真寺下面的洞穴中。世上再无伊玛目,大隐遁时代开始。整个什叶派世界都在等待他最终与先知一同归来。

还有一个问题非常明显,什叶派并不是一开始就以伊朗为基地建立的。12个伊玛目都是阿拉伯人,除了第八代伊玛目,其余都葬在阿拉伯土地上(大部分在伊拉克),甚至什叶派的理论著作也都是以阿拉伯人为主撰写的。伊朗是在萨法维时代(16世纪)才正式宣布什叶派为国教的。原因是什么呢?有一个原因是第三代伊玛目曾娶波斯末代公主为妻,因此其后裔中有波斯血统,很容易赢得伊朗人的好感。此外的原因还包括萨法维王朝为了与尊崇逊尼派的奥斯曼帝国相抗衡,选择了不同的意识形态,争取周边地区的同情。此外,

---
[1] 王宇洁,2006.伊朗伊斯兰教史.兰州:宁夏出版社:21-22.

阿里派教众数量上虽然少一些，但由于确有先知血统，在尊崇"血统论"的波斯拥有很高的社会地位，经济实力不弱[1]。多方权衡，萨法维王朝选择了什叶派为国教，不断肃清其他派别的影响，其中不乏暴力运动，把波斯人的民族感情与什叶派教义逐渐融为一体。

在圣城马什哈德，夜幕降临后，我们再次蒙上罩袍进入圣陵建筑群，混迹在摩肩接踵的人流中，低头缩肩地进入了存放礼萨伊玛目棺木的圣陵。之所以这么低调，是因为理论上我们这些非穆斯林是禁止入内的。人们排着队争先恐后地触摸和亲吻金网栏（Zarih），而棺木就存放在网栏之内。女人们发自内心地哭泣，热泪盈眶。还有很多人跪坐在地毯上，认真地阅读经书。我们几个非穆斯林呆立着，感觉有些无所适从，也感觉到"鸡毛掸子"很快要落到我们身上了。出了圣陵，广场上正播放着阿訇传教的声音，内容我听不懂，但是分明感觉到他在拼命压抑自己的感情，声音哽咽难平。我和小凤凰不由得停下来，认真地听了几分钟。

导游还数次给我们讲起了"阿舒拉节"（Ashura），这是伊朗最重要的节日，定在伊斯兰教历的1月10日，也就是卡尔巴拉惨案发生的日子。这自然是一个以哀悼为主题的节日，一般持续10天。这10天内，教徒们不仅在家里和清真寺举行活动，还在广场和街道上聚会游行，演出宗教受难剧，很多时候是带血腥味的。在亚兹德的阿米尔乔赫马克广场上，

---
1 王宇洁，2006.伊朗伊斯兰教史.兰州：宁夏出版社：51.

导游特意指给我们看伊朗最大的木制纳合尔（Nakhl），阿舒拉日的时候，众人会抬着它绕广场游行。在德黑兰的细密画工作室，我看到了一幅画，画上一匹战马在徘徊，几个黑袍女人围着马哭泣。这幅画表现的是侯赛因战死后，他的坐骑回到驻地的情景。这种牺牲精神深深地根植在伊朗人心目中，以致两伊战争爆发的时候无数年轻人甚至孩子喊着口号走向边境的"地雷阵"。在伊朗的每个城市，我们都可以看到许多年轻士兵的头像，他们都是两伊战争中的烈士。

（2018年1月27日）

伊朗行之六：宗教篇 2

说起亚兹德（Yazd），不得不说在归化伊斯兰教之前，波斯人有自己原汁原味的本土宗教，那就是琐罗亚斯德教（Zoroastrianism，我们习惯称之为拜火教或祆教），而亚兹德是保存该宗教遗址最多的城市。创始人琐罗亚斯德大约于公元前 1500 年到公元前 1000 年之间出生在伊朗东部地区，他创立的宗教主张一神崇拜，却又存在着明显的二元论。他将主神称为阿胡拉·马兹达（没错，这就是日本汽车品牌马自达其名的来历），认为他是光明和百善的创造者，要求信徒向着光的方向祈祷。古代人唯一能掌控的光就是火，于是他们修建火神庙保证火焰永不熄灭。同时，琐罗亚斯德教认为这位主神还有一个"双胞胎"兄弟，被称为阿里曼（Ahriman），是谎言、黑暗和邪恶的化身。在混沌之初，这一对双胞胎就创造了"生命和非生命"，其中一个"追随谎言"选择了行恶，创造了"各种邪恶之物"，另一位是圣灵，选择了正义[1]。虽然在教义中两位主神都无身无形，但在波斯波利斯的浮雕上，我数次看到了马兹达的形象，一个有着三对羽毛、两条

---

[1] 埃尔顿·丹尼尔，2016. 伊朗史. 李铁匠，译. 北京：中国出版集团东方出版中心：32.

尾巴的人形怪物：右手指着上方，象征对神的崇拜；左手的指环象征统一，中间较大的指环象征永恒和一个人对自己行为的反思；翅膀上的羽毛象征着思想、语言和行为的纯洁；前面半长的尾巴象征应被抛弃的思想、行为和语言；后边的尾巴代表善良等美德。毫无疑问，这个古老的宗教在波斯第一帝国时代就成为国教了，第二帝国（萨珊王朝）继承了这一宗教。琐罗亚斯德教信仰元素的纯洁性，拒绝土葬（污染土地）或火葬（污染空气），而是让死者暴露在"寂静塔"上，尸体很快就会被秃鹫吃光——这就是天葬啊！如果他们真的信奉该教义，那人们就有理由怀疑波斯第一帝国时代的"帝王谷"（纳克歇·洛斯塔姆岩棺）中是否真有尸体存在了。或者他们选择葬在山壁上，就是为了避免和土壤接触？

成为帝国国教后，琐罗亚斯德教盛极一时且于南北朝时期进入中国。金庸小说《倚天屠龙记》中的明教，完全脱胎于拜火教。那段经文让人顿起悲悯之心：

> 焚我残躯，熊熊圣火，生亦何欢，死亦何苦？为善除恶，惟光明故，喜乐悲愁，皆归尘土。怜我世人，忧患实多！怜我世人，忧患实多！

后期的拜火教沦落了，渗透进过多的占卜、巫术内容，完全拒绝理性，几乎回归到原始宗教的愚昧状态，在新生的伊斯兰教面前不堪一击[1]，所有的庙宇和相关建筑也都消失

---

[1] 余秋雨, 2013. 千年一叹. 武汉：长江文艺出版社：192-193.

了。地处沙漠的亚兹德，虽然在经贸方面有一定地位，但从未进入各种政治家的法眼，因此远离纷争中心，幸运地保留下部分古老宗教的遗迹，也就成为残存拜火教教徒心中的圣地。

在这座城市里，我们参观了传说中的"寂静塔"（towers of silence），它们位于南郊的荒山顶上，自20世纪60年代起就已经不再使用了（伊朗法律开始禁止天葬）。攀爬上小山，围着一个大坑转了一圈，大家都没什么兴趣的样子，但这个地方却是俯瞰这个城市的好地方——这是一座土黄色的城市，到处都是土黄色的圆顶建筑，大大小小地凸起在黄色地面上，高高凸起的是清真寺的宣礼塔或者风塔。亚兹德也是有名的风塔之城，伊朗最高的风塔就在这里。

在如此干旱荒芜的地方，人们如何用水？山下的两处"坎儿井"遗址就给出了答案。后来我们又走访了一处火神庙，里面有千年不灭的火种和拜火教经典著作《阿维斯陀》（*Avesta*）遗存，还有描述传统拜火教家庭的小型展览。这个类似小型博物馆的地方还特别介绍了亚兹德作为古老丝绸之路重镇曾经颇为辉煌的历史，自然也提到了中国。

然而这两处小型的拜火教遗址太不起眼了，这座城市最引人注目的还是它的礼拜五清真寺，那里有伊朗最高大的宣礼塔（高100米左右）、让人惊艳的穹顶和据说5000年前就出现在伊朗建筑上的万字符（卐）。这座清真寺出现在15世纪，往前几百年，这个地方原本是一座拜火教神庙。此外就是闻名遐迩的多莱特阿巴德花园（Baghe Dolat Abad），因为那里有高达33米的风塔。也被列入了世界文化遗产名录的花园是典型的波斯风格，一个长方形的水池，水池两边有精巧的阁楼建筑。我们在风塔之下，伸手将撕碎的餐巾纸送到它的入口之处，看着这些纸片悠悠地随风向上飘走，也算见识了"天然空调"的魅力。风塔下面是一个两层高的大厅，耀眼的阳光透过四周镶嵌着彩色玻璃的花窗照射进来，五彩斑斓的光洒满大厅，简直美轮美奂。

看介绍上说，风塔是空调出现之前中东地区人们度过炎炎夏日的"神器"。它们安装在房顶之上，像一个长方形的烟囱，四面开孔，高度从几米到几十米。高度越高、横截面边数越多，"捕捉"空中微风的能力越强。被"捕获"的热风首先通过塔身降温，然后进入风塔下方的蓄水池，进一步降温，随后在室内循环，而较轻的热空气通过另一个通风口排出。这一精妙的构思堪称天才的设计。与之相关的还有坎儿井和冰窖，这三样东西是伊朗沙漠地带人们与夏季五六十度高温抗衡的智慧结晶。

除了"风塔之城"的美誉，亚兹德这座古老的城市还因是布满蜿蜒小巷的老城而著称。导游带领我们在小巷中穿行，每出入一个大一些的纪念品店，都会请求老板让我们上房屋顶层的天台上看看，因为在那里可以又一次看到老城迷人的天际线——2000多座恺加时期（300年前）的土黄色泥砖老建筑，圆圆的屋顶（在室内看都是蓝色的穹顶）、高高的风塔，百看不厌。小巷中古老朴素的泥砖建筑、装饰华丽的木门比比皆是，仿佛走在时光隧道中。马可波罗笔下的亚兹德是"一座非常精致、美妙的城市和商业中心"，的确是这样的，尽管已经衰败日久了，这个城市还是极具特点的。

晚上在老广场上漫步。正值初二、初三时节，看到了一弯下弦月，与古老的建筑相映成趣，我颇费了些力气拍了下来。那是一座清真寺的穹顶吧？无数类似的建筑提示我这是个伊斯兰国家，宗教氛围无处不在。而我们这些游客呢？经过这一趟旅行后，是否能感受到一些宗教的力量？记得在扎姆克兰清真寺，工作人员先把我们请到一个房间内，发了一些文字材料（介绍伊玛目现身过程），之后提了一个问题："Do you have any religions？"（"你们有信仰吗？"）我们一时有点发懵，本能地摇头。工作人员有些疑惑，更有点为难，犹豫了片刻说："里面正在进行礼拜，你们在门口看一看吧，就不要进去了。"于是我们只能在门口向大厅里面张望一下，里面的女士们或在踱步沉思，或在跪坐读书。出来之后，大家对不能进入清真寺内部有点抱怨，而走另一侧通道的男同胞们都进去了。不过，这个问题引发了我长久的思考：我们该怎么回答这个问题呢？

我一直在认真地思索信仰和宗教的问题。"Lonely Planet 旅行指南系列"之《伊朗》中提到，伊朗人愿意热情地接待基督徒游客（据说前总理内贾德每年都会在圣诞节向伊朗境内的基督徒祝贺节日），在大多数情况下，他们对犹太教徒游客也很友好，但就连受过高等教育的伊朗人也无法理解无神论和不可知论。希望我将来给出的答案能够让他们信服。

（2018 年 1 月 28 日）

伊朗行之七：伊朗人及其他

由于跟随旅行团出行，我们与当地人直接接触的机会很少。导游侯赛因和司机阿里一直跟着我们，他们算是我们对伊朗人印象的最直接来源，其次是酒店、餐厅的侍者以及大巴扎里的商贩，最后就是在街头偶尔接触的伊朗人了。

导游侯赛因是个 30 岁左右、个子高高的年轻人，脸孔长长的，鼻子高高的，是很典型的伊朗高鼻梁。我看"Lonely Planet 旅行指南系列"上有一个特别的专栏介绍德黑兰人以"整鼻子"为荣，是为了让它显得矮一些。如前所述，伊朗人做礼拜有一个特殊的地方，即以头点地的时候不是触及地面，而是脑门在一个小小圆圆的土块上点一下。中方导游戏谑地说，这是因为伊朗人的鼻子太高了，如果没有这块小石头垫一下，首先触及地面的就是鼻子而不是脑门。侯赛因认真地予以驳斥。他的英语非常流畅，除了个别词有本地口音，其他基本听得懂，因此交流算顺畅。后来才知道，导游是他的兼职，主业是一个研究所的英文教师。他也数次夸我们这个团，说是少有的大部分团员都能说英文的团——是啊，我们这个"超豪华"的精致小团，总共 8 个人：一位台湾大姐，英文不错；一个英国留学生，一路充当她父母的翻译；我和我女儿，我的英文也是很不赖的；另外两个人，也能结结巴巴地说几句。哎，这两个人，就不多说了吧，总之挺丢人的，一路咋咋呼呼、疯疯癫癫、不成体统，一副不勾引几个伊朗男人誓不罢休的样子，几乎引起我们的公愤。还算帅气的侯赛因也在她们"勾引"的范围内吧。我看侯赛因还是很稳重的样子，据说是新婚，有空的时候就拿出小小的诺基亚手机通话，时间不短。中方导游说，这也是伊朗人的特点，爱聊天、很好客。

小侯很敬业，在每个景点都认真地讲解，不论大家是不是感兴趣；在车上的时候他就坐在司机旁边的小小矮矮的座位上，显得不太舒服——没办法，大巴第一排的两个座位被那两个女人占据了，尽管一开始领队就告诉大家第一排座位属于工作人员。中方领队和导游都不说她们，估计小侯更不愿意得罪人了。每天早上他早早就在大堂等候我们（为了节省经费，地陪们住在其他酒店），还好，大家都不迟到。在设拉子参观天堂花园的时候，下着不小的雨，一个女游客要小侯帮她在水池前拍一张照片。小侯认真地左右取景，看上去不太满意。随后，他就像没注意到眼前的水池一样，看也没看步履平常地迈了进去，啪啪啪地溅起水花。我们都惊叫起来，小侯丝毫不为所动。真是难为他了，一路上我看他也就带了这么一双鞋。

在德黑兰的时候，我终于忍不住了，向小侯投诉，为什么第一排的座位本来是工作人员的，但一路都被团员占据，辗转了几个城市都是这样。他说他也不能理解，但伊朗文化不允许他冒犯客人，尽管一路上他不得不坐在那个憋屈的小座位上，背部已经很不舒服了。在中方领队和导游的协调下，那两个女游客终于向我们作了解释，说她们晕车。哈哈，一路上就她们欢歌笑语，完全不顾这是个保守的伊斯兰国家，鬼才信她们晕车。罢了，我们团内的小小运动有这个结果也算不错了。

在伊朗这样保守的宗教国家，男人碰上不受约束的外国女人总显得有些色眯眯的，对本国女人估计他们没这胆量。一路上，我们这个以女性为主的旅行团在巴扎、机场、饭馆等场所接收了很多男人不太礼貌的目光。记得在设拉子吃午餐的时候，卫生间位于楼上。饭后我上楼如厕，一上楼就看到楼上的布置与楼下不同：楼下摆着普通桌椅，楼上是传统的伊朗"炕式"餐饮格局，小方桌摆在炕上，人们脱鞋围坐在一起。二楼有若干个小炕，一堆伊朗男人围坐在一起，边抽水烟边闲聊。看我上去，他们很吃惊的样子。好在那天我穿着黑色长袍，一副传统保守的样子。很快上完厕所，我快速下楼。之后那两个女游客上去了，这下可好，20分钟都没下来，原来是和那些男人拍照留念呢。为此，团里的老太太唠叨了半天。

说起厕所，我们一路走来，走过大城市，也走过穷乡僻壤，发现厕所卫生大体都是可以接受的。尤其是公路旁边不知名、破败的小村的厕所，居然也不是那么不卫生。

伊朗人真的好客。我们在好几个地方都被陌生的伊朗人要求拍照留念，一般都是出游的伊朗家庭，我们也都认真配合。或许这是不开放的一种表现？在巴扎里，总听到小商贩们喊"qin, qin"——他们管中国叫"秦"，很亲切也很有历史感。在亚兹德酒店门口，我们见到了一群小学低年级女生，穿着海军蓝的校服，围着白色的围巾。看到我们这群从大巴上下来的外国人，她们兴奋地欢呼起来，小脸上洋溢着光彩，可爱极了。

说起饮食，一路上吃了太多藏红花米饭和烤肉（波斯语为"烤爸爸"）。藏红花米饭，应该是大米在红花粉中蒸煮过吧，色泽金黄，吃起来倒是一般，可能因为我对美食的感觉鲁钝。中方导游劝我们买一点伊朗藏红花回去，说有各种好处，我不为所动。烤羊肉、鸡肉、牛肉随处可见，羊肉多一些，牛肉少一些，天天都吃了不少。还有烤蔬菜，西红柿、青椒什么的，这个倒是挺好吃的。导游也劝我们多吃这里的西红柿，说有我们小时候吃的西红柿的味道，确实如此。在马什哈德，我们吃到了导游无数次提到的烤羊排，据说是"T骨羊排"，一人两块，确实不错。男人们吃得欲罢不能，女生差不多都只吃一块，剩下的都给他们了。在设拉子，我们吃到了最具当地特色的菜肴——dizi，一种炖菜，dizi指盛放它的陶罐。店家把炖好的鹰嘴豆、番茄和煮得很嫩的羊肉放在罐内，用金属杵棒把这些东西捣碎成泥状，包括大块肥肉。之后把这些泥状混合物涂在面包或烤馕上吃。当小伙计演示整个过程的时候，我们的表情都有些复杂，之后大部分人都拒绝把自己罐中的食物捣碎。味道还是不错的。不知道捣碎之后是不是另有风味。

因为一直在吃团餐,所以我们不太清楚伊朗的真实物价水平,而旅游商品没什么代表性。在设拉子,从大巴扎出来,我们被街边的大块烤馕吸引。中文地陪慷慨地给我们买了一大块,按他支付的价格看,也就一块多人民币的样子,买了好大一块啊。松软又带有烤物的独特香味,好吃极了。地陪说像这种基础食品,伊朗政府提供不小的补贴,保证穷人能吃得起,所以价格才这么便宜。一般情况下这些东西是不出售给外国人的,所以我们也就吃过那一回。伊朗的水果也好吃,我对他们的甜柠檬念念不忘,甜中仅有些许酸意,正合适,我一有机会就大快朵颐。石榴也好,最难得的是籽儿也能吃,所谓"软籽"。有这些美味水果相伴,尽管一路上蔬菜不多,我的口腔溃疡也没有出来作怪。

写到此,伊朗之行的所见所闻都记录在案了,我算了却了一桩心事。我喜欢在伊斯兰国家旅行,有一个挺重要的原因是喜欢那里的晨钟暮鼓。一天五次宣礼,听着悠扬的诵经声,内心多少有一点儿平静的感觉。每天第一次宣礼的时间,各个国家和城市似乎不一样,卡塔尔的多哈是 4:45,摩洛哥的马拉喀什是 4:25,土耳其的安卡拉是 5:15,在这里,伊朗的德黑兰,我在 5:45 听到了熟悉的声音。希望能有再次聆听的机会。

(2018 年 2 月 10 日)

2016年11月我在摩洛哥的马拉喀什停留了一个星期，借住在老城的一个家庭旅馆中。又是一个伊斯兰城市，在这里每天都能听到悠扬的宣礼声。回来之后，结合当时记下的零星心情，断断续续写下了几篇回忆之作，但文末时间点仍以在该市停留的时间为主，以和其中的文字相契合。

第一辑 | 在路上

晴空下的马拉喀什老城

马拉喀什回忆之一：别具特色的家庭旅馆

早上 4:25，我听到了阿訇飘扬在空中的诵经声。打开窗户，外面还是夜凉如水。很快地，临近街道上就传来了同样的诵经声，我听不懂，只感受他们的虔诚和勤劳就可以了。

我住在老城街道深处的一家小旅馆（Riad，当地民宿）里，可以听到市井闹市的喧哗声、楼下孩子们的嬉戏声以及楼上清洁工的窃窃聊天声。初进入这家旅馆时有点失望，后来完全接受了，甚至颇为享受。这边的房子都有不矮的陶红色院墙，进去之后别有洞天，但我居然是第一个客人，几间客房空荡荡的。没有正式的前台，只有一个不太懂英语的清洁女工，房间内有低矮的沙发茶几，但没有可以让我工作的桌椅，早餐 9 点才开……一番交涉之后，他们同意把早餐时间提前到 8 点，而且把"大堂"里唯一的高桌搬到我的房间——现在我就趴在这张桌子上记录心情。

我的屋子，真的颇有特色呢。最显眼的就是白色粗布幔帐，到处都是。两扇巨大的木门通常都不关，以两幅幔帐作为门帘；掀帘进来，三扇窗户（两扇冲街面，一扇对着走廊）也由落地的幔帐作为窗帘，两个壁柜也躲在同样的幔帐之后，壁柜里有数不清的衣架，这太适合我这种带一大堆衣服的人了。算下来，统共有七幅幔帐呢，营造出非常干净清爽的氛围。床也不是普通的，有点像中国古典家具，有精心雕刻的床头，四角有床柱，可以搭蚊帐。床边还有几条窄窄的纱帐，颇有点浪漫意味。屋顶特别高，由红色木料搭建而成。卫生间的浴盆很大，马桶旁边居然有一个用来冲洗下身的水龙头，真是体贴。高高的墙面上有星月形状的简单镂空雕刻。真是个不同寻常的客房！我简直有点喜欢上它了。

大部队应该是住在新城，那里有现代化的酒店和大批量的客房。我单独一个人，住在老城的家庭旅馆最合适不过。2012年在多哈，我也离群索居，那个酒店外面就是热闹的集市（有众多卖花布的店铺，这个印象太深刻了），不远处有古老的清真寺，三五分钟的路程可到伊斯兰博物馆，甚好。

旅馆老板说，这家旅馆附近也有很多值得游赏的地方，都在步行的范围之内。等天亮了之后，我要出去探一下险。

（2016年11月7日）

马拉喀什回忆之二：幽深的老城

第一天到达马拉喀什市后，夜里听到了一阵阵哗哗哗的声音，不晓得是什么，我以为又是阿拉伯人的特殊仪式。凌晨的时候我又听到同样的声音，仔细辨识后才认定是雨声。这真让我吃惊，沙漠地带怎么会有这么大的雨！而且看样子下了挺长时间。早上，几经犹豫之后，我撑着伞，打开了楼道里的灯和露台上的门锁，再登上几级台阶，站到了旅馆的最高处。烟雨朦胧的马拉喀什老城区出现在眼前：一望无际的陶红色院落杂乱地平铺开来，似乎显得有点破破烂烂，但可以看出几乎每个庭院都有一个露台，房顶上大大小小的卫星接收器到处都是，远处隐约伫立着几座清真寺的宣礼塔。

突如其来的降雨带来了寒意，我很快就退回屋里。早饭就在旅馆的天井里孤独地进行，很奇怪，在开始的两天里，这家旅馆就我一个客人。

第二天，一个响晴的天，我再次攀上露台，欣赏了老城的日出和晴空下的老城。一切豁然开朗，很远处的阿特拉斯（Atlas）雪山和云海，稍远处的清真寺、宣礼塔以及棕榈树，近处红色的民居和飞翔的小鸟，都一一进入了我的视野。朝阳像夕阳一样美丽，眼前的景物都明亮但柔和。我久久地站在露台上欣赏眼前美好的一切。早餐就在露台上进行，简单的咖啡和果汁配阿拉伯薄饼，这饼真好吃，小伙计给我烙了两张。虽然寒意依然很重，我裹着披肩吃早餐，咖啡很快就凉了，但谁能忍住不在这里吃早餐呢？阳光透过几株盆栽植物洒过来，带来一些暖意；陶红色、蓝色、黄色和绿色的大花盆非常好看，与小小的露台配合默契；尤其是墙角的那株植物，是红色的三角梅吧，长长的枝叶上零星开着几朵，稀疏地长在墨绿色的花盆里，与旁边墨绿色的门以及陶红色的墙壁相得益彰，真是美丽无比。摩洛哥人的审美很不错。之后的几个早上，早餐都是在这里吃的，毫无例外的是我都要再攀爬几级台阶，看一看朝阳下的马拉喀什老城区。

　　老城真是个幽深的迷宫。第二天晚上我从会场回到老城，在喧闹的夜市上吃了素食的塔吉锅（Taji），又逛了几个小摊了解物价。之后，我看了看地图，决定沿着另一条有些曲折但看上去更近的路回旅馆。结果可想而知，由于低估了傍晚之天色和胡同之迷乱，很快我就在四通八达、万花筒一样的Souk（当地语言中的市场）中迷失了方向。不过这事儿难不倒我，凭着当年游历埃及时学到的几句阿拉伯语——真主保佑、你好、谢谢——我很快就从市场小伙计那里打听到了大致的路线和方向。一个小伙子甚至画了一幅简单的地图引导我走回大路。摸回旅馆已经是一个小时以后了，我长长地呼了几口气。以后几天里我就不敢贸然钻胡同了，特别是晚上。那天寻找马拉喀什博物馆和本约瑟夫（Ben Youseff）神学院，一个男孩子带路，带进去带出来，我付了他30道拉姆（相当于人民币21块钱吧）的引路费。这非常有必要，虽然老胡同非常迷人，有穿大袍的阿拉伯人、蓝色的门、古朴的手工艺品店、不让女生进入的清真寺，但真的很让人头晕。

幽深的胡同里有迷人的去处。那些个古老的小门和影壁背后可能就是一处处深藏不露的好去处。去巴伊亚（Bahia）皇宫的路上，我随便进了一个小院，就在这个充满异域风情的安静地方享受了精美的午餐，那里出售的工艺品——手编的篮子、白色的盘子、简单的皮具——让我爱不释手。皇宫掩映在绿色植物之中，白色的庭院，蓝色的门，但梁柱上刻满了精致的花纹，如果用一个词来形容，就是"雕梁画栋"。我对那里刻画着经典伊斯兰花纹的门窗尤为着迷，恨不得扛一扇回来。更有名的巴迪（Badi）皇宫就没有时间去了。

摩洛哥人似乎对蓝色特别着迷。马拉喀什是座红色的城市——因为陶红色的建筑到处可见，但蓝色也无处不在。蓝色的门窗我已经看过多处，圣罗兰创始人伊夫·圣·罗兰（Yves Saint Laurent）改造的马奈尔故居更以蓝色著称，可以称之为"蓝房子"。因为距离旅馆不太远，我去了两次，但每次时间都不长，挺遗憾。那是一个需要坐在那里细细品味的地方，到处都是饱和度极高的蓝色，近乎紫色的蓝色（紫罗兰或宝石蓝），与之相搭配的是明亮的黄色。蓝色的墙壁，黄色的雕花窗户和大花盆，掩映在各种绿色植物中，别提多好看了。我第一次明确地感觉到蓝色和黄色居然拥有如此和谐的协调性。在小市场上搜集到两个靠垫,上面用手工绣满了蓝色的花,我非常喜欢。绿色也是这里常出现的颜色,据说阿拉伯人喜欢象征生命的绿色。

(2016 年 12 月 7 日)

马拉喀什回忆之三：马拉喀什人

到达马拉喀什机场后，乘坐会议大巴来到鼎鼎大名的德加马（Dejemma el-Fna）市场，开始寻找我投宿的家庭旅馆。都说马拉喀什老城的旅馆都在胡同深处，很难找，拖着行李的我是不能贸然自行前往的。于是我打电话给旅店，希望他们能过来接应一下。电话里经理指示我先打车到另一个小旅馆（后来才知道这个小旅馆比我预定的小旅馆更知名一些，如果直接打车到我的旅馆，恐怕司机不知道），然后他去接我。在和司机讨价还价之后，我以3欧元的价码乘车来到碰头地点。很快，经理到了，他骑着自行车，戴着白色帽子，说着流利的英语，形象有点接近《卡萨布兰卡》中的男主人公里克，似乎不是本地人。他一手扶着车把，一手拉着我的箱子，带着我走到了预定的小旅馆。果然幽深，但比我清华同事预定的已经好多了，她们需要在只容两人并行通过的胡同中疾走5分钟才能到住处。最可怕的是在胡同交叉口，通常会站着一个本地男子默不作声地看着行人，他是等待付费引路的。到了旅店，"里克"摊开一张地图，熟练地圈出了几个位置，旅店、会场、旅游热点，然后把地图塞给了我。应我的要求，"里克"把本地特色餐饮简单写在卡片上，供我参考。在以后的几天里，这幅地图得到了充分的利用，而且得到了各位同事的好评，因为散落在各个小旅馆的同事们似乎都没有；那张卡片也帮了我大忙，点餐不顺的时候就拿出来让伙计看看。

　　以后几天里，我再没见到这个经理，直到付费的时候，才稍微了解到，这个"里克"其实就是本地人，管理多个小旅馆，他的办公室位于另一个小旅馆中。这些小旅馆的老板一般都是欧洲人，比如我的小旅馆的老板是比利时人，陈教授的小旅馆归一个法国姑娘。他们都聘用当地人照管生意，自己工作不忙的时候才过来看一看。

　　见不到经理，我接触较多的就是旅馆的小伙计和清洁女工了。看样子，他们两个是仅有的工作人员了，分工明确——白天女士负责照管，傍晚小伙子接班；两人共同料理客人的早餐，然后小伙子下班。按惯例，早餐时间是9点，这也太晚了，我要求提前到至少8点。他们很为难地答应了。第一次早餐的时候，小伙子的准备显然是不足的，他睡眼惺忪地端出了咖啡、果汁和干硬的"法棍儿"。就餐过程中阿姨上班了，端来了有点热气的"发面饼"。我比画着跟他们说，这个好吃。第二天不下雨了，吃早餐的地点就挪到了露台上，小伙子按时准备好了早餐，去掉了"法棍儿"，全部换成了"发面饼"，呵呵，真好。第三天，小伙子端上了一张阿拉伯烙饼（跟我们的葱油饼差不多），哎呀，太好吃了！我一边吃一边夸赞，这让小伙子很高兴。第四天，小伙子烙了两张饼！简直太贴心了！我一扫而光。一直没见到鸡蛋，后来才知道那是要额外付费的，罢了。

那天晚上一回到旅馆，小伙子对我比画："one minute（1分钟）！"——他听得懂简单的英语，也能蹦几个单词，但稍微复杂的交流就会要求我说法语，这太难为我了。很快，小伙子拿出了账单，让我付款。我表示没那么多现金，需要刷卡。他迟疑了3秒钟，说："ten minutes（10分钟）！"没问题，我回屋等待。不久，小伙子来敲门，表示让我下楼。下去一看，原来是"里克"经理带着刷卡机到了。折腾半天，刷卡不成功。经理说可能是电话线有问题，问我能不能到另外一个地方刷卡。我表示没问题。他说："好的，小伙子会带你过去。"

于是早上8:30我和小伙子约在大厅见面。我说："走过去吗？"小伙子表示走路太远了，骑车过去。他把自己的摩托车（马拉喀什到处都是这种摩托车，小伙子的还好，看上去是电动的）搬到院子里，准备出发。哎呀，这样好吗？在这民风淳朴的伊斯兰国家，一个阿拉伯男子骑车带一个中国女子？想了想，我把丝巾扯下来裹在头上，又换了一件深蓝色的长款风衣，乍一看应该是本地女子的样子吧。就这样，我坐在摩托车后座上，随小伙子走街穿巷来到了另一家旅店，见到了在那里工作的"里克"并顺利地付了款。之后，小伙子对"里克"咕噜咕噜说了几句话，"里克"翻译过来，小伙子的意思是既然已经到这里了，他可以索性骑车带我到班车点。

好啊，我正愁怎么过去呢。于是，我这个中国女子又坐在阿拉伯小伙子的摩托车上穿越大小胡同，来到乘车地点。后来和朋友们说起这段经历，她们纷纷笑话我说："你可真够拉风的啊！"

清洁女工，典型的本地妇女，穿长袍裹头巾，略有发福的样子。第一天到宾馆之后，我倒头就休息了，没有理会放在壁橱里的毯子，感觉似乎没那么冷。第二天傍晚回到宾馆的时候，毯子已经从壁橱里转移到床上。我还是没用，只是把它挪到另一边。第三天再回到宾馆，毯子已经被平铺到床上，不用都不可能了。估计她给我整理床铺的时候，一直在想，这么冷的天，这姑娘怎么不盖毯子呢？多冷啊——那几天正逢马拉喀什降雨降温，本地人感觉寒意十足，但对我们这些北方人，毛毛雨，不过是中秋景象。为了不辜负阿姨（不好意思，也许她比我小）的好意，我再没动那条毯子，晚上感觉热的时候，就伸胳膊伸腿来散热。

还有一个出租车司机也给我留下了印象。从地图上来看，"蓝房子"离我的住处似乎不远，有天早上吃过早餐，我疾行过去，想趁早上的时间看一看。门票要 70 道拉姆，还是蛮贵的。我和售票员商量了一下，看能不能一天内多次使用这张门票，因为待会儿我还要去会场，恐怕在"蓝房子"里待不了几分钟，但下午可能有些时间再过来。得到的答复是肯定的，于是我买票进场，检票的人也给了我同样的答复。这里确实是个好地方，但时间有限，十多分钟之后我就离开了，打车直奔班车地点。看司机英语蛮不错的样子,我就和他多聊了两句,告诉他下午我还会过来。司机一听,很紧张地问我:"谁告诉你门票可以重复使用?我在这里待这么久了,怎么从来没听说过?"我大惊,说售票和检票的都这么说啊。司机不由分说地靠边停车,开始打电话。一通咕噜咕噜之后,司机回头欣慰地对我说:"没问题,一天之内确实可以多次使用。"好暖心啊……

  这些摩洛哥人多善良友爱啊!他们总提醒我书包的拉链要拉上,打车的时候要砍价。我的手机在会场上还短暂地丢失了一段时间,幸运地在失物招领处找到。我爱摩洛哥。

(2016年12月8日)

马拉喀什回忆之四：民居和饮食

说去摩洛哥，人们首先想到的一定是卡萨布兰卡，但我去的是马拉喀什，不是卡萨布兰卡。马市在南方腹地，卡市在西北沿海面向大西洋，两地相距近300公里。马市距离欧洲稍远一些，没有那么浓厚的法国风情，反而充满了各色文化融合后的奇异感觉。

首先这是个伊斯兰国家的城市，老城里最高的建筑就是清真寺的宣礼塔，每天4:20响起第一轮宣礼，高高低低的声音在老城各处回荡。这太让我着迷了，虽然听不懂，但我每天都认真聆听。记得在多哈的时候差不多是4:45左右响起第一声宣礼，安卡拉大约是5:10。不同的是，在多哈，只要听到宣礼声，人们都会停下手里的活计，倒地开始做功课；而在马市，人们似乎没有这么虔诚，市场上拥挤的人们照样各忙各的。原因似乎是这样的：马拉喀什是摩洛哥土著柏柏尔人（Berbers）的聚居地之一，传说中他们骁勇善战、骑术精湛，是非洲大地上最有名的"勇士"。虽然他们在和阿拉伯人的战争中落败，但还是在很大程度上保留了自己的文化。闻名遐迩的德加马广场就是传统的柏柏尔集市，到处都是柏柏尔文化印记，各种表演（耍猴、耍蛇、卖水、喷火、说唱）、各种商品（阿甘油、药水、皮具、彩陶等）和身着民族服装的柏柏尔人。他们才不会对穆斯林的宣礼那么重视呢。欧洲文化当然也留下很多印记，例如这个地方的人们更愿意说法语而不是英语，有时候搞得我们挺为难。

民居和饮食都充满了柏柏尔人特色。我居住的小旅馆就是典型的摩洛哥建筑风格：从外面看，高大的陶红色院墙朴素低调，几扇小小的雕花窗户和一扇小小的雕花门都十分不起眼，而进去之后，眼前是四方的天井、拱形的柱廊、拼花的地砖、对称式的排列，真是别有洞天。最难得的是安安静静，外面的一切市井喧哗都被隔开了。饮食方面，我对当地特色塔吉锅和古斯古斯（Couscous）百尝不厌，好吃。前者是用柏柏尔人的传统炊具塔吉锅烹制的。这种锅有一个浅浅的锅底，锅盖呈尖尖的帽子状，据说这样可以最大限度地保持食物自身的水分。制作的时候，将菜食一层层堆码起来，放在火源上慢慢炖制，食物自身的水分就慢慢析出形成蒸汽，在小小的空间内往复循环。最佳状态下仅靠这些水分和蒸汽足以让食物炖熟。我们吃了塔吉牛、塔吉鸡、塔吉羊和素食的塔吉，样样都好吃，以德加马广场上的艾格纳（Agana）饭店的塔吉牛最好吃。糯软可口的牛肉、甜甜的薄荷茶、眼前永远热闹的集市和很远处隐隐的雪山，那个下午真美好。古斯古斯也好吃，据说是这样做的：先是在一个深口大陶土盘里装进杜林小麦（也叫阿拉伯小米，跟我们平日吃的小米非常像），然后倒入鸡汁蒸熟，再铺上一层奶油继续蒸，等鸡汤的甜和奶油的香都渗入米饭后，再将各种肉类、蔬菜铺上，最后淋上些汤汁就可以享用了。这个分量大一些，小米的口感很好。还有帕斯特拉（Pastella），我们称之为摩洛哥馅饼，也非常好吃。更别提早上小旅馆里提供的香喷喷的烙饼了，简直和中国的家常饼没什么两样。我每次都吃得精光，可惜人家最多只提供两张。

（2016年12月9日）

记德国帕加马博物馆之行

2018年春节之后我利用年假奔赴德国，目的地很明确——柏林的博物馆岛，特别是其中的帕加马（Pergamon）博物馆。行色匆匆但感触良多。这次旅行仿佛是对我多年游历，特别是在伊斯兰国家、欧洲国家游历的一次补充和总结。补充的是因战乱等原因不可能成行的美索不达米亚（Mesopotamia）文明探索（例如伊拉克、叙利亚），总结的是小亚细亚文明（土耳其）、波斯文明（伊朗）、希腊罗马文明（希腊、意大利、土耳其）、伊斯兰文明（土耳其、摩洛哥、埃及、卡塔尔、伊朗）之旅。有了对这些文明的粗浅了解，帕加马博物馆之行显得丰盛而轻松。我该为自己鼓一下掌，抚慰一下受伤的心。

写下如此多的"土耳其"之后，我又一次感觉到它真是各种文明的交汇点！我第一次私人出境旅行的时候，毫不犹豫地选择了这个国家，从伊斯坦布尔入境，随即渡过达达尼尔（Dardanelles）海峡，游历了地中海沿岸各地，又长途跋涉到中东部的卡帕多奇亚，之后回到伊斯坦布尔。之后的某次差旅中，我又趁航班起飞之前的半天时间匆匆拜访了安卡拉博物馆，那是全球最佳博物馆之一，收获满满。土耳其地中海沿岸地区充满了古希腊罗马文化的味道，我们看到了希腊时期的特洛伊古城遗址、罗马时期的富庶城市以弗所遗址、帕加马卫城遗址，各种剧场、神庙让我流连忘返；往东部去，希腊化的痕迹犹在，同时我也能更明显地感觉到遥远的赫梯（Hittie）文明以及苏美尔（Sumerian）文明、亚述（Assyria）文明等美索不达米亚文明代表的痕迹；伊斯坦布尔则满是伊斯兰文明以及之前的拜占庭文明（东罗马帝国）印迹。

帕加马博物馆拥有众多享誉全球的西亚中东历史文物，在世界博物馆中卓尔不群。大英博物馆和罗浮宫中的埃及文物可能独步天下，其他地域文物的覆盖面也很全，但要看西亚文物，帕加马博物馆独具特色。可惜时间有点不凑巧，一些重要展馆封闭维修，看到的东西虽有限但也足够震撼。

在"叙利亚小屋"（姑且这么叫，也就是南翼最西边的展厅），我看到了来自3000年前叙利亚地区的风暴神阿达德（Adad）石雕和鹰雕以及各种古朴的石雕（见书末图3），上面雕刻有古老的闪米特（Semitic，又译塞姆）象形文字，而不是苏美尔的楔形文字。阿达德石雕已经风化不堪，但庄严依旧，鹰雕忧郁的眼神让我难忘。由于农业生产对气候的依赖，风暴神在两河流域各路文明中都占据重要地位。我在隔壁展厅中又一次看到了来自小亚细亚的雅兹勒卡亚（Yazilikaya）石刻，这最大的赫梯文化遗址，尽管是复制品，但分明能让人感到历史的沧桑味道。赫梯文明主体位于安纳托利亚高原，是联系两河文明和希腊文明的纽带，它曾与古亚述建立了密切的商贸关系，最终灭亡于大名鼎鼎的亚述帝国。亚述是美索不达米亚文明中最突出的代表，历经三个时代（古亚述、中亚述和亚述帝国），先后定都于亚述尔（Assur）、尼姆鲁德（Nimrud）、霍尔萨巴德（Khorsabad）以及尼尼微（Nineveh），这几个都城均位于伊拉克北部。亚述不仅于文明发展和传播有功，这个王国也甚为残暴，四处征战，摧毁过古巴比伦城，掠夺过巴勒斯坦地区（以色列和犹太王国），战胜过埃及——在馆里我看到了以撒哈顿（Esarhaddon，另译埃塞尔哈东）国王为纪念对埃之战胜利而建造的石刻（得胜碑），石刻中他骄傲地将敌人踩在脚下。

馆中亚述文明的代表物众多，多为浮雕石刻，表现国王和贵族的生活和战争场景。我惊喜地看到了人头、牛身、鹰翅的亚述神牛（也称门神），也就是波斯波利斯"卫兵牛"的渊源所在；还有在亚述文明中占据重要地位的巨型蓄水池——两河流域旱涝不均，灌溉工程对那里的人们太重要了。亚述帝国灭亡于同样缘起两河流域的新巴比伦王国以及来自波斯高原的米底斯（Medes）王国，而后者是被同样来自伊朗高原的阿契美尼德（Achaemenid）部落消灭的，而阿族正是波斯居鲁士大帝的"姥"家。完成了伊朗之行后，这些异国历史在我心中已经不是那么艰深了，错综复杂的关系居然能让我捋出一二，我为此好生得意。

历史文明的传承要感谢亚述石刻和楔形文字记录。亚述人把他们自己做过的每一件事情都通过石刻或文字记录下来[1]，这也成了后代研究美索不达米亚上古历史最重要的依据。可惜巴比伦人没这样的习惯，波斯人也差点。亚述浮雕石刻看上去与波斯波利斯的浮雕没有太多区别，可见后者深受前者影响。人物均以侧立为主，戴圆形帽子，肌肉发达，卷曲的头发和胡子异常显眼。猎狮是亚述浮雕石刻中经常出现的主题，据说代表王权威望。

关于亚述神牛，此处我必须多写一笔。在与波斯卫兵牛进行比较的时候（见《伊朗行之二：历史篇1》），我曾提到书上说亚述神牛有五条腿，而波斯神牛就是比较正常的四条了。这次真的看到了五条腿的神牛，我小小地激动了一下。这是一种很奇怪的圆雕和浮雕结合造型，圆雕部分体现了神牛的头部和两条前腿，浮雕部分体现神牛的身体，交叉出现了三条腿，所以这只牛真的是有五条腿的！不过，如果完全从浮雕的正面观察，看到的还是四条腿；如果从圆雕正面观察，看到的则是两条腿。出现这种神奇现象的原因可能在于当时的工匠对立体构图没有概念，单纯表现他们所看到的东西，将在不同方位看到的物体同时描绘在一张图纸上，因此出现了这种超现实的艺术作品。

还有一个细节似乎与波斯文明有更紧密的联系。在"叙利亚小屋"（也就是展览风暴神和鹰雕的展室），我特别注意到一块浮雕的中上部有一个图案，一个圆环，左右附有翅膀，

---

1 约翰·德雷恩，2014.圣经的故事（*The World of the Bible*）.徐嘉言，译.北京：东方出版社.

上下有类似谷穗花瓣一样的东西，与拜火教主神阿胡拉·马兹达的样貌很像（见《伊朗行之六：宗教篇2》）。通过阅读《巴比伦与亚述文明》，我了解到这应该是美索不达米亚人（特别是亚述人）信仰的阿淑尔（Assur）神，尚武且司掌丰饶[1]。在众多的亚述石刻中，这个"神像"不时闪现。

博物馆大名鼎鼎的收藏——帕加马祭坛（也称宙斯祭坛）正在维修中，不对外开放。维修工作从2013年就开始了，开馆日不得而知。真让人失望，我到这里就是为了看它啊。我去过它的老家——土耳其西部的帕加马地区，该地当年深受希腊文化影响，建起了众多神庙、剧院和祭坛，后来都在战争和地震中毁坏，不知所踪。最终勤勉的德国考古学家在土堆中觅得碎片，装载回国后拼装成今日之祭坛。根据图片展示，祭坛上长达100米的浮雕惊心动魄、栩栩如生。主体画面描述雅典娜大战巨人族并取得胜利、地母盖亚女神求助无望的场景，表现秩序最终战胜混沌。

还有另外一个镇馆之宝，即（新）巴比伦城的"伊什塔尔"（Ishtar）门及其游行大街。它也是德国科学家在伊拉克考古发现并回国拼装所得——德国人动手虽然晚了，但凭着一股执着坚韧的精神，获得了毫不逊于英法人的考古发现。消灭了亚述帝国之后，新巴比伦国王尼布甲尼撒二世（Nebuchadrezzar II）将巴比伦城的规划和建设推向高峰，使之成为古代世界最伟大的城市。我们可以从考古发现中得知，

---

[1] 于殿利, 2013. 巴比伦与亚述文明. 北京：北京师范大学出版社：601.

这个城市周长 11 公里，幼发拉底河从城中穿过；两道城墙（外加一道防御性的外墙），九个城门，其中伊什塔尔城门最壮观。由于室内空间有限，博物馆内贴满蓝色彩釉的城门已经按比例缩小——这蓝色是国王最喜欢的颜色，是"波澜壮阔的幼发拉底河倒映出的神圣的天蓝色"[1]，黄白褐黑色琉璃砖点缀其中，狮牛龙形象按序排开。据说公牛的形象代表风暴神阿达德，蛇头鹿身兽爪的龙的形象代表巴比伦城的守护神马尔杜克（Marduk，又译马尔都克），而狮子的形象则代表战神（同时也是爱神）伊什塔尔。一些象形文字被雕刻在砖面上。游行大街是新年时马尔杜克神像经过的"圣路"，两边墙壁上装饰着雄狮。古城附近还应该有著名的马尔杜克神庙和巴比伦通天塔，可惜不知所踪。古代第一大奇迹巴比伦古城和空中花园没有留下太多痕迹，人们只能凭借眼前这些东西怀怀古了。

一楼大厅还展出两样古罗马大型展品，一个是米利都（Miletus）集市大门，一个是零碎的图拉真（Trajaneum）神殿。对去过以弗所（Efes）和罗马的我来讲，这两样东西稀松平常。特别是那个集市门，简直是以弗所那个图书馆遗迹的复制品，不能再像了。

博物馆二楼展出的是伊斯兰文物，我更加熟悉。三个清真寺壁龛［也就是我在伊朗见到的壁龛（Mihrab）］分列在三个相邻的展室中，分别来自伊朗的卡尚、土耳其的科尼亚和

---

[1] 西蒙·蒙蒂菲奥里，2015.耶路撒冷三千年.张倩红，马丹静，译.北京：民主与建设出版社：49.

叙利亚，前两个属于公元1000年左右的塞尔柱帝国（一个突厥王国），第三个属于稍后的一些的阿尤布王朝（Ayyubid）。最漂亮的壁龛在伊朗的伊斯法罕聚礼清真寺（见《伊朗行之三：历史篇2》），一样归属塞尔柱帝国。在眼下的三个壁龛中，我认为卡尚的壁龛最为古朴典雅且优美，虽然立体感欠缺一些。据介绍，第三个壁龛（被自动讲解器称为"钟乳壁龛"，也许因为它的颜色是乳白色）来自私人庭院，而且上面的文字并不是阿拉伯语，而是希伯来语，也很神奇。

在多个展室中展出的伊朗和土耳其地毯，对我来说已经没有什么吸引力了，而且我自认为这里还没有最正宗的伊朗地毯，因为伊朗人并不是特别避讳偶像崇拜，地毯上也会出现人物形象，而不是单一的花花草草。

这一层也有三样镇馆之宝，我此前倒真没见过。一是来自叙利亚阿勒波（Aleppo）一处私人宅院的精美木雕墙，也是不多见的被钢化玻璃全封闭保护的大型展品。墙面整体颜色以暗红色为主，夹杂大量黑色、深棕色、黄色、蓝色，精美的花纹、鸟兽图案遍布其上，其中孔雀图案最为亮眼，还有相当多阿拉伯书法木刻。整面墙及其木门都精雕细刻、精致无比，而当年这仅仅是会客室的墙面，奢侈无比。

第二样是来自西班牙格林纳达的木雕圆顶（Alhambra dome）。这个圆顶呈现出深浅不一的自然棕色，显得朴素多了。繁复的花纹是通过不同大小的木块、木条错落有致的排列组合呈现的。据说圆顶某个地方刻着一句阿拉伯谚语：除神之外，余无圣者。嗯，甚合我意。格林纳达位于西班牙北部，公元 8 世纪到 15 世纪曾经是伊斯兰世界的领地，后来被攻占，留下了举世闻名的阿尔罕布拉宫（Alhambra）。而这个木雕圆顶就来自这个宫殿的某个瞭望塔。

第三样是穆沙塔（Mshatta）宫殿残墙，也是个珍贵的巨无霸。它来自约旦首都安曼，建于公元 8 世纪的倭马亚王朝，当时那个地方是一个沙漠要塞，后来被废弃。这段残墙在 19 世纪被奥斯曼苏丹作为礼物送给当时的俾斯麦政府。虽然是残墙泥砖，但可以看出墙面装饰繁复，半扇墙面均雕有葡萄藤、鸟、牛、狮子和怪兽图案，古朴但不失精美的立体花纹雕饰让人驻足惊叹。此外，博物馆还展出了集中出土于伊拉克萨迈拉（Samarra）古城的文物，其中的灰泥雕饰与穆沙塔宫殿残墙一脉相承，花纹朴素，有一种天然去雕饰的纯美感觉，同样来自倭马亚王朝。倭马亚王朝是伊斯兰教先知穆罕默德去世后的第一代哈里发王朝，秉承逊尼派教义，对什叶派进行了长期的打击，这是我在伊朗之行中知晓的。在不同人的解读下，历史呈现不同的面貌。

这就是我的丰饶的帕加马博物馆之行。那几天柏林出奇的冷，天寒地冻。我徜徉在缩小版的巴比伦城游行大街上，恍惚之间感觉自己穿越到了 3000 年前的中东大地，古城宏伟，花园奇妙，通天塔屹立，幼发拉底河和底格里斯河静静流淌，蓝色天空倒映其中……

（2018 年 3 月 5 日）

2018年3月中赴芬兰参加专家活动。赫尔辛基这个小城，在我心中占据着特殊地位。小学课本中有过一则希腊寓言，讲宙斯和赫拉之子赫尔墨斯想知道他在人间受到多大的尊重，就化作凡人，来到一个雕塑家的店里询价，知道自己其实只是宙斯和赫拉雕像的添头，白送。这是个非常有趣的小故事，当时我在心里一直描画赫尔墨斯臊眉耷眼的样子。地理课本中出现"赫尔辛基"这个地名之后，我把这两个名词莫须有地拉到了一起，当他们是亲兄弟。能到这个小城工作一周，我自然喜出望外。回来后以流水账的形式记下了这段行程。

第一辑 | 在路上

风雪中的赫尔辛基中央车站

依然大雪纷飞的芬兰之一

离开北京赴芬兰的前一天,北京下雪了,真是个惊喜。要知道整整一个冬天,我在北京城里没有见到一片雪花。先是朋友圈里有人说下雪了,我探头看看窗外,评论说最多也就是个雨吧。等小凤凰起床后坐在沙发上看手机,然后跟我说下雪了,我在厨房里回答"知道啦",还是不以为然的样子。但等我再一次抬头往窗外扫去的时候,片片雪花已经呈现出纷纷扬扬的样子,我惊喜地叫了一声。小凤凰不屑地看了我一眼。我趴在窗前,仔细欣赏,整个冬天都没有雪啊!雪花穿过含苞的玉兰,洒落到地上,瞬间变成了水,只有在不远处的冰面上能看到薄薄的一层。地面已经润湿了,行人们打起了伞,小狗汪汪地叫,孩子们和小狗一样兴奋。过了一阵,雪势变小了;又过了一会儿,雪花又密集起来了,我们又无比兴奋起来。就这样,雪纷纷扬扬下了有两个多小时,算是挺痛快的了!不能辜负了这样的时光。吃点什么好呢?小凤凰说吃火锅最好。但她很快就出去上化学课了,我一个人来到楼下。雪花落到手中,感觉很沉,应该饱含水分,返青的草啊花啊,该多高兴啊。我在楼下的日式居酒屋里点了个小火锅并一小瓶浊酒,慢慢品尝。小店里几乎就我一个客人，隔着小小的窗户，还能看到飘扬的雪花。多雅致的情调，尽管一人食显得落寞了一些。

第二天我就拖着行李奔向芬兰了。芬兰，一个遥远但亲切的国家。大学的时候一个同学拼命学外语考托福，大二的时候就走了，据说去的就是芬兰，当然最终目的地是美国。不明白为什么芬兰会成为去美国的跳板。我浅显地知道这个国家拥有一个享有国际声誉的音乐家——西贝柳斯（Sibelius）；赫尔辛基有一个西贝柳斯公园，里面的音乐家雕像很有特色；还知道闻名遐迩的"芬兰浴"。另外，最近这些年的联合国政府间气候变化专门委员会（Intergovernmental Panel on Climate Change, IPCC）或气候公约会议中，不断碰到芬兰统计局的资深专家、IPCC国家清单特别工作组的首任主任瑞伊塔（Ritta），感觉她岁数不小了吧，还在孜孜不倦地工作。这次我也会全程与她会面，我带了礼物表达敬意。2016年清单审评中我碰到苏薇（Suvi），一个金发碧眼白肤的女生，洋娃娃一般，也是芬兰人哦！

不得不说，自去年10月以来，冥冥中我和芬兰建立了一种奇特的关系。10月的小长假中，我选了一天到新光天地游逛，发现地下一层有一家新服装品牌玛丽美歌（Marimekko）入驻。一瞥之下我就有点控制不住了，款式倒也罢了，那些个洋溢着或明媚或甜美或优雅的田园风格花色让我欲罢不能——从本质上看，我就是一个乡下姑娘。精明的导购小姐显然看出了我眼中洋溢的惊喜，不失时机地介绍，说这是来自芬兰的国宝级品牌。价格显然不便宜，左挑右选，我选择了一件黑底白花的上衣，细碎朴素的小花让我很中意。这件衣服我在去年秋天和初冬颇穿了几回。我上网进一步了解这个品牌，果不其然，这是个颇有些知名度的芬兰品牌，第二次世界大战之后就上线了，经典设计是红色的"罂粟花"，以温暖的花色温暖战后的人们。生日那段时间，我又去转了一圈，谨慎地买了一件黄黑色条纹的长款纯棉上衣，现在就穿在我的身上。那时候我已经知道自己将参加芬兰的入国审评，因此按捺住扫货的心情，专门留给此次出行。

一路无话到达赫尔辛基，我顺利找到酒店。我旅行过很多地方，住过很多酒店，大部分都忘记了，但这家酒店给我的印象很特别。首先价格有点贵，基本上属于我住过的最贵的酒店了。关键是，论房间的大小和基础设施，这家酒店并不比其他家的更好一些，只提供最最基本的用品，洗漱用品一概没有，毛巾似乎还缺一条（幸好我自己带了两条毛巾），无热水壶、无免费咖啡，衣架也少得可怜。比起前一段时间住过的价位相近的柏林酒店，性价比差一点。但这个酒店位置好，就在不折不扣的市中心。我下了火车［从万塔（Vantaa）机场到市中心火车站有34分钟的车程］，一眼就看到酒店，很高兴，免去了四处打探的麻烦。另外，阳台弥补了它略低的性价比。房间正对东方，阳台不小，堆满了已经凝固的积雪，站在阳台上，开阔的环境能让我将赫尔辛基中心的市容一览无余。火车站、地铁站、商场、酒店，一一在周边铺陈开来，两个高高突出的建筑，一个是钟楼，另一个稍远一些，应该是传说中的白色教堂，其余是一些疏朗的建筑，都不高。一些白雪还静静卧在房顶上，夕阳余晖温柔地斜照过来。

一进屋，阳台上的白雪和开阔的视野就让我无比兴奋。我在津巴布韦住过带阳台的房间，想不到在物价昂贵的北欧也有幸住到了这样的酒店。房间虽小但设计非常人性化。我并没有打开空调，但一点都没感觉冷，包括浴后从卫生间出来时。看来这个北欧国家的建筑节能措施挺到位的——大大的窗户和小小的通往阳台的门都是双层的。前几天在德国，如果房间不开空调，那是真的挺冷的。屋里的书桌高度对我来说很合适，甚至还略低一些。这个不多见。以我这样的娇小身材，一般书桌对我来说都偏高，搞得我工作起来挺累，有时会找几个垫子放在椅子上弥补一下上身短小的缺陷。按说北欧人都人高马大的，难得在酒店里放置高度比较低的桌子。

第二天，周一，瑞伊塔在楼下迎候，轻轨把我们带到芬兰统计局，审评工作正式开始了，我们要做的是高强度地听汇报和讨论。所幸晚上结束得相对早，6点多钟回到酒店，我还有一点点时间在住处周围转转。酒店在市中心，周边设施特别齐全，火车站、地铁站、各种商场、邮局、餐厅……应有尽有，非常方便。不费吹灰之力我就找到了玛丽美歌专卖店。这里的价格比国内便宜一些，而且有些冬季产品正在打折，品牌花色还是有些夸张了，虽然很漂亮，但可能不太适合我这有些怪异的身材。因此我按捺住了兴奋的心情，慢慢浏览。北欧不是流行极简主义嘛，买东西有三个原则，即需要、适合和喜欢，喜欢是最次要的原则，因此我必须控制自己。最终我买了一条打完折退完税 40 欧元的围巾——配饰多一些无所谓吧。离开芬兰的时候，我的行囊里又多了两样精挑细选的玛丽美歌商品：一件百搭的黑色开衫，几乎适合所有的场合；一个小小的印花水杯，经典的罂粟图案。我也找到了姆明（Moomin）小店。姆明是芬兰家喻户晓的卡通人物，憨态可掬。我在这家店买了明信片和邮票。

周二早上，天降鹅毛大雪，从阳台看出去，外面一片迷蒙，火车站、钟楼等都不见了。我在屋里兴奋得跳起来。大雪的代价是，那一天异常寒冷。适逢东道主宴请我们，傍晚时分寒风更加凛冽，我们哆哆嗦嗦地走到餐厅。

（2018 年 4 月 20 日）

依然大雪纷飞的芬兰之二

星期四晚上"下班"回到酒店不久,外面突然变了天,转瞬间出现了鹅毛大雪,又是一片迷茫。我在阳台上待了一小会儿,大衣围巾上就落满了雪花。10多分钟之后,雪消天晴,碧蓝的天空出现,当真神奇。我们几个人去一家意大利连锁餐厅吃饭,这家餐厅在波恩也有分店,大家都熟门熟路。我点了最喜欢的大虾西红柿酱意大利面,那三个人(罗曼、荼巴和罗欧)点了两个比萨共同分享。最有趣的是,我看服务员随手从桌上的迷你盆栽植物中摘下两片小叶子,点缀在红白相间的面食上,煞是好看。之后发现每个座位面前都摆放着这么一份绿植。征询了大家的意见之后,我边吃面条边摘绿叶同食,新鲜有趣。

星期五做完汇报,完成了一件大事儿,在荼巴(Tugba)的带领下,我们吃了一顿汉堡(Burg)。饭后去了不远处大名鼎鼎的"白色教堂"(Tuomiokirkko),在夜幕中观赏这座坐落在小山上的白色建筑还算适宜。可惜天气太冷了,大家很快就钻进教堂。几个人正在收拾乐器,看样子音乐会已经结束了。朝蒂(Traute)看着节目单,熟门熟路地告诉我们演奏曲目。我惊叹道:"难道你会芬兰语!"她笑说:"世界只有一个巴赫,一个莫扎特,没别人了。"

星期六一天都在酒店的会议室工作，直到下午4点。工作结束收拾停当，十几分钟之后我们就在大堂中集合，集体奔向另一个大名鼎鼎的教堂——岩石教堂（Temppeliaukion church），据说是在岩石上开凿出来的一个教堂。天气还是阴冷，饱含着湿气的寒风迎面吹着，我们都缩着脖子往前走。赫尔辛基位于芬兰最南端，似乎有点半岛性质，四面八方都有海面和海岛，我听他们讨论过，想去某个轮渡转转，可惜始终没有时间，就吹点海风聊以自慰吧。在我看来，岩石教堂与普通教堂的最大区别是，前者的整个大厅是圆形的，不是通常的长方形；也没有彩色玻璃和宗教雕塑油画，四周都是原汁原味的岩石墙壁。管风琴镶嵌在岩壁上，很别致。祭坛显得很小，几乎可以被忽略。最惹眼的是那个巨大的圆形屋顶，像飞碟一样盘旋在空中。仔细辨别可以发现这个屋顶是木制的——芬兰是个林业大国，直到审评过程中我才充分认识到这个特点。教堂里飘荡着淡淡的音乐，游客们安静地听着。

从岩石教堂出来，大家在周围的小店逛了逛，谨慎地挑选了一些纪念品，比如明信片、冰箱贴什么的。从纪念品中可以大致了解芬兰这个国家：大量的木制纪念品表明这是个林业大国；圣诞老人——芬兰北部的拉普兰（Lapland）是正统的圣诞老人的家乡；雪橇犬——圣诞老人的交通工具；驯鹿（reindeer）——芬兰的特色动物；雾气蒙蒙的浴室——著名的芬兰浴。看来芬兰的最大特色还是集中在面积不大的北极圈。游逛得差不多了，大家都饿了，茶巴的脸也已经被寒风吹红，我们感觉该吃饭了。于是荼巴左转右转把我们带到一个据说可以吃到驯鹿肉的餐厅。挺大的地方，光菜单就有多种，除了芬兰语的，英语、西班牙语、德语、法语的都有，甚至还有中文的，让人吃惊。罗曼和罗欧拿西班牙菜单，朝蒂拿德文的，荼巴拿英文的（可惜没有土耳其文的），我拿中文的。那几个人拿着菜单相互对比，没有人对中文菜单感兴趣，中文对他们来说自然是天外的东西。

我们共享了三份肉串，其中一块是驯鹿肉，人人都心满意足。真是一顿快乐的晚餐！我甚至拿着那把扦肉串的"宝剑"，吟诵了贾岛的诗："十年磨一剑，霜刃未曾试。今日把示君，谁有不平事？"然后我给大家翻译成英文。他们纷纷模仿我的中文，各式各样的口音，让我乐不可支。刚开始的时候，店家给每个人一个塑料牛头，带着两个夸张的牛角，模仿维京战士的装束。大家纷纷套在脑袋上。我对面的朝蒂，本来就很壮，戴上一个牛头，高举着酒杯呼喊着口号跟大家干杯，真的有气势，不像王后，倒像个国王。我笑得抬不起头来。于是整个晚上，我的那个牛头也没有摘下来，陪朝蒂一起戴着，觥筹交错之际，大牛角不时在墙面上"咣"地撞击一下。回到酒店，大家在大厅里互相说再见，明天每个人都要踏上归程了……

专家们是可爱的，而共同工作一个星期之后就说再见，也是我们这种工作的常态，总得伤感一阵，然后再恢复。我需要越来越习惯。

（2018 年 4 月 26 日）

日暮乡关何处是

依然大雪纷飞的芬兰之三

周日回程的航班在傍晚,给我留出一些时间略走一走。早餐过后我就出发了,在前台大厅打听好路线后,直奔西贝柳斯纪念碑而去。对芬兰最初的印象之一就是西贝柳斯这位音乐大师,这是芬兰为数不多的享有国际声誉的人物。少年时我读过一篇介绍这位音乐人的短文,大意似乎是并不是所有人都欣赏他的乐曲,但这无损于他的国际声誉;另外还特别提到他的纪念碑很独特,似乎选取了他的乐章片段,呈上下起伏状。这么多年了,这篇短文还在我的记忆中,因此赫尔辛基之行一定不能错过这个纪念碑,尽管瑞伊塔说冰天雪地的,那地方没什么意思。

在宾馆后面坐上10路电车,四站之后下车,我在行人的指点下徒步走向纪念碑。与城里不同,这边大部分地面还是被冰雪覆盖,我需要踏雪前行。尽管已经呈现出消融的样子,我还是好生兴奋,这才是北欧应有的风情。很快就来到了纪念碑附近,但远处白茫茫的海域和一座孤独的红色咖啡馆更吸引我,我踩着雪走了过去——多亏了这双雪地靴,此行为我立下汗马功劳。冰雪覆盖的水面上停泊着一艘红色小船,船舷上插着一面白底淡蓝十字的芬兰国旗,靠近岸边的地方,一家四口在玩滑冰，坐在雪橇上借力滑行的小家伙开心无比，还有人在遛狗。真是一幅静谧美好的画面。我不禁呆呆地看了一会儿。

西贝柳斯纪念碑之行让我感到失望，不为别的，而是一堆操着粤语的游客不停地在那附近拍照、自拍，你方拍罢我来拍，这伙拍完还有那伙。我的时间有限，等了片刻，纪念碑下面还是不能消停，我只能悻悻地走了。

往回走的路上，我注意到芬兰博物馆就在不远的地方，于是下车去看看。没想到还没有开门，要到 11 点才开。宾馆退房时间是 12 点，还是先回去退了房再说吧，反正都是咫尺之遥。于是，我回到酒店，先乘电梯到 10 楼餐厅走了一圈，看是不是还能碰上那位还在吃早餐的专家。可惜没有碰上，我暗自叹了口气，回去收拾行李。别了，这个有阳台的可爱房间。

芬兰博物馆不大，东西也不多（但票价不便宜，12 欧元，算是我参观过的最贵的博物馆了，北欧物价高不是空穴来风）。我印象比较深的有小小的几点：芬兰在很长时间里都是沙皇俄国的殖民地，1917 年独立，所以很多方面与俄罗斯非常相像，比如伏特加；人人都爱的芬兰浴流程不简单，简单地说，冷热交替，冰火多重天。我特别欣赏了那个描绘整个过程的录像，旁边两个老太太热心地帮我解释细节。芬兰妇女地位高，这个我已经深有体会了——接待我们的芬兰官员和专家们，大部分都是女性。略作停留后，回到酒店拿出行李,我就赶赴机场了。在免税店流连的时候,看到了朝蒂,很是高兴。

短暂的芬兰之行就这样结束了。还有几个细节想特别记下来。

关于芬兰人。芬兰人素质很高,很友善。听瑞伊塔说,受过教育的芬兰人除了母语,大部分都会说瑞典语和英语。我注意到街上的指路牌、广告牌基本上都是双语——芬兰语和瑞典语。我在马路上随便找人问路,英语都完全没有问题,而且发音很纯正的样子。去机场的路上,疲惫的我睡着了,一个在机场站之前下车的女士轻轻唤醒了我,叮嘱我别坐过站,好暖心啊。在博物馆前打听开馆时间的时候,过路的女士特别提醒我:"今天零点冬令时改夏令时了,你的表没错吧?"(前一天罗曼已经提醒我了。)她们都这么热心和善。

关于服务。自助服务很多,包括付款。在机场支付餐费的时候,服务员让我自己刷卡签字,她去招呼别的客人了,这让我感觉好新鲜。买车票时,不论是买地铁票还是电车票,全部自助,而且进站时没有任何检票环节(更别提安检环节了),从来没碰上查票人。在波恩基本也是这样的,但有时会碰到查票的,特别是往返机场,一定会有查票的。星期五那个晚上,酒店顶层有聚会,很吵闹的样子,我们住在9层的客人或多或少都受到了影响。向前台投诉,服务员主动给我们减免了半天房费,根本不用讨价还价,而且普通前台工作人员就有这样的权限,让人感到惊讶。

关于海关工作效率。据说北欧是最坚决拒绝移民的地方，因为当地政府担心高福利系统被太多不相干的人享用。或许是这样吧，反映到海关出入境柜台，就是工作效率蛮低的。入关的时候人不多，但花了一个多小时，官员认真地盘问每一个旅客，虽然并没有真正看到哪位旅客被拒绝。大部分人在柜台前停留的时间几乎达到 10 分钟，很多人拿出手机或电脑提供更多信息。出关时也是挺慢的，这个比较罕见。

最后，关于芬兰妇女的着装，我感觉她们喜欢碎花衣服，然后搭配一个素色（多为黑色）开衫外套，很有田园风格但绝不小家子气，不死板也不随意。我喜欢这样的风情，所以买了那件不打折的黑色玛丽美歌开衫。

（2018 年 5 月 5 日）

日暮乡关何处是

    2014年我才有机会第一次到巴黎，对这么一座浪漫之都来说，有些太晚了。后来我又两次专程前往，寻访我梦中的巴黎印记。最后一次是2020年春节，在巴黎一落地，新冠肺炎的警报就拉响了。于是，这次行程成了很长一段时间之内的最后一次国际旅行。也因为这个原因，这次巴黎之行的"笔录"有了两个版本。

第一辑 | 在路上

巴黎圣母院钟楼顶又凶又萌的怪兽

在巴黎遇到海明威和凡·高

眼前放着一本《海明威的巴黎》，下午抽空看了伍迪·艾伦致敬巴黎的电影作品《午夜巴黎》，不由得感激暑期说走就走的巴黎之行，让我能够顺畅并惊喜地欣赏这两部作品，同时也让我心怀遗憾——如果去之前就看了多好啊，那样我对巴黎的体会可能更深一些。不过没关系，我应该还有机会接触这座没有尽头的城市。

非常幸运的是，我预定的酒店就在巴黎圣母院旁边，塞纳河左岸，位置极为优越，而且价格也完全可以接受，代价是房间小得转不开身，不过这个不算什么。清晨、正午、黄昏、夜晚，我从各个角度欣赏了巴黎的这个地标建筑，脑海里不时闪现着雨果小说改编的电影情节——想当年我曾经为了吉卜赛女郎和钟楼怪人的故事心动不已。低头想在教堂建筑内寻找"命运"的刻字，抬头想寻觅怪人飞跃塔楼的身影……登上钟楼顶俯瞰巴黎，灰白色建筑鳞次栉比地铺陈开去，远处的圣心教堂闪耀着银光。两手托腮吐着舌头的钟楼怪兽显得又凶又萌，比其他张牙舞爪的伙伴可爱了一些。

坐一站地铁就来到位于卢森堡公园附近的先贤祠——法国的万神殿，用于纪念和埋葬法国大革命以来的伟人们，特别是法国文学的灵魂人物。推动了启蒙运动的哲学家伏尔泰和卢梭安葬在这里（这两个冤家的墓葬相向而立），文学家雨果、左拉和大仲马的墓也在这里；此外，这里也是居里夫人长眠的地方……心怀崇敬，我在这里逡巡了一个上午。《海明威的巴黎》中写道，20世纪20年代海明威在巴黎寓居的时候，从租住的房间阁楼内能看到先贤祠巨大的穹顶。我想象他一定经常伫立在窗前，感受那个方向传递过来的力量，激励他前行，因为以写作为业不仅要忍受饥饿，还要忍受孤独。

从这本书里，我还看到了海明威和一众作家经常光顾的莎士比亚书店，也感受到了它在巴黎的重要地位。说来又是惭愧又是激动，因为这家书店距离我的酒店也就几步之遥，路过的时候感觉到氛围不一样，有挺多年轻人聚集排队进入书店，全都是憧憬和膜拜的样子。出于好奇，我拍了一张照片（因为手机空间有限，暑期旅行我严格限制拍照数量）。现在我才知道原因。还有卢森堡公园，我路过时瞥了一眼但没有滞留，看《海明威的巴黎》才知道，里面有无数静寂的角落和意味深长的雕像，还有一个美第奇喷泉！我居然错过了这样的景致！如果早些时候读了这本书，我应该会在那里流连更多时间吧。冥冥中我选择了这个好地方住，感觉自己也要成为海明威了。写作，如今也是我的宗教，能时时拯救我于水火。

不仅在莎士比亚书店"遇到"海明威，我还在圣日耳曼地区的咖啡店偶遇了这位传奇作家。同样位于左岸的圣日耳曼地区是巴黎最富浪漫气息的区域，街头巷尾都有精巧的咖啡馆。在巴黎的最后一天，我坐船游览塞纳河，在这个地区下船，沿着小小幽静的街巷（正值周末）找到了巴黎最古老的教堂——圣日耳曼德佩修道院（据说笛卡尔的遗体安葬在这里），静静地参观了一会儿，便在对面的咖啡馆休息和吃午餐。读了《海明威的巴黎》，恍然发现我就餐的双叟咖啡馆（Les Deux Magots）也曾是海明威钟情的地方，他在这里写东西，也喜欢凝望眼前这座历史悠久的教堂。如此有幸，我居然无意中追随了这么多海明威的足迹！这难道预示着什么吗？

其实不止这些！《海明威的巴黎》中还写道：

塞尚、毕沙罗、凡·高、莫奈、高更——在描画自己的散文时，这些人全都在他心中。他创造自己的印象派风景画，并不想复制自然，而是要通过精心的建构表现自然。

印象派！我一意孤行奔赴巴黎几乎就是为了印象派，因为这里是印象派起源发展的地方。罗浮宫博物馆就罢了，即使有印象派画作也被埋没了。我花了整整一天时间在奥维博物馆和橘园博物馆流连，甚至最后一天在小王宫（Petit）也看到了几幅货真价实的印象派作品。再一次回忆起了那些名字：马奈、毕沙罗、莫奈、雷诺阿、德加、塞尚、西斯莱、修拉、西涅克、凡·高、高更、劳特雷克，还有不那么熟悉的克罗斯（Cross）和古斯塔夫（Gustave）。奥维博物馆"十大名作"中，凡·高作品就占了五幅，有我钟爱的《黄色小屋》和《奥威尔教堂》。橘园博物馆，当然，那是莫奈的天下。1996年的那个春天我熟悉了他们，进而像是开启了一扇门，让我对西方绘画艺术有所了解。但我还不能领悟绘画与写作之间的关系，也许多去几次巴黎就了解了……

印象派画家获得广泛认可是在19世纪末20世纪初，但那时凡·高已经去世10年了，他的作品声誉如日中天，那正是巴黎的"美丽时代"（Belle Epoque）。我在《午夜巴黎》中知道了这个名词。写到这里，我禁不住要跑题了，感叹一下《午夜巴黎》这部奇特的电影。这是一部"穿越"题材的电影，按理说到2011年，穿越主题已经不是什么新鲜东西了，关键是这部电影出现了"二次穿越"：主人公生活在当下（2010），无意间乘坐"时光机"（一辆老式轿车）来到20世纪20年代，也就是巴黎的"黄金时代"，海明威、菲茨杰拉德、斯泰因、毕加索、艾略特、波特夫妇等先锋作家、画家、音乐家齐聚巴黎的时代，真正"谈笑有鸿儒，往来无白丁"；之后主人公又乘坐轿车来到了世纪之交（1900），即巴黎的"美丽时代"，那时的法国乃至欧洲还没有经历世界大战，精致优雅的生活方式在巴黎越来越成熟，这个城市散发出无限的魅力。多么奇妙的构想！如此自然地向各个时间段的巴黎致敬。难怪这部电影获得了不少编剧奖。

言归正传，三个印象派代表画家出现在电影中的"美丽时代"，那就是塞尚、高更和残疾的劳特雷克。早逝的凡·高无缘再现，但透过闪耀的星空和塞纳河里闪闪的星光，我分明看到了他的身影。三个画家在美心（Maxim's）餐厅高谈阔论，批评当下的时代空虚无望，渴望回到文艺复兴时期。由此导演点出了主题：认为过去比现在幸福就是一种幻想。主人公生活在21世纪，不小心来到巴黎黄金时代，乐不思蜀，而那时的人希望回到"美丽时代"，岂知"美丽时代"的人更看重文艺复兴时期。如果再来一次穿越，文艺复兴时期的人们或许希望回到成吉思汗时代（主人公语）……

心有戚戚焉。我也曾写过一篇所谓的"影评"，过去的时代更美好，表达的正是这种心态（见下册的《过去的时代更美好？——〈无问西东〉观后感》）。我不由得在心里和伍迪·艾伦先生击一下掌。只是我还不能摆脱这种虚幻。"如果我真的想写出有价值的作品，我必须摆脱我的幻想"，这是电影里的台词，仿佛也是对我的警示。

以上就是暑期巴黎之行的精华。还有什么？我曾坐在巴黎古监狱（Conciergeire）的放映机前，跟随解说和图示细细地回顾法国大革命过程——如何从波澜壮阔的"人民革命"演变为"恐怖和暴力革命"，路易十六夫妇如何先后被带上断头台，罗伯斯庇尔如何从意气风发到瞬间被捕并处决。古监狱中还保留着路易王后最后被关押的监舍，几幅油画表现了她颇有些视死如归的最后时刻。晨跑的时候我几次经过德维尔旅馆（Hôtel de Ville），一直以为这是个有历史意义的旅馆，最后才搞明白这里曾经是巴黎市政厅，1794年7月27日罗伯斯庇尔就是在这里被捕的，现在这里依然是巴黎重要的公务机构。我在巴黎的时候，这个地方正在举办一场运动会——同性恋者运动会，标语是"All Equal"（意为万物平等，见书末图4）。嗯，巴黎是包容的、聚合的。

我在卢浮宫流连了大半天，三个镇馆之宝前人头攒动，我却被一个无名的少女头像吸引。我也曾坐在塞纳河边，感受一丝丝秋凉，听圣母院钟声不绝，先是双重轰鸣声，后是清脆的敲击声。我抬头仰望，依然在寻找卡西莫多的身影。

初识巴黎，感知不足一二。感谢这些作品，加深了我的认识并召唤我再去游荡。

（2018年9月9日）

重返巴黎

由于这个不平静的庚子鼠年开端,有时候我会忘记曾经在春节期间去巴黎旅行过,在那里待了10天。这不常发生,可能是心思都被疫情及其反映出来的社会现实挤占了吧,没有时间和空间回味。实际上,为了这次旅行,为了从容地看一看巴黎的冬天,我认真地准备了很长时间。没想到那几天风一样过去了。只有当一转头看到门口架子上摆放的那个藤编篮子的时候,我才又一次确认,是的,一个月前我去过巴黎。竟然恍如隔世。

一、藤编篮子和柯罗油画

我对这个篮子(见书末图5)一见钟情。发现它的那个小店位于一个偏僻的小胡同,我循着导航过去,其实是为了找一家意大利餐馆,也非常小。到得有点早了,我就在附近走了走,发现了这个小店,但因为是周日所以闭门谢客。窗户内的橱窗里摆放着很多英式骨瓷茶具,挺漂亮,而且看上去在打折。我默默地记下来。话说这家意大利餐馆也很可爱,我点了一份海鲜意面和一小瓶白葡萄酒,等餐时随口跟老板聊了聊。没想到他是埃及人(厨师是一个皮肤特别黑的年轻非洲姑娘），于是我又秀了那几个阿拉伯单词并大夸埃及文化（用英语），老板大悦。吃完饭，我表示要打包一份同样的意面，结果盛放在打包盒里的分量比我在店里吃的那份大得多。

临走的那天上午，我冒着小雨来到那家杂货店，弯腰挑选茶具的时候发现了挂在角落墙上的藤编篮子。我的眼光立刻被吸引过去。它圆鼓鼓的，内堂很大，藤条有婴儿小拇指粗，比家里的那个草编菜篮子（马达加斯加产品哦）更大更结实；篮子做工精致，每根藤条表面都很光滑，应该是进行过预处理的。当然，少数地方有折损的痕迹，但不影响总体效果。敦敦实实而又细节满满的篮子！我立刻让老板取下来，拎在手里试一下，很轻；再一问价格，29欧元，折算成人民币是200块出头吧。我毫不犹豫地买下，满心欢喜地拎回酒店。前台服务员——一位来自喀麦隆的黑人姑娘——见到这个篮子也满眼放光，说想起了故乡。我得意扬扬地说这个篮子才29欧元，比北京便宜多了，而且北京见不到这么大和精致的藤编篮子。黑姑娘睁大了眼睛说："我的天呐，在我的家乡，你可能能用1欧元买到！"这个世界就是这么不一样。

还有什么让我一见钟情的东西？有的。在卢浮宫博物馆的纪念品店里，我一眼就看中了一张风景油画明信片（见书末图6）。油画当然应该是卢浮宫收藏的作品，可惜没注意到——海洋一样的卢浮宫，纵使我第二次去，照样是浮光掠影，与很多精品擦肩而过了。说不清是什么吸引了我，这幅画总体呈冷色调，灰蒙的天空，远景是灰白的山丘和浅褐黄色的村庄，近景有淡墨绿的柏树、一株淡鹅黄色的高大但伶仃的不知名植物、像云雾一样漂浮的低矮树丛，还有一个小小的农民样的人物居中坐在矮墙上，就像是画家站在离他不远的地方描画了这张全景图。它没有印象派的光影斑驳，也没有浪漫派的浓墨重彩、激情和戏剧性，淡雅的色调、宁静冷淡的画风让我目不转睛地看了好一会儿。我已经决定不再买明信片了，因为太多了，但既然一见钟情，最终我还是买下了它。回到酒店，研究了一下，我才知道这是19世纪法国最著名的巴比松派风景画家柯罗（Corot）的作品，名为the view of Tivoli，作于1843年他在意大利游学的时候。柯罗，我对这个名字并不陌生，但不熟悉他的作品。在《渴望风流》中，他是印象派的先驱，也是毕沙罗等人的老师，跟米勒（Millet）齐名。由于有了初步了解，我再到奥赛博物馆的时候，能从一排油画中准确地选择出他的作品，这让我好生得意。在我看来，他的作品有种梦幻般的气息和浓郁的诗意，雾状的树影团团，轻盈的树叶飘飞，淡灰绿色调柔和静谧。他的风景画中还会出现一些仙女模样的少女，在树林中翩然起舞，这使得画作更加仙气飘飘。

二、再游卢浮宫和奥赛博物馆

嗯，是的，我又一次去了卢浮宫和奥赛博物馆。橘园博物馆的票其实也买了，但还是没安排好时间，没有再去。这次吸取上次无法近距离观赏《蒙娜丽莎》的教训，我不到9

点就赶到卢浮宫门口,在阴冷的天气中排了20多分钟吧,差不多是第一拨进入博物馆的。一进馆,我立刻奔向《蒙娜丽莎》陈列处,参观者还不多,我算是从容地看了一眼。年轻的小保安无奈地看着我们这些狂热的游客,面带不屑地问:"你们知道它好在哪里吗?"

跟一年半前相比(见上篇《在巴黎遇到海明威和凡·高》),感谢更多的游历、关于文艺复兴的网上课程以及参与教堂活动(见《我在南堂卖咖啡》),我对西方文化的了解更多了一些,能更加轻松地在卢浮宫大画廊中游走,对众多宗教题材的油画也不那么反感了,因为我明白它们要反映的主题,甚至知道一点其中的艺术特色。比如乔托的《接受圣痕的圣弗朗西斯》,过去的我对它可能就一晃而过了,现在的我不仅知晓其中的故事,还明白它对早期文艺复兴的意义。卡拉瓦乔的那些与众不同的画作也能让我驻足留意了。甚至,我一眼能看出这是拉斐尔的作品、那是戈雅的作品……我为自己感到骄傲,确实,人到中年的我已经有了足够的履历,应该给自己一些肯定。

在2020年第一期《三联生活周刊》(去韶钢出差的路上买的)的指引下,我重新认识了德拉克洛瓦(Delacroix,浪漫主义画派代表人物),不仅再次观赏了他的代表作《自由引导人民》(总有一堆学生在临摹),也注意到了不是那么知名的《地狱里的但丁和维吉尔》《萨丹纳帕路斯之死》,甚至还见到了他的自画像。在卢森堡公园里的一个小角落里,我甚至注意到了他的雕像。这是法国人真正的骄傲吧？"他代表着冒险精神，代表着勇气，也代表着非常极端的精益求精与苛刻的完美主义者。他总是在批判，在发牢骚，就像很多法国人一样……"[1]不知是否是巧合，他和柯罗一样都终身未婚，与绘画一生相伴。

在奥赛博物馆，除了头次认真观看了柯罗的真迹、再次见到那些"老朋友"之外，我还认识了荷兰画家容金德（Jongkind），他笔下的塞纳河和巴黎圣母院与今天的景致没有两样，除了圣母院背后的尖顶不见了。我还认真见识了法国人古斯塔夫（Caillebotte），他笔下的巴黎冬天白雪皑皑，屋顶的小小烟囱也和今天的一样。真的，巴黎民居，不论是独栋别墅还是高层公寓，都装有一排排的小烟囱，很多烟囱还有烟气冒出，看来是功能性的而不是装饰性的。那么说巴黎居民都是靠壁炉自行采暖？我也认识了喜欢画雏菊的雷东（Odilon Redon），雏菊是我最爱的花儿。我还注意到莫奈的一幅画——《火鸡》，让我想起吴冠中先生的《太湖群鹅》，二者都是一片白色身影闪烁，头上一抹红点亮画面，不同的是一个在草地，一个在湖面。印象派在中国是有传承和发展的（见下册中的《作为文学家的吴冠中》）。我认真地拍了雷诺阿和毕沙罗的几幅画，里面的小姑娘都是乖巧可爱的……透过奥赛博物馆的落地窗户可以看到塞纳河对岸蒙马特山上的圣

---

[1] 陈赛, 2020. 浪漫主义与它的阴暗面——专访德拉克洛瓦博物馆馆长克莱尔·贝莎德. 三联生活周刊 (1):72-73.

心教堂，教堂在迷雾中影影绰绰，也像一幅印象派画作。

三、计划外的卢森堡博物馆和巴尔扎克故居

我住在卢森堡公园附近，因注意到大幅广告而走进了计划外的卢森堡博物馆。那里正在举办名为"英国绘画黄金时代"的画展，以英国泰特美术馆（Tate Britain）的藏品为基础，重点介绍英国绘画历史上 1760 年到 1820 年之间这一关键时期的画家和他们的代表作。粗粗浏览一遍，我发现自己对英国绘画史几乎一无所知，除了略知风景画家透纳（Turner），其余对我来说都是陌生的。画展重点介绍了两位同时代的肖像画家——约书亚·雷诺兹（Joshua Reynolds）和托马斯·庚斯博罗（Thomas Gainsborough）。这两位都是皇家御用画家，属于经典学院派，他们所作的女士肖像雍容华贵又兼庄重严肃，追随者众多。另外还有风景画展区，我最喜欢理查德·威尔逊（Richard Wilson）的一幅画，画中静静的河流上有帆船漂浮，几株植物亭亭玉立，两个小小的人物依靠在树旁，也是和谐静谧的，色彩比柯罗作品略丰富透亮一点。

在朋友的推荐下，我参观了巴尔扎克故居。小小的二层小楼带一个小小的花园，冬天里显得有点萧瑟，但在这里抬头就能看到埃菲尔铁塔，看上去近在咫尺。在这里我才又明确地记起，巴尔扎克的系列作品《人间喜剧》里有 2000 多个人物，几乎是人类历史上最复杂丰富的作品，被誉为"巴黎社会的百科全书"。但我不知道他是个如此勤奋的人！一天几

乎 20 个小时都在写作，浓咖啡片刻不离。过于勤奋和过量食用咖啡损害了他的健康，致使他 50 岁出头就去世了。嗯，向他致敬！当然，我也又一次去先贤祠参拜了雨果、大仲马和左拉，以及伏尔泰和卢梭。路过旁边的索邦（Sorbonne）大学的时候我也默默地顶礼膜拜。

　　卢森堡公园就在旅馆旁边，不用计划也不用想起，随时可以去。我去了两次，一次是响晴的天，一次是雨天。也许因为去得太早了，晴天倒显得更冷一些，连阳光都是淡淡冷冷的，雨天反而显得曼妙。公园面积很大，游人稀少，枝叶凋零；没有绿叶的映衬，美第奇喷泉边的雕像显得黑乎乎的，一副陈旧的样子——远嫁到法国的玛丽·德·美第奇会不会有点失落？但是蓝天和枯枝倒映在铺满落叶的水面上无比美妙。有很多鸽子在草地、水面上飞翔，有几个老太太在认真地打太极拳。公园里的雕塑很多，且多为女性，简单看看介绍，基本上都是历朝历代的王后公主。在公园里能远远地看到先贤祠，晨光笼罩下显得更加伟岸神秘。这是 17 世纪的玛丽皇后为自己建造的私家花园，现在看上去甚是简朴。也许她的奢华都体现在油画中了吧。当年荷兰画家鲁本斯应皇后邀请，画了一系列关于玛丽皇后生平的油画，原本都是卢森堡皇宫的装饰品，现在都收藏在罗浮宫，这次我也得以亲见。油画将神话和现实结合，所有的画面都是在众神和天使的簇拥下展开，既没有违背基本史实，也满足了皇后的虚荣心。例如其中的一幅描绘她在马赛港登陆，天上有神仙吹奏乐曲，水中有海神和天使为她拉纤护卫，场景热闹、色彩热烈。

四、蒙马特高地

我终于走上了蒙马特（Montmartre）高地！上一次错过了它。迎着早上清冷的冬日阳光，我步上台阶，终于得见圣心大教堂（Basilique du Sacre-Coeur）的真面目——它伫立在高地的山顶上，在市区的很多地方都能远远地看到，地标一样存在着。但这个教堂的外观有一点点让我失望：大大小小有五个穹顶，跨度都不大，顶部还有一个细长的凸起，显得有点"小家子气"。它缺少文艺复兴时期教堂的那种恢宏气势，而这种气势一般都是由一个跨度巨大但造型极为典雅端庄的大穹顶造就的，例如佛罗伦萨百花教堂和圣彼得大教堂，又如罗马万神殿的穹顶。从介绍得知，这个教堂历史不长，启用刚满100年，是一座罗马式风格和拜占廷式风格相结合的教堂。比较有特色的是它的基督圣像镶嵌画，据说是世界上最大的镶嵌画之一。画中复活后的基督身形高大，双臂张开，胸口处露出被荆棘环绕的心脏——表示耶稣"既充满爱又被痛苦包围"的心灵。周边是体形小很多的崇拜者，包括圣母玛利亚和圣女贞德。上午10点有一场弥撒，我坐在门口位置观摩了小半场。在修女空灵的颂歌中，那颗心脏开始变得熠熠闪光，持续了一段时间才慢慢黯淡下去。

之后我登上了穹顶，像攀登所有的穹顶一样，绕着螺旋形的台阶不断攀爬，累得要命。巴黎的全貌呈现在眼前，塞纳河、埃菲尔铁塔都清晰可辨。但最吸引我的竟然是远处的那道……那是一条污染带吧，看上去灰蒙蒙的，还能看到几个高大的烟囱喷出白色烟气，随风弯曲、飘远。是的，这也是巴黎的采暖季，有一些污染是可以理解的。

蒙马特的小胡同里到处都是迷你画廊和纪念品店，满满的艺术气息。当然，冬天里，还是显得清冷了一些，没有阳光的地方寒气十足，影响了众人的游兴。著名的小丘广场（Place du Tertre）上有很多自由画家坚持营业，他们端坐在小凳子上，全神贯注地描绘巴黎景致。他们画圣心教堂，画埃菲尔铁塔，画拉丁区的咖啡厅，但不画巴黎圣母院了。据说当年高更、卢梭、雷诺阿、毕加索等人都曾在这里作画、卖画。小广场上的树木萧瑟、枝头干枯，倒让我能一眼看到周边建筑的风貌——全都是咖啡馆、餐厅和艺术品店，再冷也有椅子和小圆桌摆放在外面，穿着厚实冬衣的人们挤坐在阳光下喝咖啡，热气从杯子里升腾起来。游逛了不久我就钻进某个咖啡馆里吃饭了。那天正好是除夕，享受了丰盛的午餐和一杯葡萄酒以及茶水后，我多付了10欧元给那位华裔服务员，算是新年红包。我当然没忘记去红磨坊打个卡，但仅此而已。

五、巴黎的教堂

法国巴黎不愧是天主教重镇，我除了有目的地参观了几个教堂外，更在街头巷尾遇见了许多。遇见了就是有缘分，要把它们记录下来。圣心大教堂旁边就有圣彼得教堂，应该是巴黎地区最古老的教堂了，外形比前者端庄优雅得多，可惜被大教堂庞大的身躯掩盖。教堂里有一尊非常柔美的圣母像，还有一尊圣丹尼斯像。圣丹尼斯是巴黎教区第一任主教，被罗马人砍头之后，在天使的帮助下手捧着自己的头颅走到蒙马特山才倒下，所以这里也被称为"烈士山"。这尊雕像就是这个样子的，圣丹尼斯手捧自己的头颅。在先贤祠门口有一幅大型油画描绘他被杀的场景，看起来有几分瘆人。

先贤祠的后面是圣艾蒂安-迪蒙修道院（Saint-Etiene-du-Mont），这里供奉着巴黎主保圣人圣日内维耶（Sainte Genevieve，也翻译成日南斐法）的遗骨。她出生于公元420年（今年恰逢诞辰1600周年）的巴黎，从小就显示出圣徒的模样，一心献身基督教；后来她从匈奴手中拯救了巴黎，又劝说当时的法兰西国王克洛维一世皈依基督。圣日内维耶对整个欧洲历史都有重要意义。她去世之后，遗骨留存在使徒教堂，其实就是先贤祠的前身。这也是先贤祠内有关于她生平的若干大幅油画的原因，其中一幅表现她站立在夜色中，忧心忡忡地望着心爱的巴黎城，色调宁静，我非常喜欢（见书末图7）。先贤祠改作他用之后，她的遗骨迁至不远处的圣艾蒂安。

我还去了荣军院（Invalides），也是法国军事博物馆，上次远远地看了一眼，太累了没过去。这里有拿破仑的遗骨。中心建筑是圆顶教堂，他的陵墓就安放在这里。颇为恢宏的穹顶、分为两层的罗马柱、严谨对称的结构，让这个建筑显得典雅庄严，颇有古典韵味。拿破仑1821年死于流放地，7年之后遗体才回到国内，几乎全巴黎人都参加了葬礼。红褐色的大理石石棺就放置在穹顶正下方的地下墓室里，被12座低头肃立的大型女神像环绕。旁边是他儿子——罗马王的陵墓。

我还去了玛德莱娜（Madeleine）教堂，这里供奉的是抹大拉的玛利亚——耶稣的女性追随者（也有说是情人）。游历多年，我只见过这一个敬奉该女子的教堂，也许是因为传说中她后来流落到法国并葬在这里。教堂的外观极为显眼，因为特别像雅典娜神庙，有高大的科林斯式圆柱和刻满浮雕的三角楣，无比庄严典雅——古希腊建筑给了现代人多少灵感啊！教堂前面是王宫路，路那一端是协和广场的方尖碑。目光再远一些，跨过塞纳河（当然看不到），就是波旁宫，也就是现在的国民议会（Assemblee Nationale），它同样是以圆柱和三角楣为主要特征的古典建筑，与这边的教堂遥遥相对。目光再远一点，就是荣军院的大穹顶了。这四个建筑——玛德莱娜教堂、方尖碑、波旁宫、荣军院，构成了一条直线，中间与香榭丽舍大街垂直相交（交点就是方尖碑），并跨越塞纳河。教堂内部设计相当华美，祭坛后方洁白的玛利亚升天大理石像显得异常圣洁。她双臂略伸开，掌心摊开，脑袋略低垂，眼睑低垂，神态安详，在三个天使簇拥下即将飘然而起。有几个年轻人在塑像前练习歌曲，看样子是为演出排练，个个都英俊漂亮。我静静地听了好一会儿。

怎么能忘记圣日耳曼德佩教堂？我已经是第三次拜谒了。那天巴黎终于下雨了，我撑着伞迎着风，穿行大街小巷之后再次来到这个咖啡馆云集、文学青年必打卡的地方。在花神咖啡馆（Café de Flore）找了个座位，享受简单的午餐和一杯例行的啤酒。这个咖啡馆是萨特和波伏娃的最爱之一，它见证了第二次世界大战后法国文学和哲学的复兴。我边吃边凝望着这座古老的修道院。它的占地面积很大，罗马风格的钟楼高耸，其余建筑朴实无华，半圆的门洞和三角楣呈现出黑灰的烟火色，一副沧桑模样。这个大门是整个建筑最古老的部分了，可以追溯到12世纪。如丝的细雨中，修道院像一位沉默的老人。

餐后走进教堂，这次我是来寻找笛卡尔的墓碑的。经过数次修缮之后，教堂内部装饰和结构都显得比外观新一些，有些地方甚至可以说富丽堂皇。我顾不上细细观赏，迫不及待地在左右廊道上的小小礼拜堂里寻找笛卡尔的墓碑。我以为，以笛卡尔的大名，他一定会独占一个礼拜堂，墙壁上会大大地写着他的名字：Descartes。然而没有，我逡巡了两遍，每一个礼拜堂都看过了，还是没找到。不得已，我冒昧拦下一位女士，拿着书指着笛卡尔的名字询问。无奈我的法语实在不灵光，而且笛卡尔或许也不是那么家喻户晓，女士有点摸不着头脑。她指了指门口，建议我去找工作人员。胖胖的管理员拿出了一张B5纸大小的文字说明，上面密密麻麻地写满了法文。她指指点点地说，在这里呢，笛卡尔在8号小礼拜堂里呢。我连忙找了过去。

礼拜堂的正面墙壁上镶嵌着三块黑色大理石墓碑，每块上面都镌刻着十几个人的名字，不到近前根本看不清。笛卡尔的大名就列在中间墓碑第一列（见书末图8），看上去也没有很像样的墓穴。即使隐藏在我们看不到的地方，按照萧拉瑟的说法，墓穴中也没有笛卡尔的头颅[1]。原来如此的不起眼。我默默地参拜，真心有点为他鸣不平。

理论上，以笛卡尔对数学和哲学的贡献，他去世后葬入不远处的先贤祠应该是没有问题的。他的同胞——伏尔泰、卢梭、雨果、左拉、大仲马都葬在那里，享有独立的大理石墓室，伏尔泰墓前还有一尊全身塑像。看资料，笛卡尔的遗体从瑞典运回法国后，有几次机会进入先贤祠，可惜总是功亏一篑，最终只能屈尊在圣日耳曼德佩修道院。不过，能在这个见证了第二次世界大战之后法国哲学和文学复兴的地方长眠，笛卡尔也应该心满意足了吧。

我还遇到了以下这些教堂：圣让蒙马特教堂（Saint-Jean de Montmartre），当然也在蒙马特区，靠近阿白斯（Abbesses）地铁站，铁铸的外形十分独特。我十分喜欢教堂内一个手执水瓶向花池中注水的天使少女雕像，温婉柔美。至于 Notre Dame de Clignancourt（可以简单翻译成克里格南苑圣母院），这完全是一桩偶遇了。在赴蒙马特的路上，由于地铁工人罢工，几个换乘的地铁站都关门谢客，我只好没完没了地转车，

---

[1] 简平，2020. 笛卡尔留下的传奇. 北京晚报，4-12: 16.

转来转去来到了这个教堂附近的某个地铁站。既然遇到了就进去看看，顺便也歇息一下。教堂内静悄悄的。正当我静坐的时候，一位老人走进来，放下一把鲜花之后就出去了。那是一束白色的玫瑰花，带着鲜嫩的绿叶，似乎还附着露水，真漂亮。

在寻找玛德莱娜教堂的路上，我邂逅了圣母升天教堂（Paroisse Polonaise）。它拥有一个完美的穹顶以及同样由科林斯圆柱和三角楣组成的经典门廊，颜色陈旧，古老沧桑的样子竟让我想到了罗马的万神殿和特拉斯提弗列区（Trastevere）圣母教堂（见《再赴罗马》）。我一时以为这就是玛德莱娜教堂，和手中的画册比较了一下，结果发现不是的。想打听一下教堂的来历，无奈人家都不讲英文，我只好抄下了它的名字，然后进去参加了半场活动——正是周日下午弥撒进行时。教堂门前有几个小摊售卖奶酪、面包等日常食物，弥散着烟火气。回到酒店之后查询，才知道它是巴黎的圣母升天教堂。写到这里的时候，我想再多了解一下这座建筑，但网上已经很难搜寻到像样的信息了，可见它在百度世界多么低调。

傍晚在旅馆附近散步的时候，遇到了圣雅各伯堂（Saint-Jacques-du-hautpas），夜色中显得古朴。与大名鼎鼎的圣雅各塔（Jacques Tower）比起来，它也是籍籍无名的，沉默又孤独。

六、其他：圣母院、书店、铁塔、电影和塞纳河

巴黎圣母院也去了。失去了身后塔尖的教堂显得有点孤

兀，圆圆的玫瑰花窗几乎变成了一个黑洞。我真正的目的地是河边的莎士比亚书店，上一次与它擦肩而过了，竟然没有意识到它的重要性。书店里满满当当的二手英文书和满满当当的游人，后者自然都是来打卡的。二楼的一把摇椅上蜷缩着一只肥猫，旁边有一个提示："昨晚我看书看到半夜，请不要打搅我。"我买了一个布艺手提袋。两个年轻店员满口伦敦腔，看来这家书店是属于英国人的。

话说巴黎（左岸）书店真不少。我正在阅读的小说《塞纳河边的旧书店》中谈道：

巴黎人对待书店的态度跟他们对待烘焙坊的态度有点类似；两者都是平凡而重要的地方，屋里陈列的仅仅是书籍和面包，无须盲目崇拜，只需给予足够的敬意……书籍和法棍儿是标志性的存在，万一它们突然消失，就如同埃菲尔铁塔坍塌、塞纳河断流，巴黎就再也不是巴黎了[1]。

第一次登上了埃菲尔铁塔。虽然对这个庞然大物不感兴趣，寒风中俯视巴黎也有一些挑战，但我很喜欢铁塔的影子倒映在巴黎大地上的样子。不久，夕阳西斜了，寂寥铁塔、沉默河水、河上吊桥和萧瑟植物构成了冬日巴黎图景，别有韵味。真的，冬天的巴黎，没有了树木枝叶的遮挡，可以看到很多夏天看不到的景物。冬去春来，枝叶长了又落，而古

---

[1] [美]利亚姆·咔拉南，2019.塞纳河边的旧书店.威悦，译.北京：中信出版社：98.

老建筑永远不变。巴黎就是一座驻扎在历史画卷里的城市。

还在巴黎看了电影《小妇人》，这居然是我近期内看的最后一场电影了。电影院太寒酸了，只有一个小得不能再小的接待处，然后就是几间放映厅。我早到了半个小时，接待员劝我过会儿再来，这里没地方待。看着外面暗沉的天气，我没出去，就在一个小角落里坐等了一段时间，冻得要死。后来陆续来了几个老年人，听语气也是在抱怨冷。工作人员说那边有一个小型自助咖啡机，看我们看看能不能弄几杯咖啡喝。于是老先生开始鼓捣机器，还没喝上呢，放映时间到了。看看，就这么简陋寒酸，哪里能和北京比？历史虽好，但现实差了一点。电影不错，不仅主讲女性成长和独立意识觉醒，还有我喜欢的罗南和甜茶，英语也能听个八九不离十。

我的又一次巴黎之行就这些了。离开的那一天，航班在晚上，我上午去塞纳河上乘船观光，也是"故技重施"的仪式性活动了。冬雨后的巴黎蓝天白云，塞纳河上的白云更有一股铺天盖地的雄壮气势。铁塔、波旁宫、亨利四世桥、奥赛博物馆……一一闪过了，船上的蓝色欧盟旗帜迎风招展。希望法国和欧盟安好。就要返程了，希望祖国安好。

（2020年2月20日）

又遇塞纳河边的莎士比亚书店

塞纳河边的莎士比亚书店是巴黎书店中的翘楚，前年夏天我第一次游历巴黎的时候，就住在它的旁边，竟然不知其大名，只是注意到夏日傍晚很多年轻人排队等候入场，以为是个咖啡馆、酒吧之类的文学青年打卡处，没往心里去。回来后阅读相关书籍，我才知道这家书店的大名，后悔不迭。2020年年初再游巴黎的时候，这家书店成了我的第一个去处。

从外表看，书店一副陈旧的样子，除了绿底白字的店名横幅显得比较新以外，绿色的木质窗棂和淡黄色木板装饰都保留着历史沧桑感，贴在装饰木板上的英文字母斑驳参差，有几个字母脱落了，竟不能读全。两扇玻璃非常明净，映衬出书店门前几株大树的身影，窗内错落摆放着书籍。莎士比亚的经典头像——有点秃顶——挂在中间的玻璃门上方。外墙上挂着绿框的小黑板，写满了英文，讲述书店的历史和特点。

书店内的空间狭小逼仄。古老的书架上，满满当当、密密麻麻的全是旧书，几乎顶到天花板，大家小心翼翼地在勉强留出的通道中穿行。随手拿一本下来，都是经典英文书籍，有小说也有历史、哲学著作。沿着窄窄的楼梯小心地走向第二层，旁边的墙壁上贴满了旧旧的招贴画，让人很难不停下来欣赏，有海明威、菲兹杰拉德等人的头像，也有《巴黎圣母院》《午夜巴黎》的剧照。第二层有两个小屋子，其中一个屋子里洒满了阳光，窗边圆圆的摇椅上一只肥猫正在蜷缩着睡觉，旁边的卡片上写着：Aggie the cat was up all night reading... please let her sleep（这只叫 Aggie 的猫昨晚看了一夜书，请不要打搅它）。每个人都自觉放慢了脚步，轻手轻脚地翻阅书籍。另一个屋子里除了成堆的旧书外，还有一架钢琴，乐谱翻开摆放在正中，就像音乐家刚刚离开。

书店里摩肩接踵，大家都默默地享受着温馨时光，好像一不小心就能穿越时光见到 20 世纪二三十年代在这里频繁出没的大作家们。两个年轻店员操着满口伦敦英语为大家结账、提供咨询。英文招牌、满屋的英文书籍和英国店员，在巴黎这个地方实属难得。

我选了几个小小纪念品后离开了书店。屋外北风阵阵，阳光清冷，冬天的巴黎与北京一样萧瑟。河对岸的圣母院失去了尖顶，被高高的脚手架包围，显得有点气馁和孤寂，而这边的书店一如既往宁静温馨，为读书人提供冬日温暖和旧日情怀。

（2020 年 3 月 8 日）

另一个视角：新冠病毒阴影下的忐忑巴黎行

1月18号小姑娘放假，1月20号一早我们娘儿俩就拖着行李去机场啦——为了这趟巴黎行，我准备了可不止两个月。我请了年假，再加上春节的假期，要在巴黎好好地待上一周多，等小姑娘初六过阴历生日的时候再回来跟爷爷奶奶爸爸团聚。等我们到达巴黎、入住酒店的时候，已经是北京时间21号凌晨了。一看手机新闻，钟南山院士于20日下午（也就是我们在飞机上的时候）已经宣布武汉疫情具有"人传人"性质，传播速度快于当年的"非典"，湖北之外的其他省市也发现了病例，形势比预想的严峻得多。我一下子有点傻眼，20号上午还一片祥和，啥事没有啊，怎么一下子变了风向？忽然我又想起来，到巴黎的飞机上坐在我旁边的那个人不停地擤鼻涕、清嗓子，听口音还是南方人。我的天啊，不会有问题吧？

于是，我在巴黎每天早上的第一件事情就是查看国内尤其是北京市的疫情，一向对万事都不关心的小姑娘也变得严肃认真，捧着手机随时向我报告进展，报告确诊人数、死亡人数、武汉封城等，比参观博物馆上心多了。我们两个人心事重重地走在巴黎大街上。我突然觉得这也是个好机会，于是我问小朋友:"妈妈给你讲讲过去的事情,好不好?其实你就是'非典'早期出生的哦,'非典'结束的时候你差不多半岁了……"小姑娘说好。我的话匣子难得在她面前打开一次。

2003年春节期间,刚一破五,怀孕已经足月的我有了发作的征兆,火速入住北京妇产医院,诞下小朋友。住院期间,我嘱咐家人把每天的《北京晚报》带过来。一天我在报上看到新闻,说广州发现不明肺炎病例,传染性挺强。和大多数人一样,我当时并没有把这则新闻放在心上,只当是过眼云烟。到小朋友满42天返院体检的时候(3月中下旬),看上去还是一切安好。然而到了4月,"非典"病症开始在北京流行,专家一时没有找到合适的治疗方案,发病率和死亡率每天都在上升,北京成为重灾区,人心惶惶。我更是断绝了带孩子到楼下晒太阳的心思,必要的时候只在阳台上露露小脸。公公婆婆买菜购物也是直去直回,不在外多停留一分钟。5月,非典在北京的传播到达顶峰,每天疑似新增病例达到上百人。为了应对这个突然事件,北京市以前所未有的速度在小汤山盖起了专科医院,专门用来治疗非典病人。

终于,5月10日,6名患者康复出院。此后,北京疫情开始大幅度缓解,人们的紧张情绪开始舒缓。我也略松了一口气,开始上街采买日常用品。记得那天出去了一趟之后,傍晚开始出现发烧迹象,而且很快上升到三十八九摄氏度,我简直吓坏了,戴着口罩给一直纯母乳喂养的小朋友喂奶。当时的心情一言难尽啊,我的宝宝刚满百天……晚上洗浴时触摸到乳房上的硬块,我才意识到应该是乳腺炎。虚惊一场。到6月24日,已经多日没有新增病例了,世界卫生组织才将北京从疫区名单中除名。

"到这时候",我的故事快要结尾了,"你已经长成了活泼可爱的半大婴儿了——你哪里知道哦,你只知道吃喝拉撒的时候却是大家生死攸关、众志成城的时刻。到现在你马上就满17岁了,看样子又要经历一次。"小姑娘时而兴奋时而沉思,真的,我从来没见她这么上心过。

在酒店住了几天后,我和前台混熟了。一个来自喀麦隆的黑人姑娘告诉我,有几个来自中国的订单取消了,理论上他们预订的房间都是不能退费的,考虑到情况特殊,就都退了。她问我情况是不是很严重了。我告诉她,放心,很快就会好起来,我们有这个能力。

待在国内的先生不断叮嘱我们买口罩,而且回国的路上一定要戴着。看着快回国了,我就跑到药店买口罩。店员告诉我,普通口罩一个人可以买5个,1.5欧元(差不多10元人民币)一个,N95口罩一个人只能买两个,3欧元一个。我挺奇怪,就问她:"满大街我没看到一个戴口罩的啊,为什么限购?"店员回答:"冬天我们这里总有流感,所以大家都备着呢,这种限购算是常态。"没办法,我又跑了一家店,才多买了几个。国内有段子说一个武汉女子让法国罢工结束、大家都疯抢口罩,我可以负责任地说,虽然巴黎也出现了两个病例,但除了机场,我没看到一个人戴口罩,而且罢工也没有结束，时不时还有地铁站关张停业。

离店的那个早上，吃早餐的时候我们居然看到了中国同胞，一家六口（爷爷奶奶、爸爸妈妈和两个孩子），上海的，1月19号就出门了，先到罗马后到巴黎。我们都挺激动地打招呼寒暄，就差拥抱了。他们说两天后他们也要回国，真有点紧张呢。奶奶撇着嘴说，阿拉上海人和武汉人在名古屋机场吵起来了……

1月28日，我和小朋友离店赴机场。机场里戴口罩的人明显多了起来，在柜台办手续的同胞们都一脸严肃，不聊天、不碰触，大家都明显保持着距离。空乘们都带着黑色N95口罩，一路都没见摘下来，真够他们受的。一路无话。航班降落北京，每个人都多填了一张表，明确自己的信息和联系方式。客舱广播念了几位旅客的名字，他们先行下机，之后我们才陆续离开。就这样我们结束了忐忑不安的巴黎之行，回到了北京。回到家自我隔离。

到现在，我们一切安好，北京市的新增病例和新增疑似病例都在减少，出院病人增加。一切都会好起来的，我的祖国、我的城市已经接受过一次检验了，现在的中国，国力和科技水平更加强盛，各种体制机制更加完善。众志成城，迎接我们的一定是又一次胜利。

（2020年2月2日）

在佛罗伦萨遇到达·芬奇和米开朗琪罗以及他们的朋友们

2018年夏天，我结束巴黎行程（见《在巴黎遇到海明威和凡·高》）后随即去了佛罗伦萨，在那里停留了6天。国庆长假之前的最后一个工作日，终于收到了寄自佛罗伦萨的明信片，适时警示我该完成关于这座城市的写作任务了。

这张明信片应该是在米开朗琪罗广场上拍摄的，夕阳下的美丽小城一览无余。一片片红色屋顶、灰白色砖墙华丽地铺陈开去，居于中心位置的自然是佛罗伦萨大教堂（也就是百花圣母教堂）的红色穹顶，依次往左看去，突出的几个建筑分别是乔托钟楼、圣洛伦佐大教堂和韦奇奥宫钟楼，那是小城的"中轴线"。远山暮霭沉沉，托斯卡纳乡村掩映在薄雾中。

这座小城，六天里我步行丈量了多次，几乎能叫出每一个古老建筑的名字。在140米高的乔托塔楼上，我也曾对着地图一个一个地辨析那些"地标性"建筑，即使我没有全部进去参观。百花大教堂就不提了，火车站附近的是新圣母玛利亚大教堂（西北角），与它遥遥相对的是东南边的圣十字大教堂，东北边的是圣马可教堂和博物馆，它的旁边是学院美术馆,而更加大名鼎鼎的乌菲兹美术馆就在韦奇奥宫的南边数米处。目光越过阿尔诺河和韦奇奥廊桥,那是圣灵大教堂和碧提宫以及圣米尼亚托大殿……

我和这个城市的缘分妙不可言。先说最近的。半年前我被电影《请以你的名字呼唤我》迷住的时候,曾经在哔哩哔哩网站上将两位演员的访谈看了个遍,其中有一段阿米耶(Armie)说提米(Timmy)比他早到克拉玛(Crama)小镇三四个星期,他一到,提米就以主人自居,告诉他"It is good coffee, that is good Gelato"。当时我不知道什么是 Gelato,一时也无法拼写出来,只能大体猜测应该是一种食品。到了佛罗伦萨,我发现满大街都是 Gelato!原来是意式冰激凌!对冰激凌兴趣一般的我,特意买一个满满巧克力的甜筒,坐在人来人往的街角小心翼翼地吃完。味道不敢妄加评论,因为不是专家,但"Lonely Planet 旅行指南系列"上说,佛罗伦萨人对意式冰激凌的态度是很认真的。这还没完,不久之后,我还看到了一首以 Gelato 为题的小诗:

I tried to eat a frittata(我努力吃下意式馅饼)
and had to wash it down with wattah(但不得不以水相伴)
and now I think I gotta(我看能够大快朵颐的)
eat a lotta gelata(只有意式冰淇淋)

这是作者游历了佛罗伦萨之后的有感之作。对英文诗我也不能妄加评论，但神奇的是，作者的名字是茱莉叶（Julie），正是我的英文名字（也是微信名）！我简直要和佛罗伦萨击掌相庆了。

稍远一点的缘分，追溯到两年前就可以了。那年秋天我在中华世纪坛参观一个关于文艺复兴的展览，在一幅大型图片面前，讲解员（一位特聘专家）问我们，猜一猜这是哪个城市。我们都有点茫然。专家说，一看这个红色圆顶，就要知道这是佛罗伦萨，这是它的地标，那里是文艺复兴的发源地。于是，去佛罗伦萨明确地成为我的梦想之一。而我对文艺复兴的兴趣，可以追溯到更远的时候。妈妈对我的影响、大学时西方美术史老师"乱七八糟"的讲解、研究生时代对印象派历史的阅读、工作以后对工业革命的探究，都和文艺复兴有或多或少的关联。

话说回来，佛罗伦萨城市虽然小，但巷道繁多，稍不注意也会迷路，当然要找回来也容易。到处都是博物馆和教堂，走着走着就发现一个一看就不简单的建筑，停下来读一下，哦，原来是×××博物馆（或教堂，或故居）。有时候看到窄窄的街道尽头出现一个气势不凡的穹顶，走进去，豁然开朗，一个不小的广场加一个恢宏大气的教堂或博物馆。三步一个教堂，五步一个博物馆，这个小城的文化遗迹俯拾皆是，无愧于文艺复兴摇篮和世界文化遗产的美誉。北京也是座历史城市，但它的历史在紫禁城里，这里的历史就在街头巷尾。

这座城市诞生了达·芬奇和米开朗琪罗两位前无古人后无来者的艺术家（兼科学家），这已经足以让其他所有城市俯首称臣了。说来奇妙，我就住在达·芬奇博物馆旁边，随时都可以进去看一看。实际上，这座博物馆最适宜的观众是孩子们，因为它更多地从科学角度讲述达·芬奇的思想和发明创造。相信这是一种无奈的选择，因为达·芬奇的传世作品大多不在佛罗伦萨，说起来也挺悲哀。不过在这里我第一次明确地知道，达·芬奇的女子肖像油画，除了法国卢浮宫的《蒙娜丽莎》和美国国家画廊的《吉内拉夫·德·本奇》，还有一幅，就是《抱貂的女子》（现存于波兰博物馆）。这些女子都沉静从容，脸上有自然的光辉。乌菲兹美术馆不会错过这位奇人，努力收藏了他的"三幅"作品：一幅完整的（《天使报喜》），一幅未完成（《东方博士来拜》），一幅与他人合作（《基督受洗》）。盐野七生在《我的朋友马基雅维利》中谈到，达·芬奇的另一幅未完成作品《安吉亚里战役》在底稿阶段就被认为是"伟大的杰作"，目前我们能看到的成品大多来自后世作家对底稿的临摹。达·芬奇有如此多未完成的作品，可见其人生中颇多不安定时期，是不是佛罗伦萨（和意大利）并没有特别善待这位天才？话说，木秀于林风必摧之，古今中外都一样，再说那个时代（16世纪的佛罗伦萨）确实过于群星灿烂了，少了一个达·芬奇，大家似乎认为没什么。

米开朗琪罗小达·芬奇20岁，少年成名，也是群星中最亮的一颗。佛罗伦萨到处都是他的痕迹。首屈一指的就是学院美术馆，它是为《大卫》量身定做的。据盐野七生讲，其实一开始达·芬奇就建议将这件作品放置在建有屋顶、可避风雨的回廊中，但年轻气盛的老米拒绝了这一善意的建议，执意放置在市政厅广场上风吹日晒。不过300年后，《大卫》还是躲进了美术馆，广场上的那座变成了复制品。我早早订了票，8月9日走进学院美术馆，不用排长队。《大卫》伫立在回廊尽头，阳光从玻璃圆顶照射下来，"雪白的大理石雕像熠熠生辉，五百年如一日"。观众们手执解说器围坐一圈，从各个角度观赏这个著名男人的裸体。"Lonely Planet 旅行指南系列"特别谈到为什么《大卫》的阳物看上去较小。因为在古典艺术中，稍大甚至真人大小的作品都被认为不够优雅，故而采取较为小巧的造型。这个角度的讲解倒是很有趣。

除了《大卫》，学院美术馆还收藏了老米的一些未完成作品，如《圣马修》和《四奴隶》。老米雕塑作品中的人体大都大幅度扭曲，痛苦地挣脱某种束缚，包括卢浮宫的《垂死的奴隶》，不论面部表情如何。

我在乌菲兹美术馆也见到了老米的作品，那里陈列着他不多的油画作品之一——《圣家族》（暂不提西斯廷教堂的那些壁画）。即使是油画作品，也充分体现了老米作为一个雕刻家的本色：圣母玛利亚裸露的臂膀线条分明、肌肉粗壮，应该是所有圣母形象中最健壮的一个；圣婴也生机勃勃，无比健美。在大教堂博物馆中，我看到了老米年近80岁时雕刻的

《圣殇》，其中的圣母白发苍苍、面容憔悴，完全不复圣彼得大教堂《圣殇》中年轻美丽的模样。艺术家老了，他心目中的圣母也跟着老了。东南小山上的米开朗琪罗广场更是老米的领地，高高树立的是《大卫》青铜仿品，人们在这里放歌纵酒，欣赏最美丽的日落景致。行程最后一天的下午和傍晚，我留给了这里。

夕阳沾到山边的时候，山间暮霭呈现出淡淡紫色；夜幕赶到，小城慢慢暗了下来，唯有阿尔诺河像一条玉带一样泛着银光，从远处流淌过来。三座拱桥鳞次栉比地跨越两岸，包括第二次世界大战时希特勒特别下令保护的韦奇奥桥。晚风吹拂，我仿佛听到了松涛的声音，音乐声起伏，有歌女在吟唱。大家都面向夕阳，脸上笼罩着落日余晖。

如果在达·芬奇和老米之外再选择一位佛罗伦萨的艺术家，恐怕就是波提切利了。他的《维纳斯的诞生》和《春》是乌菲兹美术馆的镇馆之宝，取材于古希腊罗马神话。作品切切实实地摆脱了中世纪的宗教束缚，画中的女神们个个活色生香但又纯洁无辜，一扫中世纪油画的刻板和冷漠，这就是活生生的文艺复兴啊。大学时代我选修了西方美术史，老师特别讲解了这两幅画，然后无限感叹地说：多美的人体啊！学生们想笑又不敢。在学院美术馆，我也注意到了波提切利的早期宗教题材绘画，也是颇呆板的样子，不知道后来怎么发生了那么大的变化。通过波提切利，我还了解到了他的老师里皮（Filippo Lippi），这个因和修女结婚而名声扫地的修士,他的《圣母圣婴以及两天使像》也是乌菲兹美术馆中最著名的作品之一,据说这部作品深刻地影响了波提切利。

还有那么多熟悉的名字:乔托、提香、卡拉瓦乔……我几乎迷失在乌菲兹美术馆,即使做了那么多功课,即使留了一整天时间在这里。现在回想起来,除了这些令人眼花缭乱的画作,我还记得咖啡厅里的金枪鱼三明治真好吃,大厅玻璃窗拥有比米开朗琪罗广场更好的欣赏阿尔诺河和河上廊桥的视角,从美术馆寄明信片比外面便宜30欧分……

如果再选择一个他们的朋友,我可能会选择一个我不熟悉但在小城也处处留痕的艺术家多纳泰罗(Donatello)。他与大教堂穹顶的设计者(布鲁内莱斯基)是好朋友,教堂唱诗台上有他的绘画作品;巴罗杰博物馆内收藏了他的代表作——雕塑《圣乔治》,据说这件作品采用了新的透视法,推动了意大利雕塑艺术的发展;比老米早100多年的《大卫》雕塑,更是中世纪以来第一尊独立式裸体人物。大教堂博物馆也有他的众多作品,特别是晚年的代表作《抹大拉的玛利亚》,整个基调绝望憔悴又孤独。有评论说,晚年的多纳泰罗脱离古典雕像的理想美和华丽庄严气魄,强调激情,丑陋和痛苦成为他后期创作的内涵。

当然不能忘记瓦萨里(Vasari),他是老米的学生。百花教堂穹顶上的湿壁画《末日审判》就出自他和他的继承者们。即便是伟大的作品,但在西斯廷教堂的《末日审判》面前,其他所有类似的题材都会黯然失色吧。他还是一名美术史家,这一身份更让人铭记。他的著作《艺园名人传》长达百万字,并第一次提出了"文艺复兴"一词。同时,作为建筑家,他修建了连接韦奇奥宫和乌菲兹美术馆的空中走廊,现在的名称是"瓦萨里走廊"。这条走廊专门为美第奇家族建造,供其成员自由自在地在这两个建筑之间穿梭,避免和市民们直接接触。后来这条走廊上也布满了艺术珍品。去佛罗伦萨之前,我千方百计预订参观瓦萨里走廊的门票而不成功,据说已经不对外开放了。

除了艺术家,佛罗伦萨还有作家,代表人物自然是但丁。同样,佛罗伦萨是有愧于但丁的,因为他是被驱逐出去的,终身不能返回故乡。当小城幡然悔悟的时候,他们所能做的只能是把但丁的衣冠冢安置在圣十字教堂(老米也安葬在这里),同时为拉文纳安葬但丁遗体的教堂永远提供灯油钱。在百花大教堂内,我看到了纪念但丁200周年诞辰时依照他的代表作《神曲》创作的油画(作者不详),描绘着但丁站在佛罗伦萨的城墙外,手握一卷《神曲》,壁画的背景是在地狱之门上方的炼狱。画中的但丁身着红袍,头戴月桂花冠,面容清癯严肃,充满神秘气息。看资料说,但丁不仅是文艺复兴的先驱,更和同样出生于佛罗伦萨的古典文学大师薄伽丘以及选择在这座城市生活创作的彼得拉克一起确定了意大利语的地位。他们的作品以托斯卡纳方言写就,现在的意大利官方语言就是以这种方言为基础发展而来的。说佛罗伦萨语相当于意大利语中的"普通话",罗马口音倒是方言呢……

佛罗伦萨还有大名鼎鼎的科学家伽利略。实际上,伽利略不是佛城人,他是附近的比萨人,出生在老米去世前三天。在18世纪之前城邦林立的意大利,比萨小城曾长期依附于强大的佛罗伦萨共和国,后借机独立,之后又被收回。(盐野七生在《我的朋友马基雅维利》中浓墨重彩地描写了马基雅维利如何殚精竭虑协助执政官将比萨收回的故事。)虽然伽利略出生于比萨,但他的灵柩却安置在佛城,伽利略博物馆也在这里。按余秋雨先生的话来说,佛城对伽利略有大恩。当佛城不能阻止罗马教廷对伽利略的传唤的时候,执政官派出了自己的坐轿送腿脚不便的老先生去罗马;在罗马,迎接先生的是佛城驻罗马大使。科学家被囚禁后,经多方请求,才在最后几年得以去佛城医病。佛城始终以迥异于宗教裁判所的态度礼遇伽利略。从这些故事中我们大致可以知道为什么佛城是那么多艺术家和科学家眷恋的地方,尽管它也曾犯过错误。

前面已经提到几次了,马基雅维利这位佛罗伦萨土生土长的政治家,以《君主论》创立了现代政治学。从盐野七生的书中我了解到,这是一个非常勤勉忠诚并且富有远见和智慧的公务员。他的职位一直不高,但拥有"佛城兴亡,我的责任"的强烈担当。作为使节,他常年奔波在外,为佛城谋取和平的发展环境。他勤于上书,一封封具有远见卓识的信件从外驻地寄回佛城,速度之快、文笔之好令其他人相形见细。估计这也是他不太招人待见的原因之一。从我的职业角度看，他是一名非常优秀的决策支持者，放到现在，估计很快就去政府办公室工作了。美第奇家族重掌政权后，马被放黜，多方努力也无法重拾他热爱的职业，只能回头撰写《君主论》以及《论李维》，抽空还写了几个剧本。他怎么那么能写。

长期以来，因为《君主论》，马被认为是邪恶的导师。他的最高目标是保护他的国家——佛罗伦萨共和国，为此可以采取一些计谋。他的名言之一是：如果一个君主只做道德允许的事情而不是成功允许的事情，那就等于自取灭亡。有心人读出了其中的精华。这里摘取一段斯金纳（Quentin Skinner）对《君主论》的分析：

> 大部分人会把《君主论》当成是一本告诫君主要使用权谋来保证权力的著作，但如果把马基雅维利的生平和"德行"一词放回到古典哲学和文艺复兴的语境之下，可以发现马的"德行"包含远见、明智、勇敢和保有权力。由此，我们才能理解《君主论》这本书的真实意图。

以上就是我所遇到的佛城艺术家、作家、科学家和政治家。一座小城，孕育和培养了数不清的伟人，是真正的钟灵毓秀、人杰地灵。

除了在小城游荡，我还用了一个下午去乡下走了走，浅浅地看看托斯卡纳乡村风光，品一品当地的葡萄酒。蓝天白云，橄榄树葡萄园……我爱佛罗伦萨，不论城里还是乡下，不论人还是酒。

（2018年10月5日）

重返澳大利亚

今年 4 月中我短暂地去了一趟澳大利亚凯恩斯市（Carins），参加 IPCC 的 TFI 专家会议。这是我第二次到澳大利亚了，上一次是 2010 年，很遥远了。由于没有文字记载，很多细节都忘记了，这里算是大概补记一下吧。

2010 年 4 月经悉尼到达堪培拉，转机时间够我们出去看看悉尼大桥和歌剧院，大家都很兴奋。正值初秋，天气不冷不热正合适。澳方负责国家清单的罗布（Rob）及其团队全程接待了我们，至今我和罗布还不断地在各种会议上碰面，算是不错的朋友。尽管这样，对他的英语我还是有点发怵，有澳大利亚口音不说，他还语速飞快，有些时候真让人跟不上。特别是，当我说话的时候，他通常笑眯眯地低头看着我（他个头不矮，有点秃顶），从不点头表示应和或听懂了，也不摇头表示不理解或不同意，这不由得让我担心自己是否表达清楚了或者我的观点他是否接受。不过他微笑的样子好可爱，脸上有两个暖心的酒窝，还有一丝羞涩的样子。

说起和英语母语的人对话英语，有一个新西兰人给我的印象好极了。那年在新西兰惠灵顿，飞机起飞之前有半天可以出去走一走，于是我们请了一个导游带领我们高效地在小城里游逛一圈。这个导游高高瘦瘦的，看上去年纪不小了。简单的聊天之后知道他来自英国，喜欢这里便定居下来了。他的英语表达，既简单又清楚。后来我们都意识到，其实他在精心地选择用词并控制语速以免为难我们这些外国人，我好生感动。遇到这样的贴心人，我们也能放胆聊天，于是相谈甚欢。后来，我和他一起到酒店前台处理点事情，年轻的服务生和我对话起来就没那么体贴了，又是口音又是俚语，我们勉勉强强、磕磕绊绊地交流。导游先生在旁边不住地叹气搓手，很着急的样子。我猜想他一定在心里暗骂："你就不能说得慢一点，用词别那么随意？你的谈话对象可是个外国人啊！"

言归正传，罗布有一个得力的团队，一周的工作会议让我们收获多多。他的一个助手斯蒂夫（Steve）是煤炭专家，打领带总是有点歪。罗布说他很少打领带，打这一次实属难得。还有一个助手的姓氏很有意思，是 Whitehead（白头先生），实际却是个高大帅气的年轻人。更难得的是，他是澳大利亚国家门球队的选手！好吃惊，运动员还从事这么专业的工作，或者说专业技术人员居然还是国家级运动员！不过，门球是老年人的运动吧，他却这么年轻，也是蛮奇特的。当年下半年他随队到中国来比赛，我发邮件向他致意，他高兴地回复我：We won more than we lost（我们赢多输少）。

堪培拉这个小城乏善可陈，地方不小，但人不多，冷冷清清。有一个不小的湖，还是人工湖。印象较深的是每天晚上我们漫步到市中心去吃饭，中餐、泰餐、日餐轮流吃，分摊下来倒也不算贵。别看他们说英语，实际上这个地方的亚洲色彩很浓重。结束堪培拉的公务后，我们飞往墨尔本。第二天一大早罗布和"白头先生"的航班也抵达了，我们一起参加了与几家企业的座谈。最后一天，飞机起飞之前我们到大洋路匆匆走了一趟，看到了在树顶睡觉的树袋熊，和在大洋中孤零零伫立的"十二门徒石"（Twelve Apostles）。在南太平洋海浪天长日久的冲刷下，这些砂岩不断坍塌，我们看到的时候应该已经不足12座了，这些年应该更少了。它们还出现在贾樟柯的电影《山河故人》中。

2018年也是在4月，我重返澳大利亚。4月10日早上8点到达凯恩斯，休息了一上午（因此错过了全会），中午和其他单位的中国同事汇合，在阳光明媚的小路上寻觅到一家中餐馆吃饭，下午就上会了。满满的三天会议，4月13日中午结束，不知道该说充实还是累。14日一早打道回府，经广州原路返回。

再一次见到那么多老朋友真是高兴啊！艾米特、瑞伊塔、多米尼卡、罗布、维特、TFI的职员们……我们高兴地拥抱，大家都有说不完的话。第一天晚上（4月10日）有官方的招待会和简单的土著表演，像类似的招待会一样，大家举着酒杯溜达聊天，各式口音的英语乱飞，服务员端着一盘盘烤制类小吃四处逡巡。第二天（4月11日），和瑞伊塔、萨斌等几位在夜市的开放空间共进晚餐，这里熙熙攘攘的，很有烟火气。我和同行的一个法国人（世界粮农组织的专家）辩论了一阵什么是"土著"、为什么要保护土著。他很委屈地说，他们法国人也需要保护啊。第三天晚上去一个当地的商场转了转，乏善可陈，简单吃了一顿饭就回去了。最后一个晚上和中国同事们一起吃了海鲜大餐，真正的澳洲大龙虾，人均50澳元。我的第二次澳大利亚之行就是这样。

花了很多时间在宾馆的阳台上看日出。我选择住在会议酒店，价格很高，每天221澳元（还是打完折后的），好在有一个阳台，正对东南面，能看到港湾、停泊的小船和巨大的邮轮，早上还能看到云卷云舒和穿过云层的灿烂的光线。我每天差不多6点起床（相当于国内的4点多），晕晕乎乎地坐在阳台上等待太阳从对面山顶上跃出或者努力从云层中露出脸来。有时候恍惚进入一种神秘的景象中：巨大的乌云在天边移动，镶嵌着金边，显然太阳就在它的背后，但始终不能突破束缚，光线从缝隙中投射出来，刀锋一样直直地射向山顶或海面。我被这样的景象震惊，久久停留在阳台上，感觉到有一种力量在乌云背后挣扎——我知道当时的我有一点点宗教情结……

我7点半左右下楼去吃早饭，昂贵的酒店自然有丰盛的早餐。在泰国人邦迪的指教下，用两个新鲜的橙子自助榨取一杯果汁；在日本人马雅的示范下，在自助机上得到咖啡；此外，再冲调一杯日式大酱汤。早餐就是以这三杯液体为开端的——后来发现加拿大的多米尼卡也是这样的。之后，再吃点青菜、中式炒饭或炒面、一个煎鸡蛋、半个猕猴桃，心满意足。回到房间的时候，一般已经是满室阳光，太阳早已摆脱了乌云的束缚而天马行空了。中午的时候很热，气温在30℃左右，寻觅午餐的路上顺便浏览一下市容。高大茂盛的热带植物郁郁葱葱，从白云中露出的天空蓝得有点不真实。酒店对面就是一个赌场，我们小心翼翼地绕过，其他参会人员则大摇大摆地穿行，节省了不少时间。

这个城市有相当明显的日本印记，我们不仅看到很多日餐馆和出售日本商品的小店，一些出售本地旅游商品的小店也是日本人经营的，从店主到服务员清一色都是日本人。

凯恩斯位于澳大利亚东海岸最北端，是距离大堡礁最近的城市。可怜我们没有时间去大堡礁，只有时间到港口看一看。港口海水湛蓝，桅杆林立，随便一拍就是一幅可以做屏保的画面。距离凯恩斯最近的与大堡礁类似的岛屿叫绿岛（Green Island）。好巧，最近迷恋上一首老歌——《绿岛小夜曲》，聊以自慰。回程的飞机上看了一部老电影——《一切都好》（*Everything is fine*），罗伯特·德尼罗主演。是的，一切都好。

（2018年6月16日）

匆匆印度行

终于，我的旅行表单上可以加上印度这个国家了，无论如何它也不应该被忽视。

7月9日下午出发，10日一早到达，12日晚上离开，13日下午回到北京，在印度共待了三天两晚。只能利用非常有限的时间在德里城里走走，粗略地见识一下这个古老奇特、名副其实的发展中国家。

一听说我要去印度，朋友们都提醒我注意安全，尤其是食品安全和人身安全。前一段时间，印度又在"对女性最不友好国家"名单上名列榜首，据说莫迪总理都怒了。有朋友说他连喝印度的矿泉水都拉肚子，强烈建议自带饮用水。我倒没那么紧张，唯一额外的准备就是自带了热水壶，尽管知道五星级酒店一定会有这样的设备。看了几部印度电影了解国情（见下册的《珍贵的社会责任心》）后，我有点担心上街的时候是否会找不到厕所……

10日早上3点多到达德里机场，入关取行李，一切正常。一出机场大门就感觉到一股热气袭来——才早上4点多，温度就已经达到30℃。司机一路送我们到酒店，一边夸我的英语还不错，一边趁着天麻麻亮殷勤地介绍路边的景致。我们经过了使馆区、政府区,也就是司机口中的"VIP区",看上去整洁宽阔,绿化做得非常好,郁郁葱葱。

酒店名为拉丽特(Lalit),是周边不多的高层建筑之一,鹤立鸡群,一进去凉风习习,服务生神采奕奕,通身五星级酒店的气派,立刻就让人忘了这是个地道的发展中国家。房间超大,同事住的那间更大,据说还有两个卫生间;空调哄哄地转动,温度设在22℃。我按照中国的习惯调到27℃,房间立刻安静下来。我小睡了一会儿,换好衣服下楼吃饭。还没坐定,我就见到了几个老朋友:田迈清人先生(Kiyoto)、平石尹彦先生(Taka)、苏润(Suren)、安追(Andrej)。真是太好了,尤其是见到了平石先生,我感到十分惊喜,我以为他退休后就退隐江湖了。

饭后有两个小时自由时间。我和同事收拾停当,在前台租了一辆车,出发去了他们推荐的一座印度教神庙。车子跨过亚穆纳(Yamuna)河(挺大的河,我倒从来没意识到德里边上也有一条大河),带我们来到河东边的印度乃至全球最大的印度教神庙阿克萨达姆神庙(Swaminarayan Akshardham)。确实是大,占地100英亩,红色砂岩墙壁环绕,一座宏伟的灰白色神殿居中。它与我印象中的印度神庙不一样哦,我在新加坡和斯里兰卡见到过印度教神庙,各种动物和妖娆的神像闹哄哄地攀爬在庙塔之上,五彩缤纷,喜气洋洋,显得有点俗气。而眼前这座神庙要肃穆庄严得多。

神庙谢绝一切可能拍照的电子产品,我们进去之前被查了个底儿掉。原以为没有手机干扰，我们可以更从容认真地游赏，没想到我竟感觉不知道该如何参观了，似乎只凭双眼不足以完成这项工作。另外，酷热的天气确实也让我细细游览的热情消退。顶着热气走过几重神门（Dwar）之后，我们来到穹顶起伏的恢宏神殿面前。要进去必须脱鞋，黑瘦的工作人员一边帮我们存放鞋子，一边反复说"walk on white"（走在白色的地板上）。最初只听懂了"white"一词，以为我的白色长裙惹了祸，后来才恍然大悟。原来甬道上有白灰两种颜色的大理石，在炙热的阳光下，灰黑色大理石的表面温度要远远高于白色，人家好心让我们这些赤足的游客走在白色的甬道上。感谢提醒，我们一旦不慎踏上了灰色的石砖，就会一下子跳起来，蹦到旁边的白色部分。

神殿里供奉着一位杰出的印度教传播者纳拉场（Bhagwan），他生活在十八或十九世纪。除了这位神圣的学者和若干幅讲述他传教故事的油画之外，神殿四周墙壁上还供奉着一些印度教神像。我对印度教知之甚少，只知道有一个"猴神"，据说还和孙悟空有点瓜葛。我向附近的工作人员询问："Where is the statue of the monkey？"（猴子塑像在哪里？）他很不高兴地说："不是猴子，是猴神哈努曼（Hanuman）！"然后不情愿地指给我看。果然是个尖嘴猴腮的猴子，蹲在两个貌美丰满的女神样人物中间。这也是我对印度教很不理解的地方，作为一种宗教，塑像中总是出现很多神态妖娆、姿态豪放、衣不蔽体的人像，实在不够严肃。精工细雕的大理石穹顶让人叹为观止,据说这种雕刻艺术在印度有上万年历史。不仅仅是穹顶,所有的墙壁上都有这种繁复的雕刻,不留一点空白,容易让人产生视觉疲劳。

大殿外面的低层围墙上刻画着众多大象和少许狮子、羊等动物浮雕。这些姿态各异、肥胖的大象让神殿显得活泼了一些,其中一只大象曲着前腿撅着大屁股,脑袋触地,让一只山羊站在它的脑袋上。我不由笑了起来,这大屁股真够浑圆的。细细看来,似乎还有些小故事在里面。例如,一只狮子在追赶一头小象,大象妈妈冲了出来,用长鼻子卷住狮子的身体,而小象躲在妈妈身后探头观望。

按照惯例我找到了纪念品店,采买了几个纪念品,包括一本书和一个木制小书架,真心不贵。同事耐不住炎热,买了一杯可乐,49卢比,差不多7块钱吧。后来发现这个价格比一般麦当劳里的价格还要便宜一些,感觉很奇特。一般来说,旅游区的商品价格要贵一些。另外,这个神庙不收门票。两天之后,我才意识到,这个神庙是新建的,2000年开工,2005年对外开放,是个崭新的建筑。我们接触到的英文资料都选择性地忽略了这一点,只是反复强调它所代表的历史的悠久。这让我有点失望,还是功课做得不够。城里有一个更有年头的神庙——拉克希米纳拉扬神庙(Laxmi Narayan),可惜我们没时间了。

第二个目的地是国家博物馆,一般来说,到首都级的城市都应该选择博物馆看看,印度还是个文明古国,更应该去了。但最终结果还是让我有点失望,或许是功课做得不够,或许是时间不够。矮矮小小的三层建筑,所有的展品——石器、陶器、青铜、金银艺术品、首饰、细密画、硬币等,看上去都乏善可陈,没什么亮眼的东西。在一个小小的佛教厅堂里,可能供奉着佛陀的舍利等物件,看到几个身穿袈裟的修士倒地膜拜,才能依稀感觉到这个地方的独特之处。文明古国啊!代表文物在哪里?是那个5000年前的哈拉帕(Harappan)文化舞蹈女孩吗?小得几乎让人忽略它的存在。门票一点都不便宜,外国人650卢比,相当于70多块钱,但本国人只收20卢比。这是不够开放的象征。

傍晚时分,印度朋友强烈建议我看一看旧德里的红城堡(Red Font,印度语为Lai Qila),说这是印度的象征,像中国的紫禁城一样;每年国庆日和新年,总理都要在这里举行隆重的仪式。我又开始痛恨自己没做功课,连这样的地方都不知道。进入老城,普通印度人多了起来。大热的天,大部分人都着长衣长裤,女士都穿成套的沙丽装——长款外衣加长裤和纱巾,人人都汗流浃背的样子。

这是一座由深红色砂岩组成的阔大城堡,高大厚重,城墙中部有一排排射击眼,最高处有一些类似小亭子的东西,应该是瞭望塔吧。城墙内的建筑,有寺庙、宫殿、议事厅,基本上都很残败了,不仅失去了功能性,连观赏性都快失去了。不知道印度政府怎么想的,城墙维护得不错,里面就不管了吗?也许因为里面的建筑多是穆斯林风格的。我看到了明显波斯风格的凹龛和拱形门。这座城堡就是在莫卧儿帝国时期建造的，这个王朝统治者属于突厥人，信奉伊斯兰教。这个时期也是印度被外族人统治的年代。想起在伊朗伊斯法罕四十柱宫看到的画作，描述的是莫卧儿第二代国王胡马雍流亡波斯期间向萨法维王朝（同样信奉伊斯兰教，不过已经属于什叶派）借兵反攻的事情，我不由得自豪了一把。跟朋友说起来，朋友愤愤地说，伊朗抢过我们很多珍宝呢！

想找一个地方喝点咖啡吃点轻食，朋友带我去了一家麦当劳。这样挺好，估计我也不敢随便吃印度传统食品。之后，我们又走了几个街区，找到一家小小的书店，买了一本关于印度的书籍。在这里买英文书很方便，而且不贵，一本图文并茂的书不到600卢比，即不到10美元。

这一次算是近距离地观察了一下印度人，大家口中的"阿三"。几个印象都没有超出预想。首先，是人口确实年轻化，很多年轻男人坐在路边，衣衫褴褛，无所事事的样子。其次，不知道是不是男女比例真的有问题还是女生不宜抛头露面，街面上的女生不多，更难看到单身女性。像我们这样的外来女生总是要接受很多异样的目光，即使跟着男性朋友，我也能处处感受到那些"直愣愣"的眼光，感觉确实不太安全。最后，贫富差距悬殊。40多摄氏度的天气里，酒店、麦当劳凉风习习，而很多人就那么站在路边，无遮无拦，看着无奈。连流浪狗都躺在街边喘息，勉强享受一点从店铺门口下方渗漏出来的冷气。在经过一处繁华路段的时候，朋友说这些商铺的老板一般都是英国人，商铺托付给本地人料理，这些经理都算是有头有脸的上层人物；还有一些依附他们的阶层，日子过得不好不坏；站在街边的那些人，没有固定工作，但总能找到吃饭的地方，一餐也就半美元，基本生活没有问题。我说，每个人都有生存之道。

11日晚上已经是行程的最后一个晚上了，我们几个人走出酒店坐上一辆三轮车（tuktuk），准备采买一点本地纪念品。司机能说英语，得意地说三轮车是德里的"直升机"，然后飞快地启动了。果然名不虚传，在混乱的交通秩序中，轻便的三轮车具有天然优势。话说德里完全不是一个对行人或骑行者友好的城市，各种车辆混杂，乱驶乱停，便道狭窄还经常被侵占，行人非常危险。几天里连一辆自行车都没看到，就别提共享单车了。怪不得印度朋友从来不建议我们步行，最差也应该乘坐三轮车。我们的司机像小鱼一样在混乱的环境中左冲右突，游刃有余。车上的我们紧紧抓着扶手，不断嘱咐他：小心点、小心点！司机不屑地说，他在这里当司机25年了，什么事故都没发生过！

不多的时间里我们共去了三家小店吧，小店出售印度织物、首饰、工艺品、香料等物品。顾客很少，我们略有点担心，稍作停留就出来了。在最后一家店，我买了一个小小的檀香木手工画，两只憨态可掬的小象围绕一棵树。店主说小象分别代表健康和财富，树是生命树。这画颜色本真古朴、寓意不错，我就买了下来，连带一幅色彩鲜艳的孔雀画，据说纸张是非常古老的（带着一枚印章样的图案），共5000卢比。采买完毕，我们依旧去麦当劳解决了晚餐——反正上次吃了挺安全的。

12号早上6:30，我收拾妥当再次出门逛逛，这次是单独出行。没走多远就看到一辆三轮车，司机一边向我招手，询问目的地，一边拿出一大瓶矿泉水和一袋谷物类的东西走到街边的三角区。要做什么呢？只见他打开瓶盖，将水哗啦哗啦地倒在一个盆里，然后打开塑料袋将谷物倾倒在地上——原来是为小鸟们准备食物。一瞬间我有点感动，没砍价就坐上了他的车，很快到达印度独立门（India gate）。这个地方类似我们的人民英雄纪念碑或者莫斯科的无名烈士墓，都是纪念在战争中牺牲的士兵们。我绕行一番，行注目礼。独立门对面也有一排恢宏的建筑，我向警察打听，原来是总统府。我又招手叫了一辆三轮车，过去看了一下，之后匆匆返回酒店。

下午6点收拾行李退房，去机场之前还有些时间，我徒步到附近的一个市场转转，顺便解决晚餐。这几步之遥就到了另外一个世界。与我们的星级酒店相比，这里一切都处于混乱状态，无秩序无安宁，空气又湿又热，站一小会儿就汗流浃背烦躁不堪了。同事在超市采买日用品，我躲进了一家咖啡馆吃点东西——外面实在让人无法忍受。但是印度人民，他们那么宁静地待在这样的环境中，每个人都能找到自己的位置，随遇而安。是无奈的习惯，还是宗教告诉他们要忍耐，或者他们根本就不知道不远处就有那么舒适豪华的地方？出来的时候，酒店里正在举办一场婚礼，宾客们西服革履、衣裙翩翩，接送我们的司机特意让我们过去看看"这帮人怎么烧钱"。我看了看就默默地退出来了——我不属于他们，同时也感觉自己不属于街边的人群。

宗教！印度有世界上最繁复的宗教：印度教、耆那教、锡克教、伊斯兰教、佛教、基督教、犹太教乃至拜火教，所有这些宗教都能在这里找到居所甚至发源地。印度教无疑是居于统治地位的宗教，但粗略地查阅一下文献，发现人们很难对"印度教"进行准确的定义，这里摘抄一段英国人的评价：

无法对印度教做出一个准确的定义，它既是有神论的宗教，又是无神论的宗教；既是多元论的宗教，又是一元论的宗教；既是禁欲主义的宗教，又是纵欲主义的宗教；既是宗教信仰，也是生活方式等等。

还有马克思的评价：

这个宗教既是纵欲享乐的宗教，又是自我折磨的禁欲主义的宗教；既是林加崇拜的宗教，又是札格纳特的宗教；既是和尚的宗教，又是舞女的宗教。

我正在阅读的《人的宗教》和《世界哲学史》这两本厚厚的著作中，都把印度教或者以印度教为主的东方哲学放在首篇，但还是感觉不知所云。汉斯·约阿西姆·施杜里希

(《世界哲学史》的作者)对印度哲学和西方哲学进行了比较，认为印度教有如下特点：一是高度依赖传统，因此有无比强大的传承性。二是强烈的实用主义倾向，希望能够为人们提供一种正确的人生指南和获得解脱之道。三是轻视纯粹的理性认识，认为只有通过直觉才能把握真理。四是无处不在的灵魂转世思想，这让人们能够从容地接受天性的差异。之所以如此，是其前世的业因所决定的；同时，也能让人们在短暂的尘世生活和永恒的来世之间发现因果联系。五是气度非凡的宽容性。六是鄙视尘世生活和逃避现实人生。

印度人民能够随遇而安、安贫乐道以及不思进取，是因为有这种逆来顺受的人生观？因为目前的生活状态是前世造成的，而目前的行为又将决定来世的生活状态？目前的苦行僧状态可以保证一个好的转世？他们相信"王侯将相都有种"，对西方信奉的"个人自由和价值至上"不以为然？如果他们确切地知道富人的奢靡生活正在毁掉大家共同生存的地球，他们该有如何的反应呢？他们还会认为这是必然的吗？匆匆印度行，反而让我对印度产生了更多的疑问。

或许，一切都可以归于古代吠陀教义：From joy we are come, and unto joy shall we return（我们从喜乐中来，应回到喜乐中去）。

（2018年7月30日）

重返莫斯科

国庆假期最后一天（10月7日）出发去莫斯科，参加入国审评，工作6天后回国。这是我第二次到莫斯科了，第一次是2013年夏天，当时随团游览了圣彼得堡和莫斯科，遗憾没留下像样的文字。

到达莫斯科大约是当地时间3点左右，我依然选择公共交通工具赴宾馆，还算顺利。天气比想象中要温和一些，后来听当地人说那段时间是"India summer"（类似于我们的"秋老虎"），离开莫斯科以后听说那里开始下雪了，真是遗憾万分。即使这样，莫斯科也已经黄叶满树、落叶满地了。晚上见到团队，除了秘书处代表贾维尔（Jaiver），别的专家都是初见。讨论进展之后去吃饭，餐厅服务员一定要男士们脱掉外套并存放起来，对我并没有提出类似要求。来自法国的林业专家没什么异议，来自希腊的工业过程专家一副不可思议的样子，说："我能不脱吗？"交涉了一会儿他才穿着外套进入里间。我们乐不可支，纷纷感慨，这是什么规矩啊。也许是从安全方面考虑吧，一想到这个我们倒有些理解他们了。后来发现莫斯科所有的公共场合（地铁站除外）都有一个显眼的存衣处，自然是气候因素主导了，确实是地方特色。

满满 6 天的工作，我们眼中的莫斯科只有晚上。我还好，2013 年来这里旅游过，见识过红场、克里姆林宫、第二次世界大战纪念广场、莫斯科大学，其他专家都是第一次来，也只能看一看"黑暗中的莫斯科"，遗憾得要命。对我而言，夜游莫斯科大大地帮我补了一课，那就是参观了闻名遐迩的莫斯科地铁。上次过来，怎么居然就错过了呢？

我们总共探访了四站吧：共青团站、列宁站、俄乌友谊站和马雅可夫斯基站。首先，莫斯科的地铁站太深了，看资料说深 40 米，可我感觉怎么也得有 100 米啊，乘坐自动扶梯需要一两分钟。站台富丽堂皇，有漂亮的雕塑、壁画、彩色玻璃，在明亮吊灯的映衬下犹如博物馆一般。大家纷纷赞叹。我们高仰着脑袋，像油锅里弯曲的大虾一样拍摄穹顶上的画作，谁要被碰一下一定会立刻摔倒。大家纷纷在列宁头像前留影，而年轻的南非废弃物专家根本就不知道列宁是哪一位。在格塔（Geta，她懂一些俄语）的指引下，我看到了充满贵族气息的普希金画像。表现社会主义建设成就的壁画中有漂亮的姑娘、丰收的果实、载歌载舞的各族人民，这些我一点都不陌生。俄乌友谊站里画满了两国人民把酒言欢的场面，谁想到现在这样剑拔弩张呢？几站走下来，大家都走不动了。最后一站，一晃就过去了。莫斯科地铁的标志（一个大写的 M）与麦当劳的标志真有点傻傻分不清楚呢。回来后翻看照片，再和手头的资料对比，才知道最后一站是大名鼎鼎的"马雅可夫斯基站"。百度百科这样介绍：

这个地铁站的建筑风格被归入当时的"斯大林式新古典主义",前卫的设计理念融入了传统的装饰元素,别有一番诗人般的浪漫情怀。大厅两侧的每座大理石拱门都镶着不锈钢。一盏盏照明灯围成圆形,嵌在穹顶。地面中央的红色大理石"通道",犹若一条红地毯,仿佛在欢迎每位乘客。地铁站最吸引人的地方是天花板:千万别以为只是灯饰围成圆形这么简单,其实每个圆圈里面都另有风光。这里镶嵌着苏联画家杰伊涅卡的马赛克壁画,共有 31 幅。该设计方案于 1938 年在纽约国际展上获得大奖,使"马雅可夫斯基"站成为世界级的地铁站。[1]

周六晚上结束工作,我们去了一家格鲁吉亚餐厅吃饭。我不仅又一次品尝了格鲁吉亚的葡萄酒(在每年的波恩工作会议上,格鲁吉亚专家总会带去葡萄酒,受到一致好评),还浅浅地尝了尝伏特加。第二天我收拾行囊打道回府,临走时捡了几片黄叶,做个纪念。我决定打车去机场,因为这样可以多看一看白天的莫斯科,而坐地铁大半程都在地下。路边的白桦树亭亭玉立,有的黄,有的绿,都一闪而过了。

还有几个小小的印象,一并写在这里。

一是物价。其他不太清楚,反正吃饭真心不贵。周一到周四,东道主带我们去周边餐厅吃饭,四天轮转了两个餐厅,吃得挺好也挺饱,也就 300 卢布,折合人民币 30 多块钱的样

---

[1] 百度百科. https://baike.baidu.com/item/ 莫斯科地铁 /3565832?fr=aladdin[2018-12-02].

子。丰盛一些的晚餐也花不了多少钱，例如格鲁吉亚餐厅那一顿，也就20多欧元。

二是建筑风格着实没什么特色，或许是因为和中国太像了。从酒店窗口望出去，灰白色的楼群高低错落铺陈开去，和中国城市没有太大区别。唯一的不同是，你可能在错落的楼群中发现几个金色的"洋葱头"，那是东正教的教堂。

三是很多餐厅服务员看样子都是中亚人士，长相偏蒙古人种。

四是关于俄罗斯人，他们的数学可能不太好，我这里就不举例子了。周六晚上的地铁里，我看到两个老太太捧着鲜花，相互搀扶着远去了。也许是去音乐厅？

最后再记一笔，周一和周二我们打发午餐的地方居然有非常明显的中国风格，不是因为食物而是因为装饰。几盏灯笼悬挂在头顶，上面写着同一首诗（王维的《山居秋暝》）。我惊喜地念（应该是背诵）给专家们听，他们一头雾水。想起三月份的芬兰之行，最后也是一首古诗作别的（贾岛的《剑客》）。铁打的营盘流水的兵，年年和不同的专家一起工作一周，然后说再见。想想看，我和工业过程专家雅尼斯（Yannis）曾经并肩坐在莫斯科地铁站的椅子上一边等待其他人，一边聊各自的生活，像老朋友一样。地铁列车轰隆隆地开来又驶去。明年3月专家会议，我是不是应该带一瓶上好的二锅头给各位？

（2018年12月9日）

罗马大约是除波恩之外我驻足次数最多的外国城市之一了，前后四次，我为其中两次留下了正式"笔录"。除了遍布大街小巷的历史遗迹，我最爱的就是亭亭玉立的罗马"伞松"，后来我给自己取了一个意大利名字"pigna"，是为松果之意。冥冥中，它昭示着我和这座城市的特殊缘分。

罗马伞松和一座古老的小型神庙（Temple of Hercules Victor）

重返罗马

不得不说，我和这个国家、这个城市的缘分也是神奇的。再次参观梵蒂冈博物馆（当然只能是夜游）的时候，我学习到一个意大利词"pigna"，松果的意思。博物馆里有一个名气不小的松果庭院，巨大的青铜松果雕像据说快有2000年的历史，公元1600年之前一直在万神殿附近，后来挪移至梵蒂冈博物馆。在我们开会的世界粮农组织（Food and Agriculture Organization, FAO），我也看到了一个中型松果雕像，铭牌说它象征着生命和希望。

Pigna，松果！除了我的名字之外，我终于又发现了一处"pig"和"松"的联系。我姓朱，在中文中发音与"猪（pig）"一模一样。随父姓我自然毫无选择，尽管小时候痛恨这个姓氏。我名字中的第一个字是"松"，父母希望我能够像松树一样坚强，四季常绿。在我的姓名中"猪（朱）"和"松"就这样莫名联系上了。40多年后，我在罗马吃惊地发现了二者之间的天然关联。我惊喜万分，看来一切都是命中注定。于是我买了一个小小的松果青铜模型，放在我的书桌上，以志纪念。

罗马到处都是漂亮的松树！树干或高或矮，身姿或挺拔或倾斜，各个都窈窕婀娜、亭亭玉立；树干光滑，树冠葱郁，有的拥有平坦的阳伞伞盖，有的就像一簇簇菜花（见书末图9）。一丛丛松树默默地环绕掩映着那些充满历史感的残垣断壁，让它们不那么沧桑，反而更富活力。我常常仰头看着它们，百看不厌。不知道它们是天生长成这样，还是被修剪成这样？如果是后者，那罗马园林工人的工作量该有多大啊，因为几乎所有的松树都是两三个模子刻出来的似的，除了高度有些参差。我就默认为它们天生丽质吧。除了这些充满贵族气质的松树，还有一些松树呈松塔状，上细下宽，像是凡·高画笔下的侧柏，更像是历史的卫兵。看资料知道松树是意大利的国树，人人都爱松树。幸甚！

此次重返罗马，我完成了几项当年未了的心愿。首当其冲是参观了卡皮托利博物馆（Capitoline Museum）。据说这是世界上最古老的博物馆（始建于1471年），当年雨中匆匆路过无缘进去。最后一天会议结束后，我和友人以冲刺的速度赶去，终于在闭馆前半小时迈了进去。浅浅走一趟，印象最深的是博物馆里处处能看到"母狼养育双胞胎婴儿"的痕迹，因为传说中罗马城的奠基者罗慕路斯（Romulus）和雷慕斯（Remus）是由一只母狼哺育长大的。一个是那个著名的青铜雕像，一个是悬挂在HC（Hortii and Curiatii）大厅的大型壁画以及一幅鲁本斯的油画。画中的两个婴儿都肌肉健美、充满活力，活像米开朗琪罗笔下的人物形象。

博物馆的镇馆之宝之一是一座维纳斯出浴雕像，虽然比米洛的维纳斯名气小些，但也很动人，更重要的是非常完整，没有一丝缺损。但很奇怪，我购买的博物馆图书的封面并不是这座雕像，而是一幅多彩的马赛克装饰画，表现的是狮子进攻公牛。看书中说，这幅装饰画是公元317年开始主政的朱尼厄斯·巴苏斯（Junius Bassus）时期的为数不多的遗作之一，也许仅仅是因为历史悠久所以才被选做封面。但这马赛克画却与我在波斯波利斯看到的"狮子咬牛"图有异曲同工之妙（见《伊朗行之二：历史篇1》），那幅图代表着冬天即将过去，春天就要到来。这个或许也有同样的寓意？

我又去了一趟万神庙，主要目的是亲眼看一下拉斐尔的墓，上次居然没有意识到。适逢周六，小广场上满是游客，有些坐在露天咖啡馆小憩，有些在纪念品商店游逛，有些像我一样排队进入万神庙。万神庙还是那么古朴神圣，这个古老得可以追溯到公元前27年的建筑，当时是罗马帝国献给众神的殿宇，不幸在公元7世纪（609年）被改建成基督教堂（Santa Maria AD Martyres）。这是罗马城里最古老、保存最完好的纪念性建筑。我很顺利地找到了拉斐尔的墓，在入口左手第二个壁龛中。一盏烛光在闪烁。我从介绍中了解到，1520年拉斐尔英年早逝后随即被埋葬在这里；1833年时任教皇曾下令开棺验尸，果然发现了其尸体。可能是感到愧疚吧，主教赐给拉斐尔一具石棺（sarcophagus），上面镌刻着一句话，大意是这样的：这里安息着拉斐尔，他活着，大自然害怕被征服；而他死了，大自然又担心它自己也会死亡。

那年在罗马拜访了圣彼得教堂,这次终于见到了罗马四大圣殿中的第二座——拉特兰的圣乔尼亚大教堂(San Giovanni in Laterano),虽然没能进去。第二天会议结束后,我和友人跑步前往。从地图上看以为不远,没想到走了很久才找到,到的时候天已经擦黑了。路上遇到一家法国人,也在寻找这个教堂,于是一起前往。小男孩应该是十五六岁吧,稚气未脱的脸上挂着羞涩的笑容,把他父母远远地甩在后面,就像我女儿一样对父母爱答不理。等终于到了目的地,已经快7点了,门卫不允许我们进去。好遗憾,我们就只能坐在外面的椅子上欣赏一下。这是罗马主教(均由教皇兼任)的驻在教堂,其重要性与圣彼得教堂不相上下,从体量上看也难分高低,都非常壮观辉煌。我和友人说,我虽然没有什么宗教信仰,但随着年龄的增长,我越来越愿意了解接近各种宗教,甚至觉得一些宗教思想值得传承。友人说我有灵性、有慧根。另外两座圣殿没有机会去了。不得不说,罗马市中心到处都是教堂,周六上飞机前小小地转了一下就遇到了好几座,规模都不小,实在让人眩晕。

终于见到了许愿池的全貌,那年来的时候它在维修,但这次也只能在晚上看一看。就那样吧,游人比汹涌的泉水还壮观。又一次去西班牙台阶走了走,居然有人送我红玫瑰。又一次在那沃那广场(NaVona)上坐了坐,吃了饭喝了点酒,看看眼前熙攘的人群、方尖碑、一前一后两个喷泉和圣埃格尼斯教堂(Church Santa Agnese in Agone),又发现罗马博物馆就在眼前,但没有时间去参观了,因为要赶飞机。在打车去机场的路上,我又远远地看到了那座罗马金字塔。就这样,我的罗马假日结束了。

(2018 年 12 月 15 日)

附:我还住在上次那家酒店里。门口有两个大花盆和一个整日流水不断的小型喷泉,有时还能看到行人趴在上面喝水。罗马城里到处都能看到这样的喷泉和水池,那个下午我和友人也斗胆尝了尝路边水龙头里流出来的水,甘洌。罗马,一个如此友好的城市。

再赴罗马

又一次罗马之行结束了,我带回了几片秋叶,悬放在靠近书桌的墙面上,一抬头就能看到,仿佛又见罗马秋日的蓝天艳阳白云,还有一丛丛伞松,那是我的树,昭示着我和这座城市的天然联系。

其实日程是非常紧张的,一如所有的入国审评,甚至没有时间去超市粗略逛逛,仅有的采买居然是在机场完成的,只有葡萄酒和咖啡,连买一双鞋的任务都没能完成,同事托付的奶粉就更别提了。不过这没什么,我利用了所有能自由支配的时间来更多地了解这个城市。

星期三早上去了四大圣殿之一的圣保罗教堂(Basilica di San Paolo),因为十分幸运的是它就在我们"上班"的路上。第一天上班时注意到这一点,我无比欣喜,立刻做出了决定。同事们也都纷纷响应,很给面子,最终8个人去了6个。这个教堂之恢宏堂皇不输圣彼得大教堂,甚至超出了后者。不虚此行,朋友们纷纷表示感谢。我对大殿前面的保罗雕像有特殊感觉,这种感觉不能言传。保罗身披布衣、头戴风帽、仗剑沉思的样子很特别。据《圣经》记载,作为耶稣最忠实的信徒,保罗算中途皈依,之前甚至算是迫害老师的一分子；被感化之后忠贞不渝，最终献出生命。同行的秘鲁专家说，保罗是劝说彼得离开耶路撒冷到更广大的罗马帝国中心地带传教的关键人物，在扩大基督教影响、使其从区域性宗教转向世界性宗教方面的贡献巨大。

星期六下午，与大部队告别后，我拜访了另外两座圣殿——圣母玛利亚圣殿（Basilica Santa Maria Maggiore）和圣拉特兰圣殿，后者我曾经去过但不得入内。至此，罗马四大圣殿我都打了卡，算是了却了一桩心愿。这四座天主教圣殿，早年被教皇赋予宗教豁免权，因此卓尔不群。其历史、建筑和收藏都是顶级的。晚上，有幸看到了夜色中的斗兽场，似乎更有魅力。

星期天上午，我游逛了据称是欧洲最大的自由市场——PP跳蚤市场（Porta Portese）。摊位一眼望不到边，各种日用商品琳琅满目。但是我作为一名游客，在这生活气息十足的地方游逛显得有些怪异，这里显然不属于游客，而属于罗马普通居民。即使相中了什么也没法购买，他们只收现金，其余支付方式一律不能用，而游客的现金总是很珍贵的。不久之后我就撤了。

之后我去了旅游书上大书特书的"特拉斯提弗列（Trastevere）"，罗马最古老的街区。这是游人云集的地方，而在这人流中我是孤独的。我在圣母玛利亚教堂（Basilica santa Maria Trastevere）周边徘徊了很久，喝了茶吃了饭。虽然级别略低，但这座教堂历史更久（建于公元 4 世纪），据说是罗马第一座专为圣母设立的教堂。

在随身携带的《罗马》小书的指引下，我去了贾尼科洛山（Gianicolo）半山腰的蒙托里奥圣伯多禄（San Pietro in Montorio）教堂，随后我就把那本书遗忘在那里了。也算值得了，因为那里有文艺复兴盛期的第一座经典建筑——坦比哀多（Tempietto），一座圆形小神庙，为纪念传说在此地殉教的圣徒彼得而建立。建筑虽小，但结构严谨对称，外形优美典雅，很容易令人想起古代的非基督教神庙（例如万神庙），成为之后很多罗马建筑的样板（例如圣彼得教堂）。一对新人在这里拍婚纱照，一群学生坐在廊边听老师讲解，而我为自己丢失的心爱书籍心神不宁。

到帕欧拉（Paola）喷泉前一游，在那周边可以俯瞰罗马城，可惜我选的位置高度不够。罗马城灰白的颜色比起佛罗伦萨的红色仿佛也逊色了一些。

除了在圣保罗圣殿能自由参观（大约因为是早上 8 点多，还早）外，其余教堂都在举办活动，因此难以尽兴游走。到底是什么盛大活动，我一直没搞清楚，问了几个罗马人也不得要领。周六下午在圣母玛利亚圣殿，我吃惊地看到很多印巴裔教徒在此集会，一派庄严景象，这让我有点糊涂——他们也信奉天主教吗？和一个印度人简单地聊了几句，他说他们是在这里工作的印度人，但现场很多印度人是特别从印度国内赶来参加这个活动的，为了纪念一个印度裔的女圣徒。在 PP 跳蚤市场游逛的时候，我也看到很多摊主都是印巴人模样，好生奇怪。印度人真是遍布天下啊，而且比华人更易融入当地社会。回到北京后，我遍寻资料，终于在梵蒂冈官网上找到了相关信息，原来 10 月 13 日（周日），教宗要在圣彼得教堂广场举行盛大的仪式，为 5 位教徒"封圣"（canonization），其中一位是印度修女特雷西亚（Mariam Thresia Chiramel Mankidiyan，1876—1926）。此特雷西不是我们更熟知的特蕾莎修女，后者早在 2016 年就成为圣徒了。

这不算短暂但最忙碌的罗马之行中还有什么吗？在星期三晚上，我一个人在旅馆附近走了走，路过了去年和友人们共进晚餐的中餐厅，在旁边的日餐馆等餐时，发了一会儿呆。这条马路走过很多遍了，我太熟悉了——在街角那个小小的便利店里，我买过两个冰箱贴，再沿着小街向上走就是我们能源组大喝啤酒的地方；对面马路边上停着一辆极其迷你的小车，5 年了，总能看到它。周六下午，我从圣拉特兰大殿步行回旅馆，路上买了一个冰淇淋，告诉巴基斯坦店主少装一点，太甜了我吃不完。店主体贴地少收了半欧元。坐在外面小心品尝的时候，半固半液的甜品残渣毫无例外地滴洒到衣服前襟上，我手忙脚乱地处理了一阵。

罗马的伞松，已经和古城遗迹融为一体，我总是望着它们出神。我给自己取了个意大利名字——Pigna，已经昭告国际同事们。周六下午有幸买到了一个 Pigna 品牌的笔记本，小心珍藏起来。再见，我的"第三"故乡和可能的精神家园，我应该会再来。

（2019 年 10 月 24 日）

2019年春节，我终于去了耶路撒冷。由于小凤凰没有同行，我每天早上很早起床，把前一天的行程记录下来，然后发给她。于是，耶路撒冷的笔录就以书信的方式完成了。

耶路撒冷老城小巷和少年

耶路撒冷 7 天记

一

亲爱的小凤凰：

我现在在特拉维夫机场，本地时间是早上 4:12。我的目的地是耶路撒冷，距离这里可能有一个多小时的车程。现在去坐车有点早，我准备等一会儿再出去，因此有些时间写点什么。

耶路撒冷是一座圣城，三大宗教（犹太教、基督教和伊斯兰教）的共同发源地，因此兵家必争、民众必争，听上去应该是个非常有吸引力的地方。有句老话说，如果世界的美有十分，那么有九分在耶路撒冷。好吧，有生之年要去一次，因此，我来了。（然而你不愿意和我同行，总是让我感觉过意不去……）

现在我对面坐着一个犹太教徒，一身黑衣，留着络腮胡子。刚坐下的时候，他把头上戴着的一顶黑色宽檐礼帽摘下来放在桌上。再一转眼，他的头上出现了一个小小的黑帽子，扣在脑袋正中央，这个经常在电影中见到。我好奇的是，这个小帽子是一直掩映在刚才那个大帽子下的呢，还是摘下大帽子后换上的？遗憾刚才没有连续观察。我想这个问题在随后几天里应该有答案。

刚买了一杯咖啡，我问多少钱，服务员说40以色列谢（Sheqel，1谢差不多相当于1.83元人民币）。这么贵，我有点后悔。小票打出来，哦，原来是14谢。也不知道是他说错了还是我听错了。一杯美式黑咖啡，14谢，差不多26元人民币，也不便宜。

都说以色列航空公司的安检是全球最严格的，果然名不虚传。我昨天晚上6:30出家门，8:45才拿到登机牌，差不多站等了1小时45分钟，史无前例。在真正走到柜台前办理登机手续之前，以色列航空公司安检人员先对旅客一一进行盘问，有些旅客耗时特别长，不知道问些什么。我仿佛听到一个旅客因曾经去过巴基斯坦（伊斯兰教国家），被安检人员左盘问右盘问，半个小时都没完。我去过伊朗——这是以色列的死对头（你也去过哦），而且还不幸丢过护照，有点担心是不是会有问题。轮到我的时候，发现很简单，只是问一问为什么选择以色列、为什么一个人、旅行计划是什么等等，并没有什么刁钻的问题。我想这里面可能有两个原因，一是伊朗签证并不在我现在这个护照上（这是一本新护照），二是我的旅行攻略做得不错，旅行计划挺详细。哈哈，妈妈又要小小地得意一下了。

在以色列的这几天（我9号返程，10号到家），我会一直待在耶路撒冷，可能会在当地参团去一趟伯利恒（耶稣出生地）或者约旦的佩特拉古城，当然还要看价格。在耶城，我计划重点参观圣墓教堂、圆顶清真寺、西墙（也就是哭墙）、大卫塔、橄榄山、以色列博物馆等。这些看上去大多数是宗教场所，在我看来更多是文化象征。

宗教是一种信仰模式。很长一段时间里，"信仰"在某些中国人心目中是个忌讳的词。而现在不同了。习主席说了：人民有信仰，民族有希望，国家有力量。俗话说，头上有三尺神灵，人在做，天在看……我觉得里面的含义其实很简单，人们必须有所敬畏——有些事情完全不能做，例如假恶丑的事情；有些事情值得追求，例如真善美的事情。只是在现实中，假恶丑可能表现出真善美的表象并且触手可及，而真正的真善美显得艰难且遥远。因此，向善难而向恶易，我们需要定力、辨别力、恒心。古来万事皆如此。

现在以色列是犹太国家。犹太人流浪千年，终于有了这么一个祖国，理论上可喜可贺，但在现实中，犹太建国又造成了很多严重的问题。世界就是这么复杂，容我慢慢和你分享。

今天就写到这里，小凤凰。

妈妈于特拉维夫机场
2019年2月4日，除夕之日

[后记：关于帽子的问题很快就有了答案，因为在去耶京的车上我又见到了一个戴帽子的以色列人，发现原来是大帽子套小帽子。看书上说，戴大帽子（加小帽子）的犹太人是非常正统的犹太教徒；只戴小帽子的是一般犹太教徒；平时

不戴帽子的犹太人相对世俗化。就像我乘坐的共享出租车的司机，不问的话看不出是犹太人。]

二

亲爱的小凤凰：

昨天早上 7 点我搭乘共享出租车从特拉维夫来到耶路撒冷，价格 67 谢。选择是多样的，坐火车非常便宜，不到 10 谢。当然，行李需要自己搬上搬下，而且只到耶城的中央火车站，之后还需要自行解决；打车可能需要 300 谢以上，太贵了。所以我选择了共享出租车，贵一些但又不是那么贵，而且基本可以送到酒店门口。所以一切还算顺利。

我住在老城的一家宾馆里，一晚 80 美元，含早餐。在这个旅游型城市，算是很便宜了。当然，屋内设施就一般了，虽然空间挺大的。我旅行的时候自带很多用具，小型电烧水壶、拖鞋、洗漱用品，一应俱全，所以住在这种稍显简陋的酒店中完全没有问题。我早上 9 点之前就到了，而入住至少需要到中午，因此我存了行李就到老城中游逛去了。

先说一下对以色列人的初步观感。他们的衣着颜色挺单调，以黑色为主。男人是黑色西服套装，里面白衬衫，戴黑色礼帽（如前所说，这应该是非常正统的犹太教徒）；女生是黑色衣裙和黑色便鞋，很少看到高跟鞋，可能是因为耶城算是座山城，高高低低起起伏伏，小巷子里全是石板路。很多男人留着络腮胡子，有些很长，据说他们信奉身体发肤受之父母，毛发不能轻易削除。还有一些男人留着长长的鬓角，长到搭在肩膀上，好像在风中漂浮的两条发带。据说这是《圣经》的要求，原因不得而知。小孩子们不戴大礼帽，但大多在脑袋上扣一个小小的帽子，很牢靠，不论怎么奔跑嬉闹都掉不下来，挺神奇。我今天去西墙（哭墙），应该会见到更多更传统的以色列人。

再说一下这里的天气。看预报，温度不低，最高温度接近20℃。但对当地人而言，还算是冬天，因为他们的夏天太热了。昨天天气晴朗，一丝云都没有。阳光照耀的地方挺热，很多西方游客脱下外衣，露出短袖甚至短裤；阳光照不到的地方就显得阴冷，如果再吹一点风就更冷了。所以，天气是暖和还是冷呢？没有简单的答案。我一直穿着短款羽绒服，也没觉得热。

昨天我简单在雅法门（Jaffa Gate）走了走。这里有大卫塔和大卫城堡。大卫，3000年前的犹太英雄，建立起了第一个犹太国家，也就是米开朗琪罗著名雕像中的那个裸体人物。吃过午餐之后，我参加了一个免费的导游团。导游带领大家粗略了解了一下这座城市的历史。说是免费，其实天上哪有掉馅饼的，最后还是会收取50谢，算是小费。写到这里，外面响起了穆斯林的第一次宣礼声，差不多在4:50至5:00之间。

耶路撒冷的老城分成四个教区，分别是基督教区、亚美尼亚教区、犹太教区和穆斯林教区。这个格局在罗马时代就有了雏形，后来穆斯林的崛起改变了许多。我对亚美尼亚教区的存在不甚了解，在网上略查了一查，才知道亚美尼亚（西亚国家）是世界上第一个基督教国家，所秉承的教义与正统的基督教略有不同，因此独立于正统基督教派之外。历史上这个国家的人民也是因为各种原因流离失所，遍布世界各地，但还是相当抱团，因此许多国家都有亚美尼亚社区。话说我太喜欢亚美尼亚的手工陶瓷了，流连忘返，就是挺贵的呀。

  导游讲解的耶路撒冷被几毁几建的具体历史我没太听懂——基本上都毁于巴比伦人、罗马人、穆斯林、十字军东征等，但对圣墓教堂（Church of Holy Sepulchre）了解了个大概。这个教堂是全世界基督教的中心，因为这里是耶稣被送上十字架以身殉道并且掩埋的地方。基督教被罗马帝国接受之后，君士坦丁堡大帝在这里建起了这座教堂。这里有行刑的遗迹（例如传说中沾染了耶稣鲜血的山石）、尸体卸下后清理的石台以及盛放尸体的石棺。我也随着人流（还行，人不多）参观了一下这些遗迹。在虔诚的教徒中，我显得有点不伦不类，挺尴尬。这座教堂现在由来自三大洲的六个教会，即罗马天主教会、希腊教会、亚美尼亚教会、叙利亚教会、埃及教会和埃塞俄比亚教会共同管理，秉承协商一致的原则处理事务。就是说如果要做出任何一点修缮或者改动，就必须征得所有教会的同意。这当然很难了，所以基本上这个教堂什么都变不了，永远是这个样子。导游指给我们看一张100年前的老照片，二楼阳台上放了一把梯子，可能是当时工人安装护栏的时候忘了及时收回；再让我们看那个阳台，那把梯子还在那里放着呢，100年啦，哈哈。此外，非常奇妙的是，这座教堂的钥匙由穆斯林掌管！基督教会确实想收回或者换锁，但是之后钥匙由哪个教会掌管呢？根本谈不拢。那就算了，还是让穆斯林拿着吧。多么可笑又可爱的故事。

　　导游还带领我们在一个参观点远远地看了一下西墙——犹太人哭忆往昔的圣地。人不算多。这是一段残存的外墙，被毁之前是宏伟的犹太圣殿。不远的地方就是大名鼎鼎的圆顶清真寺，那是穆斯林的圣地，说是穆罕默德曾在那里"夜行登霄"。两个圣地近在咫尺。圣墓教堂的左边也有一座清真寺。我想每个人心中可能都感慨万千。本来是水乳交融的两个民族和宗教，怎么会如此势不两立？

　　晚上在老城区吃饭，花了105谢，简直是被宰了。以后要注意。

　　今天就写到这里，小凤凰。

妈妈于耶路撒冷 Casa Nova 酒店
2019年2月5日，己亥猪年正月初一

三

亲爱的小凤凰：

　　昨天的行程满满的，回到酒店已经筋疲力尽，倒头就睡了。4点钟起来继续给你写游记。

　　酒店的早餐就那样，吃饱没问题。之后我就穿过蜿蜒的小巷子走向西墙，两边的小店铺还没有开门，光滑的石板路充满了历史感。老城虽然像迷宫，但沿路的标识还算清晰，我这个路盲也能毫不费力地找到目的地。

150多米的西墙被隔离成两部分，左边是男性祈祷区，右边是女性祈祷区。人们都手拿一本经书，坐在一排排的椅子上，面向西墙默默诵读，神情谦卑。有些人站着，一边诵读一边鞠躬低头。墙根下的人都是站着的，手抚墙壁，神情悲哀。周边的书架上放着很多书供人们自由选取，大部分都是希伯来文。完成功课后，人们倒退着从墙根下慢慢走出来——我想可能是不允许背对西墙吧。我也在一把椅子上坐了一会儿，抬头仔细观察着这面著名的墙壁。这是犹太历史上第二圣殿的一段残墙（该圣殿在公元70年被罗马人摧毁，犹太人从此流离失所），虽然高大但也普普通通，在世人的注目下却具有了无比悲壮的意味。石缝之间塞着小纸条，那上面是犹太人和上帝交流的内容，诉说着梦想和希望。一些比较大的石缝成为鸽子的窝巢，它们飞来飞去的，或者在石壁上静立，更给西墙增添了神圣意味。男子祈祷区看上去仪式感更强一些，大家都戴着帽子，或大或小，有很多男人还披着白色的斗篷。空地上不仅有椅子，还有桌子，像是供他们在这里长时间修习的。有团体集体吟诵经书，能听到哭音夹杂其中。我待了一阵儿就出来了，作为一个游客混迹在这些虔诚的祈祷人群中，感觉还是怪异的，我生怕冒犯到他们。

11点的时候我参加了一个西墙隧道游，在英文导游的带领下进入地下隧道区，参观圣殿被摧毁后罗马人建造的地下工程，听上去大部分与供水系统有关——罗马人喜欢洗浴，到哪里都建造大澡堂子。公元6世纪阿拉伯人来了以后也进行了一些建造，主要是扩展他们的居民区。导游来自纽约，英文说得飞快。地下阴暗潮湿，大风扇呼呼地吹。我的脑子有点跟不上了，能听懂的部分不多。出了地面见到阳光，我才喘了口气。

简单吃过午餐（小小的比萨加一罐可乐，35谢），我想去参观圆顶清真寺，但没有成功，因为开放时间是有限的，于是我就穿过狮子门，奔城墙外的橄榄山了。山下有"万国教堂"，据说是很多国家集体捐资修建的。教堂里的壁画展示了犹大亲吻耶稣的场面，犹大正是就此出卖了耶稣，因为犹大对罗马人说过，他亲吻的就是罗马人要逮捕的人。壁画和穹顶的背景都是深蓝色的，星光闪烁，看上去挺美。这个教堂的花园（客西尼花园）里有8株古老的橄榄树，据说是在耶稣时代就有的。沿着盘山路向上走，能看到一个小小的教堂，叫主哭耶京堂，据说耶稣从橄榄山进入耶路撒冷的时候，在这个地方预见到这座城市将再次被毁，不由得潸然泪下。再往上走，有一个拜占庭时期的教堂遗址，这个要收门票，5谢。这个教堂最负盛名的地方是一块岩石，岩石上有一对脚印，据说耶稣复活40天后在这里进入天堂，因此这个教堂就叫"耶稣升天堂"。现在保护这对脚印的小小圆顶是穆斯林人修建的（之前是露天的）。看门人对我说，穆斯林人也认可耶稣，认为他是和穆罕默德一样的先知。另外，橄榄山上还有一个万国祷文教堂，也收门票，10谢。里面有各国语言撰写的经文，镌刻在墙上，几乎每个游客都能找到自己的母语。中文也有，是中国台湾地区的朝圣团在1977年敬献的。最后，橄榄山上最有名的就是犹太公墓和观景点，这里不仅能看到几百年来犹太人安息的公墓（他们坚信在世界末日来临的时候，弥赛亚会在这里现身），还能看到对面的耶路撒冷老城全貌，其中，金色的圆顶清真寺的穹顶熠熠闪光，分外显眼。

乘坐公共汽车返回老城，喝点薄荷茶休整一下，看还有点时间，我就找到"苦路"（Via Dolorosa）起点（其实就在狮子门附近），沿路走了一趟，直到圣墓教堂。所谓"苦路"，就是当年耶稣被定罪、宣布上十字架立即执行后，从宣判处背负十字架一路走到死刑执行点（也就是圣墓教堂）的那条路线。沿路共有九站，站站都有故事，最后的五站都在圣墓教堂内。作为一个游客，我走这条路当然只是猎奇；但我见到了很多团体，拿着十字架，弹着吉他，唱着歌，悲伤地走完这条路。

这就是昨天的行程。晚饭在酒店解决，15美元（差不多100元人民币），还可以，有米饭有菜有肉。土豆汤非常好喝，我喝了三碗。

另外，还有其他的小故事分享。作为一个单身女游客，容易被人盯上，我不幸遇到了，但有惊无险。在爬橄榄山的时候，有个阿拉伯男子走在我后面，问我需要帮助吗。我以为他也要上山，正好同路，于是就聊了几句。一边聊，那人一边给我指路——其实根本不用，因为路就一条。等我意识到他不是帮忙而是要借此收钱的时候，已经甩不掉了，他一直跟着我。我只好给了他 10 谢，他说不行，要 100 谢。我拒绝了，然后奔向一对外国夫妻求助（后来知道他们是荷兰人）。随后我和他们同行了一段时间。那个阿拉伯人悻悻地走了。之所以我要选择坐车下山，就是怕再遇到那个人。所以，教训就是，作为一个单身游客，特别是女游客，要坚决拒绝一切搭讪；没有那么多人是活雷锋，也没有馅饼从天上掉下来。我也算是老江湖了，昨天的表现有失水准，下不为例。

不过，昨天我也遇到了一个可爱的穆斯林小男孩。他主动带我去找圆顶清真寺的入口。因为错过时间了，他又带我去了一个叫"小西墙"的地方，也是一处犹太圣地，但显然名声小得多，不过因此而难得的幽静。这次我主动拿出 10 谢作为酬谢，他一副非常惊喜的样子。

今天就写到这里，小凤凰。

妈妈于耶路撒冷 CasaNova 酒店
2019 年 2 月 6 日，己亥猪年正月初二，
小凤凰公历 16 周岁生日

四

亲爱的小凤凰:

　　昨天是你的 16 周岁生日,多么重要的日子!现在你就是一个准成人了!我注意到你昨天和好朋友一起玩去了,很开心吧?你开心我就开心。昨天一天的行程也安排得比较满,我回到酒店就变成了一条虫,一躺不起。其实也睡不好,只是让我的老腰老腿多休息休息。4:30 起来写东西。听说北京下了一点雪,而耶京这边正下雨呢。雨水敲打在石板路上,啪啪啪的响,搞不清是大是小。这么一座沙漠中的城市,全年的降水可能就集中在冬天这一个季节,因此,让雨水来得更猛烈一些吧。(我是做了准备的!)

　　昨天终于上了圣殿山(Temple Mount),近距离见到了那座金光闪闪的圆顶清真寺,最古老的穆斯林建筑(1400 年了)。果然有圣山的气势,橄榄树青翠,鸽子飞翔,正好昨天天空阴郁,阳光在云层中时隐时现,更增添了神圣的气息。因为这座清真寺只对穆斯林开放,所以我只能环绕金顶一圈而不得入内。作为一个非犹太人,看到自古以来的犹太圣地中心居然被异族人或者异教人占领,我心中也是有无限感慨。不知道犹太人过来会是什么感觉呢?所以这里曾经出过一些事故。同在圣殿山上的阿克萨清真寺(隐没在圆顶清真寺身后,不太引人注目)在 1969 年 8 月被一把火烧过,纵火者是一名来自澳大利亚的基督徒,他期望通过烧毁异教建筑而在圣殿山上重建犹太圣殿。这几大宗教最终争夺的是覆盖在圆顶清真寺下的一块岩石：犹太教认为这块基石是犹太先祖亚伯拉罕献祭儿子以撒的地方，为圣地的至圣点；穆斯林认为这是穆罕默德"夜行登霄"的地方；基督教认为这里是当年君士坦丁堡大帝（就是扶正基督教的那个罗马皇帝）的母亲海伦娜下令建造早期基督教堂的地方。复杂吧？当然，一般游人是见不到这块石头的。

下了圣殿山，我又上了锡安山（Mount Zion），它也是犹太人心目中的圣山。对犹太人而言，这里是大卫王安息的地方，因为有传说中的大卫陵墓；对基督教徒来说，最后的晚餐就发生在这里的"马可楼"；另外，这里还有德国人修建的"圣母升天修道院"（Domition Abbey），因为他们相信这里是圣母玛利亚去世的地方。其实，这些都是"传说"，没有一个有确凿的证据，不过以讹传讹，最终成为大家的精神寄托而已。我上"马可楼"看了一下，这明明就是一个清真殿堂嘛，里面有朝向麦加方向的壁龛，有伊斯兰教的传统花卉彩绘玻璃，怎么可能是耶稣和他的12个使徒进餐的地方！当然，书上说这是穆斯林人后来改建的。我在大卫陵墓处短暂地看了一部小电影，电影描述作为牧羊人的年轻大卫如何在两军对垒之际，勇敢地站出来，拿出甩石机甩出石头，精准地击中敌方首领使其毙命。观众都是中小学生，显然这里是以色列的爱国主义教育基地。锡安山是圣母升天的地方？显然不同意见太多了。我们去过的土耳其以弗所（Efes），那里有一部著名的"玛利亚小屋"（我们当然没参观，但我跑过去照了一张圣母照），据传那里是最正宗的圣母最后归处，可信度可比锡安山高多了。但这也挡不住虔诚的教民过来。看到一群群人跪倒在圣母遗体雕像前默哀或歌唱，我只能默默后退。

最后的行程是大卫塔（Tower of David）兼耶路撒冷历史博物馆，门票40谢，真够贵的。这里离我的住处不远。介绍上看，它的历史也就2200多年，而大卫王时代距今已经3000多年，所以也是假借其名。这里残垣断壁的，跟希腊的众多历史遗迹挺像。大家都说橄榄山居高临下，是观赏老城的最佳地点，其实不然，这里才是。站在城墙上能360度全方位欣赏耶京的老城兼新城。圆顶清真寺总是绕不开的，哎，犹太人多堵心啊。左边的灰黑色圆球是圣墓教堂，中心点高耸的塔尖是路得会救赎教堂（Church of Redeemer），我没去，已经走过太多教堂了。

残垣断壁中有一片黄色的小花盛开（见书末图10），我特别喜欢。古老的历史和新鲜的生命就是这么完美融合。这里还有郁郁葱葱的橄榄树，让人欢喜。

这里还是耶京的历史博物馆，展示了这座城市4000多年的历史。从迦南时期开始，到第一圣殿期、第二圣殿期、罗马和拜占廷时期以及第二次世界大战后的英国统治时期，简单又沉重。还想提一下跟波斯（伊朗，我们去过的地方）有关的历史。犹太人建立的第一圣殿被巴比伦王国摧毁，犹太人和他们的财富一起被劫掠到两河流域，史称"巴比伦囚徒"。当波斯第一帝国的居鲁士大帝征服巴比伦之后,无条件释放了这些囚徒,让他们带着当年的财产回归旧地。这些犹太人就是从锡安山回到耶路撒冷重建家园的。因此,"锡安"这个词在一定意义上普遍指代耶路撒冷,也成为犹太复国主义的代名词。

今天的行程复杂一点,要出城,去伯利恒——耶稣和大卫王的共同出生地。

就写到这里,小凤凰。

妈妈于耶路撒冷 CasaNova 酒店
2019 年 2 月 7 日,己亥猪年正月初三

五

亲爱的小凤凰:

昨天一天没什么你的消息,不知道你去哪里了呢?我呢,按照计划,昨天出了耶京,乘坐长途大巴到达伯利恒。10 公里左右,在这个弹丸小地算是长途吧。票价 6.8 谢,比起我从橄榄山下来到大马士革门的 4.7 谢,也就两公里左右,算是很便宜了。

之前我一直没有注意到,伯利恒其实已经不在以色列的管辖范围内了,而是属于巴勒斯坦,理论上应该是阿拉伯世界。明确地知晓这一点后,出门之前我裹上了围巾,就像我们在伊朗旅行时的装束。正好赶上雨后,天气清凉,围巾还

能起到点保暖作用。当然，进入伯利恒最著名的圣诞教堂的时候，我摘下了围巾，后来就一直没再戴回去。

这里不得不和宝宝讲一点地缘政治的内容了。你一定不感兴趣，如果当年我的爸爸，也就是你的姥爷（非常热衷这些东西）对我唠叨这些玩意，我一定会跑开。不过没事儿，留着以后看也可以。所谓"地缘政治"，粗浅地讲就是因为某个地方太重要了，围绕军事、政治、经济、宗教，大家争得面红耳赤，甚至大打出手，不可开交。巴勒斯坦地区就是这样，自古拥有耶路撒冷这样的被三大宗教共同认可的圣城，千百年来斗争不断。公元7世纪以来，穆斯林逐渐取得了对这个地区的控制权，大部分民众都皈依伊斯兰教。第二次世界大战后，在美国的支持下，犹太人复国，在这个寸土寸金的地方建国，称以色列，而且定耶路撒冷为首都，随后的纷争可想而知。以色列经济相对发达，不断扩张定居点，引起了国际社会的不安，所以很多国家并不认可耶京是他们的首都，使馆一般都设在特拉维夫，我国也是这样的。1988年，长期与以色列斗争的巴勒斯坦解放组织也宣布建国，成立巴勒斯坦国，首都也是耶路撒冷。30多年后，很多国家，包括一些国际组织，承认了巴勒斯坦是个独立国家，但对其首都三缄其口。当然，耶路撒冷现在归以色列控制。为了防止恐怖主义袭击，在伯利恒附近，以色列建造了长达数百公里的隔离墙。此行我就要通过这个地区。

烟雨蒙蒙中翻山越岭，一个小时后到达目的地。这里真是丘陵地带,山坡上岩石裸露,长满橄榄树,沿街的石头建筑高低错落,干净整洁,比我们三线城市的市容好多了,不像是充满暴力的地方。一下公共汽车,就有当地人围拢上来问我去不去隔离墙。我坚决拒绝了他们,和几个人临时搭伴,直奔圣诞教堂(Basilica and Grotto of the Nativity),这个被确定为耶稣降生的地方。

这里再容我讲一点宗教故事。当然,我一直认为这里有很多文化内涵,不仅仅只有宗教,更不是迷信。伯利恒这个地方唯一与耶稣(历史上真有其人)相关之处就是他出生在这里。为了躲避迫害,父母很快就带他去了埃及,直到希律王去世之后,耶稣才返回同属犹太省的拿撒勒(Nazareth)定居、成长并开始传教,之后也再没有和伯利恒有多少瓜葛。之所以一定要让他在伯利恒出生,是因为大卫是在这里出生并加冕为以色列王的,而《圣经·旧约》中明确提到,未来的救世主(弥赛亚)必须出生在大卫的故乡,因此就有了这些故事——圣母玛利亚如何在生产前从拿撒勒赶到伯利恒,耶稣如何降生在马槽中而不是在床上。不知道是不是牵强附会,据说有古代文献支持。

言归正传。圣诞教堂群伫立在马槽广场上,规模不小,已经有1600多年的历史了。人们弯腰通过一个"谦卑门"就进入圣地了。模样我就不多讲了,网上照片多得是,最直接的感观是这个教堂挂满了零零碎碎的玩意儿,真的像过圣诞节。人人必看的地下室里的那颗"伯利恒之星",14芒,据说那真正是耶稣降生的地方，旁边就是马槽——当然，现在变成了大理石槽。至于为什么是14 芒，有各种说法，最主要的理论是说从亚伯拉罕到大卫再到耶稣，共42代，分三期，每14年都是一个重要关口。环绕这颗星的是15盏长明的油灯，据说分别由罗马天主教、希腊东正教和叙利亚教会掌管，相当中立。另外，教堂地面上还能看到建堂之初的马赛克地板，这个比较难得。

再次回到马槽广场就能体会一下巴勒斯坦风情了。阿拉伯世界，你也见过很多了，一定能看到清真寺——就在圣诞教堂对面，两者针锋相对。还有一个伯利恒和平中心，冷冷清清，工作人员无精打采。当然还有众多纪念品店。一比之下发现很多惊喜，比起耶路撒冷，这里的物价太便宜了，不过也许是耶路撒冷的东西太贵了，尤其是邮资！我在伯利恒邮局寄一张明信片只需要1.5谢，而耶京需要7.4谢！我以为听错了，再三确认，我要寄到中国。没错，就是1.5谢！我满眼放光，又冲到街上买了几张明信片，返回邮局。之后又返回一趟。三进三出伯利恒邮局，工作人员也很开心，一见我就笑。但他们说，这里的邮票只供巴勒斯坦地区使用，一旦到了以色列那边就是废纸一张了。我在邮局墙壁上看到一些联合国组织支持的信息，想来这么便宜的价格是有补贴的，目的应该是与耶路撒冷争夺一点客源以发展经济吧。我在广场上的纪念品小店里批量购买了冰箱贴，还买了一本介绍圣地的大厚本英文书，才10美元（36谢）！而我在耶京买的中文版要 60 谢！我不由得又买下这一本，一方面学习英文，一方面降低平均价格。

我对伯利恒的最大兴趣其实不在圣诞教堂，而在它的原野，英文为 Shepherds field，本意为牧羊之地。在《圣经·旧约》中这里也是有故事的。当耶稣降生之后，兴奋的天使来到牧羊人宿夜的原野，告诉他们救世主降生了，他将为人类免除罪恶做出牺牲。因此，这片田野也成为圣地。而我完全是从图片上知道这块土地的：一片茫茫的原野之上，一群绵羊在低头觅食，身着白色长袍的牧羊人须臾不离。有时候图片上还有出现大片的黄色芥菜籽花，苍茫辽阔兼生机勃勃。莫名其妙地，这些景致非常吸引我，也许是让我想起了童年所在地——晋北地区的山野。看看，这两个八竿子打不着的地方居然被我勾连上了。由于还需要换车才能抵达这个地方，我就没有去了，只买了两张相关的明信片寄回去，一张你的，一张我的。

中午在马槽广场吃了素食塔吉锅，一种经典的阿拉伯餐食，很好吃。加饮料，共 33 谢，不贵不贵。下午 3 点多返回耶京。

回程的路上，看了一眼隔离墙，挺高挺厚实，上面还有铁丝网。墙面上有很多漫画，有一幅关于特朗普的特别显眼。只匆匆一瞥，连照相都没来得及。路上停车检查，有些人主动下了车，有些人没动，但都拿出了证件。我也乖乖地拿出护照。荷枪实弹的士兵上车检查，只淡淡地扫了我一眼，并没有看证件,可能一看就知道是个游客吧。不久,刚才下车的那些人都返回车上。似乎但凡男人和年轻女性都必须下车接受检查,其余人不用。

还有一些有趣的小故事要讲,今天时间不够,就写到这里。如果你愿意听,我回去之后当面讲,那就再好不过了。

妈妈于耶路撒冷 CasaNova 酒店
2019 年 2 月 8 日,己亥猪年正月初四

六

亲爱的小凤凰:

昨天过得怎么样?照样没有你的消息。我呢?昨天的安排还算轻松,计划好的目的地只有一个,那就是以色列博物馆,之后就可以信马由缰了。由于第二天(也就是今天)就要启程返回了,吃完早餐我就和前台联系了一下,让他们帮忙联系一下去特拉维夫机场的共享出租车,同时也打探了一下博物馆开门的时间。之所以必须探听一下,是因为从星期五傍晚到星期六傍晚是犹太人的安息日,商家都要闭门谢客。果然,周五博物馆营业的时间是早上 10 点到下午 2 点。

昨天是个蓝天白云的好日子,风力不小,街道边的杏花都开了,满满春天的气息兼一点春寒料峭的意味。我穿行在城墙外的小街上,感觉这座城市有点欧洲气息,安静从容。

看不到太多行人，也许从周五开始大家都"安息"了。公共汽车上也没什么人，但票价着实不便宜。一张公交卡 5 谢，单程车票 5.9 谢（相当于 11 元人民币左右），据说在 90 分钟之内可以乘坐所有的公共交通设施。关于耶路撒冷的物价，我待会儿还要再说一说。

9 点半赶到博物馆，半个小时后开馆了，票价也是贵得可怕，54 谢（约 100 元人民币）。国家博物馆收门票而且昂贵，我见得不多，芬兰也算一个。这家博物馆虽然年轻——50 多岁吧——但名声不小，它的镇馆之宝就是大名鼎鼎的"死海古卷"。关于它的故事，这里我就不多讲了，家里有一本书叫《圣经故事》，那里面有详细描述。简单讲就是 20 世纪 40 年代两个阿拉伯牧羊人在死海附近的沙漠岩洞中发现了几个陶罐，里面有七卷两千年前的羊皮抄本，为研究《圣经·旧约》、希伯来文演进提供了最最珍贵的历史资料。多么神奇的故事！之后以色列为古卷专门设计建造了一个展览室，取名为"圣书之龛"（Shrine of the Scrolls），也就是以色列博物馆的标志，像一顶白色的帽子。

"帽子"下面就是旋转展示的古老卷轴，以色列观众顶礼膜拜。在这里感觉我可以自豪一下了，我们国家超过 2000 年历史的文字资料不胜枚举，最早的有商之甲骨文，之后有周金文、秦篆书、汉隶书（我们在西安见过），镌刻在动物骨骼、石碑、青铜器、丝绸制品上，各家大博物馆都有。也许这批古卷的重点不在年代久远，而在于全面反映了当时《圣经·旧约》的模样,为犹太人和基督教、伊斯兰教抗衡提供了利器。(但悲哀的是,现在信奉犹太教的人口只有1300万,而基督教是16亿,信奉伊斯兰教的人口也以亿计。)

其余的馆藏也蛮珍贵的,特别是那些跟《圣经》有关的东西,例如有一块石碑提到了处死耶稣的那个罗马行政官;还有一块石碑,来自3000年前吧,第一次正式提到了大卫王家族,基本回答了人们对大卫是否真实存在的疑问。另外,在美术馆中,我还看到了一些印象派画家的画作,例如毕沙罗、西斯莱、莫奈、高更、凡·高等,不多,但也属难得了。

也是非常难得的,这家博物馆拥有一个艺术花园,由日本人设计。它有东方园艺色彩,也有五花八门的西方雕刻艺术品;同时,由于博物馆建在高处,还能让人俯瞰一下耶京新城。当真是个好去处。另外,以色列人还露天陈列了第二圣殿期(毁于公元74年)的耶京全貌,那是他们的鼎盛时期啊,之后他们就流离失所了。

一般来说,我都会在博物馆商店中采买一些纪念品。但这次例外,因为价格实在有些贵,所以我只买了一张价格5谢的明信片,与恶魔眼相关(还记得恶魔眼吗,小凤凰)。幸运的是我在对面一家稍小的博物馆中(耶京圣经地博物馆)买到了价格相对适中的死海古卷纪念品。

之后乘坐汽车来到一处市场,那是耶京普通人购物消遣的场所。这里摩肩接踵,叫卖声起伏,充满人间烟火气。三点半左右我想回酒店了，才发现公共交通已经停运，安息日开始了。没事儿，看看地图，也不太远了，于是我慢慢地溜达回酒店。路上经过了耶京市政厅。回到酒店，我在大堂略作休整的时候，和前台工作人员聊了一会儿。他说他来自埃及，喜欢这里就留下来了，用9年时间拿到本地身份，然后在这里娶妻生子。当地税费昂贵，物价畸高，所以即使夫妻两人都工作，一年到头也存不下什么钱。他也不敢贸然回到埃及探亲，只怕回去之后就出不来了。也挺悲催的。早上在前台工作的小伙子来自伯利恒（巴勒斯坦控制区），理论上开车十几分钟就能过来，但现在必须绕到检查点核实身份获得许可，才能进城，单程两个小时，天天如此。埃及人还抱怨说，巴勒斯坦那边的人不用交那么高的税，物价低（我体会过了），房价也低，所以虽然工资不高，但生活很幸福；你们天天看电视说巴勒斯坦人民群众多痛苦，其实才不是，也许加沙地区的人们有点悲催，但其他巴勒斯坦地区的人们滋润得很，只是你们不知道！

真的不知道！我们这些外人看不到真正的现实！但我纳闷的是，巴勒斯坦国，低税收或者根本没税收，如何运营国家？如何进行基础设施建设、提升教育、改善健康？这些资金不应该都来自税收吗？难道他们真的只靠国际援助过活？

傍晚时分，我还是没有忍住，在酒店附近买了几个亚美尼亚的手工陶瓷作品，花了100多美元，算是此行最大的消费了。非常漂亮。有一个是送给你的生日礼物，一只展翅的凤凰。

今天就到这里，小凤凰。还有许多故事要讲，但是没时间了。妈妈今天要收拾行李，退房，下午奔机场。

妈妈于耶路撒冷 CasaNova 酒店
2019 年 2 月 9 日，己亥猪年正月初五

七

亲爱的小凤凰：

现在我坐在家中给你写此行最后一封信，关于我的耶路撒冷之行。过去的几天就像梦一样，六天（2月4日—9日）里，我在耶京老城里穿梭了很多趟，几乎已经对它了如指掌了，转眼间就又回到更熟悉的地方，仿佛从来没离开过。但老城的钟声和阿訇宣礼的声音在耳边回荡，采买的小小物件也都摆放出来，提醒我确实是在那里度过了几乎一周的时间……

最后一天是 2 月 9 号，我吃过早餐后打点行李，9 点半到楼下退房。航班在晚上，但想在房间多待一会儿是不可能的，前台已经催促了。结完账存好行李，我最后一次去老城游荡。这天是周六，从周五傍晚到周六傍晚，是犹太人的安息日，小街上一片静谧。当然，走到热点地区 [例如离我很近的雅法门（Jaffa Gate）]，还是能看到很多游人，商家也大都开放。有人给我展示了一下安息日新城的照片，那真是闭

门谢客，门可罗雀，一个人影儿都看不见。

　　天空下着小雨，空气和地面都湿漉漉的，对耶京来说，这是难得的时刻。抬头能看到白云和白云背后的蓝天，阳光从云层缝隙间洒下来，照在城墙、大卫塔，再往远看还能看到基督（Redeemer）教堂的高大钟楼。待在这座圣城里，即使是一个无神论者，比如我，有时候（例如这个亦晴亦雨的时刻）也会感受到一点灵光，仿佛真的有救世主存在。沿着城墙一直走下去，今天的目的地是锡安山那边的鸡鸣堂（Church of Saint Peter in Gallicantu）以及大卫城遗址（city of David）。在这个有雨但也有阳光照耀的日子里，我沿着耶京西南城墙走，可以看到对面的新城，包括大卫酒店、大风车等几个地标性建筑。

　　到了锡安山，经当地人指点，我居然发现了安葬辛德勒遗体的墓园！辛德勒的故事，有著名的电影《辛德勒名单》讲述过，简而言之就是这个德国人在第二次世界大战期间凭借自己特殊的身份挽救了不少犹太人。这是意外之喜。当然，我并没有特意去寻找他的陵墓，只是在那里待了一小会儿。这个基督教墓地建在锡安山的一面山坡上，视野开阔且安静，风水相当不错。

　　鸡鸣堂建在早期的基督教堂遗址上，现在看甚是辉煌，其实已经经历过几毁几建。伊斯兰教兴起、穆斯林占领耶京的时候，很多基督教堂都被毁或者改建了，尤其在土耳其奥斯曼帝国时期。这里的《圣经》故事，简单说，是耶稣在客西马尼园被捕后，一路沿汲沦溪谷被带到这座教堂的地下室，囚禁了最后一晚，第二天就被审判定罪处死。可以想象这里也是朝圣者的必到之处。同往常一样，看到基督徒们满含热泪地唱歌祷告，我只能默默后退。想一下，耶稣和他的12个使徒，也是挺累的，在锡安山这边的马可楼吃过最后的晚餐，走到橄榄山那边的教堂做最后的祈祷，之后被捕，然后又被带回到锡安山这边囚禁。一个晚上，来回两趟。教徒们把耶稣的每一个足迹都琢磨得淋漓尽致，也让人敬服。

后来我又一路经过"粪门"（dung gate，多奇怪的名字）找到了大卫城古迹，这是当年的大卫王真正建城的地方。因为是安息日，不开门——其实只是没有服务，门还是开的，想进去没问题。我进去转了一下。这里主要是看大卫时代的供水工程，因为没人讲解，也就看看而已。一个意外的收获是，我在大门口看到了一个独特的标志，之前没见过，问了一下守门人，回答说这是竖琴。我一查才知道，最早发明竖琴的国家就是以色列，而大卫王就是最早的竖琴演奏家。嗯，又长知识了。话说，我在耶京无数次看到了非常独特的七连枝烛台，这是以色列国徽上的标志，也是犹太教的标志，与基督教的十字架地位同等。这两个东西看上去挺像。

再次经过"粪门"的时候，我发现里面也是一个考古现场，进去一看原来是俄斐勒（Haophel）考古公园，原也属于大卫城的一部分。这个地方为我观察阿克萨清真寺提供了最好的角度，就是位于圆顶清真寺南边、但一直笼罩在其阴影下的另一个穆斯林圣地。

耶路撒冷又名"大卫城",是当年大卫建立功业的重要地区。此行,我去了他的故乡伯利恒,参观了他的伟业,还去了大卫城和大卫塔,瞻仰了他的陵墓,也算圆满了。对于耶稣,我似乎也做了同样的事情,但我把他看成人而不是神,一个为自己的信仰牺牲生命的人。我从文化和信仰的角度研究他,而不是宗教。

回到酒店,时间尚早,我就和前台的阿拉伯小伙子聊了一会儿。虽然是阿拉伯人,但他是基督徒,这也挺让我吃惊的。他每天需要花两个小时从伯利恒的家到隔离墙接受检查再到酒店上班,天天如此,其实两地直线距离只有十几分钟车程。聊得挺高兴,他允许我上酒店阳台看一看,之前那个地方一直锁着门。我兴冲冲地跑上去,没想到一阵大雨正袭来。小伙子说,这是"圣水",哈哈。不一会儿雨停了,我们出去。果然是好景致!眼前是圣墓教堂和基督钟楼,远处是圆顶清真寺。终于,这个金光闪闪的圆球屈居二线了,而圣墓大教堂成为重点。

就这样,我的耶京之旅结束了。回酒店取回行李,奔出租车等候地点。在特拉维夫机场免税店,我采购了一些当地的特色食品,都是给小凤凰的,但是,忘在飞机上了,多方找寻也没有找到。我只能这样想,世上没有完美的东西。完美的行程加上这个小小的不太完美的结尾,对我已经是完美的了。

就到这里。还有好多故事要讲,希望能当面讲给小凤凰听。

妈妈于北京家中
2019 年 2 月 11 日,己亥猪年正月初七

耶路撒冷外一篇：阿姨还是大姐[1]

今年春节去以色列旅行，在首都机场办理手续的时候，盘查手续特别复杂，队伍半个小时纹丝不动，我不由和排在身后的旅客一起吐了吐槽。那是个小伙子，应该是一个90后吧，我这个中年女人分不太清80后、85后、90后，看着都挺年轻。到达目的地后，我直奔问讯处询问去耶路撒冷的路线，不一会儿他也溜溜达达地过来了，说要先去特拉维夫待几天再去耶城。我们挥手再见。

一周后返程，我坐着在各个酒店轮转接客人的中型出租车奔机场，车到最后一个酒店的时候，那个小伙子出现了。我们惊喜地打招呼，简短地聊了聊各自的旅行收获。到达机场后，分头排队、办理手续、安检、登机，一路无话。到了北京，我出关取行李，然后推着行李随着人流进入电梯，准备下B2层打车。突然从电梯前部传来熟悉的声音，我抬头一看，正是那个小伙子站在最前面，我们之间隔着几个人。这么巧！我兴冲冲地正要打招呼，一转眼看见他旁边站着一个年轻姑娘，两个人正说话。看样子挺亲热，关系应该不一般。算了吧，不打招呼了吧。电梯下行，短短十几秒中，他们两

---
[1] 这篇小文发表在《北京晚报》2019年11月27日第38版。

个人的对话一字不落地传进我的耳朵里:

"哎,我这一路都碰上同一个阿姨,甭提多巧了。"

"阿姨?多大岁数啊?"

"四五十岁吧,我也不很清楚。"

"四五十岁?那哪儿能叫阿姨,那是大姐!"

"哦……反正我也没叫她……"

在他们的对话声中,我的脑袋一点点地矮下去,深深地躲在前面几个人身后,生怕小伙子一回头看见我,否则他该多尴尬啊……

京都四百八十寺

这应该已经是我第四次到京都了,却是第一次为它写点什么。遗憾的是没有一次特别尽兴的旅行,就连那次专程去京都玩赏的机会都因为气候(端午节前后已经比较热了)等原因,游玩得不够尽兴。算来算去也就这一次——又一次充分利用了早晚的时间——略显丰足。

我住在市中心的四条站附近。门前一条东西向的街道,几趟电车穿梭,不远处有乌丸地下铁,很是方便。由于天天要乘坐地铁,我在这条街道上行走的机会很多。站在街上,向东望去,能看到黛色的远山,往西看去,还是黛色的远山。这是一座被山环绕的盆地、内陆城市,挺合我这来自大山的孩子的口味。都说智者乐水,仁者乐山,智者动,仁者静。京都的"仁"和"静"恐怕都体现在寺庙之多之密、城市精神处惊不乱之中吧。

短短几天里走过了无数寺庙!有鼎鼎大名的,如清水寺、高台寺,也有寂寞无声的,如上善寺、西园寺;有大气恢宏的,本堂、经堂、讲堂、禅宗、庭院一应俱全,也有低调迷你的,只有一鼎寂静的壁龛香炉而看不到庭院(或许是我没有发现)。但宁静祥和的气氛都是一样的,大家都晓得一座寺庙就在旁边，不由得放慢脚步，收敛谈笑。而大寺大庙游人如织，难免破了个把规矩，也难怪京都人不喜欢外地人呢。

有几个惊喜之处。在第一个难得有一点闲暇时间的上午，我乘坐电车到了祇园。在八坂神社看到了一场庄严肃穆的日式婚礼，一对盛装新人端坐在庙堂之中，接受神职人员的祝福。亲朋好友端坐在两旁，有几位女士身着和服，应该是近亲了。晴空下相当燥热，我们这些着便装的旁观者都躲到阴凉下了，盛装的人们更应该一身汗了吧，但他们的表情都从容平静。不由想起日前读到的一篇小文，提到"京都人的生活有很多不可思议的'自虐'之处"，举盛夏的"祇园祭"（每年7月17日）为例，"男人们挥汗如雨，妇人们凛然相随"，坚守着"外地人很难涉足的严肃世界"[1]。又提到，京都的冬天寒冷难熬，"每至雪后，常能见到一位身着单薄和服的老人，拢着袖子，在自家庭前仰望覆雪的山茶花"。这初夏的"神前婚礼式"也算一桩"自虐罪行"吧。这是一座有情怀的城市——我真想认识一下那位肃穆的老人。

第三天一大早，我在酒店工作人员的介绍下步行来到了顶法寺，也叫六角堂。本堂前有一株松树、一株古柳，低垂到地面的柳枝上挂满了"小白条"。后来才知道，这六角堂前的柳树大名鼎鼎，据说是平安时代嵯峨天皇和绝世美女相遇结缘的地方，因此坊间盛传，对着六角堂的柳树许愿，能够天赐良缘，于是就出现那么多祈福的白条。本堂前还有一个

---
[1] 苏枕书，2019.柚子、枇杷花与诗.北京晚报，4-30: 33.

不起眼的六角形基石，据说那是京都的中心，有京都脐石之称。我连蒙带猜地读了一下日文介绍，勉强知道这座寺庙也有上千年的历史了，位列西国33所观音札所的第十八位，同时它还是日本花道艺术的起源地。这个早上不虚此行——末了，我还去附近著名的锦市场（Nishiki）走了走，可惜刚7点左右，店铺还没有开，但这不耽误我买了一点"大根"（白萝卜）酱菜，一直吃到离开京都。

又一个早上，我徒步来到"本山佛光寺"。无巧不成书，在寺外遇到了罗布，我们惊喜地打招呼。他也住在附近，开会之前出来逛逛。但显然他对寺庙是不感兴趣的，继续向前溜达去了。我进了寺里。五台山的佛光寺美名远扬，而这个佛光寺，场面不小，但人迹寥寥，却也有800年历史了。本堂讲堂连成一体，大气典雅，白色砂石铺就的庭院清幽古朴。木阶之上有着僧衣者进出庙堂，我也脱鞋拾阶而上，听到白色推拉门内传出诵经声。我静悄悄环绕大殿一圈后，坐在台阶上看着山门外的世俗世界，有西装笔挺的通勤职工走过，也有牵狗遛弯的主妇走过。

那一个傍晚，我徒步寻觅下鸭神社，路遇"上善寺"。但天色已晚，所有人均不得入内，但是我看到了傍晚的鸭川河。一丝尚存的晚霞烟火、远山的青黛剪影、星星点点的灯火，让我驻足留恋，不枉我一路搜寻。但也可以看到河水稀薄。听人说，日本今年大旱，各条河流径流都不足。悲催啊，气候恶化正在加剧而人们不醒悟。

又一个早上,我去了高台寺,其实主要目的是寻找八坂之塔。如果说起京都最具代表性的建筑,清水寺、金阁寺、二条城、银阁寺可能名列前茅,估计很少有人会提到八坂之塔。奇怪的是,那天在会场上得到一张明信片,对上面描画的冬天的景致,我竟又一见钟情。没有雪,街道寥落,灯火阑珊,近景处一个身着大衣的姑娘站在唯一还开着门的小店铺前面欣赏那些精致的小玩意,远景就是一座五重塔。没有明亮的春樱秋枫,也没有或灿烂或古朴的寺庙,这张黯淡的明信片却打动了我。也许这就是京都更加追求的情怀吧:寂然萧索之中自有乐趣。后来知道那座塔叫"八坂之塔",东山的象征呢,我在心里记了下来,一定要找到它。

按图索骥,我很快就找到了。距离大名鼎鼎的高台寺不远,而它所在的寺院叫"法规寺",历史也很悠久呢,只是被遮蔽在五重塔的威名之下。在一片平坦的町家民居中,这座黝黑的塔果然显得很突出。在向高台寺攀爬的过程中,只要一回头就能看见它在晨光中岿然不动。在夕阳下是不是应该更美好?更别致的角度就是从正对它的胡同看过去,因为它端端正正地位于胡同尽头,给人无限希望。

最后一天的早上,我去了音羽山上的清水寺——上次旅行的时候只见到了"赤门"和三重塔,炎热的天气阻挡了我继续前行的脚步。这一次,早上6点钟,我脚步轻快地越过那两道红彤彤的大名鼎鼎的建筑,赶到了普门阁。悄悄走过正在做功课的僧众,我往后山走去。终于见到了清水舞台,就是本堂前悬空的那部分，凌空而建，是日本的国宝级文物，明信片上也经常能够见到。它看上去和悬空寺有相似之处，只是体系更完整，规模更大一些。可惜黑网布蒙面，人家正在维修。听人说，日本有句形成套路的誓言："如果不……就从清水舞台上跳下去"，形容完成某件事情的决心。有历史记载，从1694年开始的160年内，此处共有235个纵身而下的记录，1872年起明令禁止跳下舞台。看来这座舞台承载了不少罪名。继续往山后走，我又发现了一座红色的三重塔，体量比门口的那座小一点，名为"子安塔"，看样子是为孩子祈福。我兴致勃勃地自拍了几张。回程的路上，我看到了音羽瀑布。涓涓的三股细流，怎么能说是"瀑布"呢？有点言过其实吧。人们趋之若鹜，我却对"瀑布"对面小巧的音羽观音庙的一块匾额产生了兴趣，上写"松风兮音羽之泷，清水濯兮郁结之心或可息"。音羽山，不仅有泉，更应有音吧。风拂松林，便有松涛，比一般音乐更有涤荡肺腑的功效，众人可曾留意？我想京都人一定懂的。

　　利用"下班"后的时间，我又去了相国寺和大德寺，都距离"办公室"——京都国际会议中心不远。到达相国寺的时候已经过了四点半了，对外开放的建筑都关门了（包括承天阁美术馆），我只在古意盎然、古木参天的庭院里走了走。相国寺地界儿实在不小，一派皇家气息。初夏的傍晚，没有一个人，我独占整个庭院，实实在在地享受了一把幽静。我又连蒙带猜地看一看介绍，勉强知道法堂的天花板上有罕见的"蟠龙图腾",而我不得见。但在钟楼附近的小亭子里我看见了一个小蛇样图案的木刻,也觉得挺有趣。

大德寺,是一休的寺,八旬的一休和尚结束云游之后进驻的寺庙。也许也是因为太晚了吧,寺内没有几个人,我勉强进兴临院走了走,更加闻名的"黄梅院"就进不去了。在这里我粗浅地了解了一下日本的"枯山水庭院"设计。白色的细沙碎石,那是水;错落有致的褐色石头,那是山;沙砾的纹路象征着水的流动。这就是禅意满满的日式庭院,修身养性的地方,而我这样行色匆匆的游人一时难以体会其中的奥妙。

这就是我的京都寺庙行。再算上 2017 年初夏走过的金阁寺、银阁寺、二条城、东寺、平安院,不少了。在这三步一庙、五步一寺的古老京都,晨钟暮鼓,声声不息,滋养了心灵,净化了魂魄,让人们在浮躁的世界中保持定力,不愧是日本人民的精神家园。我该为京都人的执拗执着击节叹赏。

(2019 年 6 月 5 日)

日暮乡关何处是

到波恩的次数已经数不清了,在心中它几乎成了我的第二故乡。每当拖着行李走在小城的石板路上,我一边心疼行李箱的滚轮,一边又漾起重返故里的欣喜。这种感觉特别记录在小文《波恩小城的小旅馆》中。2017年3月的波恩之行与众不同,我特别多写了几笔。

第一辑 | 在路上

穿城而过的莱茵河

波恩小城的小旅馆[1]

波恩位于德国西南部,是莱茵河畔的一座小城,如今鲜有人熟知。它的历史也曾不凡,东西德分治之时它是西德的首都,直到目前德国的部分政府机构(如交通部、环境部)还留驻在这里。另一个亮点是,它是贝多芬的故乡。老城的广场上有一座音乐家贝多芬的高大立像,经常有鸽子停驻在他的头上,久而久之鸽子也成了这座雕像不可分割的部分。

如今这座小城是一些联合国机构和国际机构的秘书处所在地,定期举办大型国际会议,还经常举行各种展览。波恩大学在德国排名也不低,马克思曾经在这里读书,所以波恩不是传统意义上的旅游城市,而是一座商业和文化城市。一年四季往来人员也是络绎不绝,小城里的酒店旅馆经常爆满,工作日的价格要比周末略贵一些。

因为工作原因,我每年到波恩一两次,这里差不多算是我的第二故乡了。最常选择的驻地是离贝多芬故居不远处的一家旅馆。这个小旅馆毫不起眼,临街一道小小的门,有门禁,密码万年不变。进门之后通过一道窄窄的甬道就得上楼梯。接待处在二楼,二楼至五楼有十几间小小的客房,还有

---
[1] 这篇小文正式发表在 2019 年 10 月 27 日的《北京晚报》知味版。

一个阁楼式小屋位于顶层，房间比较大，有简单厨具，屋顶带天窗，能看到细雨滑落、鸽子飞过。接待处的老先生说，那是一间"蜜月房"，给年轻夫妻准备的。这个小旅馆价格适中，唯一不足的是没有电梯，逼仄的空间也断绝了翻修再造的可能性。每次到了旅馆，我都是先上二楼办理入住手续，然后请小伙计帮着把行李拎到房间。

接待处的老先生常年在这里工作，头发花白，有一个大大的酒糟鼻子，说简单的英语，慢条斯理地办理入住手续。每次看到老先生都有一种重返故里的感觉。今年略有不同，当我熟门熟路进入旅馆上到二楼的时候，把当班的小姑娘吓了一跳。我也很吃惊，再探头一看，老先生坐在里间，带着老花镜翻账本呢。一问才知道，原来小姑娘是老先生的孙女，现在实习，估计以后就接班了。话说波恩小城里这样的家庭旅馆比比皆是。帮我扛行李的小伙子也是家庭成员，晚上值班，早上准备早餐。小小的餐厅里有几张小方桌，铺着洁白的桌布，面包、牛奶、咖啡、果汁、德式肉肠等一应俱全。小伙子过来问一下要不要吃煎鸡蛋或炒鸡蛋、咖啡还是茶，十分温馨。

有时候动手晚了，订不上这家旅馆，我就会选择同一街区的另一家小旅馆。这家旅馆的好处是带迷你电梯（所以价格略贵一些），不足之处是晚上没人值班。那次到达波恩已经是午夜了，门已锁，门口贴着一张纸条：夜间到达的客人请拨打这个电话。可怜我的手机已经"气绝"，一时没了主意。

没办法，我只好守在路边，抓住一个路过的德国人帮忙。路人拨通了电话，被告知房间钥匙就在大门左侧的密码柜里，密码是××××。我依言而行，果然小柜子"砰"的一声弹开了，里面躺着一把钥匙，既能打开大门也能打开我的房间门。

同样常到波恩出差的朋友们都有各自中意的小旅馆。巴西的玛丽亚（Mariya）最喜欢一个名叫"欧罗巴"的小旅馆，次数多了，和主人夫妇结下了深厚友谊。那年玛丽亚的护照和钱包被盗，店主不仅延缓了付账日期，还拿出500欧元现金救急。还有朋友不住波恩城里，更喜欢在城外的小店停留，就在莱茵河边，另有一番景致。

一条大河、几座老桥，一个老城、几片街区，山上有城堡山下有教堂，波恩与欧洲其他小城一样，永远是那个样子，安详宁静。莱茵河缓缓流过，百年不变，小旅馆几十年如一日，让人心生亲切。连旅馆门口的比萨店的伙计也不变呢，从小伙计变成老伙计，依然脚下生风、手头利落，一手能抓三个大啤酒杯，与老顾客拉家常谈笑风生。平静的日子更能让人感知生活的美好。

（2019年9月12日）

德国之行新感受

我年年都要到德国波恩来,这次跟以往颇不一样,似乎跟随着美国的新政策,各国的移民政策都在收紧。

不同的感觉主要出现在入关时分。排大队是意料之中的,一贯如此,尤其法兰克福这样的中转枢纽。同胞很多,总有一些似乎是首次出境的样子,把材料举在手里,用方言与伙伴们相互安慰。负责审查的官员非常年轻,一看就是个新手,旁边坐着一个资深人士,一眼不错地看着年轻人处理业务,嘴巴里滔滔不绝。他说的是德语,我自然听不懂,应该是在教导年轻人。

我将护照递上。公务普通护照,不同于前面的私人护照,小伙子有点疑惑——这不怪他,中国护照系统之繁复估计无其他国能敌。翻来翻去,终于找到照片页,在护照最后(我也不知道为什么这样安排照片页,也许就是为了和私人护照有所区分吧)。小伙子看了看照片,又看了看我,随后开始一页一页地翻看护照。当然是在寻找签证页,页数很多,不好找。我轻声说,签证页就是贴着粉色标签的那个。哦……小伙子恍然大悟,很感激地冲我笑了一下,然后进入问答环节:

问：商务旅行？

答：是的。

问：旅馆定了吗？

答：定了。（我挥了挥手里的文件。）

问：待几天？

答：5天。

问：带了多少现金？

答：……

问了这几个问题之后，我已经很吃惊了。以前的问题只限于干什么、待几天，然后痛快盖章走人。

其实小伙子已经摆出了盖章的姿态，但很快被"监护人"叫停了。随后小伙子示意我在一个电子板上留下右手食指和中指的指纹。但是我注意到之前入关的同胞并没有被要求留指纹（实际上，去年申根签证已经开始要求送签人在使馆留下指纹），也许是我的护照上出入境记录太多了？这时候是不能争辩的，我遵命留下指纹。小伙子开始一页一页地翻看我的出入境记录。我猜他的老板是这样教训他的：这本护照上的多次申根签证是去年5月份得到的，按照我们的法律，如果护照持有人之前在欧盟境内停留的时间已经达到90天，那么这次是不能入境的。这样查下去恐怕得半个小时以上，我不得不又一次说话了，告诉他不会超过20天。小伙子又羞涩地笑了一下，停下了手中的动作。

终于，小伙子在护照空白处盖上了入境章。大概10分钟已经过去了,从来没有过。在转盘上取了行李之后,经过"无申报通道"出关,官员要求我们再次出示护照,再次澄清是公务还是私人旅行,再次澄清带了多少现金,特别询问行李中有没有酒类、有没有香烟等。我们纷纷摇头。也许因为我们特别说明过来参加联合国的会议,这大旗够唬人,所以行李没有通过机器过检。

乘火车再转市内交通,晚上6点到了预订酒店,还是贝多芬旅馆。大门的密码依然,我熟门熟路地进入,吓了值班的小姑娘一跳。这个小姑娘我倒没有见过,通常这个时候上班的应该是一个长着硕大酒糟鼻子的老先生。仔细一看,老头子还在屋里,只是似乎退居二线了,偶尔向小姑娘传达些什么——看来德国普遍处在"交接时代"。由于我早已在网上预订房间,入住手续应该是立等可就的,但是,这次小姑娘让我出示能够显示我常住地址的证件或者文件。我很吃惊,因为这从来没有过。我想了想,拿出了邀请函,上面有我的办公室地址。小姑娘拿去复印。

这就是此次入境德国的不同体验:需要回答更多、更频繁的问题,留下以前不需要留下的指纹,出示以前不需要出示的证明。世道真的变了,大家都在"去全球化",怨气首先发泄在移民或潜在移民身上,我们这些公务人员也要承受一些莫名的怀疑和盘问。

(2017年3月7日)

远处的雨

在波恩气候公约办公大楼 29 层吃午餐的时候,我亲眼看到了一场雨从城区方向慢慢向这边移动,离开大楼的时候,原本一片平静的天台已经开始接受小雨的滋润了。感觉非常奇妙。

如何看到一场界限分明的雨,这一直以来都是我的一块"心病"。上小学的时候,一次在课堂上看到外面下雨了,还不小的样子,我小小的心灵以为全世界都下雨了。晚上回到家里,和家里老人谈起这场雨,他们轻描淡写地说根本没有下雨啊,一整天都没有。我吃惊不已,怎么会这样?看上去那场雨只下在我们学校那一块!我第一次明确地知道雨是有界限的……小小的头脑又开始转动,是不是应该有那么一个特别的地方,我站在那里,一边会被淋湿,一边保持干燥?多么奇妙的事情啊!在以后的日子里,这个想象中的场景一直深埋在脑海里。每逢下雨的时候,它就会浮现出来。

那一年(2012 年)到福建出差,坐车从福州到厦门。小车奔驰在高速公路上,忽然遇暴雨,天色阴黑,硕大的雨点打在轿厢上噼噼啪啪地响,小车的雨刷器"哗哗哗哗"快速地忙碌着。跑着跑着,突然脑袋上方的雨点声骤然停止,向窗外一看，天色还是阴黑的，地面也是湿漉漉的，但空中没有雨！哇哦，我们刚才一定经过了那个特殊的地方——一边有雨，一边没雨！我顿时兴奋起来，更加密切地注意起雨点声。就这样，我们的小车奔跑在马路上，头顶上方的雨点声一会儿有，一会儿没，一会儿稀，一会儿紧，有趣极了，我在车里乐不可支。我们一定是经过了一条又一条的雨带。这次公差意外地圆了我的童年梦。

从 29 楼俯瞰波恩，永远是那个样子，一条平静的大河，右岸我似乎从来没有去过，看上去是一片一片丛林，左岸是绿树掩映下的各色建筑，远处是波恩老城，看得到高高低低的教堂尖顶。往更遥远的地方看去，据说是科隆，天气好的时候能够看到那个巨大的教堂——我近距离地看过，就是一个黑乎乎的巨无霸，感觉没什么意趣。

话说那天我们在 29 楼吃午饭。已经下了几天雨了，这天中午难得放晴一会儿，我们从容地从会议中心踱到惯常吃午饭的大楼。我在与几位女士讨论女性参与度问题的时候，突然注意到窗外老城方向一片烟雨蒸腾、雾气朦胧，而周边还是一片清爽。这是怎么回事？难道是在下雨吗？我指点给餐友们看。智利的玛尔塔（Martar）肯定地说，没错，是在下雨，而且雨带在向这边移动呢。果然，那团雾气慢慢地向这边飘散，遗憾的是似乎在慢慢变薄变大。我一边继续参与聊天，一边密切地关注着这片雾团，心中再次洋溢出梦想成真的愉悦。终于，等我们吃完饭后，窗外露台上已经开始点点滴滴地飘洒雨点了；等我们下了楼，雨团已经散去飘远，我们可以慢慢踱回会议室。

　　这边是一点点小雨，但老城的那阵雨看上去一定不小呢，要不然水汽不会蒸腾那么高。童年的念想又一次被满足了。感谢波恩，我的第二故乡，这些年，除了北京，就在你这里待的时间最长，我爱你。

（2017年3月9日）

下雨的时候到底该不该跑

话说在波恩开会的时候几乎天天下雨，中午从会议地点走到对面办公楼里的餐厅吃饭的时候，总会面临雨中漫步的情景。小雨就罢了，雨不小的时候难免面临选择：要不要跑起来？

第一天，我和罗布同行。他是澳大利亚人，2010年我带队去澳大利亚就温室气体清单编制进行学术交流的时候，罗布全程接待，从悉尼到墨尔本，由此我们建立了良好的关系。当年他还利用到中国出差的机会特意让我们组织了一次研讨会，再次介绍澳大利亚的经验。近些年来，我们常常在政府间气候变化专门委员会的专家会议上见面，算是老朋友了。在2016年度国家清单审评上，我作为主审员之一，又一次审评了澳大利亚的清单报告，他作为团队领导负责回答专家组的质询。老朋友见面分外高兴，我们决定共进午餐。一出旋转门，发现雨势不小。我随即建议：我们跑吧？不等他反应，或者我认为这个合理化建议当然会被接受，我就跑了起来。几步之后，发现罗布并没有跟上来，回头一看，老头子——他岁数确实不小的样子，头发都秃了——一副不情愿的样子慢慢跟在后边。我立刻停下来等待，然后一起以正常速度走向对面。那个时候,我突然想起了不知何年看过的一篇小品文,说下雨的时候在雨中奔跑的一般都是中国人或者亚洲人,西方人一般是不跑的,他们的理由是:前面不一样在下雨吗？哈哈,看样子果然是这样,我心中暗笑起来。

等到第三天的时候,清单主审员会议开始了,我的搭档——西班牙的里卡多（Ricardo）来了。我们几个人——我、里卡多、罗布和苏威——决定共进午餐,一起讨论澳大利亚清单审评报告中的问题。一出门,又遇到不小的雨势。我从容优雅地保持着漫步的速度,用身体语言告诉他们,本姑娘这次绝对不跑啦。但是,里卡多,那个一身笔挺西装的西班牙英俊小伙子,忍不住了,跟我们说:"你们慢走,我先跑了啊！"不容我们回答,他自己已经啪啪啪地跑开啦！我心里又一次哈哈地乐开了花……

（2019年3月5日）

蒙古行与童年记忆

7月26日傍晚到达乌兰巴托市。从北京到乌兰巴托可能是从北京出发的最短的国际旅途，飞机起飞后我休息了一小会儿，刚打开笔记本电脑想写点什么的时候，客舱广播告诉我们飞机开始下降了。

由于蒙古实施夏令时，天色还非常早，阳光灿烂。我和友人安顿好后随即出去转转。友人这不是第一次来了，熟门熟路，很快我们就来到乌市的"天安门广场"，一片面积不小的场地，西面是颇有些规模的市政厅，东面是三段式的廊带建筑，里面正中端坐着的正是成吉思汗雕像。开放的建筑样式让我想到了华盛顿的林肯纪念堂。当然，这个规模要小一些，高度也不够。广场正中央还有一个不大的雕像，也是一个骑马的蒙古人。广场上有游人，也有当地居民，抱着小孩子在阴影下乘凉，有几个人在骑三人自行车。继续前行，走过了邮局、使馆区和金融区，这就是不大的市中心所在地，大部分重要建筑都在这里。

在邮局时，我准备买些邮票，才注意到没有换本地币，只好作罢。惊喜的是，我发现了一张明信片，彩色手绘，几个憨态可掬的小姑娘正趴在地毯上玩耍，散落在她们眼前的是几个"羊拐"！啊！羊拐！儿时的游戏，就这么出现在眼前。我眼前即刻闪现出小时候玩羊拐的情形，我可是高手啊。但羊拐总是很稀缺，有时候不得已用猪拐替代，可猪拐又大又蠢，远不如羊拐精巧可爱。长大后，儿时的游戏远去了，如今的孩子早不知道羊拐为何物了。我默默地记下了邮局和那个小店的位置，准备换了钱就过来买这张明信片。

蓦然出现的羊拐勾起了我对这座城市的无限好奇心。我的童年之地——大同——与内蒙古已经很近了，而内外蒙古文化应该是息息相通的，既然大家都玩羊拐，应该还能找到其他小时候的"物件"吧。在这一联想下，路边的小花一下子变得亲切起来，这不是我小时候种过的吗？那个已经闭合起来的不是牵牛花吗？连这阳光下的凉爽气候也像是大同的夏天，更别说晚餐时吃到的油饼了！童年的气息就这样越来越浓。

在另一家纪念品商店里，我看到了作为商品出售的羊拐。四个为一组，放在一个小口袋里贩卖。细问一下，原来这四个是用来"算命"的，即把这四个羊拐抛洒在地，不同侧面的组合有不同含义。但我并没有看到单卖的羊拐。失望中夹杂着希望，不管怎样，这次蒙古之行我不会空手而归的。

随后两天的会议中，我一直对羊拐念念不忘，可惜没有时间出去。28日下午会议结束后，没有一刻耽误，换了衣服（一条美丽的红裙子）我就奔向了蒙古国家博物馆，进门就看到了一大堆洁白的羊拐——这一定是经过处理的，因为一般羊拐会有些灰黄色或褐色。我满怀欣喜地买了20个，差不多是2.5元（800蒙古元一个，折合40美分）一个。之后我又花60多元买了一个盒子，专门盛放这些羊拐（见书末图11）。博物馆倒没给我留下特别的印象，他们大力歌颂的是当年横跨欧亚的蒙古帝国。后来我和友人去了当地一家著名的百货商场，正在商场顶层的本地商品集市中流连忘返的时候，外面下起了瓢泼大雨，雨势之大令人叹为观止——草原地带会出现这么大的雨吗？大街小巷都成了河道。晚上吃了一顿不错的韩餐——实在是道路被淹不好走，没法去找别的店了。

29日组委会组织了野外调研，我们参观蒙古的第一个风电场以及成吉思汗博物馆。风电场50MW，规模不大，但让人印象深刻的是风场周围就是牧场，牛马悠闲地埋头吃草，一些聪明的牛马还聚集在风机的巨大阴影下乘凉。美丽的场景让我们流连忘返。开车走在草原上，我又看到了巨大的云影——来乌兰巴托的飞机上就看到很多。从飞机上看下来，会感觉到黄褐色大地上到处都是一小片一小片的深色"水洼"，仔细看一会儿才会明白那只是"云影"，真是太可爱了。居高临下可以非常清晰地看到每一朵云的形状，连边缘的"毛刺"都非常清楚。当我们站在大地上的时候，恐怕很难注意到这么完整的云影。即使是在空中看起来很稀薄的云朵，投射到大地上的影子也很浓厚呢，颜色之深并不比大块云朵浅。有些云朵太孤单了，远远地离开大部队，于是影子也很孤单。这些"云的影子"给我留下了极为深刻的印象。成吉思汗博物馆外面巨大的英雄雕像也让人难忘。

蒙古之行就这样结束了,短短几天我找到了童年的回忆,非常开心。回到家里和小凤凰一起玩起儿时的游戏,我的功夫已经减退很多了,小姑娘更不会玩,但我们都很高兴。

(2016年8月14日)

斯里兰卡印象

办公室的实习生问我为什么选择斯里兰卡为旅行目的地，我愣了一下，感觉这是个好问题。我似乎真的没有深思熟虑过，就那么拍脑袋定了。我还是需要仔细探寻一下其中的原因。

也许因为我格外喜欢蓝宝石？女人爱钻石，我更爱蓝宝石。当年在曼谷学习，结束之时看看手里的钱，毫不犹豫给自己精心挑选了一个蓝宝石吊坠和一个戒指，因财力有限，两样东西都不大，但我分外喜欢。那年有个出差去兰卡的机会，我第一个感觉就是，哇，可以到蓝宝石的故乡了！后来我把机会让给了同事，但托他采买了一小块颇有些分量的蓝宝石，数万元人民币，至今它依然是我最昂贵的珠宝。似乎冥冥中我还是认为我应该亲自去一趟。

也许是因为佛教？斯里兰卡是南传佛教的发源地之一。那年探访泰国的大城（AUTAYA）——废弃的旧都，给我留下了深刻的印象。那些残破的庙宇、身披黄衫的坐像、倒在丛林中的卧佛、高大的菩提树和遍地的落花，无一不在悲凉地诉说当年佛法弘扬的盛景。即使没有任何宗教信仰，我也被深深震撼。斯里兰卡应该有类似的景致吧？

因为自然景观与人文景观兼有，著名的狮子岩耳熟能详，遍布的茶山、热带植物、国家公园和野生动物、印度洋海风应该都引人入胜吧，小凤凰一定喜欢。

可能就是这三个原因吧，2016年春节我和小凤凰奔赴了斯里兰卡，这颗印度洋上的泪珠。确实不虚此行。总结一下，我对这个国家有这些印象：

印象之一：多宗教共存。也许宗教数量比印度少多了，但对我们这些宗教信仰意识不强的中国人而言，斯里兰卡也算得上多宗教国家了：70%信仰佛教［几乎全部为僧伽罗人（Sinhalese）］，15%信仰印度教［泰米尔人（Tamil）］，7.5%为穆斯林，7.5%为天主教徒。宗教冲突多发生在僧伽罗人和泰米尔人之间，直到2009年5月才结束了历时30年的内战，代表泰米尔人的"猛虎组织"被政府军消灭。目前僧伽罗语和泰米尔语同为斯里兰卡的官方语言。沿途能看到各类宗教场所：佛教寺庙、印度教神庙、伊斯兰教清真寺和天主教教堂。我们的导游阿里是个穆斯林，不喝酒不抽烟，拒绝在中国领队携带的红酒酒瓶将要歪倒时扶一下，更拒绝帮忙找酒瓶起子，还气急败坏地给公司打电话："这些中国人要喝酒！"他对佛教代表性景点石窟寺和佛牙寺的介绍一两句话带过，不肯多说一句。我买了一捧蓝莲花，准备供奉给佛牙寺，有点什么事一时忙不开，托他帮忙拿一下那捧花，他噘着嘴、极不情愿地接了过去。意识到他的为难后，我非常吃惊，即使在工作状态下还带有这么强烈的宗教意识，整个国家的宗教矛盾能少吗？

印象之二：殖民烙印处处可见。大部分人都能说几句英语，英语在上流社会更是通用。首都科伦坡的代表性建筑均为英殖民者所建，导游津津乐道；努沃勒埃利耶（Nuwara Eliya）完全是英国人为满足自己的需求而建造的高山茶园城市，俗称"小英格兰"。他们大面积地砍伐雨林种植红茶，形成了斯里兰卡如今的经济支柱。是好事儿还是坏事儿？导游似乎对此赞誉有加。作为一个环保主义者，我怀念的只能是雨林。加勒（Gella）古城由葡萄牙人和荷兰人建造，如今是历史文化遗产。在科伦坡左近的西海岸，欧洲风情和天主教氛围都相当浓厚。我感觉斯里兰卡人民似乎很感激殖民历史。

印象之三：数不清、看不尽的美丽植物到处都是。对于我这个来自干旱北方的人来说，到中国南方就已经感觉很享受了，到了兰卡更是眼花缭乱。各种高大的植物、美丽的花朵、新奇的水果比比皆是，郁郁葱葱，可惜大部分叫不出名字。我们的司机每天在他的座位旁边摆放一排鲜花，茉莉花、鸡蛋花、牵牛花，煞是美丽。别墅类型的酒店都会种植莲花，就是我们耳熟能详的"蓝莲花"——斯里兰卡的国花。在丹布勒（Dambulla）和康提（Kandy）见到了神圣的菩提树（佛祖在该树下顿悟和涅槃）和娑罗树（佛祖在该树下出生），更多的是不知名的树种，我只能仰望叹息。

印象之四：旅游文化不成熟。斯里兰卡人民总体非常淳朴，但在旅游区，敲诈、无端索要小费、甚至对独行女性不甚礼貌的行为挺多见，这会毁了当地的旅游资源。

（2016年2月19日）

新加坡印象

一出机场就感觉到热浪滚滚。室内空调充足，两天时间里待在会议室，女士们都给冻得够呛。第二天中午吃午餐的时候，下起了倾盆大雨，雨点噼噼啪啪地打在宾馆前的芭蕉叶上，不一会儿雨就停了。这就是热带气候，雨说来就来。我在曼谷的那段时间已经很有体会了，那时候雨后的校园里还有青蛙聒噪的鸣叫。

利用晚上和飞机起飞之前的时间，我粗略地游览了市容，更通过朋友和导游的介绍对新加坡的历史、人文、经济有了浅显的了解。当然，新加坡的故事大家都知道一点，但听当地人讲还是不一样的。我有这么一些收获和体会：

第一，像斯里兰卡一样，新加坡人似乎很感激他们的殖民历史。导游长篇大论地讲，19世纪英国人来到之前，这里只是一个籍籍无名的小岛，有限的人口靠渔业为生。英国人相中了这里的地理位置，开始在这里开荒，建设港口。缺乏劳动力，于是从印度、中国和马来西亚大量招募劳工。虽然弥补了劳工的缺乏，但这些人拥有不同的语言、文化和宗教，管理不善容易衍生社会问题。于是英国人特别为这三大族群规划了不同的生活区，彼此相对隔绝又息息相通，一路发展下来形成了著名的"小印度"(Little India)、中国城(China Town，不知道为什么会叫牛车水)和马来屋。新加坡人对英国人的感谢当然不仅仅在于最初的城市规划，还有很多渗透到了各个方面，待我慢慢写来。

第二，新加坡的人口素质非常高。我接触的两个导游都讲非常流利清晰的英语，而且各种随机应变、幽默风趣，虽然可能是职业使然，但应能从此处略观察到新加坡的人口素质。我接触的所有人都能讲相当不错的英语，包括大排档的服务生。华人面孔的人，华语也很流利，因此中国人到这边旅游不会有什么大问题。当然，讲英语得到的服务与讲华语得到的服务或许有微妙差别，这个只可意会不能言传。在我们的气候圈内，新加坡人更以英语流利、表达出众、思维敏捷、善于总结著称，令人羡慕不已。这当然也拜英国人所赐。

第三，政府管理高效，人人安居乐业。在这个东西40多公里、南北30多公里的弹丸小岛上，政府小心翼翼地规划土地利用，很多规划在三五十年前就做好，按部就班地实施，绝不轻易改变。新的规划也做到了三五十年之后。导游不断地提到"系统性"(Holistic)这个词，政府做什么都是井井有条。在就业、住房、教育方面，新加坡都有务实有效的政策。导游骄傲地说，在新加坡，人人都有工作，人人都有住房，所有儿童都能接受很好的教育，没有乞丐，没有无家可归者，大家还有什么要求吗？非常有趣的是，我离开新加坡的时候与送机的朋友讨论起导游说的这句话，她一笑，说："我们还要自由。"呵呵,这个相当难以定义了。

第四,新加坡的经济发展高度依赖服务业。这个我早有耳闻,这次有一些实地观察。一是航运和空运枢纽,这依赖于得天独厚的地理位置;二是金融中心,这与超高的人口素质有关,在这里非常容易找到敬业奉公的管理人员;三是旅游城市,每年接待的游客数量远超其人口数量(500多万)。另外,新加坡还有一些高端制造业,甚至还有听上去还挺有名的制茶业(TWG),这个很新鲜。

第五,凡是英国殖民地都会有个皇家植物园,新加坡也不例外。植物园以兰花著称——兰花是新加坡的国花,各色兰花,美丽多姿,让人目不暇接。

在回来的飞机上,我重温了老电影《走出非洲》。这种老电影,随着岁月流逝、年龄增长会品咂出不同的味道,就像看《教父》一样。电影里多次出现了狮子——非洲自然是狮子的故乡。新加坡的别称是"狮城",标志性建筑是一个"狮头鱼身像"(Merlion),多么有趣。

(2016年5月2日)

我的那些国际专家朋友

由于工作需要,我每年都需要和一群来自世界各国的专家共同工作一段时间,写出一份审评报告提交国际组织。工作周期跨越好几个月,其中有一周的面对面工作时间。因此我有机会认识很多国际专家,回想一下,他们真的都是很可爱很有趣的人呢。这里选几个描画一下。

专家工作的召集人之一,哈维尔(Javier),供职该国际组织已经多年,是我见过的最牛的语言天才。我们的工作语言是英语,所有的专家都通英语,这个不必多说。哈维尔是玻利维亚人,母语是西班牙语;在俄罗斯留学和工作7年,又娶了乌克兰太太,俄语差不多是第二母语;长期定居在德国,说几句德语也是没有问题的,至少听没有大障碍。时不时地,他还能和法语专家聊上几句。联合国五大官方语言中,他精通三种(英西俄),粗通法语,又懂德语,这种专家是相当稀缺的。每当他在专家群中游刃有余、用各种语言与专家们无障碍交流的时候,我们这些来自亚洲的专家都非常"气愤",要求他用中文或者泰文跟我们对话,只有这时候他才面露难色。

其实大部分专家的"语言篮子"里的果实都挺丰富的。

像加拿大的多米尼卡，来自法语区，法语和英语同样流利。那年我们在日内瓦开会，到餐馆点餐的时候就全靠她了。同时她身在北美，又受一些拉丁文化的影响，西班牙语也能听会说。瑞士的丹纽，蓄着大胡子，乍一看有点像萨达姆。他来自德语区，但很少听他讲德语，据他说瑞士德语比较"土"，经常受到德国人嘲笑，所以他也是主要说英语。当年有专家在德国丢了护照和钱包，他陪着去报警，才第一次听他系统地讲德语。此外，他曾在哥斯达黎加工作过3年，所以西班牙语相当流利，与南美专家不分你我，偶尔还说法语和意大利语，也是牛人一枚。

话说在联合国机构，西班牙语真是占据了半壁江山啊。西班牙人不必提了，葡萄牙语、意大利语与西班牙语多有类似，因此来自这些国家的专家们不用说英语也能相互沟通。来自南美的专家更以西班牙语为主，所以我们的专家组里经常充斥着西班牙语，让我们这些只能讲英语的专家很不适应。比如那一年的专家组中，7个人，看上去来自七个国家，其中有4个人的母语是西班牙语——他们分别来自比利时（其实是西班牙人）、智利、阿根廷、加拿大（实际是委内瑞拉移民）。他们私下畅聊的时候，我和其他两位专家（分别来自爱沙尼亚和斯威士兰）都愤愤不平。

另外一个大语种自然是俄语了，东欧国家的专家大都通俄语，联合国组织对他们的需求也很急迫。主要原因是俄罗斯递交的国家报告以俄文为主，审评的时候大多要依靠这些专家了，这时候哈维尔精通俄语的优势就更突出了。法国人也很骄傲，只提交法文报告，还好，有加拿大和非洲专家可以救急。轮到我们中国提交报告的时候，国际组织就很紧张，总私下问："你们不会只提交中文版吧？要这样，可能找不到足够的审评专家了。"我们当然总是善解人意的，除了提交正式的中文报告，还会附带一份英文翻译，不给他们添太多麻烦。不过，现在学中文的人越来越多，不久的将来估计不用提交英文翻译件，联合国也能找到足够的专家了。

除了是各自领域的佼佼者以及多种语言的熟练掌握者之外，专家当中有各种奇人。来自智利的农业专家保罗是个严格的素食主义者，连鸡蛋牛奶都不吃，每次吃饭的时候都端着一盘子绿色蔬菜大嚼。我们都很感叹，这营养怎么能够呢？但他总是那么结实健壮，最近几次见面居然还有点发福的样子。他酷爱刺青。初见面的时候大家都着正装，至少都是长袖衣服，只是注意到他的双手有点刺青。等周五晚上庆祝主要工作完成的时候，小伙子换上便装短袖，我们才发现他的右胳膊色彩斑斓，上面满是刺青，看上去像个不良少年。等一年后再见面的时候，他的左胳膊也已经布满了新刺青。他兴致勃勃地给我们介绍，这个是哈利波特，那个是天文望远镜。于是，一有机会见面，大家都会凑上去问："What's new（又添了什么新花样）？"他就伸出胳膊来说："看，这一小块是新添的。"

来自丹麦的欧雷是个胖小伙儿，喜欢呵呵地大笑，知识广博、思维敏捷、风趣幽默，在专家组里备受欢迎。在一次会议的闭幕式上，健谈的联合主席、巴西的特尔玛女士总结完各种繁复的问题后，邀请在座的各位畅所欲言，戏言"Any questions are welcome（什么样的问题都欢迎）"。话音还未落，坐在会场中央的欧雷洪亮的声音就响了起来："What is the meaning of the life（生命的意义是什么）？"大家哄堂大笑，特尔玛女士笑答："That will make the situation more complicated（这个问题未免太复杂了）。"会议结束，大家都关心地问欧雷，最近是不是有什么不顺心的事情。

来自保加利亚的能源专家彼得，头发整整齐齐地向后梳起绑了个小辫儿，烟瘾很大，时不时要求休会5分钟，然后拿着烟火匆匆下楼。他说他曾经戒烟而且也算成功了，但后来生了病，虚惊一场，颇感人生无常，不应太亏待自己，于是复吸。每天早餐，这家伙只吃一大盘子蔬菜和水果，说是要平衡一下吸烟带来的坏处。朝蒂（Traute）是个德国胖姑娘，但常年在奥地利工作，经奥地利政府提名参加国际组织工作。因此，每当她说"我们"的时候，我都要恍惚一下，不知道她指的是德国还是奥地利。当然，她也说，她现在就是个奥地利人，除了有点想念家乡汉堡的港口。除了本职工作，她还在难民营当志愿者，教他们说德语，帮助他们看医生。2019年新年她从阿富汗给我们发来祝福，是个值得敬佩的人。

国际组织每年都要召开一次会议，召集各个小组的专家组长们开会，总结上一年工作，布置新一年工作。组织者鼓励各国专家带着自己国家的特色食品参会，于是会议室外的长桌上堆满了琳琅满目的食物酒水，其中最受欢迎的是格鲁吉亚的葡萄酒。漂亮的格鲁吉亚专家妮娜——最佳组长之一——总是不负众望，每每都带着两瓶葡萄酒与会，赢得大家又一次欢呼。另外，我最喜欢吃的是埃及专家埃米尔带来的椰枣。组里的阿拉伯国家专家不多，埃米尔是其中的代表，留着帅气的络腮胡子，流利的英语与英美人无异。

专家团队中发展中国家和发达国家的专家数量基本相当。不要以为发达国家的专家就多光鲜，其实这些知识分子，个个朴实可爱，很容易相处。他们背布包穿凉鞋，从不逛什么奢华店铺，而是专找本地人日常购物的地方买礼物，聚餐的时候会拿出旅馆分发的打折券省钱。相比之下，倒是一些发展中国家的专家更加衣冠楚楚，名包与首饰齐飞呢。

集中工作一周之后，专家组就散了，挥手说再见的时候总有些伤感。来年加入新的专家组，或许会碰上个把熟人，但大多数都是新朋友。铁打的营盘流水的兵。国际专家们来来往往，鲜活的笑脸都留在记忆中。不论国际风云如何变幻，我们一直都是朋友。

（2019年11月24日）

女性的力量[1]

举世瞩目的巴黎气候会议结束了,大家都在交口称赞《巴黎协定》这第一份货真价实的全球协议的时候,我注意到的是越来越高的女性参与度以及她们所起到的决定性作用。

这次大会的会议主席是法国外交部长法比尤斯(Laurent Fabius),男士。尽管法国环境部长是位女士(塞格林·罗雅尔),但由于气候变化大会会议主席需要协调太多国家(195个)的立场,从年头飞到年尾,因此这个职位多由外交部长承担,法国也不例外。除法比尤斯先生外,其余在谈判中起到关键作用的大多是女士。让我们来看一看。图比亚娜(Laurence Tubiana)教授,是法比尤斯外交部长的得力助手,也是一位满头银发、优雅得体的法国女士。她是法国可持续发展与国际关系研究所所长,2014年被任命为巴黎气候大会特别代表,代表大会主席穿梭在2014年到2015年的历次工作层谈判会议上,为建立各缔约方之间的互信起到了不容低估的作用。菲格雷斯(Christiana Figueres)女士,是《联合国气候变化框架公约》秘书处执行秘书,也是来自哥斯达黎

---

[1] 朱松丽,高翔,2017.从哥本哈根到巴黎:国际气候制度的发展和变迁.北京:清华大学出版社.

加的精明强干的外交官。她自2010年5月上任以来,面对日益复杂的谈判格局和各方诉求,出色地发挥了领导和协调能力,与历次大会的东道国密切合作,顺利完成了从2010年到2015年这一阶段艰难的谈判历程。每当大家对冗长缓慢的谈判进程感到失望的时候,菲格雷斯女士从没有失去信心和耐心,一次次为大家鼓劲加油。在协议通过时,她值得获得雷鸣般的掌声。

再看看各国代表团中的关键人物。最引人注目的南非气候大使迪塞科(Nozipho Mxakato-Diseko)女士,她同时兼任发展中国家集团和中国的发言人。她在一般性辩论中不卑不亢,数次单枪匹马会见各路记者,笑应各种刁钻问题,广受好评。她的"老板"——南非水资源和环境事务部长暨南非代表团团长莫莱瓦(Edna Molewa),也是一位沉着的女士,在大会最后陈述中一方面祝贺协议的通过,一方面客观指出这份协议给发展中国家带来了前所未有的法律责任,并引用曼德拉的话描述前路漫漫,得到广泛回应。现场对协议进行客观评价的部长不多哦。巴西代表团团长、环境部长伊萨贝拉·特谢拉,操着沉着缓慢而清晰的英语连续召开记者招待会,宣传和澄清巴西的立场,树立了良好的形象。还有委内瑞拉的团长,漂亮的克劳迪娅(Claudia Salerno)女士,在2009年的哥本哈根会议上因激烈反对少数缔约方提出的案文而一举成名,之后继续全情投入,努力维护委内瑞拉利益并帮助塑造新形象。

在发达国家阵营中，同样不缺少女性的身影。我最欣赏的是欧盟代表团的首席谈判代表埃利娜·巴尔德拉姆（Elina Bardram）在工作层的谈判中，她总是欧盟代表团的发言人，在各种发布会、记者招待会和辩论会上，以平静的语气和极其清晰流畅、逻辑分明的英语回答各类问题，既有官腔也不让听众失望。谈判进入高级别阶段，接替她的依然是一位女士，欧盟轮值主席国卢森堡的环境部长卡罗尔·迪施堡（Carole Dieschbourg）。仔细数了一下大会最后陈词阶段的发言，共62个国家和集团的发言中，有14位女士，而且多为重要国家的发言人。这可是高级别会议啊，发言人至少是部长级人物。这些多姿多彩的女性——帕劳的女部长耳边还别着一朵别致的黄色小花，为大会增添了祥和绿色的氛围。

气候大会和环境保护领域见证了越来越强大的女性力量！男性惯于杀伐征战，说白了就是惯于破坏，而重建山河还主要看女性。在日常家庭生活中就能略见一斑，也许做大菜吃大餐需要男主人掌厨，但收拾厨房、打扫庭院、恢复整洁通常是女主人的事情。从18世纪中叶开始的工业革命，引导了经济社会的巨大发展和飞跃，但对整个地球环境而言也是无比的戕害行为。而更遗憾的是，后发国家也没能完全吸取工业化国家的教训，几乎重复了同样破坏性的发展道路。局部环境问题逐步演化为全球气候变化问题，如果应对不及时，地球母亲可能面临前所未有的危机。在社会经济快速发展近三百年后，人类更需要的是耐心而不是冲动、是清淡饮食而不是日日饕餮、是合作而不是单纯博弈、是互相帮助而不是各行其是、是按部就班而不是大刀阔斧、是重建休整而不是现代科技支持下的刀耕火种。该是女性发挥更大作用的时候了。从理论上看，人类进入新石器时代后，在体力和技术方面更胜一筹的父系氏族取代了母系社会；当进入后工业化时代，人类文明发展到一定阶段后，全新的女性时代应该就此到来。

（2015 年 12 月 13 日）

希腊的尼古拉斯

尼古拉斯，简称尼科斯（Nicos），一个希腊小伙子，他经营的小旅店是我们2015年暑期和朋友们在雅典旅游期间的落脚地。去之前颇有些惶恐，由于希腊与债权国大哥们谈不拢，又是公投又是谈判，电视上频频出现希腊人民排长队取现以及老人崩溃痛苦的画面，我不禁怀疑是不是选错度假的地方了。到了雅典，尼科斯和他的旅店让我们安心下来。

旅店小而温馨，有几间家庭房，正适合我们这样带孩子的三口之家。旅馆距离市中心有几站地的路程，因此价格很实惠。店里有一只漂亮的小猫，叫王后（Queen），尼科斯每天都要精心地喂养，是个充满爱心的男人。他个子不矮，黑头发黑眼睛，鼻子特别引人注目，因为实在太高了。他说他这种鼻子专属伯罗奔尼撒半岛——他父母都来自那里，距离奥林匹亚考古遗址不远。怪不得他的模样与我心目中典型的希腊人形象不是那么契合。后来我在圣托里尼岛租车处见到一个男孩子，简直太让我吃惊了，跟画里的古希腊男子简直一模一样，我目不转睛地呆看了一阵，害得男孩子脸都红了。原来尼科斯是伯岛的，那可是古雅典人的死敌哦。我说我们很多中国人嫌鼻子太矮了，做手术增高。他说这里的人正相反，有些人做手术把鼻子弄小一点。我们哈哈大笑起来，这世界简直太疯狂了。

他非常认真地对待自己的事业，刚刚买了一辆崭新的奔驰中巴，接送我们往返景点很方便。每当带我们出去玩中途休息的时候，尼科斯都要把车子内外小心地打扫一遍。我们有些惭愧，不断警告小孩子们不要在车里吃东西了。他带我们三家 9 个人去他老家（奥林匹亚考古遗址）旅游的时候，因超速被躲在障碍物后"钓鱼执法"的交警逮住，罚了 50 欧元。我们挺心疼的，让最小的孩子躲了起来——如果再让警察发现还有超载的嫌疑，恐怕尼科斯这一趟就白跑了。尼科斯还是个非常细心的人，每次都精心调节车上的空调让我们更舒适一些；知道我们喜欢文化，特意带我们去一座古老的拜占庭式修道院参观（Lucus 修道院），那可是一处世界文化遗产哦，并不在我们原定的日程上。

尼科斯对汉字特别感兴趣。当我把自己的名字勉为其难地在餐巾纸上写下来的时候，他的眼珠子都快掉出来了：天啊，这么复杂还写得这么快！应他的要求，我把他的汉译名字（尼科斯）慢慢地、大大地写下来，他艰难地模仿着写了一写——那不叫写，其实是照猫画虎地画下来。几个小孩子笑死了，纷纷指责他：哎，哎，倒插笔啦！

小孩子没有什么顾忌，问他多大了。他说 38。哦，看上去要年轻得多。

结婚了吗？

答，没有。

小孩子们继续刨根问底："今天上午和我们一起去德尔菲的那个女孩子挺漂亮的，是你女朋友吧？"

"不是，"尼科斯大大地摇头，"她太高了。"

我们跟他聊中国的计划生育政策，他又一次惊得差点掉了眼珠子。惊叹之后，他说："我将来即使结婚了也不打算要孩子，干脆移民到中国算了。"我们拍手表示非常欢迎。

假期结束，尼科斯送我们去机场，高兴地说，待会儿还要接几个中国家庭到他的旅馆去，没想到他的小小事业得到了中国的大力支持，让他在这经济危机中充满了安全感。嗯，真好，我们也会继续为他小小的温馨的旅店做广告的。

（2015 年 12 月 15 日）

在绍兴遇到鲁迅先生和他的士人同乡们

端午假期（6月6日至6月9日），我去了绍兴，也是一次说走就走的旅行。

为什么是绍兴？原因太多了，最重要的，这里是鲁迅先生的故乡。从小到大，学习了那么多鲁迅的文章，但在很长一段时间里他还是显得那么陌生。一个刻薄阴郁、离群索居的作家，说着半文半白、半通不通的话，和周围的一切为敌，在当时的黑暗社会如何受人爱戴暂且不管，在现在的和谐社会中就显得不那么和谐了。年纪渐长之后，竟然似乎越来越懂得了他的境遇和心思，咂摸到了"走异路逃异乡寻求别样的人们"以致最后卖掉祖屋举家北迁的悲凉，对国人"哀其不幸，怒其不争"的悲愤，"两棵枣树"背后的孤寂……套用一句俗语：年少不懂鲁迅，读懂已经中年。我更特别地喜欢上了他描写家乡生活的那些文章，《从百草园到三味书屋》《社戏》以及《故乡》，反复阅读，真真切切感觉到这些文章的妙处——而这些滋味少年时很难揣摩到。那一次细细地阅读了《社戏》，纯白描的文字下，阿发、双喜这些极端可爱的小朋友，他们待客之热情体贴、内心之淳朴憨直、摇船戏水之专业自信，都跃然纸上；附带的人物，如外婆、母亲、六叔公,只寥寥几笔,慈爱淳朴的形象都历历在目;还有那些精到的景致描写——这当初是我们背诵的段落,暗夜中的远山"像踊跃的铁的兽脊"……我就要像寿先生那样微笑着前仰后合地念起来了,因为真的是"极好的文章"!江南水乡的景致慢慢进入我的心田,一定要去一次吧,看看先生的故乡。我甚至还想起来,小学毕业从塞北回到晋南后的第一节语文课就是学习《从百草园到三味书屋》。读到"像小珊瑚珠攒成的小球"的覆盆子,我欣喜地和小伙伴说,这就是我们塞北秋天山上的"酸溜溜"(沙棘),我吃过好多呢。后来才知道其实不是一回事儿。再后来呢,大学毕业后最艰难的那段时间,曾经接到过一封来自绍兴某工厂的信件,表示可以接收我去那边工作。当时我已经决定留在北京了,这封信也就被搁置了。但绍兴,在我心目中的分量又重了,不仅仅因为它是鲁迅的故乡,也不仅仅因为氤氲的江南水乡一直在我梦中,还因为它曾经在我最困难的时候向我伸出过接纳的手……

在小城游逛了两天之后,我发现和这座古城的缘分还要更多一些,不由得心中窃喜,对自己又一次说走就走的决定更加心满意足。

这两天几乎都用来走访名人故居了——没想到小小绍兴的名人志士如此之多,不只有鲁迅先生和周总理。两天的时间远远不够,离开的时候只能和(蔡)元培先生、(徐)锡麟先生、(范)文澜先生以及(王)羲之先生说抱歉了,有缘的话,下回再见。我想如此密集的故居景观,一方面得益于地灵人杰,另一方面可能也得益于绍兴和浙江的精心保护和修复吧。

第一天的大部分时间都流连在鲁迅故里景区,包括鲁迅故居(先生出生和生活的地方,其中有百草园)、鲁迅祖居(先生祖辈生活的地方)、鲁迅纪念馆、绍兴风情园(大多景致风俗都在先生的作品中再现过)、寿家台门(其中有三味书屋)、朱家台门(周家房产后来的主人)。先生自传或者作品中出现的长庆寺(周家为刚出生的先生换取"寄名符"的寺庙)、土谷祠(阿Q栖身的地方),甚至"静修庵"(《阿Q正传》的小尼姑修行的地方),我都走到了,不枉我到这里的最重要的目的——拜见鲁迅先生。

从酒店出发,步行没多远就来到了景区,首先看到的是"咸亨酒店",房价很贵住不起,但不妨碍我到旁边的咸亨小酒馆坐坐——说它小,其实是真正的大名鼎鼎。厅堂之内有名家的字画墨宝,厅堂之外有"穿长衫站着喝酒"的孔乙己铜像和盛放着三颗茴香豆的盘子——我终于知道茴香豆其实就是蚕豆,不由得有几分失望。再前行几步,就是先生故居所在的那条街了。江南民居的格局相差无几,几进几出的院落,一个标准的厅堂(会客室),悬挂匾额对联字画,彰显主人家的地位和品味,八仙桌上一面镜子,两个瓶子,再加一把鸡毛掸子,两排椅子分列两旁,一派森严的样子。厅堂两边就是书房、卧房等,后边的院落大多为小姐绣房、厨房等。外观上白墙黑瓦，马头墙起伏参差，一派经典江南气息。而与周家不同的是，这里有一个花（菜）园，当然是百草园——这是先生童年的乐园，对我而言也像童年时期门前的大山一样亲近。现在还是一副菜园子的样子。正值初夏，菜畦碧绿，几株大小树木环绕，大的是皂荚，小的是桑葚。西边的那道矮墙看上去很沧桑，看介绍说那里正是先生当年寻找异形何首乌的"泥墙根"，一百多年来几乎没有变化。眼下墙根处粉色绣球花开得正旺，围栏边蝴蝶翩翩，逗引得几个小孩子追逐。因为先生的文章，这个普普通通的菜园子有了无比的灵气，成为游人追捧的地方，我想拍一张无人的全景照完全不可能。

在这里我终于明确地知道，鲁迅先生在北京谋得稳定工作之后，1919年12月最后一次回到故乡，典卖祖屋举家搬迁，而房子的新主人正是朱姓人家！其实先生在《从百草园到三味书屋》中提到了这一点，只是当时不过脑子。于是"周家台门"变成了"朱家台门"，也是绍兴的望族呢——绍兴风情园基本就是在朱家宅院的基础上建成的，可惜没有出一个先生那样的彪炳史册的大家，显得籍籍无名，后来不得不为重修"鲁迅故居"让路。我又联想起来先生的原配夫人朱安，想来至少也应该是这家人的本家亲戚喽。这也算是先生和我山西霍州朱家的一点点关联吧。

不止这些。第二天在秋瑾故居，我又惊喜地发现这座宅子是秋瑾的爷爷从朱姓人家手里买来的，原来的主人是明代大学士朱赓，清光绪年间秋瑾祖父秋嘉禾返乡后购入此屋。看来朱姓在绍兴真是大姓啊，我不由得又得意了一番，更为自己与鉴湖女侠有这样间接的缘分而自豪。秋瑾出生在福建，成长在绍兴，这里也是女侠从事革命工作并付出生命的地方。我怀着极度崇敬和虔诚的心情在这所故居流连了两个小时。我敬仰为信仰付出生命的人，特别是秋女侠这样冲破藩篱、孑孓独行又才华横溢的奇女子。这所院落其实是她父母和兄嫂的住宅，她离开在北京做官的丈夫，赴日留学，回国之后就一直在绍兴工作，这里也就理所当然地成为她的故居。小小的院落里有一个展览室，以文字和图片的形式展出了女侠短暂的一生。其中有几张她着男装的照片，英姿飒爽，据说她牺牲前的很长一段时间里都是以男装示人的。这里也有一座后花园，真正的花园，白色马头墙环绕，几杆森森翠竹，几株参天大树，一方小小的水池，水流细细，水色澹澹，满眼苍翠掩映着一座"悲秋亭"。据说这里是女侠少年时操练剑术的地方。

相比鲁迅故居，这里安静多了。我碰上了一个刚上大一的大学生，应该是千禧宝宝；也看到了几个和小凤凰同龄的高一学生，尽管对女侠故事还欠缺了解，我还是非常高兴在这个地方看到他们。后来我又找到了轩亭口，就是女侠就义的地方。这里已经变成了繁忙的十字路口，烈士纪念碑被隔离在路中央，成为一个孤岛，要想过去看看上面的文字，恐怕是有危险的。烈士的雕像落寞地站立在街角，并没有多少人驻足。

秋女侠的好友徐锡麟烈士也是绍兴人,他的故居稍远一些,我就没能过去了。但我也为他点燃一炷心香,敬为信仰不惜生命的人。只解沙场为国死,何须马革裹尸还!

我当然没有错过周总理祖居"百岁堂"——因这里是总理祖辈生活的地方,到他祖父时已经搬迁至江苏,因此只能说是祖居。但是更吸引我的是总理祖居对面的贺秘监祠(秘监是贺知章的官衔之一,老先生做官做得相当不错,乃四朝元老),也就是贺知章返乡出家为道后修身养性的道观遗址。原来吟诵着"少小离家老大回,乡音未改鬓毛衰"的四明狂客是绍兴人!看门人说这是绍兴唯一的一座仿唐建筑,言语之中颇多自豪。两进两出的道观只对外开放一处,即"崇贤堂",后面的千秋楼暂不开放。崇贤堂里除了诗人的雕像外,就是他的生平和作品介绍了,类似"贺知章纪念馆"。小小的院落里小桥绿柳荷池与古建筑融为一体,尤其是那两株柳树枝叶茂盛低垂池面,像是为"万条垂下绿丝绦"做脚注。这里抄录一下诗人的另外一首不那么知名的"回乡偶书":

　　离别家乡岁月多,近来人事半消磨。
　　惟有门前镜湖水,春风不改旧时波。

绍兴的另外一位大名鼎鼎的古代名士恐怕就是陆游了。我在沈园参观了他的纪念馆。沈园内小桥流水,莲池古井,曲径通幽,绿意浓厚得简直有点单调了。亭台楼阁不少,我独喜欢在绿树丛中出没的那几顶草屋。题有那两首爱情诗词的情侣墙当然是热点，纪念馆内"铁马冰河"处也不乏流量。陆游算是"婉约派"和"豪放派"兼具的最佳代表。

不期而遇的一位名士是明末的徐渭徐文长。我并不熟悉，不过是被"青藤书屋"的名号吸引，按图索骥，却发现了这位真正特立独行的奇人。首先这个小院就非常不俗，古树蔽日，修竹婆娑，小径相连，四周遍植兰花、葡萄、石榴、芭蕉等花木，卓尔不群。一道月亮门上有其手书"天汉分源"，白色马头墙上有"自在岩"，均为当年遗迹，而青藤是后来补植的。三间书屋异常简朴，陈列着这位大书画家的部分作品和生平简介。他是书法家、画家、文学家、戏曲家以及军事家，且有众多独树一帜的创新（特别是大写意画派鼻祖），但他一生潦倒凄楚，贫病交加而死。他出身官绅家庭，但由于是庶出，身份卑微，阴郁性格一生相伴；少年成名，但屡试不第；既有戎马生涯，也有数度牢狱之灾；有短暂辉煌阔绰之时，又瞬间两手空空；放荡不羁，屡有失常之举，即使才华出众也难免被人嫌弃。凭书画盛名，青藤书屋几经易主，均能礼敬徐渭，因而保留至今。对这样的奇人我同样心存无限敬意，唯独他在癫狂中杀妻的行为，不免让人遗憾。

在仓直老街上，我偶遇了陈桥驿先生史料陈列馆。从介绍上看，陈先生是历史地理学界泰斗，自学成才，学富五车，尤以对《水经注》研究的杰出贡献闻名。我们大体上算是同行，而我此前居然不知陈先生大名，惭愧。绍兴市政府在这个寸土寸金的老街上建设这么一栋古色古香的二层小楼,专门陈列陈先生的研究成果,让我这个知识分子分外感动。那些过而不入的游客不仅错过了长知识的机会,也错过了陈列馆后的水乡景致——因为它就坐落在河边,坐在石阶上能够从容欣赏小桥流水人家,见主妇拎着水桶从河里取一桶水返回,乌篷船悄然驶过……我不知道仓直老街上是否还有这样免费的好去处。

这就是我的绍兴名士故居游,本是来朝拜鲁迅先生的,没想到遇到了如此多志士仁人。明代袁宏道说绍兴"士比鲫鱼多",果然名不虚传。我想这里的"士"不同于"师爷",士要有学问,更要有气节,或行为世范或粪土王侯或视死如归。有了这样的"士",一座小城就有了恒久的精气神,也就能够在百城之中出类拔萃。我不虚此行。

(2019年6月16日)

庐山的山语云韵老别墅

应该是第一次，除了带着记忆和照片，我还录制了一些小小的纯音频文件带下山来，那里有庐山的天籁，日出前虫子们的欢歌，谓之为"山语"。我静静站在小路上，大气不敢出一声，举着手机，妄想把这醉人的声音带回去。我真不知道该如何形容这此起彼伏的虫鸣声，只知道这绝对不是知了的独奏，而是一群不同种类的虫子的合奏，我甚至能感觉到其中有带翅膀的蚂蚱短暂启动时发出的生硬的"刺棱""刺棱"的声音——我在童年的山上听到过很多。当我蹑手蹑脚走在石阶上的时候，没有翅膀的蚂蚱会蹦跳起来，无声地隐没到草丛中，心中不由默念：抱歉惊扰到你们。我简直可以想象小虫子们闭着眼睛摇头晃脑、毫无顾忌纵情高歌的样子。这夏日的清晨，是它们的乐园。除了吱吱啾啾的虫语声，间或还会传来咕咕、呱呱的鸟叫声，它们显然要比小虫子们骄傲一些，不屑于轻浮地唱个不停。另一个不肯停歇的角色就是石阶旁的那条小溪了，哗哗哗哗地远去，这是永远的背景音。

不能发出声音的飞虫们不肯示弱。山坳中飞舞着无数的蜻蜓，阳光把它们的影子投射到草地上，小小的黑色身影在绿草中穿梭往复。这是阳光晴好的日子，据说闷热天气它们会更多一些。我看到了黑色的蜻蜓，个头大大的，算得上小型直升机；在水边还看到了蓝色的蜻蜓，身材娇小轻盈，算是小公主了。后来还发现了一个体型中等的绿色蜻蜓，算是惊喜了。那些不能飞也不能叫的毛毛虫横七竖八地躺在草叶上，享受着日出前最后的清凉。一片草叶的背阴面居然藏着三条毛毛虫，让我叹为观止。

当然不能少了花儿。小小的白色雏菊低调地隐没在绿草丛中，黄色的太阳花（学名不知）在阳光下神采奕奕、笑脸盈盈，水边有不易被察觉的蓝色忧郁小花，我也不知道它们的名字。那些长在山坡上的高高的迎风摇曳的五颜六色的花儿，人们告诉我那叫"格桑花"，来自西藏，生命力旺盛，不论播撒在哪里都能长成一片花海。我怎么感觉它们就像我童年时在塞外种过的那些花儿。绿色是永远的主角，高高的松，矮矮的草，或深或浅或明或暗。飘摇的白色芦苇只是其中的点缀。

其实，"山语"在庐山有特殊内涵，指的是这里随处可见的古今石刻。石刻博物馆外的一块山石上就镌刻着"山语"二字。这是无声的人文"山语"。庐山是古往今来文人墨客分外钟情的地方，漫山遍野留下无数摩崖、碑刻、塔铭，成为"人文庐山"的最佳例证。庐山人把它们的拓片都收集起来，集中在博物馆中，省去了游人踏破铁鞋四处寻觅的辛苦。对于书法，我没有什么发言权，但感谢庐山有心人。话说在我录音的地方也有一方石刻,上书"白云深处",为民国三年(1914年)所留。是的,这里面对着一个倒"人"字形的山谷,清晨时可以看到半空中白云团团,笼罩着山脚下的九江市,不久云雾就蒸腾起来,缓缓向山腰攀爬,慢慢地侵蚀着苍翠的山坡。若从山下看,这个地方就是白云深处。这倒"人"字形的山谷,就像是电影《达·芬奇密码》中所说的"圣杯",三株松树正好长在两撇交接的地方,背后便是云天,这愈发显出它们的高大。

庐山人还建立了诗歌博物馆、宗教博物馆和地质博物馆,馆址都是旧日别墅,真正把此地变成了人文胜景。诗歌博物馆也可以说是"诗画博物馆",诗配画、画配诗,二者从来都是孪生姐妹一般相伴,更别提许多钟爱庐山的画家一生都没上过庐山,只凭着诗文和想象力就画出了千古名作,古有沈周石涛,今有张大千。粗粗看看墙上的名列,大凡我们耳熟能详的古代诗人都写过以庐山为主题的诗歌,其中不乏名篇,譬如李白的《望庐山瀑布》《庐山谣寄卢侍御虚舟》《登庐山五老峰》,孟浩然的《晚泊浔阳望香炉峰》,白居易的《大林寺桃花》,苏轼的《题西林壁》;相关的更有陶渊明的"采菊东篱下,悠然见南山"——要知道这南山就是庐山啊,五柳先生是浔阳柴桑人,一生寄情于庐山山水之间。如果生在此地,我也能决然归隐不仕。还有那江州司马与琵琶女的故事,也发生在庐山山下哦。与诗歌相伴,庐山古代画作的主题很多是庐山高、庐山瀑布、归去来兮、虎溪三笑、浔阳送别。

　　庐山和黄山是景致相似的江南名山，为什么前者在诗歌中的传唱度远远高于后者？我想主要原因在于庐山就在长江边上吧，占据了地理优势，所谓"一山飞峙大江边"。古人挂席远行，星垂平野，江入荒流，一旦看到江边兀立的大山，自然分外亲切，更别提山边还有一条银河似的飞瀑。历史再向前追溯一下，东晋高僧慧远云游四海（他是我们山西人哦，代县的），在山脚下弃舟，在山上建东林寺结白莲社，与陶渊明、谢灵运、陆静修等牛人论道唱和，佛儒道融合，一时名满天下，更让后来人追慕不已。建于唐代、兴于宋朝的白鹿洞书院位居我国四大书院之首，教育之风兴盛；明太祖朱元璋（赐御碑）、明成祖朱棣（界定核心保护区）和明神宗朱翊钧（赐经厅）的加持更让庐岳增添了贵气。黄山没有这样的福分，自然景观虽盛，但人文气息不足。

　　让人意外的是宗教博物馆。除了自家的道教（吕洞宾为代表人物，代表景观为仙人洞）和古有的佛教（东西林寺为代表），近代以来，天主教、基督教、东正教以及伊斯兰教也渗透庐山。之所以在此弹丸之地有如许外来宗教力量，就在于庐山的正式开发出自西洋人之手——不知道是幸运还是悲哀。在相当长一段时间（1897年—1935年）里，庐山的中心地带是英租界，以传教士为主的外国人纷至沓来，在这里建屋消夏，各类宗教建筑也就应运而生。这段历史挺复杂，简而言之，虽有盛名，但庐山一直仅是为数不多的文人雅士结庐归隐之地，明朝之后更加没落，只零星分布着草堂之类的简单建筑，算是一块自由生长的蛮荒之地。鸦片战争之后，长江中下游城市开放，西方人进驻。这帮人受不了夏天的酷热，开始寻找避暑之地。这时，英国传教士李德立（Edward Selby Little）——一个拥有无比坚强意志和异常精明头脑的人登场了。四处考察相中庐山之后，李教士阴阳并用、软硬兼施取得了现庐山中心小镇牯岭所在地的租用权，期限为999年，年租金1.2万两纹银。我们不能只抱怨李教士，还不得不说清政府太软弱昏庸。

  李教士编制了详细的牯岭开发规划，所有要开工的别墅建筑图纸必须经他过目，否则不能施工。经过30年建设，到20世纪30年代，牯岭已经成了中国近代最美丽的花园山城，600多座风格各异、千姿百态的别墅掩映在万绿丛中。更让人钦佩的是，庐山开发之初，并无多少高大树木，多是茅草和低矮灌木，李教士规定凡在牯岭建屋者，必须在房屋周围植树，他自己就身体力行地率领家人种植了"万松林"。据说"他每到松林中散步，不时拥抱高耸的柳杉和挺拔的松柏，甚至感动得流出泪水"[1]。教士将庐山当作自己的家乡一样建设和保护，我们没有任何理由批评他。功成名就之后，他又选择去往新西兰，再一次开荒植树，将凯里凯里（KeriKeri）群岛上的一座荒山建成了巨大的柑橘种植园。据说新西兰的猕猴桃就是由李教士从庐山引进的"阳桃"培育而来的。这是个

---

1 慕德华，慕星，2015.庐山拾遗.南昌：江西高校出版社：17.

神奇的人、具有里程碑意义的人，我们更应该感谢他。

有了传教士，就会有教堂，然后有神父。李德立是最神奇的一个，此外还有颇多关于"红色传教士/神父"的传奇故事。鲁茨主教（Logan Herbert Roots）是其中一个。他于1896年由美国圣公会派遣来中国，时年26岁，到1938年离开中国时，他已经是68岁白发苍苍的老者了。在传教的42年间，他一直生活在武汉和庐山，前者为主要工作地点，后者为每年消夏之地。他热切地关注和援助辛亥革命和抗日战争，与国共两党要员和进步人士有广泛接触，被尊称为"红色主教"。有意思的是，他和周总理有深厚友谊，认为总理"对人类的精神价值深信不疑，能成为一位出色的基督徒"。他的女儿弗朗西斯（Frances Roots）生于庐山，后来成为著名的钢琴演奏家。1972年中美签署公报后，她第一批来华演出，重头曲目就是她自己创作的《庐山组曲》。在"老别墅"区我还参观了来自美国的都约翰神父别墅，他在庐山传教40年，帮助修建医院、学校、公路、桥梁及各种公共设施，本人着长衫，说土话，已经与庐山融为一体。日本侵入庐山之后，勒令侨民下山，神父不堪受辱服毒自杀，葬于庐山。宁为玉碎不为瓦全，这是一个做人做到极致的人。瑞典的夏定川牧师拥有当时山上面积最大的别墅，抗日期间把房子当作难民的临时住所，在这里避难的难民达到698人。后人刻碑纪念：先生之风高山流水，先生之德刻骨铭心。更有美国传教士赛兆祥在此居住度夏，他的女儿就是赛珍珠女士——至今在国内仍然受到冷落的著名作家和社会活动家。他家的小小别墅与都约翰神父的别墅比邻。赛女士写道："每年6月，当秧苗从旱地秧田移插到水田的时候，也就是去牯岭的时候了。"在庐山，赛女士度过了童年和青少年时期，并在这里构思和完成了她的初始作品。我没有读过她的成名作《大地》，但从她写下的关于庐山的深情款款的文字看，她对中国有真挚的感情，相信她的作品也不会扭曲这种感情。她在抗日期间对中国政府和民众的大力支持也值得钦佩。我们似乎也欠一个感谢给她。

庐山的老别墅见证了风起云涌的近代历史！多少重要人物在这里会面，多少重要事件在这里发生？1936年民国政府收回租界，因距离南京不远，这里名正言顺地成为蒋介石度假的地方，"美庐"应运而生。1937年夏周恩来两上庐山，与蒋介石会谈国共再次合作联合抗日。7月中旬蒋在"传习学舍"（今庐山大厦）发表了著名的抗战演说，"地无分南北，人无分老幼，无论何人，皆有守土抗战之责任……"中华人民共和国成立之后，庐山别墅大多易主，后来更被保护起来，形成了目前独一无二的别墅景观。毛主席也对美庐情有独钟，三次重要的中央会议期间都曾下榻于此。这也成为美庐对外宣传的一大噱头：唯一的一栋住过国、共两党最高领导人的别墅。442号别墅为总理纪念室，359号为朱德下榻处，291号为陈云别墅，286号为邓小平同志旧居，162号为彭德怀、黄克诚住宿地……物是人非，现如今普通游客也有机会入住这些别墅。

这些老别墅大多被森森修竹、参天大树环绕，小路幽深，绿意盎然，然而最吸引我的却是它们的窗户（见书末图12）。窗棂都是木制的，平整地镶嵌在就地取材的岩石墙面上，奇妙的是它们的颜色，不尽相同，或端庄或亮丽，与周围环境相得益彰。美庐的窗户是深青色或军绿色的，朱德别墅是紫罗兰色的，抗战博物馆是紫色的……重新修整过的别墅的颜色要亮丽许多，例如宗教和诗歌博物馆的门窗屋檐都是天蓝色的，差不多是雨后碧空蒙上一层极淡的云雾后透出的颜色，与红色的屋顶也算相宜，清新欢快中有一丝稚嫩的感觉。石刻博物馆的外观是军绿色的，内部的窗户是嫩绿色的……这五颜六色的窗棂几乎使我变成"色弱"，不停地纠结这到底是哪种蓝、哪种绿。这让我想起不久前的新加坡之行，酒店旁边的胡同里也有很多年代感颇强的二层小别墅，木质窗户也是色彩缤纷让人留恋的；想到了马拉喀什的紫罗兰色的沉郁与明艳兼备的"蓝房子"（见《马拉喀什回忆之四：民居和饮食》），马耳他和利马老城的古老木制阳台……

历史风云变幻，庐山的云也瞬息万变。本来是响晴的天，突然间云层快速集结，急迫地降下雨来，躲避一个小时之后，云收雨消。空气愈加澄净，青天白云和山峦一起倒映在如琴的湖面上，湖光山色十足醉人。清晨的时候，除了静听虫语，我还长时间抬头看着头顶的云雾，它们也像听到了集结号一样，飞速地向前移动，与对面同样快速漂移过来的伙伴们擦肩而过，互不相扰，不知道它们急急地要去向何方。遇到山，就降落到山巅上；碰到树，就把它们吞没掉……我也曾站在观云亭中，看云涛翻滚，看熔金落日降落到云层背后，看山下的长江如带、八里湖烟波浩渺，暮霭沉沉，赣楚水长天阔……

（2019 年 8 月 16 日）

徽州行——寻访遥远的祖籍

一、途中遐思

这是一次说走就走的旅行，奔赴我向往已久的目的地——徽州，传说中的遥远的祖籍！小时候听父亲讲起我们霍州朱家的片段史，说当年明太祖朱元璋还没成就大业的时候，一次路过霍州，当地县太爷献上美女一名陪宿。"一夜情"后太祖留下一个信物离开。美女的肚子很争气，不久果真生下一个男孩子。太祖登基后，这个男孩子拿着信物去认亲，太祖首肯，封他为霍王。这就是霍州朱家的起源。父亲讲得半真半假，我们哈哈一笑，只当野史听，谁也不当真。尽管不信，我们朱家在霍州确实算个大户人家，要不然我爷爷怎么会当过县长和教授呢？60年代去世的时候矿务局特地派车出殡，这在当时是非常罕见的。中华人民共和国成立以后朱家的气数也就尽了，爷爷已经是强弩之末。我小时候痛恨我的这个朱姓（和"猪"同音）——没少被同学们起外号，成大之后却颇为之自豪，也多次半真半假地和朋友们说起父亲讲过的故事。日子久了，安徽在我心目中的地位变得与众不同，去那里走一走也成为我的一桩心愿。

期盼得越久,安徽这个地方就显得越神秘。巢湖、黄山、桐城派、徽派民居、徽班、徽商……每一个都历史悠久。大家都拿徽商和晋商相比:二者起家相似,都在当地和全国经济发展中异军突起,贡献相当大,但结局却不相同,煤炭资源的发现削弱了晋商的奋斗精神(挖煤多容易啊),而徽商的辉煌则延续了更长时间。山西民居和徽派民居也都是被大家津津乐道的建筑精华。前者以功成名就的晋商们在家乡建造的豪华大院为代表,这些院落坐落在黄土高坡之上,面积之巨大、建筑之精美、设计之完善,与贫瘠的环境形成了鲜明的对比;而徽居以一片片依山傍水的村落著称,高高低低的白墙黑瓦与青山绿水融为一体——单看照片就让人心动了。北岳恒山和万山之王"黄山"的对比也应该是这样吧,前者有北方山脉的雄奇伟岸,但少了水就少了些许灵气;后者,峻峭的山、奇特的松、缥缈的云海,饱含南方的钟灵毓秀。很多人不知道,山西和安徽都有一座霍山。当然,后者更有名一些。山西的霍山,也称太岳山,延绵霍州、洪洞、沁源等县几百平方公里,据说是"五岳五镇"中的"中镇"。这座山一直"养在深闺人未识",近两年每次返乡我都要去一趟,真是美!我怎么从来不知道?安徽的霍山……不知道是什么样子的,但在网上百度"霍山"的时候,看到的多半是安徽霍山而非山西霍山,可见也是不一般的。

(2017年4月10日)

二、西递心得

今天在西递游逛了一天，休息间隙认真地读完了新买的书《文化徽州》，终于对此地的文化略有了解了，算是补了一课。

论徽商，他们的兴起原因与晋商极其类似。晋商出自自然条件无比恶劣的黄土高原，土不养人，他们只能抛妻弃子另谋生路，走西口，开创票号；徽商来自看似山清水秀的江南，但徽州位于万山之中，山多地少，人烟稠密，有限的土地资源养活不了那么多人，人们只能求食于四方。徽谚所谓"前世不修，生在徽州，十三四岁，往外一丢"[1]，学做生意是最容易上手的事情，天长日久就形成了一支与晋商相抗衡的强大的商业力量。借助雄厚的财力物力、宗族势力和读书入仕途径，徽商滋育了灿烂的徽州文化。

虽然都发达于商业，但徽商和晋商一样，骨子里都认为经商是低贱卑微的事业，一个人最好的前途还是读书入仕，因此他们很少把积攒的巨额财富用来扩大再生产，而是不断投入家乡的田产房产，鼓励子孙后代多读书走仕途。家园建设越来越奢靡，虽然给后人留下了丰厚的物质遗产（看看那些搞旅游业的子孙，不都在吃祖宗饭嘛），但对商业帝国而言无异于釜底抽薪。纵横了近400年之后，徽商也没落了。导游说徽商和晋商最大的不同在于徽商更注重文化建设，每栋民居、宗祠和牌楼上的雕梁画栋都有无穷寓意，同时也在不

---

[1]《文化徽州》编委会，2002.文化徽州.合肥：安徽美术出版社：14.

断教导子孙后代读书上进。这点我不敢苟同，虽然没有系统地游览过山西民居，我也可以说晋居中的精美工艺也不是随随便便放置在那里的，每一样都与当地文化息息相关。

今天才知道我曾经游览过的江西婺源也是"古徽州"的一部分，只是中华人民共和国成立后划归江西省。怪不得在婺源见到那么多粉墙黛瓦（比白墙黑瓦好听多了，还有"粉墙鸳瓦"一说，优雅！）的建筑，当时就感觉很奇怪呢。古徽州府辖"一府六邑"，即绩溪（胡适的故乡）、歙县、休宁、黟县、祁门和婺源，自古就是一个独立的单元，有"山垠壤隔，民不染他俗"之说。这里的民居——如我在西递所见——"粉墙鸳瓦"，掩映在青山绿水之间，显得格外醒目和幽雅。站在高处俯瞰，那一带"粉墙仡仡、鸳瓦麟麟"沿着河流铺陈开来，河中流水潺潺，河边油菜花残存，桃花盛开，村中马头墙高高低低，背后群山环绕，白云隐没，这简直是一幅画。在村旁村里写生的学生到处都是，据说一年四季都是这样的。走在村里，小桥流水人家的景致随处可见。深深的小巷星罗棋布，比北京的胡同逼仄很多，显出土地资源的珍贵。即使大户人家的面积也非常有限，只能向上发展，以二三层的楼宇示人，不像山西大院那样肆意地平铺，动辄就几进几出。由于房舍的密集和高大，不到正午大多数建筑是见不到阳光的，仅能从不大的天井中领略到天光，因此显得有些阴森和压抑。很多院落还有人住，他们无视游人的出出进进，旁若无人地洒扫庭院、吃饭、看电视，小生意有一搭无一搭地进行。在今天这样的阴天和不高的温度（12度吧）下，以北方人的眼光看，住在这样阴冷潮湿的屋子里应该是挺难受的，但他们一副很习惯的样子。不过这里的夏天应该很舒坦。

不能在面积上做文章，徽商们只能在房屋装饰上狠下功夫。据《文化徽州》介绍，徽州民居的各个部分，包括门楼、门罩、柱础、梁架、窗棂、栏杆等，都饰以各类雕刻。门楼以砖雕为主，石雕多用于装饰望柱、栏板、柱础，而木雕则主要是在梁架、窗户、楼梯等处大显身手，这就是所谓的"徽州三雕"艺术。这三雕以密集劳动力为代价，注重情节和构图，追求细腻繁复，不仅展示了新安画派和徽州版画深厚的技术根基，也展示了徽商无与伦比的财力和物力[1]。我在"西园"看到了那两幅著名的"梅竹图"和"松石图"石雕，据说20世纪80年代日本人要以10万美元每幅的价格购买，被拒绝，如今更是无价珍宝了。

徽派民居中不可或缺的是牌楼，今天在西递见到了非常有名的一座，即胡文广牌楼，这是一座"三进四柱五间"的高大扁平建筑，伫立在村口威风凛凛地宣示主人的赫赫功绩，不是作为商人而是作为官人。从书中介绍来看，除了这种功德牌楼，毋庸讳言徽州更多的是贞洁牌楼。徽商最晚16岁就要离家从商，十一二岁成婚不在少数，一别经年。除了少数人发达后返乡，大多数人都客死他乡，或若干年后两手空空

1《文化徽州》编委会, 2002. 文化徽州. 合肥: 安徽美术出版社: 86-87.

返回家乡，苦了那些独守空房一生的女人。不知道这是时代的悲剧还是女人的悲剧。徽派建筑中还有很多宗祠，也是高大堂皇。西递是胡姓聚居处，因此我还见到了"胡氏宗祠"。徽州八大姓——汪、程、吴、黄、胡、王、李、方，都各有宗祠，散落在一府六邑各处。

（2017年4月11日）

三、宏村、卢村和黄山简记

星期三我拎着行李去了宏村，把行李寄存后开始了古镇游。都说宏村胜在水，果然是这样的，村前一湾池塘，名曰南湖，一座拱桥是进村游览的必经之路。绿树白墙倒映在水中，别有一番风味。湖中仍有去年的荷花残茎，盛夏的时候一定非常美丽。南湖书院、承志堂、树人堂、桃居堂、汪氏宗祠……我一个人信马由缰。承志堂是宏村最大的宅院，由汪姓盐商所造，大梁上的木雕（百子闹元宵什么的）精工细刻，镶金镀银，极尽繁复奢靡。在这里我还看到了最大的那一块石雕窗户（另外两块在西递的西园），雕刻着喜鹊登梅图案。它的下面是一汪小鱼塘，正对着小小的天井，这一设计也广为人称道。在桃居堂里我看到了栖息在梁上的喜鹊窝，这也应了"抬头见喜"的谚语，主人一定非常高兴。我漫步在大街小巷，攀爬上了村后的"雷岗山"，山上竹林深深。在一家小院里，我坐下来喝咖啡，放空放空再放空。

在村里吃了简单的午餐之后,我又去了两公里之外的卢村。这是一个安详宁静的小村,真正的小桥流水人家,以木雕见长。"志诚堂"(也就是最具代表性的木雕楼)中的木雕门板要件(眉板、胸板、腰板、裙版)齐全,"清水雕"(呈现木材原本的颜色,不沾染任何金银或其他染料)古朴典雅,十六幅雕刻都和一首古诗词关联,充满文化底蕴。不远处私塾的"冰梅雕"也是寓意深刻。沿着小河走上去就是一片清幽原野。这真是我理想中的居所啊。我太喜欢这个小村子了,临走那一天我又特别跑过去一趟。

黄山!周四那天我终于登上了黄山,到现在(周六)我的小腿还在酸痛中。千山万壑险峻秀丽,我的笔墨不足以描绘它的奇特。满山的黄山松,长在花岗石缝之中,笔直的树干,树枝平平地向外伸展,枝叶呈水平扇形,看上去骨骼清奇、伟岸俏丽。由于我的名字中有个"松"字,所以我对这些松树更是充满了亲切感和敬意。一路遇到了竖琴松、黑虎松、团结松、连理松、雨伞松、蒲团松,最后看到了大名鼎鼎的"迎客松",可惜的是它的一个枝丫被雷劈了,现在以"假肢"替代。看来受万众青睐是要付出代价的。依我看,这株迎客松并没有特别到如此地步,我感觉漫山遍野都是这样的迎客松,不远处的那棵"送客松"不也非常别致漂亮吗?

我终于见到了那块石头,就是电视剧《红楼梦》开篇的那个固定不动的镜头中的那块大石头,下方似乎站立着一个小小的古代仕女。我耳中似乎听到了那一曲《枉凝眉》和那一声丧钟。蓝天白云下,那块大石显得神圣无比。这是女娲补天剩下的一块顽石,被空空道人点化成一枚宝石,由贾宝玉落草时口衔进入凡间,一睹人间喜怒哀乐、福祸兴衰之后再次回到原点。我遥望飞石,感觉自己幻化成了黛玉。

(2017 年 4 月 15 日)

旅途细节

在路上的时间多了，不由得要进行一些纵向横向的比较。我深深地感觉到我们自己的城市越来越漂亮大气，不仅硬件越来越上档次，互联网和数字化服务也比国外不知道先进多少倍，列车准点率远远碾压德法这样的老牌资本主义国家。这几年去波恩，总是碰上列车大幅度晚点甚至取消的情况，法国工人动不动就罢工，整个铁路系统瘫痪，实在糟心。我越来越为国家的建设成就和治理能力自豪。话又说回来，也注意到一些细节问题还有待提升。不是说这些问题其他国家就解决了，其实一样都或多或少存在。细节决定成败，我们自己严格要求自己，会推动祖国的旅游事业越来越兴旺。

出去旅游在网上购票时，网上票务系统或许可以提供更多信息。那年带孩子去某市旅行，我提前在网上购买了著名景点的门票，我全价，不满16周岁的孩子半价。在该市落地后，在机场注意到一个旅行社正在搞针对学生的寒假促销活动：家长带不满16周岁的孩子，100元钱包机场到市区大巴票、赴该著名景点往返交通以及讲解费。听上去不错，我报了名，但对方着重验证了孩子们的身份证，说必须保证16周岁以下。我问为什么，对方回答说，因为这个景点是爱国主义教育基地,所以对16周岁以下的孩子免票。我恍然大悟。可是我在他家官网上买票的时候,并没有看到提示啊!如果有这样的政策,输入身份证信息的时候,一旦检测到16周岁以下的购票者,是不是应该有提示信息?我又上网仔细看了一下,这个优惠政策掩埋在了一大篇无关紧要的官方信息中,一般人很难注意到。我立刻申请退票。还不错,一天之后收到退款。我想,如果购票系统能够增加一个功能,把国家规定的优惠政策切实无误地落实下来多好啊,半价票其实也不便宜呢。

其次就是对博物馆纪念品商店的一点点期望。不论是自己旅行还是带孩子出行,目标城市的博物馆是必须打卡的地方。逛博物馆其实是劳心劳力的,要做功课,要听讲解,要看介绍,否则收获寥寥,但最后逛博物馆的纪念品商店是一大乐趣,商品保质保量,有文化上档次,自己留着或送人都好,而且现在我们的博物馆文创产品越来越有创意了,因此每次都巴巴地盼着逛店。但遗憾的是不止一次碰上这样的情形:博物馆需要提前预约或者限流,我无法进入,想单独逛逛近在咫尺的纪念品店,被拒之门外,原因是只有参观完博物馆的人才能在纪念品店购买东西。我不禁哑然失笑。进不了博物馆的人,到店里采买点纪念品满足一下虚荣心,小店也能多一些收入,两全其美的事情何乐而不为?发生这种情况也许是因为博物馆担心有人会从店里混进博物馆而不是去排队进馆。需要做的改进就是把纪念品店和博物馆本身稍稍分开一点，让进不了博物馆但真心想买东西的人有门能进。如果实在无法分割，只需在小店和博物馆之间的通道上设立一个岗位，只准游人从博物馆进店，而不准从店里进博物馆。方法总比问题多，只要用心，这些小事儿解决起来不难。

最后想说一个更不起眼的事情，就是酒店工作人员应该如何回答房客关于"如何到达某地"的问题。住店的时候我一般乐于到前台打探路线，因为他们一般都是本地人嘛，应该对城市比较熟悉，借机会还能聊聊天。与出租司机类似，酒店前台工作人员也是城市的一个窗口、一张名片。但很多情况下，前台工作人员会很快地回答我，打车就可以，门口就有车，滴滴打车很方便。如果我特别强调我询问的是公共交通方式，他们通常会为难地说"我也不太清楚"……我猜想这里面有几个原因。第一是经验不足。这些年轻的工作人员或许刚入职，或许来自别的城市，或许只是简单地认为前台就是为大家办理入住手续，其他问题用百度搜索好了。第二，他们或许还没有完全建立起多为客人着想的换位思考模式。他们提供的方案通常是很花钱的，比如打车，多直截了当啊，司机一下子就拉你过去了。也许他们碰上的旅客大都是有钱人，打车通常是唯一选择，也许他们习惯把出来旅行的人当成有钱人。一些好面子的顾客在这种情况下可能就不好意思说自己问的是公共交通了，显得自己很穷酸的样子。第三，怪不上这些小姑娘小伙子了，很多城市正在建设中，公共基础设施不健全，公共交通不发达，站点少，人家建议你打车只是简单地不想让你多跑路。所以,我觉得这些年轻人在正式入职之前,多接受一些培训,多了解城市交通,甚至学习一点顾客心理学,对提高酒店的软实力太重要了。

　　还有一点关于餐饮业的琐碎细节。有时候在外时间紧会选择参加一日游之类的团队游,中午不可避免要吃团餐。记得在一家规模不小的自助餐厅,食物一字排开放在前厅,餐具只有盘子和小小的碗,没有托盘。于是拿了盘子,拿不了碗,人们只能来来回回几趟才把餐食准备齐全。端着盛满液体的小碗,从前厅长途跋涉走到餐桌,很多人都是一路淋洒,大人孩子都一样。于是整个大厅地面上黏黏糊糊的,特别是靠近食物摆放台的地方。一看这样子,吃饭的心情顿时减半。在一些非常有名的小吃店也会碰上这样的情况。其实,要解决这个问题很简单,准备一些托盘就万事大吉了,用托盘端食物,一次搞定,即使有淋洒也会被托盘承接,理论上可以做到干净利索。只是恐怕管理者从来不认为这是个问题。

(2019年2月6日)

沱江之畔凤凰古城随笔

在凤凰古城短暂的行程中，两个早晨我都是在鸡鸣声中醒来的。好生奇怪，这可是 17 层的高楼之上。循声觅鸡不得见之，姑且认为这是一只"凤凰"在叫吧，因为我们正在这座古城里啊。

两天里细雨霏霏。看不见的雨丝，缥缈地打在脸上，小到并不会打湿衣衫，因此无须撑伞。尽管有那么多的游人，但这应该是欣赏这座古城的最佳时机。

一条清澈的沱江，半边沿江沿山的吊脚楼群，四座沧桑的城门，数条窄窄的青石板路，高高低低的石阶，木板建造的老街店铺，背着竹篓的苗家姑娘，这就是幽深的凤凰古城。环城而过的沱江，给这座城市带来多少灵气啊。江上的几座石桥和石墩将古城与外围连接起来，人们在上面蹦蹦跳跳来来往往，看上去有那么一点点危险，却完全不会失足落水。轻雾飘散在江面上，古城一片烟雨朦胧。张家界的云雾遮掩了武陵美景，而在这里却恰到好处。

描写风景不是我的长项，给我留下更深印象的是这里的人文气息。沈从文故居和黄永玉的夺翠楼自然已经名满天下，这里还有熊希龄故居，民国第一任总理、一门三代五杰的陈宝箴老宅（其中一杰就是历史学家陈寅恪），以及杨家祠堂（与宋代杨家有千丝万缕的联系）、田家祠堂（掌控朱砂商业帝国的豪门）、裴家的崇德楼（凤凰首富）、江西会馆万寿宫。沈先生的墓地也在这里，位于略显偏僻的"听涛"公园，"我等待着，长夜漫漫／你却卧听着海涛闲话"，送给萧红的诗也适合沈先生。今年还是凤凰古城的艺术年，19位艺术家的作品在不同地点展览，粗略看了一下，品味真的不凡呢。我最喜欢万寿宫里的两幅画作，与宗教相关，一派空灵。

一江流水可以带给我们多少东西？沈先生的孙女说沱江给沈先生带来三样东西：

一是想象力和思索方式，鲜活的生活方式让沈老领悟到课本外的世界。二是执着柔韧的性格。水的德行是兼容并包，从不排斥拒绝不同方式浸入生命的任何离奇不经事物，看似容易就范，其实柔中带刚。如集中一点，则能滴水穿石，无坚不摧。三是对人世虔诚的爱与愿望。水教给沈老黏合卑微人生的平凡哀乐，并作横海扬帆的美梦，刺激对于工作永远的渴望，以及超越普通个人功利得失，追求理想的热情洋溢。（以上"拗口"的文字来自沈红的《湿湿的想念》）

古城里的小胡同四通八达，游人摩肩接踵地走在里面比较难体会小巷的深幽，有点遗憾。为了能欣赏一下人烟稀少的古城，第二天8点之前我就从酒店赶到了古城，没想到旅游团的人们比我更早，古城已经熙熙攘攘了。我长叹一声。

古城恐怕已经没有清幽的时刻了。

在去沈先生墓地的路上，我偶遇了一家规模不小的蜡染店——我四处寻觅的店——里面的各式蜡染装饰品很有风格。我挑选了几幅方巾，店主人介绍说方巾上的图画分别代表青龙、白虎、朱雀和玄武，并且分别代表东西南北四个方位。真有文化！还买了一个小小的蜡染佛像头圆扇面。

我顺便买了几本书了解凤凰古城的历史。此地原名镇筸（音甘），历来为苗家聚居地；地处偏远（我们从张家界过来也是很费劲的，先火车又汽车），是为边城。历史上苗汉之间冲突不断，中央政府认为苗人不开化且凶悍，为了显示威望并防止冲突，历来都有在镇筸屯兵的传统。因此这个镇子多数时间兵比民多，也造就了一支作风强悍的"筸军"，俗称"无湘不成军，无筸不成湘"。现在凤凰周围还有很多军事要塞，可惜没时间去看看。被沱江环绕的古城本身就是个易守难攻的军事驻地。

少数民族古怪的风俗很多，在凤凰这一带比较有名的是"赶尸"和"放蛊"。前者与落叶归根有关。那时在外死亡的本地人要返乡埋葬，特别是那些战死疆场的士兵。为了能够提高运尸的效率，边城人发明了让尸体自行移动的巫术，也就是在一个训练有素的赶尸人的驱赶下，尸体自行赶路，似乎还可以避让汽车行人。这简直太可怕、太不可思议了。据说沈先生就见到过这样的场景，还写进作品中。"放蛊"是苗家姑娘的绝技，主要用来对付负心男，金庸笔下的蓝凤凰是代表人物。一旦中了蛊毒，生不如死，只有放蛊人可以解毒。所以苗家姑娘不好惹。

（2018年2月24日）

西安行的收获

2019年1月26日~30日，小凤凰的学期甫一结束，我就带着她和她的发小去古城西安一游。这已经是一个月前的事情了，这里回放一下。

西安……空气非常不好。历史丰富悠久但旅游业需要提升和改进的地方太多，老本不能这样随意地吃。小吃很丰富，但以面食居多，青菜甚少，恐怕与现代人的食谱相去甚远；文物很多，但管理一般。其余还有什么吗？没有了。对于老祖宗的基业，大家都在享用，却没有让它们升值。

尽管对西安有诸多不满，我还是找到了其中的两大亮点，也算不虚此行。

我发现了和小凤凰的特殊缘分，除母女关系之外。哈哈，不过是想办法讨好小姑娘。第一天（1月26日）下午参观碑林博物馆（两个小姑娘自然不爱看，她们在城墙上自己寻开心，我一人去博物馆），书法我不甚懂，走马观花而已。但非主流的东汉画像石引起了我的注意，因为大量墓碑上面雕刻着朱雀这种神鸟。我知道汉代民间崇尚"四神兽"——青龙、白虎、朱雀、玄武，但墓碑上的神兽以朱雀为主，偶尔也会出现其他三种，但数量很少。通过查阅书籍，我了解到似乎汉代老百姓认为朱雀能够引导亡灵走向新的世界。好吧，我对这种与我"同姓"的神鸟的好感又多了起来。2018年春节在凤凰旅行的时候，我知道了这四种神兽，也知道朱雀象征南方和春夏之际。旅行结束之际，我特意买了四块蜡染的小方巾，分别描画着这些想象中的动物。心爱的东西要和好友分享，于是我把两块送给了芬兰的瑞伊塔，两块送给了北京老朋友。第二天（1月27日）游完华清宫和兵马俑，我们去回民街吃了著名的老孙家羊（牛）肉泡馍，果然好吃。这里灯火通明，好不热闹。在鼓楼入口处，我居然发现了一处了解西安文化的好去处。一楼有志愿者讲解西安历史和特色，二楼出售纪念品。东西看上去蛮不错。看来看去，我发现了一种圆形的小小土陶，上面雕刻着古朴的文字或朴拙的图像，看上去有点像秘鲁的"地画"，颇有历史感。一打听，原来这个东西叫"瓦当"。我一下子就喜欢上了。其中有以四神兽为主题的瓦当，虽然价格不菲（280元/个），我还是毫不犹豫地买下了朱雀瓦当，满心欢喜。

再一次查阅关于朱雀的知识。有好几篇文章言之凿凿地说到朱雀与传说中的"凤凰"是同一种神鸟。我兴奋地对小姑娘说："你看，小凤凰，这就是妈妈和你前世的缘分！"小姑娘冷冷地看我一眼："So what（那又怎样）？"我说："有些东西是命中注定的！"

另外一个亮点就是小雁塔了。第三天（1月28日）两个孩子去海洋馆了，我在饭店处理了点公务，下午出发去了小雁塔。虽然是个不收门票的去处，这个地方还是显得分外幽静，正合我意。小雁塔的形状略显独特，虽然也叫"塔"，但不是传统的上细下粗的梯形模样，而是略呈梭形，从下往上逐层内收，呈现出圆滑优美的外轮廓线。介绍上说，小雁塔是"密檐式"建筑的典范。顶部的两层已经在多次地震中毁掉了，因此现在只有13层。但残缺的建筑更有历史感。在小雁塔小小的展览室内，我看到了日本摄影家在清末拍摄的老照片，将大小雁塔都收入镜内，两塔之间一片平坦苍茫，非常难得。

除了小雁塔是唐代建筑，园内的其他建筑都是明清时代的，也算不错了。另外还有一座石碑，纪念北宋时期修整雁塔的历史，算是第二珍贵的文物了。关中八景中的"雁塔晨钟"也出自这里，因为我明确看到了"雁塔晨钟"中的"钟"和"塔"。大雁塔那边就别争了吧。临近春节，园内挂满了红色灯笼，映衬这古老的建筑，倒是别有一番情趣。

小雁塔景区内还有西安博物院，也是一个惊喜。看上去是个比较新的博物馆，展品不多。但地下一层展出的从周代到唐代的文物给了我特别的惊喜，因为我看到了更多的瓦当。这可是原汁原味的，从秦代的动物瓦当到汉代的文字和神兽瓦当，再到唐代的花鸟瓦当，能明明白白地读出"瓦当"这个小小方寸世界里展示出来的艺术气息和发展历程。周秦是源头，质朴；汉代为高峰，多样；到唐代已经走向下坡路；到明清，瓦当已经完全沦为简单的建筑用品了。秦汉之后一代不如一代。在这里看到了原汁原味的汉代朱雀瓦当,20世纪70年代出土的,我甚是高兴。

这就是我的两大收获,一个是朱雀,一个是小雁塔。大雁塔,就那样吧,没什么特别新奇之处,除了塔高一点。

(2019年2月26日)

漠河：失望和希望

又在旅途之中。从意大利回到北京，我一个星期之后又出发了，来到中国最北的边陲小镇——漠河。大兴安岭地区，茂密的森林、澄清的河水、洁净的空气、蓝天白云、星空皓月，这都是让我们欣喜的。但同时，一些失望也不断从心底涌现，以至于不能忽视。

没有对比就没有伤害。与北京相比，漠河是天堂；但与黑龙江对岸的俄罗斯相比，漠河似乎又欠缺了些什么。

站在江边向那边望过去，对岸一片郁郁葱葱，高大的树木从河边一直蔓延到视野尽头的山坡上，几个红色屋顶从绿树丛中冒出来，那就是一个小小的村庄——伊格纳斯依诺。看起来一片静谧，不知道从那边望向这边会是什么样子。也许相比之下，这边人气显得旺多了：游人一波接一波，活力十足；人造广场宽敞大气；马路硬气，村庄阔绰……但树木和灌木看上去就稀疏多了。

这里原本也是一片片原始森林。所谓的活力是靠开荒伐木、刀耕火种取得的。也就是靠着得天独厚的好底子，这块土地勉强还禁得起这种高强度的折腾，看上去还是地肥水美的样子（也许已经在红线边缘了）。设想一下，如果没有这么多的人类活动，这方土地是不是应该更加肥美？答案是非常肯定的，如果没有31年前（1987年5月）的那场肆虐近一个月的人为大火，这个地方当然会更美丽。我们在"五六大火纪念馆"短暂停留，火势之剧烈、场面之惨烈、损失之惨重让我的心情无比沉重。所以我们所看到的绝大部分林木的"年龄"多是30岁出头，原始森林大都消亡了。在漠河市区看到了大火中幸存的一片原始松林，一株株纤直笔挺，努力向天空中伸展。当地人说大火烧到这里的时候，风向突然变了，火势掉头而去，留下了这片林子。我们漫步在林子里，能闻到松香，仰起头来，可以看到枝叶间的美丽蓝天，愿它永存。

那些30多岁的年轻树木，按说正处在活力旺盛、骄傲笔挺的时节。但我们在行车途中看到很多白桦树深深地弯着腰，树头点地呈桥梁状。有些显然已经失去生命，其余的在苟延残喘中，命不久矣。我们很吃惊，向带路的岳同志询问。岳先生说，因为风闻白桦树汁能美容，很多人在树干上打洞采集树汁，操作不当或者取汁过多就会出现这种现象。在随后的几天里，我们看到了很多桦树汁做成的饮料。桦树所遭的罪不止这些。在名为"九曲十八弯"的国家湿地公园内的栈桥上行走的时候，我们眼睁睁看到很多桦树的树皮被成圈成块扒掉。这些被扒皮的树有些还勉强活着，有些就此枯萎，树干虽然直立，但树叶没有一枚。走在栈桥上，总体景致是优美的，但这些失去皮肤的白桦树真是扎眼，让我的心情无比复杂。在漠河县城的纪念品店里游逛的时候，看到不少未加工的整块桦树皮，不久之后它们就会被加工成大小不一的树皮画，供游人挑选。

我的失望之处在于：我们在无比宝贵的林区开了太多的路，建了太多的广场，开拓了太大的城市化领地，不断侵占林地，美丽的白桦树被打洞被扒皮……这是比那场大火还要糟糕的破坏行为。并不是因为有太多的人需要容纳，这个地方的人口其实已经很稀疏了，空旷的大街上整天都看不到几个人，夜晚的"闹市"也就两三桌烧烤而已。惯性发展的力量很强大。

不说这些让人伤心的事情了，其实漠河之行还是有亮点的。让我印象最深的是，这里的云真是美丽无比。刚一下飞机，碧蓝天空中的朵朵白云就抓住了我的眼球，那么厚像棉花，又那么灵动，仿佛就在眼前，一伸手就能抓到。在这番蓝天白云的映衬下，小小的漠河机场候机楼显得分外漂亮。在此后的几天里，我总是抬头看着这些气势非凡的云朵，百看不厌。

这些厚厚的云朵有时成片，有时成团，看上去总是那么低，随时要勾引人们抓一把的样子。很多时候，云朵从地平线林天交接之处"刷"地排列开来，反转舒卷，有沙场秋点兵的气势。"战士们"很调皮，离出发点远一些就乱了阵形，但气势不减。也像一只巨型的"云手"，手腕在远方，巨大的手掌伸展开，大大地铺陈在天空中。"指缝"间漏出碧蓝的天空，蓝得发青。有一天早上刚起床的时候，我看到外面碧空如洗，似乎要碰到一个响晴的天。一转眼，大朵、大片的白云就飘浮在空中了，真是神奇。不消说，他们和这片土地很亲近，时时刻刻都守望。在我的家乡汾渭平原（煤炭消费密度大概居全国之首）以及"大气十条"政策紧急实施（2013年）之前的北京，有云的日子里，那些云看上去很寡淡，甚至看不出什么立体的形态，它们远远地呆呆地飘在高空，冷漠地看着这片污浊的大地：太脏了，离你们远点好。在巴黎和佛罗伦萨我也没怎么见过这样的好云——那里的夏天晴空多一些，天也算蓝。

有云就会有雨，有雨就可能会有彩虹。在漠河的几天，我们几乎天天可以看到彩虹。如果看到某处有一片云发青发黑，一段时间之后，天空中就会出现彩虹，屡试不爽。在"九曲十八弯"登高的时候，视野辽阔，先看到左手边遥远的地方有一段彩虹，后来又在右手边遥远的地方也看到一段，两段彩虹弯曲的方向正好相对。难道这是同一条彩虹吗？跨度太大了吧，我们都不能相信。我甚至还注意到远方有一片从半空连接到大地、呈白亮状态的"雾带"，那里是正在下雨吗？大家都说有可能。我简直要跳起来：看到一场界限分明的雨，这是我从小的梦想之一啊！2012年在福州去厦门的高速公路上我"听到"过一场，去年3月份在波恩秘书处29层高楼上看到过一场，如今又远远地观摩了一次，小小的梦想一再实现。

到了中国最北的地方，不管怎么说，这总是让人骄傲的。在北极公园，我们看到了各种字体的"北"和各种与"北"相关的石碑，神州北极、中国最北点、我们找到了北……遇到了各种"最北"建筑，例如中国最北邮局、最北村庄、最北证券交易所，等等。生意不见得好，但名称够响亮。大家兴致勃勃地买了明信片，费了些力气查找寄件地址和邮政编码，高高兴兴地寄走。

还有一件关于漠河的糟心事儿不得不再提一下，那就是1987年5月的大兴安岭大火。直接起因是林业工人操作割灌机不当，加上当时干旱高温等自然因素。深层次原因还有一些，包括森林管理不到位致使林下腐殖质过多累积，过火就着，而且将火势引向树根，造成大面积林木死亡。河对岸的俄罗斯森林也受到了影响。据岳先生说，俄罗斯人管理森林的经验丰富，每年都要有控制地放一把火，适当清除林下腐殖质，因此这边的大火过去之后也仅仅是使部分林木过火，而没有彻底伤筋动骨。漠河和图强两县的损失最为惨重，当时一片涂炭。那年我正处在高一第二学期，在电视上看到了新闻以及持续近一个月的人火斗争。仅此而已。翻看那时的日记居然一点印迹都没有。印象更深的是那年春节费翔高歌一曲《冬天里的一把火》，春末夏初就燃起了这场应该是世界上最惨重的人为原因森林火灾，人们纷纷调侃费翔。其实他还唱过《三月里的小雨》呢。现在想来，这场大火排放的温室气体,不知道是否有人估算,应该是个巨大的数字吧。希望这样的悲剧不要重演。

(2018年8月31日)

旅途随笔——记我的好友正文

又在旅途中。我家乡的好朋友正文的父亲去世了，周二举行葬礼。按照家乡的规矩，逝者子女的好友们也都应该出席，于是我请假回乡。正好 12 月也是我母亲去世 6 周年的时间。

正文，我在老家最好的朋友，没有之一。当年还没从塞外转学到老家呢，二哥就跟我说："你去的那个班，班长叫正文，是个极厉害的女生，男生都怕她；她哥哥和我也是同学，你去了她一定会罩着你的。"果然，一转到当地子弟学校初一中四班，就见到了这个传奇女生，而且我也就永远被她当成小妹妹一样关照。那时候我们都是豆蔻年华，她比我略大一些，梳着两条乌黑油亮的长辫子，圆圆的脸蛋，圆圆的大眼睛——眼睛一瞪，嗓子一吼，那几个调皮的小男生就落荒而逃。那一口漂亮洁白的牙齿，毫无瑕疵，在我们那个时代着实罕见，真是我永远羡慕的。无论怎么看，她都是一个特别标致的漂亮姑娘。说来奇特，中四班的女生，除了我，个个都漂亮，那些年矿上举办联欢会排练节目，我们班的女生总会被抽调上去，矿务局文工队也总相中班里的几个女生。那个时期我们学校处于发展顶峰，从领导到老师、到学生都特别给力。除了个人条件好，以正文为首的几个漂亮女生还是学校乐队的成员，人人都有一手绝活儿，正文、赵颖、齐静蓉拉小提琴，正荣（正文的妹妹）拉手风琴，张秀萍弹扬琴。只可惜我加入她们太晚了，没赶上这一趟。至今这些女生都是矿务局的文艺骨干。

正文侠肝义胆的性格与她的家庭有密切关系。她家兄弟姐妹五个，两个女儿三个儿子，都是狐朋狗友一大堆。父母热情好客，家里的门永远是敞开的，什么时候去她家里都聚集着一堆人，聊天的、看电视的、打牌的，热闹非凡。我们要有个什么活动，活动地点都是她家，这要到我家是完全不可能的，我妈那喜静不喜闹、拒人千里的性子谁都看得出来。刚返回家乡，我家还没电视，我在她家看完了《黑名单上的人》，一起看的有很多人，我很晚才回自己家。

在这一堆如玉的美人中，我就是一只丑小鸭，好在我功课好。初中毕业后，大家都各奔东西了，个别人上了高中，一些读了技校，一部分人则开始就业了。正文上了一段时间高中后就去上班了，记得最初她在商铺当过一段时间售货员，后来到洗煤厂工作，算是安定下来了。当年我离家到北京上大学，她去送站，火车启动的一瞬间她从窗外扔进了 10 元钱。那可是不小的一笔钱啊，我到北京的火车票才 15 元。后来，假期我返家的时候，一有空就去她的宿舍坐一坐聊一聊。大一结束那年，我遇到点经济困难——其实一直都困难，那次更特殊一些，我不敢和家里张口，在她的接济下才渡过难关。

矿务局的女生，工作一安定了，就该做婚姻的打算了。正文、正荣这对姊妹花的热度可想而知。后来她嫁给了局里的一家大户人家，丈夫的弟弟和我还算高中同学，也在北京工作，我们的关系算是又近了一些。如今她的儿子已经读大学啦。

再后来，见面的机会越来越少了。有了微信之后，她建立了班群，尽职尽责地当群主。有时候觉得大家不积极，伤心了，她会消失几天，再出现还是原来那样。那年我母亲的葬礼上，当主持人喊"朱松丽的朋友敬礼"的时候，正文和其他两个同学从人群中出来，站在遗像前鞠躬。家乡的葬礼风俗我也是第一次身临其境。之后，正文伤心地说，说好了大家都来的，怎么一大早的又都有事儿了！我知道她以为我会觉得人少没面子，其实我没那么多想法。我妈的女婿不是也没来吗？

今年清明回家扫墓，正文在群里吼了一嗓子，招呼大家吃饭，结果应者寥寥，正文又伤心得不行，要退群。我劝她，人少好聊天，再说我这瓶好酒，人多了喝不成的。于是，我、正文夫妻、正荣、小川夫妻安安静静地吃了一顿饭。借着酒劲儿，我说了好多话，把那些陈芝麻烂谷子的事都翻出来了，谁叫我记忆力好呢？再说，当着家乡一生好友的面儿，还有什么不能说呢？

（2017年12月13日）

那一个姓"黑"的姑娘

我的笔名"小黑"来自大学时代的绰号。其实在那个美好的时期,我还有其他各式各样的别称(见《记好友源源及大学舍友们》),唯独这一个长久地留存下来。这个绰号起源于班里的一个回族同学,他半开玩笑地说:"我们不吃猪肉,也不喜欢直白地称呼'朱'这个姓氏,一般朱姓人都委婉地说自己姓'黑',比如你可能被称为'黑松丽',简称'小黑'。"这下可好,简单的两个字一下子就传开了。说实话我挺喜欢。有人说像小狗的名称,正好,我属狗。一次去同学家里玩,家长端详我半天,惊讶地说:"你一点都不黑啊!"可不是,来自山西矿区的我一直以肤色白净著称。多重反差让我自己也挺得意的。

那时候连手机("大哥大")都是极为罕有之物,更别提互联网了,所以我一直好奇地想知道,是不是真有姓"黑"的人。带着这个疑问行走江湖多年,始终没有碰到。

2007年我到云南旅行,第一站去了大名鼎鼎的民族风情园。园外大墙上,导游小姐的名字、民族和大幅肖像一字排开,旅客可以自由挑选中意的人选。我一眼就看到几个字,"黑明秀"!我一下子跳起来,就是她了!不一会儿,一个穿带花边黑色衣裙、戴同色系帽子的姑娘从屋里走了出来,身材不矮,肤色略暗沉,表情淡然。我惊喜地迎上去,说:"嗨,你好,我也姓黑啊……"

姑娘有点不知所措。我平静下来,心想怎么能这样咋咋呼呼,不由得惭愧起来。游览就此开始,我们坐上了观光车在园子里游走。她例行公事地为我解说各处特色,而我的注意力只在她的姓氏上。

"你是回族姑娘吗?"

"不是,我是彝族的,墙上写着呢。"

刚才只注意名字了,连民族信息都没有走心。我又觉得有点羞愧。

"你家一直都姓'黑'吗?是不是很久以前可能姓'朱'?"

"没有,我家一直姓黑。"

"哦,你们村子里姓'黑'的人多吗?"

"不多也不少……"

……

黑姑娘终于忍不住了,眼神带怪罪地看着我,似乎要问我:"是听你提问呢,还是听我讲解?"好吧好吧,我终于闭了嘴,乖乖跟着她走,听她流利地讲解哈尼族上刀山下火海、土家族火把节热闹非凡……

行程结束之后,我特别给了她一点额外的费用,作为平生头一次碰上黑姓人的回报。

没想到一年之后我又重返风情园了。同行的朋友看到一面墙的导游小姐,很兴奋,跃跃欲试地要选一个最漂亮的。我说:"不用,我找黑明秀。"我对工作人员说:"黑明秀还在吗?"她回头喊了一声:"黑明秀,出来吧,有活啦。"不一会儿,黑姑娘从屋里走了出来,还是那一身装束。

故人相逢。我喜悦地迎了上去,伸出手,说:"嗨,是我,那个姓黑的……"黑姑娘犹犹豫豫地伸了下手,一脸茫然地看着我,仿佛我是个怪物。

于是,我们又进园子了,听她再一次讲解哈尼族上刀山下火海、土家族火把节热闹非凡……

(2020年5月4日)

2020年8月,疫情平稳之后,我又一次来到大同——距离我童年所在地小峪最近的城市,见到故土和故人。我们都已经人到中年,而分别已经有37年,感慨万千。听故人们说,故园已经被完全拆迁了,几乎不留痕迹。不出所料,当年孟姨也是这么说的(见下册《被时光遗忘的故乡》)。回来后我写下了这些文字,为大同之行留下笔录,同时也纪念故人们以及曾经被时光遗忘、现在被岁月抹去的童年乐园。

右卫古镇，往何处去？

大同行之一：大同老店和老伙计

集中休假期来临之前北京疫情平稳了，办公室的"禁足令"取消。研究了一下周边的情况，我即刻购买了去大同的高铁票。在清河站乘车，两个小时之后就到达大同南站，又用了半个小时到达预订的琵琶老店。真是天涯咫尺。

这家老店坐落在"仿古街"上，果然一派古色古香又不显得刻意。老店历史悠久，据说当年王昭君西行时曾在这里落脚，留下了幽怨琵琶声，从此老店得名。这个故事并非完全杜撰，因为我在大同博物馆里看到了那块陈年的"琵琶老店"招牌，金色的端庄楷书、墨黑木板彰显老店的不凡来历呢。店内有二十多间客房，错落分布在三层小楼上，曲径通幽，一路上来能看到古朴的乡间泥塑、曼妙的"古代四大美人"仕女画和有代表性的大同历史文物仿品。夏日阳光透过天窗照耀在二层开放式客厅的茶案上，几位客人正在品茶。不由得庆幸起自己的选择来。

早上老店安排了自助餐，凉拌菜、小米粥、油饼、花卷，简单惬意，我一边吃一边浏览着餐桌玻璃板下压着的A4纸大小的"大同历史简介"，一碗喷香的羊杂递到眼前，抬头看，一位四五十岁左右的"老伙计"正在给各桌分派食物。分完了，他拎着空托盘站在我身边，说："白登山之围，据我考证，有夸大成分，那么一座小山，哪容得下 7 万大军？"哦，看样子，他不仅是伙计，还是历史爱好者，我们顺势攀谈起来。他自我介绍姓翟，滔滔不绝地讲起来："大同，不是个游山玩水的地方，要看景，千万别到这里来。那看什么呢？就像看元明清要看北京一样，看北魏和辽金要到大同……我们不简单比较全国重点文物保护单位有几处，要比就比 1961年公布第一批文物保护名单时的上榜数量，一个小小的大同市，有三处！三处！算上现在归了朔州市的应县木塔，我们有四处！虽然比不上北京、西安，但比南京多多了——它才两处。事实上我们不比西安差，差就差在人文环境不够好，人家西安的在校大学生数量都比大同的人口多……哎，你今天去哪里？"

我说今天先去大同市外，去杀虎口转转，之后再在市内游逛。老翟略有失望，说："大同周边的明长城遗址太多了，大同小异，咋不去云冈石窟和应县木塔呢？那可是老东西了。"我回答说以前去过了。老翟又高兴了起来，说："看样子你对大同还挺感兴趣。在这里待几天？5 天？！好！我慢慢给你介绍好地方。"临走，老翟嘱咐我："到了杀虎口长城，大家都往右边的垛口去，你就去左边吧，那里能看到苍头河，周围还有青纱帐，在右玉那个曾经鸟不拉屎的地方有条河不容易。"

第二天早餐时分又见老翟。我告诉他，我不仅去了（右玉的）杀虎口，还去了（左云的）摩天岭。他兴奋地说："去摩天岭啦？！见到那个'大单巴'了吗？"得到我的肯定回复后，老翟愈发高兴：这个家伙历史可久了，跟澳门"大三巴"性质一样，在梵蒂冈都有注册，差点埋没了……我又告诉老翟，我还去了"马市楼"（明长城箭楼遗址）。老翟竖起了大拇指："谁带你过去的？我给这个司机打90分！"

我接着向老翟报告：在右卫古镇，我还发现了坐落在当地小学校园内的宝宁寺，实在可惜，一个省重点文物保护单位就那么默默无闻地隐藏着，被围墙圈起来，任凭风吹雨打。老翟叹了口气说："那是明代建筑了，寺里的明代水陆画已经迁移到山西博物馆了，那可是国宝级的东西，剩下的建筑只能这样了，不拆就好。你看右卫镇里的老建筑多有味道啊，可惜太老了，都成了危房，不修就要坍塌了，一修就没味儿了……"

我把从宝宁寺围墙下捡来的两件残破瓦当拿给老翟看。老翟连声赞叹："这个好这个好，你看这个兽面瓦当的脸保存得多完整啊，摆在家里再好不过了。有些东西不适合在家里放，但瓦当是阳光下的，没问题。"我留下一件，把另一件送给老翟，老翟捧着它走出去，把它放在了老店门前的石阶上——话说这个高高的石阶两旁分立着石雕"拴马桩"，中间摆放着各式瓦当和滴水，古意盎然。

这天，在老翟的指引下我先去了善化寺，相比名头更响亮、游人更多的华严寺，善化寺分外幽静。老翟说，善化寺建成后，总体布局一直没大变，比华严寺还要完整。我细细观赏了普贤阁和三圣殿——老翟也说了，它们是货真价实的金代建筑，尤其是普贤阁，原汁原味，它对面的文殊阁是现代翻修过的，大雄宝殿是辽代遗构。之后，我又按照老翟指示，浏览了城墙根下的"大同城墙遗址陈列馆"，也是一个人丁寥落但遗迹丰富、史料翔实的好去处。

隔天早上，在餐桌上我照例和老翟分享前一天的游览心得。老翟问："看到善化寺三圣殿里的石碑了吗？"我回答："不让进啊，远远地看了一眼。"老翟神秘地说："那可是南宋时期的石碑，小1000年了，书写人是朱弁（音卞）。朱弁是谁，你知道吗？"看我一脸茫然，老翟很得意：他是朱熹的爷爷哦！朱弁当年是南宋朝廷派遣到金国的使者，在善化寺里停驻了15年，在住持的邀请下刻写了这石碑，人称"三绝碑"——文章绝唱、书法绝妙、刻工绝世。

说起大同历史，翟老师的话匣子打开了："你要知道，大同历史是没有宋代篇章的——唐朝之后，这里就是辽的地盘了，被定为西京，你们北京是南京；1122年金灭辽，继续定大同为西京；1234年，大同被蒙古人占领。历史书上的元代历史不到100年，但大同的'元代历史'可是有130多年。"我一细想，好像还真是这样，以前从来没注意过。这样说来，北京其实和大同差不多，"宋代"在这里是一个空白。

我说想去纯阳宫看看，老翟一挥手，说："不用去，没什么意思，我建议你去关帝庙看看，那里有一座完整的元代大殿，庙外的戏台子也是康熙年间的，相当不错；法华寺去去也行，那座白塔跟你们北海的白塔一样，都是喇嘛塔；要是有时间，可以去'清真大寺'看看，就在纯阳宫旁边。你说说，一般清真寺旁边是不能出现其他宗教建筑的，但在大同就行，完全没问题——这里就是一个胡汉民族大融合、农耕文明和游牧文明大融合的好地方。"翟老师十分自豪。

就这样，我在老翟的指挥下，点面结合地饱览了大同的珍贵文化遗址。在大同博物馆，我特别找寻了"牺尊"仿制品。老翟说真品在上海博物馆呢，倒成了他们的镇馆之宝。我还去了东城墙下沉处的"梁思成林徽因纪念馆"，看到了他们在20世纪30年代走遍山西（特别是大同）考察古建筑的心血和辛苦，备受感动。梁先生来到应县木塔塔下后，兴奋地给先行回京照料小儿子的林先生写信道："我的第一个感触，便是可惜你不在此同我享此眼福，不然我真不知，你要几体投地的倾倒。"这句话给了我最深的感触，赞叹他们对事业的执着热爱，羡慕夫妻的志同道合，感叹爱人之间的心心相印。

短短一周很快过去了，我和老店、老翟说再见，约好一定再游大同。

大同行之二：为你而来

　　我站在两道山梁之间的谷底。一条小河潺潺流过，在阳光下反射出星星点点的微光，整条小河散发着黑紫色的亮光。正看得发呆，一阵羊叫声吸引了我的目光，抬头看，一群山羊散布在绿草茵茵的山坡上低头觅食。牧羊人呢？再定睛一看，一座座敦实的黄土箭楼，像敖包帐篷一样散落在残长城左近，一个黑色身影孤独伫立于其中一座箭楼顶上，手里仿佛拿着长长细细的牧羊鞭。天地之间，就这么一个小小的身影，既渺小又伟岸。我不由得冲他挥起手来，不一会儿，那人也开始向我这个方向挥动手臂，并发出了长长的喊山声，哎……我不能不回应吧，于是也大声喊了回去，嗨……

　　寂静山谷里回荡着我们两个相距遥远的、素不相识的人的呼喊声。我相信牧羊人的脸上一定挂着开心的笑容，就像我一样。这个短暂的时刻，绿水青山长城箭楼仿佛是属于我们的，更多的时候，它们是属于这位寂寞的牧羊人和他的羊群的。

　　真想跨过小河，再爬上山梁，和牧羊人结结实实打个照面。但我已经游走了一整天，夕阳斜下，出租车司机早就坐进车里等我返程，只能再狠狠地大幅度挥动几下臂膀，放声喊几嗓子,算是跟牧羊人、箭楼和羊群以及绵延在群山中的残长城说再见。

是的,我确实是为它们而来的。一直以来总有一种力量在呼唤我靠近这片土地。那年在一个与长城相关的文化展上,看到了在山西取景的残长城系列图片,残阳如血,墙堡默立,大同、阳高、天镇、右玉、雁门关,曾经熟悉的地名一再闪现,我怔怔地站在这些图片前面,眼泪竟然掉了下来。离开塞北近40年了,从来没有忘记,永远不用记起,人到中年了更加感觉到它们的召唤。我应该归去。

我并没有等太久,2019年年底北京往返大同的高铁通车了,2020年8月疫情平稳后,我即刻启程。一到大同,我就通过老店前台包了一辆出租车,第二天一早我直奔杀虎口而去。大家都有点好奇——一般来说客人们都是首先奔云冈石窟和悬空寺的。

杀虎口明长城遗址前,一片花海开得正旺,蓝色矢车菊和红黄色百日菊招蜂引蝶。天空湛蓝,两团白云调皮地停留在修整过的城楼旁。因为是周一,右玉县博物馆不开门,我绕行半周,蓦然发现"西口古道"和古老的"通顺桥"就在博物馆后方,据说这是当年"走西口"的必经之地。站在小桥上,仿佛能听到凄凉的歌声:"哥哥你走西口,小妹妹我实在难留,手拉着哥哥的手,送哥送到大门口……"口内的山西人走到这里,就要真正进入口外了,生死未卜福祸难料,而这一走,确实也为山西人赢得了不俗的口碑和身家。

听从老翟的推荐,上了城楼后我径直向左边的垛口走去。这边显然人迹罕至,一丛丛荒草肆意蔓延在砖石路面的缝隙间。走到城墙尽头,放眼望去,目光所及之处就是内蒙古的地界了,时断时续的残长城和箭楼出没在山坡上。低头看,惊喜地发现一条不算小的河流(苍头河)从远处缓缓流淌而来,经过垛口后,隐没在玉米地和野草交织的青纱帐中。很是惊喜,没想到这里会有一条颇具规模的河流。杀虎口所在的右玉县曾经生态环境恶劣,经过几十年的修整后恢复到现在这个样子着实不容易,要不怎么能说是"右玉精神"呢?

然而,右卫古镇依然是干涸的。几座城门经过修葺呈现出雄伟的姿态,城楼上的风铃在风中发出清脆的响声,感觉灵气十足,我忍不住举起手机录了一段。而城内的建筑左倾右倒残败不堪,骄阳下黄土腾飞,越发让人焦急地寻找阴凉之地,但这里几乎没有任何像样的树木。进入一家餐馆之后,我立刻感觉到温度降了下来。其实这里的气温没那么高,只是缺乏荫蔽。我惦记着一个路牌仿佛指示着附近有一座古庙,等餐期间顶着大日头出去寻觅。这一去不虚此行,找到了掩藏在学校里的省级保护文物"宝宁寺"(明代建筑)。暑期的校园十分静寂,没有一个人,寺庙被围墙环绕,山门紧闭,连飞檐下悬挂的铃铛都无声无息。我沿着围墙逡巡了半周,捡了两块瓦当残片小心地包藏起来。

简单用过餐食之后,我们出城,在东门处看到一位大爷赶着一头牛慢慢悠悠地走过来,我不由隔窗拍了一张照片。

再回看照片，处于城门阴影下的老农和老牛变成了一幅剪影，居然不能分辨他们是向我们走来还是正相反。就像这座明代古镇，寂寞地坐落在此五百年，该何去何从？大规模修缮，会毁了原貌；置之不理，风吹日晒中终会消失。唯愿时光停滞……

　　然而岁月不会为任何人和物停下脚步。长城、箭楼、古镇，你们已经伫立千年，当然不是为我，而我却为你们而来。等到冬日白雪覆盖的时候，希望还能见到你们。还有隔空偶遇的牧羊人，更愿你在奔驰的岁月中四季安好。

大同行之三：相忘于江湖

本想静悄悄地来静悄悄地去，到达大同仅一天之后就感觉哪里有点不对头。是的，这是我童年时代生活的城市，一众发小散落在这里或附近县市，虽然一别几十年，但网络时代想找个人不是多难的事情。我难道就这样走了吗？左思右想之后，在从杀虎口返城的车上，我给小哥打了个电话，征询他的意见。他当然支持我"寻亲"。于是，从手机通讯录中找出很多年前存留的一个电话号码，我开始寻找童年伙伴。

第一个接通的人是小哥的好朋友，他的三弟也是我的同学。一通惊诧之后，他在电话那边拍起了胸脯："没问题，你想见谁，我帮你找。"我说："我想找一下当年的邻居小姑娘，叫小红，比我小好几岁，我们那时住得近所以总在一起玩。"

没过几时，一个显示为"山西大同"的陌生电话号码就打了进来。我急忙接听，一个激动的女声传来："小丽，我是红红啊，这么多年了，你终于冒出来了……"我这边也激动不已，离开的时候不到13岁，现在已近半百，岁月就这么一晃而过。热聊了几句之后，我不由地问："不知道你的大名是什么？我走的时候你还没上学呢。"

红红说："怎么会？我们还在一个班待过几天呢，后来我留级了,学名吕继红。"

啊?!我这边大惊失色:"你不姓张吗?我记得你爸爸姓张,你妈妈姓夏啊?"

对面的红红也大惊:"哎呀!我是另一个小红,不是你说的张小红,我是……"

我急忙打断:"我知道,你是田阿姨家的红红,对吧?不好意思,不好意思……"

吕红红说:"对的,对的,我妈跟你妈是好朋友。不过你要找的小红也不是外人,她是我弟媳。"

我俩大笑起来。

搁下这个电话,同样显示为"山西大同"的号码陆陆续续打进来,一路认亲。虽再没出现张冠李戴的笑话,但有些名字显然已经很陌生了,面孔就更想不起来了,听着话筒里传来的乡音,有激动有忐忑。

第二天傍晚,等我从外面回来,两个红红已经等在旅馆门口了。有了电话里的铺垫,分别30多年的距离感很快就退去了。我们相拥,看着彼此的面孔感慨万千。如果在马路上遇到,我们只能擦肩而过了,因为大家都已经面目全非。张小红,大名是张力,当年那个圆脸的小胖姑娘,跟屁虫一样总跟着我,现在听另一个红红说她不仅要照顾两个儿子,还要照顾年过八旬的夏阿姨。她也人到中年,带着几分好奇的神情看着我这个从天而降的中老年女人。是的,我离开的时候她不到7岁,显然什么都记不得了。但我一直记得她。我离开小峪的前一晚，小小的心里充满了离愁别绪，一个人在院子里徘徊。小红来找我，小手背在身后，伸出来，原来是一束还没有完全成熟的沙棘。我总记得这一幕。后来她说，直到她母亲找出我们小时候的一张合影后，她才真正确认了我的身份。那已经是隔天的事情了。

跟着她们来到酒店，昨天在电话里认亲的人都到齐了，不是同学就是邻居或者是同学的兄弟姐妹，抑或是哥哥们的同学。那时候家家都有好几个孩子，同学网密集交织。我们一一相认，依然是先报小名后问大名，实在想不起来就通过典型事件来唤醒遥远的记忆，个个唏嘘不已。

酒过三巡菜过五味，小时候那点共同的记忆很快就聊完了，我们回到眼前的世界，饭桌上一下子显得更热闹了。我才发现他们彼此之间其实也好久没见了，而他们的共同话题显然要比与我的共同话题多得多，刚才还是以普通话为主的畅谈慢慢变成了大同话与普通话交织，最后变成了纯大同话。我以为自己虽然已经不太会说当地话了，但听应该没问题，没想到在这个七嘴八舌的环境中居然跟不上了。我嘬着酸甜的沙棘汁，微笑着看，努力地听。一旦有谁发现我略显茫然的样子，就会立刻转换成普通话跟我解释几句，然后又转成土话加入那一个热闹的氛围。

夜深了，大家走出酒店，说着道别和保重的话，纷纷散了。我和小红约好第二天去拜访她的母亲。夏阿姨和张叔叔是我们那一带唯一的一对儿高知夫妻，先后担任过矿上的总工程师。夏阿姨是东北人，豪爽健谈，起初只身在塞外生活，后来成了家，把爸爸妈妈和妹妹都接了过来；张叔叔是本地人，身体不太好，总是一副认真严肃的样子，皱着眉头看着我们这帮天天玩得昏天黑地的小丫头片子。一旦被他"抓住"，他总是问："最近看什么书了？"我们都挺怕他。张叔叔已经去世几年了，夏阿姨健在，由张力全天候贴身照顾。

顺利见到夏阿姨。老人家一口东北腔丝毫没有变化，一见面就说："你跟你爸爸真像。"是啊，还有几个人见过我父亲呢，他已经去世十几年了。说起往事，夏阿姨说："你妈妈特别爱干净，总嫌弃你爸爸不洗手就做饭，有段时间他们各做各的饭，你爸爸对你妈妈说，你别用我的柴别用我的煤……"哎，可不，这就是他们，从头吵到尾，一生不和睦。老邻居知根知底儿。夏阿姨拿出相册来，我们一张张地看：这是他们的全家福，夫妻两个加三个孩子；这是邻居雷凯阿姨，她的女儿出了车祸死得好惨，三个儿子都不孝顺；这是我们几个小孩子的合影，是某年暑假一起到大同游玩的留念；这是矿上仅有的几个技术人员；这张背景是老办公楼，前几天刚刚爆破……

说话间阿姨每天下午的遛弯时间到了。我们一起下楼，张力搀扶着妈妈，聊着家长里短，须臾不离。看着她们相亲相爱的背影，我五味杂陈。小红，我的童年伙伴，把自己所有的时间都奉献给了家庭，妈妈长寿，两个儿子活泼可爱，自己安静从容，让我这个父母早逝、女儿叛逆期超长待机、四处游走的人多了很多羡慕。该告别了,夏阿姨说:"下回你再来我恐怕就不在了。"我和小红急忙打断老人家的悲戚。不知还能说些什么,只能深深地拥抱阿姨。

另一个红红,专门请了一天假,陪我游逛了大同博物馆、图书馆、梁思成纪念馆。中午时分,我们在大剧院吃午餐,两个中年妇女不由得说起了婚姻家庭,发现我们居然有类似的隐情苦衷,于是越聊越深。在北京我几乎没有这样的倾诉对象,不知道是因为熟悉呢还是因为陌生。

假期结束,我回到北京,和童年小伙伴们的时空距离立刻就又拉大了。谁也没有再主动和谁联系过——我们的小世界太不相同了,大家都坦然接受这个现实。正如告别那天红红说的:"你到大同来,我们是好朋友;我到北京去,也会找你叙旧。平常的日子里,就让我们相忘于江湖吧。"

图1 伊斯法罕聚礼清真寺内精美的米拉哈布

（相关内容请见本书第23页）

图2　什叶派清真寺宣礼塔顶部的手形物

（相关内容请见本书第38页）

图3 德国帕加马博物馆内的风暴神阿达德石像

(相关内容请见本书第71页)

图4 巴黎市政厅前的同性恋者运动会标语

（相关内容请见本书第99页）

图5　从巴黎带回来的藤编篮子

（相关内容请见本书第100页）

图6　一见钟情的柯罗风景画

（相关内容请见本书第101页）

图7 先贤祠内的巴黎守护女神画作

（相关内容请见本书第109页）

图8　巴黎圣日耳曼德佩教堂里的笛卡尔墓碑（中间石碑第二行为笛卡尔名字）

（相关内容请见本书第112页）

图9 古罗马广场遗址和伞松

（相关内容请见本书第155页）

图10 耶路撒冷大卫塔废墟和小黄花

（相关内容请见本书第179页）

图11　蒙古博物馆的羊拐

（相关内容请见本书第217页）

图12　庐山的蓝绿色窗棂

（相关内容请见本书第252页）

小黑 著

日暮乡关何处是

下

目录

另一个梦想（自序）   1

第一辑　在路上

伊朗行之一：自然景观   4

伊朗行之二：历史篇1   10

伊朗行之三：历史篇2   19

伊朗行之四：历史篇3   25

伊朗行之五：宗教篇1   35

伊朗行之六：宗教篇2   43

伊朗行之七：伊朗人及其他   49

马拉喀什回忆之一：别具特色的家庭旅馆   56

马拉喀什回忆之二：幽深的老城   58

马拉喀什回忆之三：马拉喀什人   62

马拉喀什回忆之四：民居和饮食   67

记德国帕加马博物馆之行   70

依然大雪纷飞的芬兰之一   80

依然大雪纷飞的芬兰之二   85

依然大雪纷飞的芬兰之三   88

在巴黎遇到海明威和凡·高	94
重返巴黎	100
又遇塞纳河边的莎士比亚书店	116
另一个视角：新冠病毒阴影下的忐忑巴黎行	118
在佛罗伦萨遇到达·芬奇和米开朗琪罗以及他们的朋友们	122
重返澳大利亚	133
匆匆印度行	138
重返莫斯科	148
重返罗马	154
再赴罗马	159
耶路撒冷7天记	166
耶路撒冷外一篇：阿姨还是大姐	194
京都四百八十寺	196
波恩小城的小旅馆	204
德国之行新感受	207
远处的雨	210
下雨的时候到底该不该跑	213
蒙古行与童年记忆	215
斯里兰卡印象	219
新加坡印象	222
我的那些国际专家朋友	225
女性的力量	230
希腊的尼古拉斯	234

在绍兴遇到鲁迅先生和他的士人同乡们　　237
庐山的山语云韵老别墅　　245
徽州行——寻访遥远的祖籍　　254
旅途细节　　262
沱江之畔凤凰古城随笔　　266
西安行的收获　　270
漠河：失望和希望　　274
旅途随笔——记我的好友正文　　280
那一个姓"黑"的姑娘　　283
大同行之一：大同老店和老伙计　　288
大同行之二：为你而来　　293
大同行之三：相忘于江湖　　297

第二辑　在影院

伊朗电影观后感　　305
过去的时代更美好？——《无问西东》观后感　　309
小镇大社会——《三块广告牌》观后感　　313
其实都是套路　　318
穿越的爱情　　320
又是一个夏天——《西小河的夏天》观后感及其他　　322
没人经得住查——《完美陌生人》观后感　　326
其实是江湖女儿——《江湖儿女》观后感　　330

珍贵的社会责任心——《厕所英雄》观后感	333
2018年观影盘点：在电影中发展自己、他人和世界	338
再叛逆，你还是个好学生——《狗十三》观后感	345
主角、配角或双男主兼意大利色彩——《绿皮书》观后感	348
从牙叔的牙谈起——《波西米亚狂想曲》观后感	352
现在还要不要读《红楼梦》	356
一羊两寺，探访信仰的一天——兼《撞死一只羊》观后感	362
矫情的落伍的爱情	366
种族、性别、阶层和权力鸿沟——《罗马》观后感	368
都是少年，差别怎么就那么大呢——《少年的你》观后感	372
作为文学家的吴冠中	374
2019年观影盘点及其他	380
17岁的孩子是魔鬼——《误杀》观后感	385
也谈贾府初一打醮	388
小谈形式主义	393
以母亲为"主角"的自传——《生而有罪》读后感	397
一个三观"超正"的人是什么样子的	401
那些战争中的异想：漫谈《1917》和《乔乔》	406
乱世中的科学家和少年	409
《少年派的奇幻漂流》观后感	414
2017年观影盘点	420
英国怎么了	422
再见《苔丝》	425

小凤凰看《天河》 427
绿色鸡蛋是这样养成的 429

第三辑　在家中

活在珍贵的人间——疫中生活纪事 433
居家念故乡清明 446
享受自由：不刮胡子的男人和不戴胸罩的女人 452
疫中随笔 457
好友验证 460
我的家庭塑料袋"零增量"生活小记 464
外卖小心机 468
大学入学30周年聚会兼记老同学宣东 473
给16岁~17岁女儿的一封信 478
世园会里的埃塞俄比亚雏菊 482
地球母亲到了最危险的时候 484
夏日里的中秋节 490
岁月小插曲 493
那些在微信中失去的朋友 502
我在南堂卖咖啡 506
辜负了一只猫的深情 511
听妈妈讲过去的故事——身边的能源革命 514
新生活一月盘点 517

周末散记	521
给即将参加"学农"活动的小凤凰的一封信	524
通灵的衣服	527
别人家的卫生间	530
日暮乡关何处是	533
一天到晚游泳的鱼	536
世界末日	539
再见，我的诺基亚手机	542
记好友源源以及大学舍友们	545
夏日纪事	550
那时的端午节	555
最美好的时光	558
童年的冬天	560
孩子们的"欢乐"	563
一个有信仰的人	565
遇到年少时的自己	568
被时光遗忘的故乡	570
记母亲的最后时光	576

结　语	589

第二辑
在影院

伊朗电影观后感

两个星期前的周末，通过网络，我一连看了两部伊朗电影，《一双小鞋子》和《一次分离》，感触颇多。一直以来伊朗电影都享誉世界，通过平凡的故事反映伊朗的社会现实，不煽情、不浮夸、不虚幻，小视角、低成本但客观平实，故事讲得紧凑自然，现实性和艺术性俱佳。年初的伊朗行之后，我愈加想寻找几部有代表性的片子看看。我终于在腾讯上注册了会员，欣赏了这两部口碑非常不错的电影。

《一双小鞋子》的故事情节非常简单，小哥哥不小心把妹妹唯一的一双鞋子弄丢了（其实已经非常破旧），不敢告诉父母，和妹妹达成攻守同盟，一起隐瞒了一段时间。所幸两个孩子上学时间不一样，于是轮流穿一双鞋子奔走在家和学校的道路上，充满各种心酸无奈。听说一场跑步竞赛的三等奖（第三名）将得到一双球鞋的奖励，小哥哥千方百计报了名，奋力拼搏，夺得了冠军！站在领奖台上，小男孩哭了……非常感谢导演的是，在电影结束之前，一个镜头扫到了孩子父亲的自行车，车后座上除了蔬菜食品，还有两双新鞋子，一双给男孩一双给女孩。是的，这种苦难不应该由孩子们来独自承担，父母应该是孩子最终的后盾。如果更理想一些，社会应该是穷苦家庭的支撑——这显然有些理想化了，感谢导演没有走到这一步。(而张艺谋的《一个也不能少》的结尾就落入了这样的俗套。)

他们的心酸我也有过！二哥上初一、我上四年级的时候，妈妈买了一个塑料铅笔盒，我还记得铅笔盒表面是铁臂阿童木。我们兄妹几个人的铅笔盒都是那种简单的铁皮材质，掉到地上声音巨大。冬天寒冷无比，孩子们都盼望拥有一个轻巧的塑料铅笔盒。关于这一个铅笔盒，妈妈对我和哥哥两个人说，两人轮流使用，一人一星期……是不是这样做了，我有点忘了，或许二哥干脆让给我用了。到五年级的时候，不知为什么我又开始惦记新铅笔盒，也许因为我的同桌和后面的一个女生都开始用那种双层的、超大的塑料铅笔盒，里面还有个小镜子，让我无比羡慕。于是我拐弯抹角地说给爸爸听——爸爸似乎比妈妈更疼我一些，他同意了。那天晚上，我眼巴巴地看着爸爸拿出新铅笔盒，结果又是一个铁皮材质的小铅笔盒，上面画着松鹤延年的画面。一个孩子的失望是无法掩饰的，爸爸叹了一口气，说了几句关于家中经济艰难的话。其实我一直都有点奇怪，我们家是双职工，三个孩子，在当时不算多，怎么日子似乎过得比那些单职工、孩子众多的家庭还要艰难些？他们都有大的塑料铅笔盒，他们都有钱订阅《儿童文学》……初中的时候，我学习成绩好，有时候会得到一些奖励。有一次期中考试的奖励正是一个塑料铅笔盒！在操场上得到奖品后，我飞快地跑进教室，把新旧铅笔盒并排放在一起，心花怒放地比较了一番，然后把学习用具从旧铅笔盒中一股脑儿拿出来放进新铅笔盒，转手把旧的扔了……哈哈，痛快！

《一双小鞋子》中不断出现两个孩子上学的路，一条条曲折的小胡同，流淌着小小的细流，不知道是因为没有下水系统而形成的污水通道还是其他什么。但我也亲眼见过德黑兰街道边上有挺多水渠，水是清澈的，那是来自周边雪山的融水（见上册的《伊朗行之一：自然景观》），这个城市拥有得天独厚的自然条件。小女生围戴着白色的头巾，黑黑大大的眼睛显得无比深邃，里面盛满的忧愁让人心碎。我们在亚兹德也见到过一群小女生，在外国游客面前她们欢呼雀跃，稚嫩的小脸上洋溢着快乐，可爱极了。电影中的小姑娘和哥哥一起吹肥皂泡时也露出了这样的笑容。我又想起了多年前在曼谷的亚洲理工学院（Asia Institute of Technology, AIT）见到的那个伊朗家庭，爸爸是学院的博士生，妈妈陪读，小姑娘4岁左右，卷曲的黑色头发，象牙白的小脸蛋，一双大眼睛乌黑油亮，睫毛长得让人难以置信。太漂亮了！她穿着小花连衣裙，与周边的小孩子无异，但是她妈妈永远戴着头巾，穿着长衣长袖，即使和我打乒乓球的时候也是这样，而我一身短打照样汗津津的。她说伊朗女生一旦满9岁就必须打扮成她这个样子了，现在还是这个小姑娘的自由时光。我咋舌表示不理解。这当然是另外一个问题了。

伊朗妇女的这身打扮又成了《一次别离》中的别样风情，

甚至与剧情相关。一个中产阶级家庭中的老人需要照顾，雇用了来自另一个阶层的贫苦妇女。女人的黑色罩袍帮她掩饰了怀孕的事实，但一场冲突之后她流产了。争端由此开始。男主人到底知道不知道她怀孕的事，而她流产到底是不是男主人推搡造成的，这成为电影中的"罗生门"。每个人都撒了谎，而每个人的行为都有十足的理由，都能让人理解。作为佣人的女主人公穿着宽大黑袍在车流中穿行、寻找走失老人的镜头让人难忘。复杂的故事被导演处理得行云流水，观众满怀感喟。电影在两个小女孩复杂的目光和难言的选择中结束。影片以小见大的视角把伊朗的社会矛盾揭露出来给大家看，而这种矛盾又具有超越国家的普遍性，彰显了伊朗电影突出的叙事能力和人文情怀。

（2017 年 12 月 16 日）

过去的时代更美好？——《无问西东》观后感

一所名校，四段历史，《无问西东》获得了不俗的口碑。尽管对章子怡扮嫩的效果有所怀疑，今天还是去看了。一看之下，感觉还是蛮新鲜的。

四段历史的混杂交叉就不讲了，总体而言，电影主要讲了两段中华人民共和国成立后的故事和两段民国故事。前者分别发生在当下（J1）和20世纪60年代早期（J2），后者分别发生在抗战初期（M1）和20世纪20年代（M2）。J1主讲商界的尔虞我诈和主管之间的钩心斗角，附带对世风日下人心不古以及现代城市的雾霾和堵车的抱怨。J2中残酷的毁灭人性的审查、批斗和私刑以及绝望的婚姻让青春芳华、懵懂爱情黯然失色。M1讲述抗日期间西南联大的战争岁月和发生的故事，那里有战争烽火和饥馑孤儿，更有求知若渴心系祖国的学生、满腹经纶名满天下的先生、苛刻帅气的教官和坚韧的传教士以及静听风吹雨打的雅兴、雪中奏响小提琴的浪漫、南国红土风情的摇曳多姿。那一段文化氛围浓郁和充满温情的母子对话让观众肃然起敬，米雪扮演的"沈太太"让人折服；沈公子作为"飞虎队"的一员奔赴战机和战场的身姿让姑娘们心动。M2的故事短小，讲述了误入理科的吴岭澜如何在梅贻琦教务长的引导下回到自己热爱和擅长的文科专业，其中浓墨重彩地描画了泰戈尔在清华的演讲，特别是影片结尾长达7分钟的"彩蛋"——介绍了泰戈尔身边那些自信笃定的民国知识精英，让人回味无穷。先不讲影片想要传递给观众的、也是在这四段故事中传承的信念是什么，单从故事发生的背景看，M段给观众的印象和好感度要远远超过J段。导演也是蛮有胆识的。

"真实"是影片要传达的信念。从泰戈尔的演讲（M2）、梅贻琦的教诲（M2）到吴岭澜（M2）、沈光耀（M1）、陈鹏（J2）、李响（J2）和张果果（J1）的选择，都在传递"真实"的力量，最后借张果果之口画龙点睛：爱你所爱，行你所行；听从你心，无问西东。从讲故事的角度看，虽然有些"形散"，枝蔓不少，但神还是不散的，算得上不错的作品。

据说这是一部清华大学的百年校庆电影，其实我认为是描绘所有大学的。四段故事只有M2段主要发生在清华，其他几段的环境庞杂一些。西南联大是清华、北大、南开合办，J2段只有陈鹏算是清华大学学生，李响和王敏佳是医院工作人员，也许是清华校医院，也可能是其他医院。J1段里张果果应该是清华大学的毕业生，至少居所离清华大学不远，所以能常在里面跑步健身。张的父母是否是清华大学教职工没有明确交代，从张家颇豪华的居室看来也不像是清华园内的职工公寓。清明扫墓的情节表明张爸张妈与李响曾同时支援边疆建设，而影片也一再表明当时清华只有两个支边名额，如果李响是其中一个，那么张果果的父母至少不应该都是清华派出的。独立精神、自由思想的传承应该是超越清华师生范畴的，应该是所有中华知识分子的追求。另外，黄晓明和章子怡的那一段疯跑算什么呢？不得要领，为了跑而跑。奶茶妹妹（拍摄的时候应该还没成为京东老板娘）露那一脸算什么呢？浪费镜头。

不管怎样，电影很值得一看，尤其是家有学生的父母们，如果能带着孩子一起看最好。电影能让你感觉到文化传承的力量，如果实在抓不住重点，能有"读书真好"的感觉，那也是相当完美的。电影中有几句金句，出自梅贻琦校长之口，抄录在这里，尽管我的青春早已经过去，而"真实"的境界远没有达到：

"人，把自己置于忙碌当中，有一种麻木的踏实，但却丧失了真实。你的青春也不过只有这些日子；

"你看到什么，听到什么，做什么，和谁在一起，有一种从心灵深处满溢出来的不懊悔、也不羞耻的平和和喜悦。"（这就是"真实"。）

过去的时代是美好的，眼前这个时代终究也会过去。未来的人们描述我们这个时代的时候，也许会更加客观一些，就像我们现在看过去。时间能把眼下的虚华浮躁、蝇营狗苟都抹去，留下那些值得纪念值得大写的东西——这些东西一定是有的，在这个大转折、大变化的年代。不识庐山真面目，只缘身在此山中。现在的美好，留待后人描写吧。

（2018年1月20日）

小镇大社会——《三块广告牌》观后感

昨天与表妹一起看了美国电影《三块广告牌》,这部电影的演员刚刚获得奥斯卡最佳女主角和最佳男配角,在最佳影片竞争中算是惜败。

故事发生在美国一个极其普通的乡镇。离异女主人公(以下简称米)的女儿被奸杀,由于线索少而迟迟不能破案,一怒之下她租用公路上三个广告牌发泄怒气,矛头指向被她认为"只吃饭不干事儿"的警察局和局长。警察局局长因此承受压力,小镇上的人众说纷纭,其中不乏对米的不满,但米铁了心要把广告打下去。随后的事情有些失控,首先是局长举枪自杀。尽管片中已经充分交代其自杀与米无直接关系,而是因为自己患癌症晚期,不愿意拖累家人,但这不能阻止小镇居民和其余警察——尤其是狄克森(以下简称狄)对米的敌意到达巅峰。之后米的广告牌被烧毁,米夜烧警察局,没想到烧伤了专心在局里阅读局长留给他的信件的狄。随后的事情让局面出现了缓和,一向简单冲动、有暴力和种族歧视倾向的狄在局长的遗书面前开始自我救赎;米在"小矮人"的帮助下逃脱纵火指控,同时也知道了广告牌不是警察烧的而是前夫所为,而前夫这么做的理由是"用愤怒去化解愤怒只会带来更多愤怒",米开始反省自己的行为。最后米和狄两个人都慢慢打开了自己的心结……

　　故事充满了戏剧性,冲突不断,因此把控节奏的任务很重要。从这点可以看出导演的功力不弱,但即使如此,有些冲突加剧或峰回路转的地方依然让人感觉铺垫不够,有些突兀,例如狄在得知局长自杀后怒打管理广告牌的小伙子、一个莫名其妙的小伙子闯入米工作的礼品店撒野、狄的自我救赎情节是否太过巧合、米的思想是如何发生根本转变的……我们不得而知。结尾也有些仓促。我深知好的电影需要多看几遍,也许导演已经在其中铺垫了很多细节,而我还没注意到。

　　忽略这些故事讲述的小瑕疵,不能不说电影塑造的人物是非常鲜活的,小人物也都栩栩如生,因此这部电影可以看成是了解美国普通乡镇的现实生活的极佳范例。

　　首先是绝望的中年女人米。她离了婚,前夫和一个19岁的姑娘同居,在抬头不见低头见的小镇里不时碰上;自己在礼品店打工度日,女儿和儿子跟着自己生活。可以想象她的心境已经十分灰暗。女儿处于叛逆阶段,母女关系不佳(就像我和女儿)。事发当天女儿要借米的汽车外出,米拒绝,女儿冲出家门,大喊道:"希望我在步行的路上被强奸!"米不甘示弱,回敬道:"我也希望这样!"谁能想到最后的事情比这个更糟糕……沉重的负罪感让米备受煎熬,只有将凶手绳之以法才能让她的生活重见天日。于是米越来越倔强,表面上也越来越坚强,坚决地回击一切对她打广告刺激警察局行为的质疑；性格也越来越怪异，甚至会毫无由来地将麦片泼洒到儿子的脸上……大部分时候，她的面孔决绝刚毅，而当前夫质问她如何对待女儿的时候——这简直是一把利刃啊——她才哭喊了一声。面对火势汹汹的第三块广告牌，已经挽救了前两块的她倒在手提灭火器冲上去的路上，已拼尽全力；面对突然出现的小鹿，她泪流满面。这是一个无比坚强又无比脆弱的女人，坚强到独自面对整个世界的敌意，脆弱到任何关于女儿的话题都能让她崩溃。对于这个形象，我予以无比的理解和同情。

警察局局长在故事讲到中间的时候消失了，以最大的震撼推动故事情节。我更多感受到的是一些人（我相信这类人不多）对待疾病的与众不同的态度。这也许有点跑题了。局长身患胰腺癌，生存期不过几个月了。影片仅用一个镜头表现他的疾患，他在和米的对话中突然喷血，之后再无任何表现。他一如既往地工作生活，毫无病态。安排了最后一次家庭郊游以及和妻子的最后一次温存后，写完三封遗书（分别给妻子、米和狄），他毫不犹豫地爆头自尽，之前还细心地套上面罩，上面的两行字告诉家人不要取掉面罩，直接报警……影院里一片安静。大家都被吓到了。给妻子的遗书中，他解释了原因：他不愿意在家人面前最终变得身形枯槁憔悴不堪，愿意把最美好的形象留下。这是个从内到外都无比坚强的人！作为一个警察局局长，他的形象一定是勇敢的；作为一个普通人，他的内心也是无比强大的。在如此境遇面前，不知道有几个人能做出这样的选择。我希望我能是这样的，如果不幸至此。同时，局长也对米的行为保持了理解，甚至赞助了入不敷出的米最后一笔广告费。对狄这个惹是生非的下属，他也能洞察其善良所在并予以引导。无疑，这个形象是十分丰满正面的，除了米对他的复杂的不满。

狄这个形象也是非常的复杂，我似乎不能充分理解。他粗话连连，有明显的种族歧视，对边缘人群（如同性恋者）也非常不友好；他不仅仅是头脑简单，很多时候让人感觉有点缺心眼，例如，他常年和母亲生活在一起，当别人嘲笑他，"是不是你妈这么教你的啊？"他梗着脖子说："我妈没这么说！""妈宝"的形象生动浮现，影院里一片笑声。他有明显的暴力倾向，局长死后他怒打同性恋小伙子的情节，我至今不能完全理解，或许是因为他和局长有父兄一样的感情吧。这样的人物形象，按说在中国当警察是完全不可能的，而影片中交代狄读了六年警校（加留级的一年）。局长给他的遗书或许提供了部分解释：尽管他表面顽劣，局长却深知他本性善良——从他一直和孀居的母亲住在一起就能略见一斑，因此一直留在身边予以贴身管教。最终狄不负局长期望，以"苦肉计"进行了自我救赎。

其他形象虽然着墨不多，但也各有特点：米的儿子，岁数尚小但难得理智；米前夫的小女朋友，看上去头脑简单但居然语出惊人，无形中帮助米走出阴影；管理广告牌的小伙子是同性恋者，被暴打后明明有复仇的机会却放弃了，含泪给烧伤的狄递上了一杯果汁……

这个小镇就是美国社会的万花筒。除了每天上演的各种人生百态，有色人种（墨西哥人）、同性恋者、边缘人群（侏儒）的境遇一言难尽，有形无形的歧视围绕在身边，让人无限感慨。局长调侃说，如果把有种族歧视的警员都开除了，恐怕警察局只剩下三个人了。社会就是这么复杂，感谢有电影可以原汁原味地呈现。

（2018年3月11日）

其实都是套路

这段时间我陷入偶然看到的电影《请以你的名字呼唤我》不能自拔——这部电影中的爱情纯之又纯,无法不被吸引。[1]我正在担心过于沉湎这个电影故事而耽误了日常工作的时候,发现了一个APP——哔哩哔哩,下载安装之后能欣赏到那两个主要演员在电影宣传阶段的很多访谈视频。于是我挨个看了一遍,不仅又一次高强度地锻炼了英语听力,更对这部电影的创作过程和两个演员的心路历程有了更多了解,同时也帮我从另一角度理解了这个故事。

一方面,看到这两个才华横溢且极度养眼的演员在镜头前侃侃而谈,时不时继续流露出相互欣赏的眼神,肢体碰触动作也非常自然,我像个小姑娘一样欣慰,似乎感觉他们并没有因火车站一别而天各一方,而是依然相互拥有。就让我这么想吧,我愿意这样自我欺骗。另一方面,这些访谈也让我清醒地认识到,这部让人心碎的电影其实也是好莱坞电影工业的产物(尽管是部成本很低的独立电影,几十万美元,

---

[1] 详见博客文章:小凤凰的妈妈,《注定要分离的爱情,是否开始?》http://blog.sina.com.cn/s/blog-165be2b020102xbzl.html. 2018-04-01 [2018-04-18]

拍摄期一个月左右），是一大堆人精心炮制出来的，尽管看上去那么真实，其实都是套路。好吧，我应该清楚地认识到这一点，不要被一个杜撰的故事牵走了心。这两种看似矛盾的感觉让我走出电影。

　　电影导演，意大利的卢卡（Luca），是个睿智风趣有涵养的人，对故事的理解、尺度的把握、演员的挑选都有独到的见解。他们分享的拍摄花絮非常有趣，我看得哈哈大笑。连窦文涛的圆桌派暂时都对我失去了吸引力。好莱坞演员的素质真不一般啊。我喜欢这部电影，也喜欢这个团队。这部低成本的独立制作的电影赢得了世界性赞誉，获得六项奥斯卡提名，包括分量很重的最佳导演、最佳影片和最佳男主角，最终斩获最佳剧本改编奖。可见人们都对纯粹的爱情有无比的渴望，不只是我一个人这么想。

（2018年4月18日）

穿越的爱情

五一假期中。没有什么好电影可看,有一部刘若英导演、周冬雨主演的电影《后来的我们》,一看剧情,感觉矫揉造作、无病呻吟,我就跑到一个陌生的小剧场(繁星戏剧村)看了一出话剧——《奋不顾身的爱情》。这个名字吸引了我,因为我刚刚写过,奋不顾身的爱情是年轻人的专利,那就让我看看这个结论是否适用于中国的文艺作品。果然,这出戏描写的也是初恋,只是意境开阔得多。现代秉承虚无主义和犬儒主义的年轻人穿越回到抗日战争初期,见证了爷爷奶奶辈的与国恨家仇、门第出身密切关联的纯真爱情,这让他醍醐灌顶,洗心革面,灵魂也得到了升华,回到现实世界后成了一个崭新的人。还算好吧,教育意义蛮深刻。这个故事反映的一个现实我也很认同:过去的人们(包括我)都或多或少有一些"国家兴亡,匹夫有责"的情怀,而现代的年轻人只顾埋头过自己的小日子,外面的世界与自己没多大关系,更不认为自己能改变世界什么。这样的剧,年轻人看看还是有好处的。确实也是这样,不大的剧场里都是年轻人,我应该是岁数最大的那一个了。

穿越小说,我早在上大学的时候就读过了,亦舒的《朝花夕拾》，当时迷得不行，反复看了多遍。后来专门买了一本珍藏，现在它还躺在我的书柜中。故事讲的是2035年的一个少妇，婚姻不愉快、孩子不听话、妈妈古板唠叨，郁闷中驾车高速驶上生命大道，瞬间穿越回1985年。她遇到了儒雅而略有不羁的巧克力商人方中信及被遗弃的年仅5岁的妈妈和30岁出头的姥姥。这个从天而降的奇特女子给方中信和这对母女的生活带来了翻天覆地的变化，特别是方中信，原本感情游移的他对她一见钟情不能自拔。然而她必须在限定时间内返回原来的时空，否则会有性命之忧。在科学家的帮助下，虽然依依不舍，女子还是成功重返2035年。这番经历后她才恍然大悟，她本人就是妈妈多年来念念不忘的神秘女子（缘分自有天定），妈妈永不离身的过气胸针是当年她留下的（方的妹妹送给她，她临别转赠给未来的母亲）；而方中信在她消失后抑郁成疾，不久就故去了，去世前还安排好了她妈妈的生活。理顺了所有的逻辑之后，她找到了方中信的墓地，摸到了墓碑上写给她的话语，肝肠寸断。

离奇的情节、浪漫的爱情让那时的我欲罢不能。而现在看着舞台上层出不穷的穿越剧和年轻人卖力演出的年轻爱情，我已经波澜不惊、心静如水了。岁月是把杀猪刀，苍老了容颜，黯淡了心境……

（2018年5月2日）

又是一个夏天——《西小河的夏天》观后感及其他

又是一个发生在夏天的故事。可能因为夏天是万物生长的季节吧。这些故事大多与成长有关，特别是孩子们的成长，例如《请以你的名字呼唤我》，例如《八月》以及这个《西小河的夏天》。《请以你的名字呼唤我》完全聚焦少年埃利奥的感情萌动和觉醒，没有任何旁枝斜杈，社会背景是模糊的、完全无害的，而另两部影片以孩子的视角观察周边的成年人，成年人的故事又反映出社会生活的种种现象，大人小孩一起在波折中成长变化。

影片的风格与《八月》非常类似，讲述了南方水乡小城的 10 岁男孩（顾晓阳）的故事。1998 年的夏天，大体是从六一到暑期临近结束，正值巴黎世界杯开赛，小男孩酷爱足球，想加入校足球队。刻板的爸爸——正是晓阳所在学校的教务主任，正谋求升职副校长——以影响学习为由百般阻挠（这个有点不好理解）；妈妈是越剧演员，正在竞争梅花奖，真正关心晓阳的时间也不多。正好邻居爷爷是个球迷，于是这一老一小就凑在一起踢球、看球，但爷爷看上去怪怪的，也像是个有故事的人。慢慢地，爸爸的"婚外恋"进入晓阳视线，小家伙一门心思维护妈妈，不仅通风报信，还处处让爸爸难堪。两口子吵架那两三场戏很接地气,中年危机跃然纸上。妈妈一怒之下骑车扬长而去的镜头与《八月》中的一场戏非常类似,略有不同的是增加了两句唱腔,也算应景。爷爷的心结在于他的小孙子夭亡,他迁怒于儿子儿媳,始终不愿意面对现实,孤独地住在老宅,期间还穿插了老城拆迁、职工下岗的情节。之后,"婚外恋"中的女方——其实很冤枉,最多算是一场心理出轨——理智退出;爸爸晋升失败,重归家庭,同时也接受了晓阳的足球爱好;爷爷在晓阳的鼓励下来到墓地,第一次正视了孙子的夭亡,随后与儿子和解,搬离老宅。大人们的心结看似都解开了,晓阳呢?不知道,片尾,他一个人呆呆地坐在足球场上,留下一个孤独的背景给观众。他的成长是什么?终于能踢球了?还是学会保守秘密,不再轻易介入大人们的事情了?成人世界绝非非黑即白,复杂得很,小孩子最好多观察少掺和。与现实和解,就是成长,而成长意味着离某些本真的东西越来越远。还是其他什么?

　　作为年轻导演的处女作,这部电影算很不错了。故事讲得大致圆满,但爸爸的刻板不好理解,爸爸妈妈的和解铺垫得似乎还不够。演员的表演一般,妈妈突出一些。相比之外,获得金马奖最佳影片的《八月》故事更顺畅一些,心理刻画挺到位,片中爸爸最后的变化和选择水到渠成。

　　导演选择了绍兴作为外景地,"西小河"就是绍兴市的一条小河。小桥流水人家、氤氲水汽、河边老宅子、白墙黛瓦和不断出现的马头墙，让这种影片充满了江南韵味。这算是和《八月》相比之下加分的地方——后者的取景地是呼和浩特。作为一个北方人，我无法抵御江南水乡的诱惑力。绍兴……这个地方和我有些缘分，但我规划几次都没有成行，还是需要说走就走。

这部影片 5 月 25 日上映，到现在也就一个星期，已经到了快下线的地步，我跑到紫光影院才看上，票价 30 元，整场的观众不到 20 人。真是惨淡。

又到世界杯时间，这次是在俄罗斯。1998 年，我在北师大读研究生，似乎没有好好地看球，只记得决赛的时候巴西 0:3 惨败给法国，罗纳尔多发挥失常，齐达内一战成名。上半场结束的时候巴西队 0:2 落后，我悻悻地睡去，希望一觉醒来，巴西队能反超。20 年后的今天，齐达内作为教练率领皇马队夺欧冠三连冠，算是大满贯了。我真正开始关注世界杯是 1994 年，那年在林业大学，听到几个年轻同事们讨论比赛，于是认真地关注了一下。当然，那时没条件看电视，也没有网络，我的消息几乎全部来自报纸。1990 年世界杯的时候正是大一，男生们在西厅集中看球，两三个女生也跟着凑热闹。我那时对世界杯还没什么概念，只听说服装表演很精彩。2002 年日韩世界杯，我在日本，认真地看了几回，中国队唯一一次入围，铩羽而归，巴西队雪耻夺冠。2006 年，帅气的意大利队磕磕绊绊夺冠；2010 年，南非世界杯，意大利队一轮游，西班牙队和章鱼保罗一鸣惊人。2014 年巴西世杯,算是我最后一次认真地关注了,西班牙队一轮游,巴西队被德国队血洗,太可怕了。2018年,我老了,竟然没有一分看球的心情……

夏天!还将有更多的故事在夏天发生,因为它已经越来越长了。5月上旬入夏,9月下旬勉强入秋,一年12个月有整整5个月是夏天!刚进入6月份,就是连续多天的35℃以上高温日。气候变暖进入了加速期,人类的舟楫已经接近瀑布边缘。经过漫长的进化成为"万物之王"后,打败人类的只能是人类自己了。我们要留给子孙后代怎样一个世界?

(2018年6月2日)

没人经得住查——《完美陌生人》观后感

周五中午和一起开会的同事朋友们吃饭,说起最近沸沸扬扬的崔永元"手撕"《手机2》剧组人员、税务部门随后介入的事情,一位老师意味深长地说,没有人经得住查。一时大家都沉默了,不知道是不是都有点心虚还是在默默地自查。在揭发、告密之风又起的当下,人人都有点心惊吧。无独有偶,下午开完会,一看时间还行,我立刻掏出手机订票,然后打车赶到影院,观看了意大利影片《完美陌生人》——大家说这是意大利版《手机》。果然应验了那位老师的话,没有哪个人经得住查——其实不算刻意去查,只是在两三个小时内将接收到的电话和短信公开而已。三对夫妻加一个单身汉,个个心怀鬼胎,结果人仰马翻。好在导演不想让观众过于直白地面对如此惨烈的现实,结尾处镜头一转,结束聚会走出主人居所的人们都恢复了聚会前的状态,高高兴兴如常离开;居所内的主人夫妻也平静收拾碗筷桌椅。仿佛刚才上演的剧情只发生在另一个平行空间内,真实情况是大家不过平平常常地吃了一次饭。感谢导演的安排,让一切安好,就像什么都没发生过。

真的什么都没发生过吗?我想每一个婚史超过7年的人

可能都脊背发凉、心虚胆寒。

让我们来看看这群人在一顿晚餐上泄露出来的隐私：召集晚餐的主人夫妻婚龄接近或超过 20 年，女儿 17 岁，正是叛逆年华。丈夫是外科大夫，妻子伊娃是心理咨询师。两人的婚姻已如一潭死水。丈夫暗地找了心理医生（当然不是伊娃）进行咨询，当作挽救婚姻的最后一招，尽管他并不认为这个会多有用。伊娃红杏出墙，对象正是晚餐中新婚夫妻中的男方，并准备为对方隆胸——当然她也不会找她丈夫做手术。这是电影中最诡异的情节：提议进行手机游戏的伊娃居然是怀有最不可告人秘密的那一个，也许她认为反正情人就在现场一起参加游戏，他自然不会给她打电话或发短信。新婚夫妻中的丈夫，风流成性，除了和伊娃关系不正常外，还有一个情人，甚至已经怀孕，当晚打来电话报信。这引起他妻子的极度震惊，他也被伊娃唾了一脸，摘下耳环扔还给他。新婚妻子呢，也和前任保持着密切的联系，尽管听上去可以解释。就在一群人拿着她的手机自拍的时候，"吧嗒"一条暧昧短信进来，她急忙解释，好吧，姑且相信了吧；再次举起手机自拍的时候，"吧嗒"又一条露骨短信进来，众人再次哗然。情节甚是搞笑。最后一对夫妻呢，故事更是复杂。两人应该是结婚 10 年左右，有两个孩子，与寡居的婆婆同住，夫妻属于婚内分居状态。妻子早已心怀不满，暗地里打探养老院信息，想把婆婆送走，丈夫有些生气。在众人的劝解下，这事儿暂时过去。然而丈夫有一个可能只是初中生的网恋小女友,每天 10 点准时发过来一张卧室照。为了避免危机,他和现场唯一的单身汉交换了手机,谁知竟阴差阳错地被误认为是同性恋者。众人面面相觑,他百口难辩。妻子更是到了崩溃的边缘。原来她早有离婚打算,无奈她有饮酒嗜好,一次酒后驾车出事,丈夫替她顶了包。此后,她的负疚心理使她一直无法提出离婚,丈夫也利用这一点维系着家庭。她绝望地说:早知道你是同性恋,一切都好办了。无巧不成书,她从未谋面的网恋男友也在此时发来了讯息,大玩"是否穿内裤"的游戏。之前被羞辱的丈夫算是找到了报复渠道,要掀妻子的裙子看看她到底穿没穿内裤……场面陷入极端尴尬的境地,斯文扫地难以言述。

三对夫妻的婚姻状况百出,唯一的单身汉呢?其实他才是真正的同性恋者,为此丢了工作,被球友们厌弃。胖胖的他努力保护恋人的尊严,不让他出场,其实却是这群人中最简单忠实的那一个。

这就是一顿晚餐泄露出的秘密,惊心动魄。当然,为了戏剧性,离奇情节的安排有些过于巧合密集,但反映的现实并不失真。有多少人的婚姻不是千疮百孔、华袍上面布满虱子呢?貌合神离、无性、婚外情、心理出轨……如此多的状况、如此高的概率似乎说明现代社会的婚姻制度危机重重。恩格斯说,婚姻制度是私有制的产物。那么是不是可以这样理解:一旦私有制消亡,婚姻制度也会土崩瓦解,至少改头换面?

除了单身汉，戏里的另外一个"好人"是伊娃的丈夫。他似乎最没有见不得人的私情，而且努力地挽救婚姻。面对妻子的提议，他犀利地指出"人性是脆弱"的，因而最反对这个"真心话大冒险"游戏。最没私情却最反对游戏，有最大秘密的却首先倡议游戏，倒是有趣。他对妻子的婚外情似乎也了如指掌，但始终没有点破，只是在剧终轻描淡写地问了一句："耳环是新买的？"面对女儿的青春期，他的应对方式更为理性，值得击节称赞。可惜这么个人，经过20年的婚姻后，在伊娃眼里一定也是言语乏味、面目可憎了。真是让人感慨万千。

这是一部典型的室内剧。情节主要靠对话驱动，话痨式对话从头贯穿到尾。我想每一句台词都应该是有意义的，可惜我只看了一遍，还不能完全参透。月食的出现，除了是邀请朋友共进晚餐的理由之一，是否还有隐喻，我也还没有掌握。7个人观看月食时的站位，据说也有无比的内涵。这个只能等我二刷三刷的时候再领悟了。

最后，虽然我对伊娃选择一个品位远不及她的出租车司机做情人有点不理解，但我挺喜欢这个演员的，喜欢她的样子。

（2018年6月10日）

其实是江湖女儿——《江湖儿女》观后感

贾樟柯导演一定同意这个观点：故事情节不重要，重要的是人物、人物、人物。因此，《江湖儿女》的故事情节不是很丰满，但人物还算站得住。

故事的时间脉络是清晰的，从2001年到2018年，跨度17年；地点也是明确的，山西大同→四川和新疆→大同。人物关系也不差，主人公是一对恋人，再加一些关系并不复杂的配角。但情节是相对模糊的，推动剧情的关键点也不是那么明晰，因此逻辑上显得有点磕绊。例如，斌哥是"混江湖"的，手上有一支枪，身边有一群弟兄，看上去也是恩怨分明，甚至是以德报怨的。但观众不很明白他白天遭铁棍横扫、夜间喋血街头的原因到底是什么，只能猜测一定和卖别墅并遭横死的"二勇"哥相关。如果说这个不明朗的地方还不至于影响故事发展，那么为什么斌哥要远走他乡并抛弃为他蹲了5年大牢的巧巧就很难让人理解了。在三峡，斌哥再一次见到巧巧时的一段对白，可以理解为他深感世态炎凉所以出走，观众尚可以接受，但这么一个江湖大哥抛弃一个为他舍命、又投奔他而来的女子的情节，无论如何也为难观众了，即使出现了那个第三者也不足信。只能说江湖大哥已经不再"江湖"？！这个转变需要一个有说服力的驱动因素。

观众要看故事，大导演首先想的一定是塑造人物。在不甚明朗的剧情中，巧巧这个女子形象是立得住的。她是矿工后代，性情明烈，不是江湖中人胜似江湖中人。无奈之下她可以骗人骗钱（当然并不过分），但不欺骗感情；渴望安逸生活但为了爱人可以混迹江湖、街头拔枪、舍身蹲监狱；跋涉千里想方设法找到爱人，知道自己已经被抛弃之后，没有哭天抢地，而是明明白白地说："我们以后没有任何关系了。"她饮泣，头也不回地离开。这是一个大写的江湖女子！因此，在我看来，《江湖儿女》的重点其实是江湖女儿。

到此，这个人物形象已经很鲜明了。最后一段巧巧收留落魄的斌斌，在我看来并非那么必要，反而使故事不知道如何收尾。结尾处，初步康复的斌哥离开巧巧，后者寻找无果，垂头倚墙而立，故事就结束了。摸不着头脑的观众评说，难道有续集？我也感到导演此处应该另有深意，因为最后一个镜头是一个监控画面，似乎是郭斌躲在一个监视器后面看巧巧如何寻找他。我不得而知。

山西这片土地永远是贾樟柯导演的电影背景。2001年正是煤炭企业处于"水深火热"的时段（2002年之后陡然好转，赢来了又一个恐怕也是最后一个"十年黄金期"），没落的矿区和矿工在影片中也有很好的表现，感谢贾导。廖凡模仿的山西口音总让人怀疑，身为山西人的赵涛就自然多了。当巧巧所在的监狱从大同迁往朔州的时候，街景中模糊出现了"怀仁站"字样,让我这个在怀仁县长大的山西人无比激动,但不知道这个搬迁的情节与故事主体有什么关联,难道是提供了斌哥不去监狱门口迎接巧姐出狱的原因?

贾导也开始大量使用老歌来推动剧情了。这当然比画外音好得多,但是不是也有取巧之嫌?而且成本应该也不低。想触动年轻一代观众,单凭老歌可能是不够的。2017年大火的美国小成本电影《请以你的名字呼唤我》,将古典音乐和原创歌曲穿插在剧情中,取代了原本设计好的画外音,层层递进,与故事配合得天衣无缝,取得了非常好的效果。尤其是那两首原创音乐,与电影一样精彩。希望贾导能借鉴。

(2018年9月23日)

珍贵的社会责任心——《厕所英雄》观后感

这是一部印度电影。我写作此文时还没有去过印度,对这个国家所有的印象都来自电影和新闻以及几个印度朋友,似乎没特别看过关于印度的书籍,除了泰戈尔的诗。这些年印度的负面新闻不断,在世人眼里算是被"妖魔化"了:女性地位低下,恶性强奸案层出不穷;大气污染严重,德里被雾霾笼罩;前总理辛格手腕毒辣,挑起过印度教徒对穆斯林的屠杀;恒河早就变成了污水河,大家依然沐浴不止,哪怕旁边飘着动物尸体;印度人随地大小便,遍地跑黄牛;印度的夏天动辄四五十摄氏度……小时候看过的印度电影,总是载歌载舞的,包括《流浪者》这样悲伤的影片。再后来就很少接触印度影片了。几年前看了《少年派的奇幻漂流》,很震撼,虽然主人公的背景设定为印度人,但那是中国台湾地区导演的作品;在电影频道观看了印度国宝级影星阿米尔·汗主演的《我的个神啊》,有搞笑更有批判,真心觉得不错;一年多前在飞机上,半梦半醒之间看了《幼狮》(*Lion*),一个印度小孩子走失、被领养、长大后重返印度的故事,很悲伤,小家伙无助凄凉的眼神让人难忘,他在印度大地上流浪的镜头冷酷地呈现着那里的现实,真是个残败贫穷的国家啊……

我知道这绝对不是印度的全貌。那么在真正去那里之前，能了解多少就了解多少吧。于是我选择了这部正在上映的《厕所英雄》。从电影名称看，这部影片的选题相当不错。世人都知道印度人有随地大小便的习惯，似乎与文明古国、文明社会的身份完全不匹配，但不知道为什么——反正我是相当纳罕。即便有人想拍，这个主题也太不雅了吧，不好表现。现在终于有人直面它了。

故事情景不难想象，在爱情力量的推动下，小伙子排除万难在家中修建了一个厕所，同时国家也行动起来，推动"厕所项目"落地。过程是载歌载舞的，结尾是皆大欢喜的。很现实的选题，很完整的故事，算是好电影，向导演致敬。这种电影在国内还是很少见的，如今的中国电影，不是穿越就是搞怪，要不就是矫揉造作地怀旧，怎么就不能直面现实呢！

这部电影还巧妙地避开了现实题材的"雷区"，即批评印度政府的不作为或错误作为。影片对印度政府的批评点到为止，集中于官员的官僚作风和行动效率，而不是直白地批判他们置印度人民的生活于不顾。影片更多地将"随地大小便"归咎于人民群众的"麻木不仁"：男人不能体会女人的难处，女人对在天亮之前长途跋涉去村外野地解决如厕需求习以为常，不认为这是个问题。算导演聪明，政府群众各打五十大板，否则怎么过审呢？

影片的叙事略显拖沓，以至于片长几乎达到两个半小时。

开头直奔主题，天未亮之际，一队妇女提着灯拿着夜壶，有说有笑地走向村外，直接点出了印度妇女如厕的困难和她们的逆来顺受。之后的一大段就开始跑题了，大篇幅地描写了男女主人公的相识相恋过程，直到新婚才又步入正题。不能说这一段与后面的情节完全无关，例如火车如厕问题、为什么女主人公家有厕所而男主人公家没厕所等都是在这里交代的，但似乎可以更简练一点。眼看爱人拒绝在野外如厕、跑回娘家不归，小伙子想尽办法——去朋友家如厕、上火车如厕、偷移动卫生间、力排众议在院里建厕所——都以失败告终，小伙子绝望了，泪流满面地指着被众人破坏的厕所说："你们摧毁了我的泰姬陵！"我认为这句台词是整部影片的精华所在。厕所与泰姬陵，一个不雅，一个大雅，而在这个情境中，它们居然是等量齐观的，在这个特定场合下没人会提出异议吧。

个人的力量无法解决问题，主人公开始转向社会。首先要求村委会建公厕，"村长"援引印度教经文拒绝了这个合理化请求，这也部分地解决了我最初的疑问，原来印度教义认为在家中修厕所是对神明不敬；向当地政府求助，政府支持但需要 11 个月解决问题，再快也是 10 个月；向媒体求助，打出"没有厕所就要离婚"的悲情牌。反正男女主人公是铁了心要追求圆满爱情，同时推动社会进步。功夫不负有心人，女人们终于意识到自身的不公平境遇，开始上街游行；政府部门的效率提高了 10 倍（一个月之内修建或腾退公厕，并教育人民戒除野外作业的习惯）；最顽固的反面人物——小伙子的父亲也洗心革面，终于支持家中建厕所。故事的反转跌宕层次有点多，导演也是铁了心要突出反映解决这个问题的难度，未免忽视了观众的耐心。

除了集中反映如厕问题之外，从电影中还能看到印度的其他社会现实，也算不错。例如，男主人公的"头婚妻子"是一头牛，为此还舍弃掉了原来的恋人！原因是身为虔诚印度教徒的父亲认为儿子命中注定必须娶"左手有两个大拇指"的姑娘为妻，而儿子已经36岁高龄了，无奈先娶一个双角的牛过渡一下吧。真是荒诞无比！同为印度教教徒，为什么有的家里有厕所，有的没有呢？难道只是因为有的家庭相当开明（例如女主人公家），有的家庭相当保守吗？这个问题我还没搞懂。又如，不同种姓之间的通婚问题。女主人公出身婆罗门，算是高种姓了；男主人公的种姓我一直没搞清楚，似乎要低于婆罗门，但两个人的恋爱和婚姻没有遭到什么反对，除了女方家对他的年龄有点疑虑以及必须伪装出两个大拇指之外。影片还大篇幅地表现了"洒红节"，人们用五颜六色的颜料互相泼洒，迎接春天的到来。特别是，女人们手持大棒，噼噼啪啪地抽打男人，男人不能还手。追求男女平等的女主人公对此表示非常不屑。多个快速摇移的全景俯瞰镜头生动地反映了"人山人海"景象，这是要顺便批评一下印度人口政策吗？要知道印度很快就要取代中国成为世界第一人口大国了！雾蒙蒙的空气、杂乱无章的建筑也是影片反复出现和强调的场景。大部分人手里都拿着相当不错的智能手机，与周围落后的基础设施一同呈现，怎么看都觉得不那么协调，总有怪怪的感觉。记得朋友舒克拉（Shukela）很多年前讲过，手机的发明和普及让印度社会一举越过了座机时代，挺好。但超越式发展总让人感觉什么地方有欠缺。另外，我终于知道，并不是每个印度人都能讲英语，虽然在国际场合大多数情况下印度人的英语总能碾压中国人。男主人公的择偶条件之一是女方必须会讲英语，这也是他迟迟未婚的原因之一。

总体来说，这部电影主题突出，但枝蔓也不少，因此显得冗长。但这反映出导演忧国忧民、恨铁不成钢的心态，要批评的东西太多，宗教影响又太深，取得一点点进步都是不容易的。从这一点看，印度导演是很有社会责任心的。

（2018年6月14日）

附：隔天（6月15日）发现我钟爱的《北京晚报》五色土副刊上刊登了两篇关于"厕所"的文章，一篇介绍新书《厕神：厕所的文明史》，一篇是五色土专栏作家以惯有的调侃语气撰写的《咖啡馆里的史前公共厕所》。怎么这么巧呢，这就是所谓的"意外的必然性"[1]吧？

---

1 蒂莫西·J. 科里根, 2018. 如何写影评. 北京：北京联合出版有限公司.

2018年观影盘点：
在电影中发展自己、他人和世界

掐指一算，2018年我总共正式进影院观看了11部电影，分别是：《无问西东》、《三块广告牌》（美）、《西小河的夏天》、《完美陌生人》（意）、《厕所英雄》（印度）、《小偷家族》（日）、《江湖儿女》、《嗝嗝老师》（印度）、《无名之辈》、《印度合伙人》（印度）和《狗十三》。我非常勤快地为其中6部电影撰写了影评——所谓的影评吧，不过是一些个人观后感。昨天刚看了《狗十三》，就凭女主人公与我少年时不仅神似而且形似的样子，我也必须写几笔，这里先按下不表。

进影院看什么？就我而言，一看故事，二看导演，三看表演。作为一个非专业观众，首先要看故事以及故事中的人物。导演通过情节塑造人物，我这样的观众会选择故事和人物一起看，在别人的故事中发现自己、发现他人、发现世界。有些事情看上去平平淡淡，一旦去粗取精并经过编排和平行演绎之后，在荧幕上可能一下子变得或惊心动魄或回味无穷。每个人都能在好故事中发现与自己相通的地方。例如《完美陌生人》，多少人看了之后心虚胆寒啊。《西小河的夏天》是隽永悠长的，《三块广告牌》是剧烈冲突的，都有一个成长 /

转变的故事在后面。三部印度影片都讲述小人物推动社会进步的故事，跌宕起伏，充满了正能量。而今年戛纳电影节大奖获得者《小偷家族》、国内票房火爆的《无名之辈》，在我看来，故事都是不过关的，有点为了塑造人物而编造情节的感觉。特别是后者，为了追求戏剧性和充分体现"小人物"命运，生拉硬套地把几个不搭界的人放置在一个故事里，最后还要集体出现在一个场景里，除了那个瘫痪的姑娘。还能再胡编乱造一点吗？故事总是讲得有明显漏洞，这就是中国电影和导演的问题——怎么就不能好好地讲一个故事呢？

有一个好故事做底子，在两小时左右的时间里演绎故事、塑造人物，一个镜头、一句台词都不能浪费，这就有赖于导演的功力了。我最在意结构是否合理，情节是否顺畅，起承转合是否符合逻辑，就像看一篇大记叙文。都说细节决定成败，电影也是这样。有些电影完全取材于真实事件，但看完之后怎么感觉跟假的一样；而有些电影的题材和内容完全是虚构的，但观众心随神往，往往都是细节起关键作用。在上面那11部电影中，《三块广告牌》的导演算不错，《无问西东》也好，对一个初出茅庐的导演来说。感觉《完美陌生人》的导演挺不容易，因为全靠台词和非常微妙的情节推动故事，应该很不好把控吧。印度导演爱跑题，虽然还能拧回来。至于表演，我就更不在行了，主要看是否真实自然。章子怡当然好，《小偷家族》中的年轻女主人也好，当然，《狗十三》中的小姑娘最好。

要说哪部电影说得上故事、导演和表演俱佳,却不是我上面列出的那11部电影中的任何一部,而是我在外航航班中看到的《请以你的名字呼唤我》。这是很久以来最让我心动的电影,从3月到6月,沉迷不已。这也是一部关于成长的故事,讲述一个17岁少年美好又令人心碎的初恋。同名小说在2007年就发表了,随即就引起了好莱坞的注意,但电影在2016年才开拍,制作团队用了10年的时间组织团队打磨剧本——可以想象故事的夯实。意大利导演卢卡用特有的方式亲自选择了心仪的演员,然后将拍摄地点选在了意大利北部的一个小镇子(他的家乡)——一个世外桃源,用"非侵入"的纯净镜头语言描述了"一个年轻男孩和一个年长男孩"(a younger boy and an older boy,卢卡语)之间的夏日恋情,又让这恋情戛然而止。没有任何激烈的情节,每帧画面都像意大利夏天那样慵懒沉静和美丽,而少年的心思既隐秘又一览无余。两位主演都为电影奉献了极其上乘的表演,按照卢卡的话说,他们俩都把自己的一部分奉献给了角色(Both gave parts of them to the characters)。尤其是当年不满20岁的"甜茶",当真是"人间珍宝般的存在",他演绎的少年勇敢、自信又脆弱,让人不得不相信他简直就是为埃利奥而生。影片最后他更奉献了长达3分钟的面部特写表演,层次分明地表现了他从伤心失落到甜蜜回忆又到坦然放下的心理过程,仿佛又带我们经历了一遍那个夏天。就连我这样的非专业观众也明白这是"影帝"级表演,就像嘉宝的那个永垂影史的镜头。奥利弗和埃利奥父亲的表演也精准到位。此外，这部电影的音乐、摄影、美工甚至片头的字体都是精心设计的。这才是有资格进军奥斯卡的电影的模样：绝对不能有弱项，大部分要素都非常出色。最终，《请以你的名字呼唤我》获得了2018年度6项奥斯卡提名，包括最佳电影、最佳导演和80年来最年轻的奥斯卡男主角。对一部低成本的独立电影而言，这已经是相当了不起的成就了。颁奖礼上，电影斩获最佳改编剧本奖，编剧老先生（《看得见风景的房间》导演）穿着印有甜茶头像的衬衫上台领奖。

除了为这部电影伤感之外，我还有其他收获，不枉对它的一往情深。在哔哩哔哩网站上，我收看了这部电影在宣传期间的所有活动实录，其中相当一部分是对两位主演以及导演的访谈，让我对这部电影的台前幕后有了很多了解。看着意气风发的甜茶和一路相随的锤子（奥利弗扮演者），突然有了额外的感受。他们年龄相差10岁，后者已经演过多部电影，在业界有些影响但并不很突出，有点温温吞吞的样子。前者没在几部电影中出现过，而且从没出演过主角，没想到一鸣惊人，凭借一部《请以你的名字呼唤我》拿奖拿到手软，更成为奥斯卡80多年来最年轻的最佳男主角提名者。锤子在影片中的表现同样出色，获得金球奖提名便是明证，但是小说和电影都是以埃利奥的角度展开，因此，尽管是感情戏的另一方，他的定位只能是个配角，施展演技的空间远远小于埃利奥。所有的光环都戴在了年轻的甜茶头上，不知道锤子内心深处是否有些苦涩。我想是有的，人之常情，但在长达一年的宣传期中，他表现出来的大度、对天才甜茶的发自内心的赞赏都让人钦佩，他们的真挚友情（我想不应该是表演吧）也让人欣慰感喟。他说他非常愿意为甜茶和卢卡导演站台，这是他的工作，也是对甜茶的支持。他想得很明白。让我欣慰的是，最终锤子也获得了一个电影节的大奖，这次甜茶为他颁奖责无旁贷。

这一年通过网络我还追了一段时间漫威电影——《雷神》系列和《复仇者联盟》系列，不为看故事，我是去看汤姆·希德勒斯顿（Tom Hiddleston）的，一个37岁的英国演员，中国观众称他为"抖森"。为一个演员去追剧，之前我只为汤姆·汉克斯（Tom Hanks）干过。最初在哔哩哔哩的《雷神》片花中注意到他，他饰演主角的弟弟。亦正亦邪的人物设定、恰到好处的可爱表演、优雅的英式英语，让观众对这个反派无论如何也恨不起来，到最后他的粉丝之多连漫威公司都要考虑一下是否真的要让他"死掉"了。一路追下来，在我眼里，抖森成了个十全十美的人，更是我的榜样。作为一个演员，他几乎无所不能：模仿能力一级棒、跳舞一级棒、唱歌一级棒、语言天才（英语、西班牙语、德语、俄语都能信手拈来）；作为一个英国演员，在莎翁剧的熏陶下，他演技之正统、台词功力之深都无与伦比；作为一个伊顿公学和牛津大学的毕业生，他的知识素养、表达能力出类拔萃。另外，他还具有英国绅士的最大特点，永远都彬彬有礼。他的专业精神让人击节称赞。在多个长达两小时的专访中,他畅谈对角色的理解、拍摄期间的花絮、与其他演员的合作。他对角色解读之深,绝对让大多数中国演员望尘莫及——也感谢主持人和观众的专业素养,问题或引导都很到位。他非常诚恳地回答现场观众的提问,有时候主持人说最后一个问题了,他会主动说,他还可以回答三个。他还有十足的娱乐精神,在电影宣传期配合片方进行各种活动,唱跳自如,笑对各种刁钻问题。真的,他拥有成为一个伟大演员的所有条件,有些是天生的,有些是后天成就的。2019年继续粉他。希望他出现在"复联四"中,这样我就去电影院追了。唯一不满的是,他和霉霉小姐的那段恋情是怎么回事儿?昏头了吧。

2018年我看了不少印度电影。除了在影院观看的三部,还通过歌华点播看了《三傻大闹宝莱坞》和《起跑线》。或许是因为今年我终于去了一趟印度,填补了空白。更重要的,我发现这些电影都体现了制作团队的社会责任心,利用电影这个渠道推动印度社会进步。《厕所英雄》和《印度合伙人》(也称《护垫侠》),题材大胆,少有人涉猎,点出的却确实是生活中的大问题,还特别与女性相关。《嗝嗝老师》也是一部女性电影。看过之后,我对印度的态度是有些微变化的:也许在印度确实有很多人不尊重女性,但也有相当一部分人关注女性问题,社会总在进步。就像《印度合伙人》中的男主人公所说:印度问题太多了,上也是问题,下也是问题,左也是问题,右也是问题,但问题相当于机遇,解决一个问题就会创造无数机遇。无论导演的手法是否有问题（也许这是印度电影的传统），直面现实永远是好的，比穿越、搞笑题材高明得多。（听说我们国内的《我不是药神》也是这样的电影，可惜没赶上看。）

  2018年最后几个月，中央电视台电影频道集中播放了一批老电影，包括《虎口脱险》《英俊少年》《卡桑德拉大桥》《巴黎圣母院》《叶塞尼亚》《冷酷的心》《红与黑》《绝唱》《尼罗河惨案》《基督山伯爵》《流浪者》《茜茜公主》《泰坦尼克号》《辛德勒名单》等等。我也抽空看了看。与其说是看，不如说是听：这一系列电影的配音当年都是由上海电影译制厂完成的，毕克、丁建华、乔榛、童自荣、李梓等配音演员的声音是我们那一代人的集体回忆。当年在大学宿舍里，我们津津有味地模仿过，还记得佩佩娇俏的声音：嗨，当兵的……

（2018年12月31日）

再叛逆，你还是个好学生——《狗十三》观后感

电影的名字比较怪异，解读很多，或许只是表示一个13岁的女孩和狗的故事。相比之下，我更喜欢它的英文片名：Einstein and Einstein（爱因斯坦和爱因斯坦）。这里的Einstein是小姑娘给她心爱的小狗取的名字。两个Einstein，是因为电影中出现了两只狗，一只是Einstein本尊，一只是本尊走失后家人找来的山寨版。小姑娘为第一只狗的走失伤心哭泣，不惜与家人"反目成仇"，而再次见到这只狗的时候，它已经不认识她了；小姑娘拒绝接受冒牌货，始终不待见它，而这只狗被送走后就绝食死亡了。小姑娘，你最后哭泣是为什么？人生就是这样，你喜欢的不能长久，你不喜欢的可能视你为唯一。

为一只小狗，小姑娘冲着家人大喊大叫、推搡爷爷、不吃饭、打碎饭碗、不按时回家、尝试喝酒（啤酒）、表现出早恋迹象（其实不是），这就是电影中表现出的叛逆行为。作为一个旁观者、局外人，我有那么一点点理解她。少年的空间——正如她在片头中的自言自语——与其他人的空间是平行的，暂时没有交叉点，也就缺乏必要的相互理解。半大孩子的空间，单纯，黑白分明，拒绝谎言。在父母情感缺失、

爷爷奶奶只负责吃住的状态下,她的情感世界由一只小狗填补,敝帚自珍,拒绝替代,宁为玉碎不为瓦全。少年,简直就是秦汉时代慷慨悲歌的中国人。我甚至要为她唱赞歌。但他们不可避免要成长,理解人生的复杂,特别是家人的苦心和不易(知道你父亲在酒桌上赔笑陪酒是为什么吗),学着委曲求全,接受灰白地带。这是人生必由之路。

成年人的世界就一言难尽了。为了重组家庭和新生儿子,将女儿长期寄养在爷爷奶奶家、强行修改孩子的课程选择、带小姑娘上饭局酒桌、不履行诺言、对待女儿和儿子不能一视同仁……为女儿的倔强而出手暴揍,或许可以理解,其余的我都持保留态度。黑白分明的少年世界和左右为难的成人世界就是这么矛盾重重。

不论如何冲突,电影中的小姑娘始终保持着优秀的学习成绩,成绩稍逊的英语最终也突飞猛进,物理更获得全省优秀奖;对待早恋问题也表现出难得的成熟。好遗憾,导演始终不能突破这一点:如果她是个一无是处的学生,不仅逆反而且早恋且学习成绩一塌糊涂,她在父母和爷爷奶奶眼里又会是什么样子?父亲是否还会露出那么骄傲的笑容,是否还会跟女儿说"对不起"?爷爷奶奶是否还会一如既往无微不至?一白遮百丑,一差毁所有。如果真是这样,估计你父亲会把你的皮揭了。小姑娘,你有资本在你的世界里旁若无人。

(2019年1月5日)

附：说一点题外话,看着荧幕上的小姑娘,恍惚间仿佛看到年少时的自己,不仅神似而且形似,难得。我也曾经是那个叛逆(谁没有过呢)但成绩不错的少年。

主角、配角或双男主兼意大利色彩
——《绿皮书》观后感

昨天看了《绿皮书》。好好的正剧,活生生演成了喜剧,影院里笑声不断。饶是这样,有些笑点,我们这些母语非英语的观众一定没有及时领悟到——不远处坐着两个美国大姐,捧着大桶爆米花,着短袖,露出健硕的臂膀,发出朗朗笑声的频率比我们密集多了。

看故事简介就能知道这是一部戏剧性非常强的影片,容易出彩也容易落入俗套,而细节决定成败。满满的扎实的细节设置和处理让人物形象鲜活得如同就在眼前。不是每一个基于真实故事的电影都能拍成这样。

既要还原真实生活,又要在两个小时内讲述完,故事的浓缩改编(据说两个人的旅行其实进行了一年半)、提炼和适当的超越都是不可避免的。当事人后代的不同反应可以理解。看报道,不同意见主要来自于雪莉博士(Dr. Shirley)家人,他们认为电影完全从司机托尼(Tony)的角度展开,原生故事中属于主导位置的钢琴家反倒退居二线了,严重地扭曲了故事。在电影中呈现的各种细节,雪莉的家人似乎没提出多少异议,只笼统地说钢琴家并没有把司机当成多好的朋友。

将白人司机设为主角、黑人老板（钢琴家）设为配角，我从一个观众的角度可以给予制片人和导演足够的理解，而且估计他们都是白人。两个男人的故事，注定只能一个是主角，一个是配角，而不能像普通的故事一样，一个女主一个男主。去年的《请以你的名字呼唤我》，两个男孩之间的爱情故事，同样缺一不可，照样是一个主角一个配角，戏份向主角偏移得更严重一些呢（见《2018年观影盘点：在电影中发展自己、他人和世界》）。

以白人司机为主线，可以更好地展示一个原本的"种族主义者"如何经过一段旅行之后和一个黑人成为好朋友的历程，这个变化容易刻画也容易表现，政治正确方面也有十足保障。如果是以钢琴家为主线呢，更多展示的可能是一个由于各种原因（种族歧视当然首当其冲）而郁郁寡欢的黑人音乐家如何在一个虽然粗俗但天生乐天的白人司机影响下走出困境的中心思想，故事的抓手不那么明确，例如他的最大变化在哪里？和一个白人成为好朋友吗？他一直有白人朋友，高至肯尼迪兄弟，而且也有足够的诚意消除种族歧视。因此，为了追求更好的戏剧性，以司机为主角是最轻松的选择。另外，我猜想雪莉本人可能也更加神秘一些，譬如他到底是不是同性恋者，没有公开的答案，出生地到底是哪里（美国还是牙买加）也有疑问，因此围绕他讲故事可能会带来更多争议。其实，雪莉的家人应该有所宽慰，剧中音乐家的戏份一点都不少，形同双男主，比《请以你的名字呼唤我》中的奥利弗强多了。而且饰演音乐家的演员也获得了奥斯卡奖,足以说明配角设定并没有淹没角色本身的光辉。

此外,我对司机的意大利裔身份的设定也相当感兴趣。如果原型就是这样的,那么导演相当充分地利用了这一设定;如果故事原型不是这样的,那么导演的设定一定是有深意的。希望我的解读不要太另类……

片中托尼一张口说话,我不由得暗笑起来。那些年反复看《教父》系列,爱屋及乌,对意大利口音的英语也喜欢起来。没几分钟呢,对这部片子的好感一下子建立起来,导演的深意我领会了。之后我们看到了对意大利家庭的描写,跟教父一生秉承的原则一样,与《我的盛大的意大利婚礼》展现的也一样——意大利人对家庭的重视程度远远超出美国人,感觉也超出中国人。亲戚们仿佛天天在一起聚会,随叫随到,不叫也到。这种情境能自然地孕育出笑点,例如妻子向女士们念诵丈夫写来的突然间变得文采飞扬的情书、男人们相互吹牛调侃。意大利人热爱美食的特点也在电影中精彩呈现,"把每一餐都当最后一餐享用"(托尼的口头禅),美食当前大大咧咧不拘小节,反衬出音乐家自我封闭的状态。特别重要的是,司机在外虽然粗鲁,回到家中爱妻子爱孩子,为家庭生计到处奔波,旅途之中为妻子写信的桥段既充满笑点又为他挣得不少正面分值,形象非常立体。羡慕他们的爱情和亲情……

种族歧视作为一种社会现象,让人深恶痛绝;但作为一类题材，又为世界电影提供了无比丰富的创作源泉。选题永不落伍、细节真实丰富、结局正面积极、亲情贯穿其中、形象立体生动，这样的电影怎能不让观众（特别是评委）喜欢呢？

（2019年3月3日）

从牙叔的牙谈起——《波西米亚狂想曲》观后感

这是皇后乐队主唱弗莱迪（Freddie）的传记片。在音乐方面我是外行，对弗莱迪不了解，也就是看个热闹，图个虚荣——主演不是得了奥斯卡奖了嘛。这个传记片与众不同的地方是，乐队的成功一帆风顺，几乎没有多大的阻力，这通常应该是这种励志电影的主旋律，即主人公如何克服重重困难获得认可和成功。而这部电影更想呈现的是弗莱迪内心的变化、同性恋身份带来的自身煎熬（而不是社会歧视）。引进版一定是做了某些删减的，因为有些情节看起来不那么连贯，不过倒也无所谓。据说主演的模仿达到了前所未有的接近状态。

乐队的快速成功大约得益于弗莱迪的超级才华和超级自信。而这种自信建立在可能让普通人一辈子自卑不已的龅牙之上，因为正是多长出来的四颗门牙让他拥有罕见宽大的口腔空间（片中台词）和随之而来的横跨四个八度的超广音域。太神奇了！不太清楚现实是不是真是这样，不过我看到一些影评说演员的龅牙有点过头了。不管怎样，弗莱迪是拥有一口不同寻常的牙齿的，换作一般人，可能一辈子不敢开怀大笑或者干脆寻求整形医生帮助，而它却成就了弗莱迪。影片开头，我们也能看到年少的长发的弗莱迪不安地紧紧抿着嘴唇试图有所掩饰,而随着成功的一步步到来,他彻底放松了,观众也看惯了,到他走向成熟并换了发型之后,谁还会注意他的龅牙呢?越看越顺眼呢,我们就是这么势利。

英国人的一口烂牙是出了名的。每当英美进行比较的时候,牙齿都是躲不开的一个梗,连英国人也自嘲地说"dentist"(牙医)这个单词在英式英语中是不存在的,那是为美国人量身定做的。影片中,有记者挑衅般地询问弗莱迪为什么不去矫正牙齿,后者调侃地回答,在英国一口整齐的牙齿反倒引人注目。我钟爱的《读书》中有一篇文章谈到,英国作家马丁·艾米斯在自传《经历》中历数了一口烂牙给他带来的种种困惑,很有趣。这里摘取文章中的一小段:

马丁从小就上私校,能够接触到平时接触不到的富家子弟,他花了不少力气想养成一番贵族仪态,可是被一口烂牙弄得功亏一篑。穿着仪态、口音谈吐都可以培养熏陶,但是天生的烂牙,让人一望即知你的底细。艾米斯父子的牙口都不好,马丁的尤其差,于是他学会了一辈子拍照尽量不露出牙齿。马丁成名后,他的牙科手术也成为报纸头条的调侃对象。《经历》用了大段篇幅讲述烂牙的自卑,辑出来就是一本烂牙者的自嘲手册。马丁还乐于与同样有"极坏的牙齿和极好的文章"的文豪相比较,比如纳博科夫和乔伊斯,如果艺术成就和生活经历都无法比,那就比一比谁的牙烂得更厉害。[1]

---

1 盛韵,2018.从来就不该讨人喜欢的作家人生.读书(12):144-150.

当真有趣。但是这口烂牙并没有阻碍马丁成为英国文坛教主，也没有妨碍他成为情场老手。他的情人不乏名流，比如丘吉尔的外孙女，两任夫人也都是智慧与美貌兼得的杰出人物，尤其是第二任夫人丰塞卡。据说追求她的人大排长队，马丁轻松胜出。

所以，只要才华是出众的，一口牙齿不管多烂，都不会成为多么严重的障碍，是不是？我非常心虚地写下这句话，因为我自己的经历似乎并不能完全支持这个结论。

我也有一口烂牙……严重的四环素牙，虽然还算整齐但牙釉质受损，在没有修补之前门牙颜色黑黄。年纪很大了我才又发现我满嘴只有26颗牙齿，而不是惯常的28颗，而且从来没有长过任何智齿。服了，有人多长4颗门牙，例如弗莱迪，就有人，如我，连基本数都凑不齐。等大学毕业自己开始有一些收入的时候，我才去做了一点点修补。

从爱美之心觉醒到大学毕业（大学！那是青春飞扬的年华，我却不得不总想着我的牙齿！），我受了多么大的煎熬！照相时从来不敢露出牙齿，大笑时必定会掩住嘴巴；说话飞快的原因大致也来源于这个心病。有时候会抱怨一下妈妈，为什么怀孕时那么不注意。妈妈很无奈地说，那时候人人都那样，有点风吹草动就吃点四环素，没人提醒。拮据的生计也不可能有任何"闲钱"让我略改善一下。可想而知一直以来我是个多么自卑的小姑娘。初中时的一位好友，有一口异常洁白整齐的牙齿，我常常盯着她的美丽脸蛋发呆（见《旅途随笔：记我的好友正文》)。我也常常看着镜子里的自己发呆，不说话的时候也算一个美女吧，一说话就完蛋了……这块心病直到做了小小的牙齿修补之后才有所缓解——当时手头的钱只允许我做那么一点美容。在后来的工作环境中，公开做汇报演讲的任务太多了，很多还是在国际场合，我似乎也慢慢地放下了戒备，越来越敢于表达，到现在甚至有点乐在其中的样子。我也感觉到，人到中年，多年的阅历给了我自信的底气，牙齿是否美观确实不那么重要了。

正是基于这一段经历，我才那么注意小凤凰的牙齿健康，小时候恨不得天天扳着她的嘴巴看。发现了一点地包天的迹象，我立刻找医生，医生建议4岁半的时候再看，那时候乳牙萌发齐全而恒牙尚未萌动。一到4岁半，一天都没耽搁我就带她做了矫正，立竿见影。现在大了，牙齿还算好，虽然不是那么白如玉但基本健康整齐，更重要的是没有蛀牙。小姑娘，好好保护牙，妈妈只能做这么多了。

即使我的人生，如弗莱迪和马丁一样没有被烂牙打败，很多时候我还是不由得假想，如果没有这口烂牙，我是不是会更开朗乐观一些？是否能在较早时候就变得自信从容？人生际遇也许会因此而不同。可惜，人生只有这么一次，很多时候无法选择。

（2019年3月30日）

现在还要不要读《红楼梦》

小凤凰开始读《红楼梦》了。这是老师布置的作业,一周两回。这背后当然是高考的指挥棒,因为《红楼梦》是必读书目之一。我满心欢喜地拿出珍藏的20世纪人民文学出版社出版的两册《红楼梦》交给她。更老版本的已经遗失了,就是我父母家中的三册《红楼梦》,同样是人民文学出版社出版,我当年反复阅读的版本。闲暇时候高兴地和朋友同事说起女儿读《红楼梦》这件事,没想到引起了很多反对和质疑,有的说现在看太早,有的说过去的书籍已经不符合现在的情况了,不论如何经典,都已经过时了。

即使有点尴尬和吃惊,我也深知现在读《红楼梦》的人不多了,真心真意阅读的人更不多。我希望小凤凰能坚持下去,过了最艰难的这一段(有妈妈的帮助没问题的),再等等岁月的沉淀,她会懂得其中的美丽和哀伤,历久弥新的、亘古不变的和超越时代的东西。但千万不要问读它有什么用。

记得我上初一的时候,妈妈同事的先生在县教育局工作,一次去他家做客,叔叔随口问了一句:"开始看《红楼梦》了吗?"我说:"看了一点,看不懂。"叔叔很吃惊,说:"都上初中了还看不懂?"我有点汗颜。之后又几次拿起来,但总是看不下去，感觉实在枯燥得不行。中考之后时间相对充裕，而且同样被奉为经典的《红楼梦》电视剧开始播放了，我一边看电视，一边看原著，终于钻了进去。随后的日子里，只要在家中，我就会捧着《红楼梦》翻看，慢慢地，前八十回的内容我几乎烂熟于心（后四十回差一点，不忍心看他们家道中落的凄惨）。再往后的日子里，我又陆续阅读了一些鉴赏品味《红楼梦》的作品，例如周汝昌和李希凡老师的著作，对《红楼梦》的理解更上一层楼。有了这些经历，我跟小凤凰吹牛说我是半个红学家，但如果让我说从中汲取到什么营养，我一时也有些茫然。

或许我品味到了一位真正伟大的作家应有的模样。除了曹雪芹，我不知道还有哪位作家在一部小说里塑造了数十个无比生动的人物形象。正册十二钗、副册十二人、又副册又十二人，这是36个鲜活的青春女子，再加上周遭的中老年妇女和众多的"泥做"的男性形象以及寥寥无几但也万分传神精彩的平民形象，仔细算一下恐怕要有百人了吧？我们知道每一个人的性格特点和命运走向，即使是那些点到为止的人物。这就是作家的功力，润物细无声，于无声处听惊雷。在看似平淡乏味的日常生活白描中，以贾府为代表的旧时贵族生活徐徐展开，每一个细节、每一个情节都在服务于人物形象的塑造，每一笔都不是随意的。就在小凤凰刚刚看到的第六回周瑞家的各院送宫花的片段中，借其他丫头之口，香菱这个苦命女子终于又出镜了，与前面的"葫芦僧乱判葫芦案"

串联起来；通过宝钗妥当周全的言辞举止我们知道了她患有娇贵的胎里带来的热毒，正在服用金贵的"冷香丸"，与后面的"金玉"故事联系起来；我们也看到了宝黛两小无猜、青梅竹马的少年时光以及林姑娘的"小性儿"（这是表面现象，黛玉不是耍小性子的姑娘，在这一点上大部分人都误读了），甚至我们还看到了贾琏凤姐小夫妻的亲昵时刻，当然还有惜春小丫头和小尼姑智能做游戏，说将来也要当姑子……把这些情节放在同一个画面当中，这不就是一幅典型的贵族日常生活画卷吗？顺带着，每个人的性格甚至宿命都初步显现出来，以后的情节故事、人物命运都顺理成章。作家只管白描，一句评论总结都没有，留给读者的空间是无比巨大的。这样功力的作家，我只见过这一个（恕我读书不多）。

我无比同意《红楼梦》堪称"百科全书"这一评价。在这本书里，读者可以寻觅到深厚的中国文化底蕴：诗人可以欣赏与所描写人物身份契合的佳句妙言，建筑专家可以钻研大观园的布局特色，服饰专家可以研究一下"雀金裘"到底是什么东西、是否是"一带一路"交流的产物，医学家可以看看胡庸医的"虎狼之药"是不是真有差错，美食家可以原样复制一下"茄鲞"，民俗专家能够细细了解旧时二十四节气的风俗礼仪……《红楼梦》是中国文化集大成之作，同样地，我无法在其他小说中了解这么多这么深入。再一次跪拜，雪芹先生无比伟大。

我完全不能同意《红楼梦》是"封建社会"的专属产物、

已经过时的结论。任何故事都需要一个背景,《红楼梦》的背景是明清时期,除了等级森严的贵族制度、招妃纳妾的婚姻制度,小说中所描写的故事、塑造的人物、刻画的人性都是超越时代的。大到权钱交易、官官相护、徇私枉法、家族联手、阶级剥削、三十年河东三十年河西的风水轮流转,小到家庭琐事、生活管理、人情世故、婚丧嫁娶,没有一样不在当今世界以各种形式一遍遍周而复始,或明或暗或轻或重。我们身边是不是也时常出现宝钗式、熙凤式、黛玉式的女子?周到妥帖但明哲保身的、精明干练但心狠手毒的、敏感脆弱但聪慧善良的……人性的进步比科技的进步不知道要慢多少倍,人类文明5000年,人性几无变化。再过几千年,我们的社会大约要进入机器人横行的时代,如果人类还残存,他们还将拥有差不多的人性。贪婪自私、骄纵食色不会消失,善良宽容、互助真挚的友情爱情也依然会闪光。

我完全不能同意《红楼梦》是宝黛爱情故事的狭隘论断。小时候听到过的对《红楼梦》的最多的梗概就是"通过宝黛爱情故事揭示封建社会必然灭亡的规律",浸润久了之后,感觉这个结论实在过于肤浅。从本质上讲,《红楼梦》是中国历史上仅有的一部着重刻画女性的小说(《金瓶梅》就不算了吧)。以一敌众,《三国演义》《水浒传》《西游记》等以男性角色为主的小说在《红楼梦》面前全部黯然失色,幸甚。《红楼梦》中的女性角色数量远远多于男性,而且重要性也远远超越后者。除了宝玉之外,几乎所有的主角都是女性,特别是年轻女性。而宝玉，这是一个拥有罕见女性关怀的人物，他与周遭的女性已经融为一体，同呼吸共命运了。他的"水泥"言论放在现今时代都是完全不过时的，在那个时代显得更加与众不同；他的"珍珠""失去了光彩的珠子""死鱼眼睛珠子"三段论饱含了对横遭不测的丫头们的同情、对包括自己母亲在内的"卫道士"的痛恨。我能深深感受到他对树长叹、对帕洒泪的无奈：那么多青春女子一点点被世俗和岁月侵吞，连同美好的面容和品性，而他无能为力！他对黛玉的爱情是专注的，他对身边女孩子的欣赏也是真挚的，他和怡红院里的丫头们的嬉戏日常是红楼中最温馨的桥段。他也没有什么等级观念，平等对待茗烟、秦钟、玉菡等各色人物，用红楼里的话说，"他是用不着谁怕的"。他在大观园陪父亲游园，作了一通诗受到赞许之后，出园来，小厮们一拥而上，一边说，难得老爷今儿高兴，都是我们的功劳，一边把他身上的配饰都摘跑了。每每读到这个情节，我都会绽放由衷的微笑。而这样让读者心领神会的细节在《红楼梦》中俯拾皆是。那些"万艳同悲，千红一哭"的女性悲剧，我就不历数了。女性，一直是弱者，到今天都没有完全改变。感谢雪芹先生为卑微的我们树碑立传。

中学生尤其是高中生阅读《红楼梦》早吗？一点都不早。首先，《红楼梦》是一个模范的洁本，除了一两处相对露骨（但极为简短）的描写，其他让家长们警惕的情节都用的是曲笔。现在孩子们接触的东西，"不洁"的程度可能远远超过这个范围。我还是要感谢雪芹先生,全面向读者呈现了生活的原貌,美丽的丑陋的真挚的虚假的,不隐瞒不刻意。而对生活本身,高中生已经到了全面了解的阶段。

(2019年4月3日)

一羊两寺，探访信仰的一天
——兼《撞死一只羊》观后感

5月1日，是个风和日丽的好日子。一大早，小凤凰还在酣睡中，我换上漂亮的裙子出门了，目的地非常明确——城南的法源寺。既然在南城暂住着，我就要好好地挖掘一下丰富的城南文化。去年秋冬短暂地游走了一下，远远不够，从这个五一重新开始。前几天晚报上说法源寺的丁香开得异常繁盛，一看就在身边，说走就走。果然不远，骑车也就20分钟吧。

果然是"北京城内历史最悠久的古寺庙建筑群"，七进六院，古木参天，丁香早就凋谢了，绿叶成荫子满枝。一如传统的寺庙建筑，山门进去就见钟楼鼓楼左右分列，一径大殿排列在中轴线上，香火缭绕。略有不同之处就是那间"悯忠台"，残留着一丝千年前唐太宗建寺时的痕迹。可惜，留下的仅仅是名字，善男信女们逢庙必进逢佛必拜，有几个人真正了解这座古庙的历史？更可惜的是，在这座免票的古寺里看不到任何像样的文字说明和介绍。那在院子里风吹日晒的莲花宝座，古朴的模样，应该是唐代的文物吧？那一座座沧桑模糊的石刻，也至少应该是源自明代工匠吧？他们无语静默，只能接受游人短暂的目光巡礼,无人停下脚步听一听他们的叹息。他们穿越千年,见过始建时的惨烈,见过地震后的残败,见过重建时的风光,是否也曾见过清末时的那具棺木?那里盛放的是为变法献身的谭嗣同先生的遗体……宋末文天祥、明末袁崇焕的尸体都曾在这里短暂停留过。青山有幸埋忠骨,古寺仓皇收遗骸。这是一座多么悲壮的寺庙!孩子们嬉戏,大人们烧香跪拜,历史总是要被遗忘的……我在门口的小商店(法物流通处)逡巡一圈,除了法物别无他物。我问,有书吗?答曰,没有,文物单位不允许卖书。李敖先生的《北京法源寺》不应该放一本吗?这些为信仰付出生命的人值得我们永远铭记。

枯坐良久,我起身离开,穿过纵横的小胡同找到109路电车,再次低碳出行。来到西单,目标是电影《撞死一只羊》。这几天是"复联四"横行的日子,我偏不信邪(再说我喜欢的洛基已经在"复联三"死掉了),选择了这部藏族导演的先锋电影。果然,偌大放映厅里算上我总共12个观众,而旁边厅里座无虚席。电影的英文名字叫 Jinba,是两个主角——司机和杀手——共同的名字。在高原荒芜的行车路上,司机先是莫名撞死一只羊,后来又遇到了一个康巴汉子,自称去寻仇。搭载杀手一段路之后,两人分手。司机找到一个僧人为冤死的羊超度,然后把羊抬到天葬台上送给秃鹫,算是完成了这只羊这世的生命周期,也平复了自己的内疚。这一段情节特别有韵味。司机在市场上与肉贩子一番对话,我们以为司机要把羊卖了赚钱,没想到他只是询询价。他送给僧人600元钱,正是买一只整羊的价格;又送了想吃羊肉的乞丐200元钱,让他别打这只羊的主意;又用325元钱买了肉贩子的半只羊(整只羊已经卖完了),平息了肉贩子的怨言。整个过程滴水不漏,让我们看到粗犷司机柔软细腻的内心,以及在我们这些平庸汉人眼里显得十分突出的藏族同胞的慷慨——不那么在乎金钱,更在乎内心的平静。之后呢?他对杀手念念不忘,又原路返回去寻他。两场同样韵味十足的戏之后,他知道,面对苍老的杀父仇人,杀手并没有下手,而是泪流满面地留下那把刀,离开了。故事看似完结了,司机金巴开车继续上路,再次走到撞死羊的地方,车莫名出了故障抛锚。司机费力地换完轮胎,倚靠在车旁酣然入睡。睡梦之中,他拔刀杀死了杀手金巴的仇人,替他报仇雪恨。最后一个镜头慢慢地拉远,路基之下清澈的湖水中倒映出了大货车的影子,司机站了起来,走了。恍惚之间,我看到的不是穿着工装的金巴,而是一个身穿深红色僧袍的喇嘛……

看晚报介绍,这部电影是基于两部短篇小说改编的,即《杀手》和《撞死一只羊》,每个故事都是独立成章的,但都略显单薄,拼接有必要性,但需要建立逻辑,至少要自圆其说,这可能就是"先锋"所在之处吧。导演说,他自己也没有特别成熟的想法,就那么拍了,观众自行解读。我想,司机金巴作为一个虔诚的佛教徒,追求圆满和轮回,他不仅为自己也为所有遇到的不能自行完成轮回的人和物实现这一心愿。被撞死的羊，如果没有接受超度就死去，就不能正常轮回；有仇必报的康巴人，如果不能手刃不共戴天的仇人，就不算圆满。而司机都帮他们实现了，哪怕仅仅是在事后和梦里。这样的人就是得道高僧，不一定在寺院里。这是我一个平庸的汉人的解释。也许，司机金巴和杀手金巴就是同一个人。杀手面对显然已经备受煎熬的世仇，放下了武器，同样是表面粗粝内心柔软的人，有坚定信仰的人。

看完电影，我又乘坐109路汽车到了北海公园。这也是安排好的。在宣武的住处，天气晴好的时候能从楼道的窗户里远远地看到那座白塔，我感觉它在召唤我。掐指一算，上次去北海恐怕是20多年前的事情了。那就去一趟吧。此行不虚，我惊喜地发现北海公园内的永安寺是一座藏传佛教寺庙，那座大白塔其实是藏式喇嘛塔，寺内除了供奉如来、观音、弥勒，还供奉着格鲁派鼻祖宗喀巴大师。幸甚，感谢又一番神奇相遇，藏族电影和藏传佛教寺庙。已是夕阳晚照清风吹拂的时候，我坐在倒映着白塔的水边，感受内心的宁静。

（2019年5月3日）

矫情的落伍的爱情

4月24日我在繁星戏剧村欣赏了一出舞台剧,《说走就走的旅行》。恰好是一年前我在同一地点看过的《奋不顾身的爱情》的姊妹篇;更巧的是,去年暑期我搬到了戏剧村附近暂住,走过来只需要10分钟。就是这么多巧合,不看都不行。正好,那一天细雨霏霏,一直下到夜里,算是个好日子。

剧情不复杂。两个相处很久但都有"恐婚症"的恋人面临欲罢不能却止步不前的尴尬境地,决定进行一场"分手旅行",然后就一拍两散。当然,旅行结束后两个人进一步认识到对方的可贵之处和两个人其实已经深深嵌入对方生活的现实,决定重新开始。人人都能猜对的结局。但是,同样地,看着年轻人在台上卖力地演出现代爱情故事,我怎么总想笑呢?

在现代爱情中,女生必须对某一样东西严重过敏吗?都必须有个娇贵的小毛病(比如怕打雷、比如爱咳嗽),需要男生时时刻刻的关爱,否则她们就要死了?曾经火爆的《前任3:再见前任》中,女主对芒果过敏,换季的时候要咳嗽;这个剧里的女主对黄瓜过敏,惧怕打雷。女生必定会因为过敏发生严重事故,而男生也因此确认了自己对女生的责任。在这个逻辑下,像我这样在泥土里滚大的野孩子,百无禁忌,长大后又变成汉子的女人，怎么会有人疼爱呢？坚强的女人似乎活该被忽视被伤害。

两个人"恐婚"的原因如出一辙：家里都有一个极其大男子主义的父亲，对母亲呼来喝去不关心不怜爱，母亲或逆来顺受英年早逝，或伤心绝望离婚自保。孩子看在眼里，记在心上，不愿意结婚了。这是现在的90后孩子的父母的代表吗？恐怕严重缺乏代表性吧？也许应该是这些孩子的祖辈的爱情模式吧？编剧恐怕也是一个年轻人，不了解女性在婚姻家庭中地位的改变，因此无法把握不完美婚姻家庭的更深层次原因，于是简单地把爷爷奶奶的爱情推而广之。现代女性不仅与男性平起平坐，而且在很多方面超越了男性，因此女性也对男性提出了更高的要求，而后者往往无法适应女性的成长和诉求，思想陈旧、故步自封、夜郎自大，两者之间越来越大的差距造成了家庭的不和谐和越来越多婚姻的破裂。这恐怕才是现代婚姻面临的最大问题，也是越来越多女性主动选择独身或离婚，让男性望而生畏的原因吧。编剧太落伍了，其对婚姻家庭和现代社会发展的理解远远比不上我这个中年妇女，理论上他们应该更前卫才对。

人人独立的社会，抛开传宗接代这个因素，婚姻是必然的吗？我至今还没有想明白，也绝不相信一次旅行能改变什么，既然我既不过敏也不胆小。

（2019年5月9日）

种族、性别、阶层和权力鸿沟——《罗马》观后感

周二（7月9日）晚上，我奔赴北京剧院，赶在彻底下线之前看了京城最后一场《罗马》，票价38元，大大低于来回路费。大名鼎鼎的导演阿方索·卡隆，获得了今年的奥斯卡最佳导演奖；大名鼎鼎的电影，获得了今年奥斯卡的最佳外语片奖和威尼斯电影节金狮奖；大名鼎鼎的电影名……其实和意大利罗马一点关系都没有，只是墨西哥城里一个名叫"罗马"的中产阶级社区。

电影聚焦于一个名副其实的中产阶级家庭，男主人是医生，女主人是教授，住在带有车库的二层洋楼中，有四个活泼可爱的孩子，关键是，还有两个保姆和一个司机。两个保姆看上去是必不可少的，因为每当主人开车回来，要打开院门进入车库的时候，就需要有一个人牵住那只永远在院门口自由跳跃想冲出去的大黑狗，另外一个人完成打开大门再关上大门的动作。这一幕在电影中反复出现。只有一个佣人的时候，牵着大狗完成开关门的动作看上去就有点困难。主人们都是白人后裔，金发碧眼白皮肤，帮佣们都是本地族裔（大概是玛雅人后裔），黑发黄皮肤，个头低矮。10年前我有幸去墨西哥，抽空参观玛雅人遗迹的时候，印象最深刻的就

是他们的居所都非常低矮，由此判断玛雅人的身材可能非常矮小。看来确实是这样的。医院里的医生们都是白人，污水横流的街上的三教九流都是本地族裔。种族这个东西，就是这么明晃晃的，那是基因决定的，反过来却成了决定地位高下的最直接因素。

电影是黑白的，据说80%还原了导演的童年生活，连家中的道具都是原样复原。从最主要的故事情节看，这是一部女性电影，或者说是女权主义电影。男主人公是模糊的，不多的镜头表现出他对家庭生活不满（他皱着眉头抱怨，怎么满地都是狗屎！），很快就和情妇远走他乡了，女主人公索菲亚绝望地看着他离去。女佣克利奥（Cleo）的男朋友是绝情冷酷的，听到克利奥怀孕后一去不复返，即使克利奥找到他，得到的也只是质疑和威胁。两个女人都是孤独的，更是坚强的，当命运把她们更紧地联系在一起的时候，她们变得更加坚强。索菲亚经过最初的无助状态后，接受了现实，把大车换成小车——因为大车太贵了，而且她的驾驶技艺无法保证把车妥当地停到车库里；她辞掉了教职，谋到了一份薪水更高的工作。她开着车带着孩子们和克利奥到海边度假，好让男主人公回家搬走属于他的东西；她在家庭会议上宣布隐瞒已久的信息：爸爸不会回来了，让我们重新开始。克利奥呢，不论雇主家庭如何暗流涌动，她一如既往无微不至地照顾着四个孩子，让他们免受负面影响。不论是身怀六甲还是生下死胎备受打击，都丝毫没有影响她对孩子们的关爱和对这个家庭的付出。她甚至冒着生命危险从浪涛中救回了两个孩子。同病相怜让两个女人携手前行，对孩子们的无私奉献终于让克利奥跨越种族和阶层的鸿沟真正融入了这个家庭（参加家庭会议就是导演给出的一个明显例证）。我从介绍中了解到，导演自己就是四个孩子中的一个，克利奥的温情一定让他终生难忘。让我们回想一下《浮士德》中的那句话吧：永恒之女性，引导我们上升。

然而阶层这道鸿沟岂是能轻易跨过的？阿方索显然不想留给我们一个虚幻的答案。在影片末尾，不会游泳的克利奥舍命挽救了两个孩子的性命之后，回到家中听到的第一句话还是命令式的：能给我们倒一杯冰茶吗？这跟影片开头索菲亚所说的"能给医生倒一杯柠檬茶吗"没有任何本质区别。结尾处，孩子们在嬉闹，索菲亚打电话，克利奥默默地抱着一堆衣物上楼顶清洗，天空还是灰蒙蒙的。就是这样，即使她融入这个家庭了，她的身份也永远只是一个帮佣。《桃姐》中不也是这样吗？再年轻的少爷也是少爷，再年老的佣人也是佣人。

1970年墨西哥奥运会和之前的学生运动在影片中作为背景出现。仅仅是背景而已，阿方索不想做任何强调和批判。与故事走向直接相关的情节是，克利奥去商店挑选婴儿床，遇军警暴力驱散示威学生，一个学生跑进商店躲避，最终被枪杀。紧张之中，克利奥出现临产征兆。骚乱让交通堵塞，耽误时间太久，婴儿胎死腹中。这段一带而过了，伤心的克利奥继续工作。在她救了两个孩子,一家人在海滩上拥抱的时候(就是海报上的镜头),她抽泣着说,我本来就不想要那个孩子,本来就不想要……理论上应该是安慰索菲亚和孩子们,可乍一听简直是为军警辩护,阿方索在这里是否太写实了?面对武装的军警,学生们手无缚鸡之力,尽管胸怀天下。这就是权力的鸿沟,更加无法逾越。

从叙事风格来看,阿方索只想简简单单、原原本本地呈现童年故事,却被我们这些好事之徒咀嚼出这么多东西。呵呵,也许是我过度解读了吧。

(2019 年 7 月 13 日)

附:后来又看了《狮子王》,满影院都是小孩子。我看都是来学习英语的,片中的英语简单清晰,没有比这更好的学习材料了。特别有趣的是,看到一篇英文文章,从生物学角度"批判"这部影片,说在狮子种群中,只有狮子女王,没有狮子王;母狮子在把守地盘、养育后代方面的作用远远大于公狮子,狮群的荣耀属于母狮子。是的,还得回到那句话:永恒之女性,引导我们上升。

都是少年，差别怎么就那么大呢
——《少年的你》观后感

  周五晚上看了最近大火的《少年的你》。我的感觉倒一般，也许是影片风格过于阴郁了吧，没有一点少年的明媚晴朗。难为周冬雨了，从头哭到尾，连仅有的几次微笑都是带着泪花的。不过人家是影后，功力在那里，凭这个角色获奖一堆。都说易烊千玺好，但我对他实在不熟悉，无从评说。

  周冬雨扮演的陈念小姑娘，高三毕业生，也就十七八岁的样子，家庭贫寒，父亲不知所踪，母亲靠倒卖伪劣产品过活，长期不着家。小姑娘相当于一个人生活，不仅面临高考压力和同学欺凌，还得应付上门讨债的人，着实不容易。但就是在这样的环境中，她依然保持着稳定积极的学习态度，最后高考成绩达到 632 分，足以上绝大部分 985 大学。更难得的是，她与"不争气"的母亲保持着足够的亲情，相互体谅互相打气。我深信这不是编造，我知道有这样的孩子，所谓"穷人的孩子早当家"。我曾经的邻居就是这样的，天天在家里呼朋唤友打麻将，女儿放学回到家里，她不得已从牌桌上抽身，对女儿说："来来来，过来帮妈打几圈，妈给你做口饭吃。"就这样，那女孩子不照样回回考第一吗？

再看看我那宝贝女儿，一声长叹。你有相对富足的家庭，有知书达理的母亲，有安全优良的学习环境，饭来张口衣来伸手，怎么整天一副垂头丧气、心不在焉、离开手机就魂不守舍的样子呢？而且对你的母亲横眉冷目、冷若冰霜……

都是少年，祖国的未来，差别怎么就这么大呢？什么地方出了差错？

（2019 年 11 月 2 日）

作为文学家的吴冠中[1]

2019年是欧洲文艺复兴天才达·芬奇逝世500周年的纪念年,世界各地举办了各种纪念活动,包括中国。但似乎很少有人注意到2019年也是我国享有世界声誉的艺术家吴冠中先生100周年诞辰的特殊年份。有幸的是清华大学艺术博物馆举办了"美育人生——吴冠中百年诞辰艺术展",11月1日开展,展会持续到来年5月。借助丰富的展品和衍生物,吴冠中先生不仅以一个艺贯中西的画坛巨匠身份出现,还呈现出了美育家和散文家的特质,与多才多艺的达·芬奇有几分相似呢。

回到家中,我捧着山东人民出版社出版的《吴冠中绘画笔记》[2]反复阅读,画作和文字一起咀嚼,先生的画作变得更加生动起来。套用一句流行语,不是文学家的美育家不是好的画家,先生是一个不折不扣的"斜杠青年"!凭借这些准确和生动的文字,吴先生不仅能够逻辑流畅、语言清晰地教书育人,更能向外界精准地传递自己作品的背景、立意和构

---

[1] 这篇文章经过调整后发表在《中国书画报》2020年2月5日副刊第13版,题目为《感受吴冠中的文思之美》。
[2] 吴冠中,2019.吴冠中绘画笔记.济南:山东人民出版社.

图，不用观众费劲揣摩，也不劳评论家们费心帮忙分析——先生的文字就是最好、最透彻的解读。如英国文学家迈克·苏立文教授评价的，单凭发表的文字就足以使先生在艺坛上占据一席之地。我印象最深的是，先生用异常准确和生动的语言描写了自己将"油画民族化"和"国画现代化"的心路历程，并对自己不同时期的画作的创作过程进行了记录或回顾，让每个观者都揣摩到画家的心思和传递的信号。

在吴先生看来，年年行走在祖国大地上，见到了无穷的画境，尽管尽了最大努力将其挪移到画板上，依然画意难尽，需要借助文思来表达，"从具象通向抽象的桥，画意和文思经常在桥上邂逅"。

先生的散文作品道尽了他在油画创新过程中付出的心力。在《麻雀》（1972年）的绘画笔记中，画家写道："枝是线，雀是点，点、线入画，但油画之技谁示范表现过枝头麻雀"；在《竹林》（1985年）中写道："竹林色彩单一青绿，不易发挥油彩的斑斓之特长；竹林袅娜摇曳，风韵悠悠，似乎有不宜发挥油画粗狂之特色。然而，那一色青绿之中其实并未单一的青绿，其间，色调的递变极为微妙而含蓄，还真需要利用油彩的明度与色相之丰富才足以应付；风韵吗？谁说油画只限于表现明确的体面呢？技法无定规，表现中的不择手段，正是择一切之手段。"

先生常感叹，河山虽美，但不是给画家预备的。通过绘画笔记，先生告诉观者他如何费尽心力安排画面，让作品既反映景物又超越景物。从《扎什伦布寺》（1961年）中我们知道，画家遍寻先前看到的景物而不得，百思之后恍然大悟："是速度改变了空间，不同方位和地点的雪山、飞瀑、高树、野花等被速度搬动，在我的错觉中构成异常的景象……把（作品中）山、庙、树木、喇嘛等对象的远近与左右间的安置做了极大的调度。我着力构思构图的创意，而具体物象之表现仍追求真实感。为此，我经常的创作方式是现场搬家写生。"在另一幅作品《石岛山村》（1976年）中，作者认为村庄很美，但狗咬刺猬没法下嘴，几番观察、多方调度之后最终表现出的"村落如一股洪流"，通过"道道横向的房顶""堵堵升腾的山墙"和"最远处一小群亮白的源头"竭力展示"S形的流动感"。这些精准的语言案例告诉大家，艺术来源于现实，但高于现实。

吴先生还生动地写下了小小尺幅中的哲学思想。在《碾子》中，作者写道："碾砣是圆的，窗是方的，她俩靠得近，一问一答过光阴，彼此个儿相仿，方圆性格迥异。碾盘与山墙体大，碾砣与窗体小，大小之间存有父子母女的协调比例。"画过若干幅点线相宜、黑白交错的江南水乡画之后，画家总结道："小桥——大弧线，流水——长长的细曲线，人家——黑与白的块面。这样，块面、弧线与曲线的搭配组合，构成了多样变化的画面。画不尽江南人家，正由于块面大小与曲线长短的对歌间谱出无穷的腔。"在《洪荒》（2000年）中，宇宙在画家眼中无形空旷，唯红日半悬，"太阳远比地球存在得早,洪荒时代的大地,被太阳照射着,太阳分外分明,其他一切物象,均融于虚无。墨染这样的宇宙,往往落得单调或肮脏,但我久久追求这种浩渺、苍凉、悲壮而深邃的境界,而且充满着人类的希望"。

灵动又诗意的语言展示了步入化境的吴先生的两面:一面像一个孩童,《雨花江》(2006年)中画家笔下的雨是彩色的,因为"当雨之神心情好时,她将彩色的雨水恩惠江河,每一滴水都是带有欢快心灵的小生命";一面又有苍茫在《往事》中(2008年)远去又飘来,"遥远的大都模糊了,但也有因遥远而更鲜明的,裸露了真实"。

我们更能体会画家翻越千山万水的辛劳。在交河故城和高昌遗址(1981年),"我挥汗在这两座火热的古城中寻寻觅觅,想勾勒皴擦出剥落了的残骸,辨认繁华辉煌过的痕迹……垫板很小,不断挪动板子随着画面移位,纸上滴了不少汗珠"。为了表现《水田》(1973年)中的"水色天光",画家"背着沉重的油画箱,踩着泥泞的田埂,上下左右地跑、找、选、配,组织既能入画又合理的构图"。为了一睹玉龙雪山的真容(《玉龙山下的古丽江》),画家"住进了伐木的工棚里……无论白天、黑夜,坐着、躺着,时刻侦查雪山是否露面",终于"一个夜半,突然云散天开,月亮出来,乌蓝的太空中洁白的玉龙赤裸裸地呈现出来了"。"正面看、侧面看、坡上俯视",更是大量出现在绘画笔记中。不要忘记,先生出生于1919年,到他终于有机会大量作画的20世纪七八十年代时，先生已经几近花甲之龄了。

先生也明确告诉了我们他从油彩转向水墨的缘由，不是单纯的返璞归真，而是从具体到抽象的选择，"择一切之手段"迈向更好表达的彼岸，风筝可以飘忽游走，但"不断线"："艺术起源于共鸣，我追求全世界的共鸣，更重视十几亿中华儿女的共鸣，这是我探索油画民族化和国画现代化的初衷，至死不改了。在油画中结合中国情意和人民审美情趣，便不自觉吸取了线造型和人民喜闻乐见的色调。我的油画渐趋向强调黑白，追求单纯和韵味，这就更接近水墨画门庭了，因此索性就运用水墨工具来挥写胸中块垒了。"

作为散文家的吴冠中先生殷殷告诉后人画家的本分："在大千世界之中提炼构成美的因素。这种美的因素往往被物象的外表所掩盖，这就需要画家练就法师一般的眼力，才能不断地发现美、揭示美。"而画家的成长史也是一部哲学史，"从加法到减法，从乘法到除法，自然而然"。

从先生的画作中，我即使是一个外行，在光影闪烁、阴暗交错、色块涂抹之间仍不难看出西方印象派的痕迹，但构图越来越倾向于国画风格的点、线、面组合，并饱含中国画的意境之美。对此，吴先生总结：20世纪60年代他用油画在江南写生，白墙黑瓦、桃李交错、春阴漠漠，绝非西方油画中的风物和情调了……如果出于爱情的自然组合，诞生的混血儿多半留着某种或隐或现的胎记，慧眼人易于识别自己民族的印痕。

凡·高是吴冠中先生最敬佩的画家。其实凡·高也是绘画与文学"齐飞",他在落寞的创作过程中,不间断地与其兄通信,畅谈每一幅作品的背景意蕴。这些书信已经被奉为认识凡·高的圭臬。两个不同时空的艺术家惺惺相惜,用画笔和硬笔为我们留下了极其丰厚的精神食粮。

(2019 年 12 月 21 日)

2019 年观影盘点及其他

回顾一下，2019 年我共进影院看了 9 部影片：《绿皮书》《波斯米亚狂想曲》《地久天长》《撞死一只羊》《复仇者联盟4：终局之战》《罗马》《狮子王》《送我上青云》《少年的你》，为其中的 6 部（包括为 2018 年年底的《狗十三》撰写的影评）认真写了所谓的"影评"（实为个人色彩浓重的观后感），比 2018 年略逊。其中两篇获得了推荐上新浪博客首页的机会，看上去似乎写得还不错。

2019 年观影兴趣确实比 2018 年有所降低，尤其是 8 月以后，才看了一部影片，而理论上国庆、圣诞、新年都是电影扎堆上映的时节，我居然没有太多兴趣。这一年也没有出现一部像去年的《请以你的名字呼唤我》那样让我久久不能忘怀的电影。《绿皮书》是相当不错的，但大多源于题材讨巧，加上好莱坞的实力和"套路"，出彩是必然的；《复仇者联盟4》，我是去看抖森的，结果在影院睡着了，就像当年看《星球大战》；《狮子王》是为小孩子们准备的；《送我上青云》，尽管我真正享受了"包场"的待遇，却不敢恭维这部不知所云、雕琢痕迹浓重的影片（这是国产影片的通病），但它居然窃用雪芹先生的创意，让我愤愤不平；《少年的你》距离我学生生涯的经历远了一点,过于灰黑色(见《都是少年,差别怎么就那么大呢》)。相比之下,我对《撞死一只羊》(见《一羊两寺,探访信仰的一天》)和《罗马》(见《种族、性别、阶层和权力鸿沟》)评价不低,可惜它们在影院折戟沉沙。听说 2019 年有几部不错的片子,包括素人出演的公路片(《过韶关》《平原上的夏洛克》)、来自小国家的优秀影片(如黎巴嫩的《何以为家》)、正在上映的翻拍片(《误杀》),我都错过了或者居然没有兴趣去看。

《复仇者联盟 4》对我虽然有催眠作用,但有一点我还是有些认同的,当然可能"政治不正确"。灭霸以削减不堪重荷的地球人口为己任,为达到目的不惜一切代价。从"目标导向"原则看——目前大部分政策取向都是这样的,只看结果不看过程——他没有大错;从岌岌可危的地球环境看(见《地球母球到了最危险的时候》),这个家园确实承载不了那么多人口,再发展下去,到地球只有人、没有其他生物的时候,人类离灭绝也不远了。电影中的勇士们说,把地球资源加倍就可以。说起来容易,但科技不能支撑我们找到更广阔的温室气体排放空间。我对灭霸保有同情,他看到了问题的严重性。未来的世界不会比今天更美好,如果任由人口无序并贪婪地发展下去的话。

2019 年进影院的兴趣降低,可能是因为有限的业余时间被其他事情占据了,由此我也获得了超越电影的人生体验。

从 2019 年下半年开始,大部分周日我都在天主南堂的小小咖啡屋担任志愿者，为教友们和参观者提供咖啡服务（见《我在南堂卖咖啡》）。在这里我认识了颇有文化底蕴的教友，阅读了更多关于宗教的书籍，于是有机会更多地了解宗教。我慢慢感受到信仰的力量，也认定自己其实也是有坚定信仰的，或许可以称为"没有上帝的宗教信仰者"。朋友说我们这样的人被他们称为"文化基督徒"。做志愿者其实很轻松，因为本来就没有利益诉求，只是简单把事情做好，所以每个周日的大半天都是很愉快的，除了夏天太热、冬天有点冷。

　　我用了很多时间"挖掘"南城并在各类博物馆流连。参观了宣南文化博物馆、湖广会馆、法源寺、牛街清真寺、各类故居，数次游逛了琉璃厂、前门大栅栏、各种幽深胡同，多年后再次游赏陶然亭、大观园、天坛，越发喜欢上了南城文化，为自己有幸在这边居住几年感到高兴，托孩子的福。到北京30年后，第一次感觉自己真正喜欢上了这个城市，如余秋雨先生所言，走遍全球最后却发现了自己的文化。在首都博物馆、国家博物馆、清华艺术博物馆、中华世纪坛、中华珍宝馆参观了青海文物展、甘肃文物展、新疆文物展、陕西文物展、大美亚细亚展、彩色地中海展、阿富汗国家博物馆宝藏展览等等，幸甚。值得一提的还有连续两次去了北京国际文化产业博览会和世园会，欣赏参展的难得一见的小众国家的风土人情。在博览会上购买的草编菜篮子和小挎包，成了人见人夸的稀罕物件，让我好生得意。年末的最大收获是，在清华艺术博物馆偶遇了吴冠中先生的作品展（见《作为文学家的吴冠中》)。他的画作和绘画笔记所蕴含的哲理给了我很大的启示，那就是如何加工提炼来自生活的内容，使之成为艺术品。这不仅与绘画相关，与文学也相关。我久久地捧着《吴冠中绘画笔记》阅读，这恐怕是我今年最喜欢的书了。他这个人，也是我喜欢和景仰的。他坚持自己认定的道路，绝不随波逐流，哪怕被排挤被放逐；他为了真理和自由思想，绝不沉默和明哲保身，而是像鲁迅一样愤世嫉俗，化文章为武器，哪怕让人退避三舍。2019年是老人家100周年诞辰，我没有看到像样的纪念活动，恐怕这就是原因吧。但以先生的画价——仅次于齐白石，谁又能小看他呢？

我用了更多时间继续"写作"大业，2019年完成的非职业写作量应该在10万字以上吧，平均每月1万字，大部分发在博客了，少部分属于"日记"性质。博客点击量稳步上升，陆续吸引了一些"粉丝"，在没有任何自我宣传的背景下。更重要的是，我开始在《北京晚报》发表文章啦！从10月开始，陆续发表了5篇，1篇发表在"知味"版，4篇发表在"胡同"版，其中1篇还登上了2020年元旦刊。念念不忘，终有回响，投稿这么多年，终于有了成果，特别是能在"知味"版发文章，相当不容易。那个版块有固定的专栏作家，像肖复兴、姚谦等，或者是名人之后纪念先辈的阵地，我能挤进去一篇是很幸运的。再说《北京晚报》是北京发行量最大的报纸，文章阅读量比职业文章大得多。每当看到楼里的老先生老太太人手一份晚报，我都很兴奋，想告诉他们，那篇文章的作者就是我——你们身边的人！希望能保持这个势头，2020年继续发文。

2019年用了很多零碎时间在B站看《老友记》(*Friends*)，1994年到2004年火爆全球的美国电视情景喜剧。话说当年我真没怎么看过，现在看也是为了锻炼口语，没想到居然迷上了。设身处地想，如果我是6人中的一员，恐怕早就和其他人闹掰了，哪能那么快乐地享受友谊和生活？我可能会嫌弃乔伊无知好色、瑞秋娇气自私、莫妮卡有强迫症控制症洁癖、钱德勒油嘴滑舌、菲比脑回路太过清奇还有类似"黑社会"背景、罗斯既懦弱又较真。他们每个人都与道德楷模有距离，但共同点是对朋友宽容大度，不轻易"judgmental（评头论足）"，只要不涉及大是大非，对朋友的一切通通接受，彼此之间充满关爱。反过来再看，乔伊是个暖男，瑞秋实现了从娇小姐到事业女的蜕变，莫妮卡无私，钱德勒幽默，罗斯认真执着，菲比无比善良，每个人都有闪光点。年过半百才终于明白了点什么，然而四顾茫然，朋友已经四散而去。这似乎是一个必然的结局，连这6个人最后不也散了吗？编剧说，那是二三十岁年轻人的友谊，大部分人要走向家庭，少数人孤独老去。

2019年的非职业生活，就是这样。上班是主业，但自己无法左右只能望洋兴叹。能做主的业余生活，庆幸不算虚度，我不仅在电影世界，也在其他领域更深刻地认识了自己和他人，丰富了人生。

（2020年1月4日）

17岁的孩子是魔鬼——《误杀》观后感

听说《误杀》很火,我没忍住跑去看了,算是补偿一下2019年下半年以来观影少的缺憾。翻拍是有道理的,因为这确实是一个容易入镜和出彩的好故事——这年头,别看风起云涌、社会变迁发展速度不知快了多少倍,能在两三个小时内表现出来的好故事还是非常稀缺的,因此《无间道》会翻拍,《误杀》也会翻拍。但不论如何翻拍,《误杀》的背景地也不会设定在国内,因为其中有街头政治、选举这样影响到故事走向的情节。这个不谈。

故事主要发生在泰国华人社区,关于一个看过一千部电影的市井小人物和一个侦破过一千个案件的干练警察局局长之间的对决。后者的势力范围广阔,还可以动用国家机器,前者聪明,而且聪明到可以有效发动或者借用社会力量。对决结果似乎是前者胜出,当然,个中滋味万千,观者当自行参悟。

片中的两个17岁的孩子,不是主角,却是故事引子,万千算计都由这两个青春期的、把家长当作"空气"的孩子引发,他们是"罪恶之源"!小人物的女儿,回到家中"砰"的一声把自己关进小屋,一语不合就扔掉饭碗,不顾家里经济条件死活要去参加昂贵的夏令营;警察局局长的儿子,集万千宠爱于一身，更是无法无天，一言不合就诉诸暴力（再由家长出面摆平），稍被训斥就离家出走。这两个人在夏令营相遇，荷尔蒙作祟的男孩子用药迷奸女孩子，还录了视频作为后续要挟手段。小人物一家为保护女儿，不得已与之打斗，男生被失手杀死，才引发之后的对决。

如果你们是两个乖乖的孩子——这当然不现实，没有青春不叛逆，退一步，如果你们是叛逆但能略体恤家长苦心的孩子——女孩子不强求去夏令营，男孩子考虑到担任公职的父母的压力，低调行事，两个家庭都会井水不犯河水、相安无事地生活下去，小人物继续打拼、看电影，大人物继续破案并有机会节节高升，一切安好。然而不是，你们的眼里只有你们！你们活在自己的世界里，活在与家长世界全无交集的平行空间中，你们知道自己的一意孤行、为所欲为给父母带来多少痛苦吗？！一定要把家庭搅和得天翻地覆之后才能明白点什么吗？

17岁的孩子……有埃利奥那样性觉醒的，有李玩那样爱狗胜过爱家人的（见《再叛逆，你还是个好学生》），也有陈念那样隐忍懂事的（见《都是少年，差别怎么就那么大呢》），差别就这么大，十有八九都不是省油的灯。请好自为之，多想一想你们父母的不易。

电影中多次出现了一只羊，具有浓重的隐喻色彩。不知道原著和印度电影原作中是否也有一只羊？在宗教理念中，羊是具有奉献精神的：在犹太教故事中，亚伯拉罕最终献祭的是一只羔羊，涂在希伯来人家门框上的羊血使得他们免遭屠杀；在基督教故事中，耶稣把自己当成献祭的羔羊而拯救人类。而在电影里，羔羊拯救了小人物……说来也巧，大部分今年满 17 岁的孩子们的属相是羊，包括小凤凰。他们现在是"魔鬼"一样的孩子，相信经过青春叛逆期，再经历一些世事之后，会修炼出平和宽容、懂得换位思考的成熟心智，向"羊"迈进一些。

（2020 年 1 月 18 日）

也谈贾府初一打醮

节前去国家博物馆参观《隻立千古——〈红楼梦〉文化展》，感觉不错。除了展览厅外竖立的那块朋友圈式的"广告牌"，上面的内容是贾宝玉发出的一条朋友圈：

这大年初一过的，原本守岁、放鞭、吃饺子、接财神，收了不少红包，同姐妹们一处热热闹闹，谁料跟着老祖宗去焚香，那鬼道士嘴欠，说我发福，还给我介绍他朋友的什么小姐，要我相亲，想想就扫兴，立朋友圈为证，从此不再见他了！

下面有众姊妹及秦钟、薛蟠等人的点赞和点评。形式是新颖的，但内容是错误的：道士给宝玉说亲这件事，确实有，但发生在五月初一，而不是正月初一。《红楼梦》第二十九回雪芹先生用了不少笔墨描述"初一在清虚观打醮的事"，上接宝黛钗三人指桑骂槐、醋意纷纷，下承宝黛二人吵闹之中互探心曲，中间有老祖宗第一次明言宝玉择偶条件，精彩纷呈，正是宝黛爱情发展到最微妙时刻的好故事。可惜曹公从头到尾只说"初一"，让断章取义的人误以为是大年初一。其实这一回里几次提到"暑热"，再结合前后几回的时间轴看，读者至少会意识到这一定不是冬天的事情。国家博物馆这样的国字号不应该犯这样的错误吧?另外,还有朋友指出,到第二十九回,秦钟已经过世了,不可能出现在朋友圈又是点赞又是评论的。嗯,确实是这样的。国博真让人汗颜!

"打醮"是道家法事,理论上在所有季节都可以进行,而贾府这一次端月出行是正经有皇家授权的。第二十八回借袭人之口谈道:"昨儿贵妃……叫在清虚观初一到初三打三天平安醮",于是以老祖宗为首的女眷们浩浩荡荡奉旨出行。开头没多久,雪芹先生就破天荒用半页多纸一一清点了女眷们和丫头们的庞大队伍,显示贾府鼎盛时期的骇人气势——那真是前头已经到了清虚观,后尾还没离开家门呢。看了这一节,谁是谁的丫头,谁是正房谁是妾,谁和谁是同级等辈儿的,一目了然,首次接触《红楼梦》的读者不妨先跳到这一节熟悉人物。

清虚观的主持人张道士,不是一般人,他是荣国公(史老太君的丈夫)的替身,也就是荣公当年寄名为道,但本人不在观里,而由张道士代替。正因为这个原因,张道士才能与老祖宗对等谈话,并不见外地给宝玉提亲。作为一个老江湖,他先是察言观色,言语得当地奉承老太太和众太太小姐们,又夸宝玉长得像荣国公,正合了老太太心意,然后话锋一转,自然地谈道:"前日在一个人家看见一位小姐,今年十五岁了,生的倒也好模样儿……但不知道老太太怎么样……"顺水推舟,老太太简单明了地开出了心目中的孙媳妇儿条件：……这孩子命里不该早娶……不管他根基富贵，只要模样儿配得上就好……便是那家子穷，不过给她几两银子罢了，只是模样性格儿难得好的。

各位红学家对老太太这段话的解读不同。我的理解是，利用这个机会，老太太委婉地对已经传出风声、几天前（第二十八回）刚刚得到元妃默许的"金玉良缘"投了反对票！甚至老太太基本排除了宝钗入选的可能性。老太太先说宝玉不急婚娶，可再等等。要知道宝钗可比宝玉大哦，宝玉可等，宝钗可等不得，那时候一个20岁的姑娘还不出阁，估计要被取笑的。老太太更断然否定了钱财根基的重要性：我贾家世代在朝为官，财大气粗，不在乎几个钱。言外之意或在敲打，你薛家皇商在我这里不算什么。而林黛玉确实是不名一文的，父母早逝，家产不知所踪。

每每读到这里，我都发出会心的微笑，佩服老祖宗的智慧。老太太隔空与元妃进行了对话："给宝玉选媳妇是我的事儿，你虽贵为皇妃也不要插手吧。"但老太太也没有突出青梅竹马的"木石姻缘"，只是泛泛地提出了"模样""性格"两个条件，应该算是对宝黛的一种保护吧。

然而刚刚借机批驳了"金玉"，平白地又跑出了"麒麟"！张道士将宝玉落草时带来的玉托出去让小道士们见世面，再拿回来的时候多了很多回礼，其中一个是"金麒麟"。宝玉听贾母和宝钗说史湘云有一个一模一样但稍小的饰品，都悄悄收了起来，想拿回去和史妹妹一起玩。这期间，宝黛钗三人又有一段妙趣横生的对话，个中味道经得住反复咀嚼。看上去"木石姻缘"障碍重重啊，宝玉的"泛爱"可真让林妹妹吃不消。

好在这个麒麟并没有引起太多纠纷，反而在一定程度上增进了宝黛感情。等这样东西再出现的时候已经到几天之后的端阳节了（第三十一回和第三十二回），宝玉不小心把它掉在园子里了，恰好被过来走亲戚的史湘云捡到。一番你来我往的对话之后，宝玉对湘云和袭人说："林姑娘从来说过这些混账话不曾？若她也说过这些混账话，我早和她生分了。"说这话的时候，门外正立着黛玉（无巧不成书），她不放心那一对儿金麒麟，过来看一看他们的动静儿，无意中听闻宝玉的话，"不觉又喜又惊，又悲又叹"。之后就引来了二人"诉肺腑"的关键情节，算是千回百转之后两个人终于捅破了窗户纸。

我有时候会有点疑惑，不知道这麒麟在书中的真正意味是什么，但也认定这不是宝玉和湘云有什么别样故事的象征，可能只是再一次显示宝玉"就爱在女孩堆里混"的秉性。要知道，如果宝玉特别爱惜这个麒麟，怎么会把它丢了呢！（也有专家认为金麒麟在这里的作用更多的是暗示湘云日后的境遇或结局。）

再回到持续三天的"打醮"活动。由于对张道士提亲不满以及暑热难消，宝黛二人都缺席了随后两天的活动。宝玉前去探望黛玉，二人对话，提及张道士说亲这件敏感的事情，言语之间又出现误会，各自都抱怨对方不理解自己的心思，随后引发了潇湘馆里一场"宝砸玉、黛大哭"的天大动静，急坏了紫鹃，惊动了老太太和众人。老祖宗一句"不是冤家不聚头"的埋怨，让两个人醍醐灌顶，"情发一心"。

可以说，贾府五月初一打醮这件事情是宝黛爱情故事的转折点，之前懵懵懂懂、互相猜疑嫉妒，张道士提亲、老祖宗发话之后，那一层窗户纸被慢慢洇湿，到端阳节那一天，两个人终于执手相看泪眼。（随后就是宝玉被暴打的情节了。）

其实这一回中所展示的情节远不止宝黛爱情，其中还有贾珍父子率众侍奉老太太、凤姐和张道士打诨插科、亲朋好友听闻贾府女眷打醮之后纷纷赶来送礼等等插曲，好戏多得很。甚至贾珍为贾母所点的几出戏（《白蛇记》《满床笏》《南柯梦》）都很有讲究。在这一幅跨度几天的长卷中，与其他章节一样，曹先生没有一处笔墨是浪费的，处处都在细细描绘几大家族的日常生活，精心塑造人物，进而如百科全书一般地向我们呈现了封建社会的丰富画卷。

（2020年1月31日）

小谈形式主义

最近一段时间借助"三联中读"APP收听张敢教授的系列讲座《看懂文艺复兴——达·芬奇时代的名家名画》，除了更加熟悉那些名家名画，还有了额外的收获：懂得了形式的重要性。

经过几个世纪的发展，到达文艺复兴鼎盛时期，古典主义绘画在各方面已经到达顶峰，不论主题（从神到人、从宫廷到民间、从人物到风景）还是技法（例如透视空间的表达、颜料的进化）都极尽成熟，后来者即使再杰出，也无法在这条路上再变出点什么花样来，再说谁还能再现那三杰的风采呢？所以，只能在表现形式上另辟蹊径了，于是出现了样式主义（mannerism）。

根据张敢教授的描述，我理解样式主义不太讲究故事性，也不太注重和观众的交流，构图不甚考究，比例可能也会有错误，单纯追求形式上的美观和典雅，呈现一种"疏离的高贵感"，也就是有点拒人千里之外的感觉，所以观众一时可能不明白画家想表现什么主题；最大的特点是人物都形体修长，显得曼妙，但很多时候没什么表情，似乎是在孤芳自赏地照镜子。所有这一切似乎都是在跟文艺复兴鼎盛时期的作品"打对台"。大家比较熟知的样式主义代表作是帕米贾尼诺（Parmigianino）的《长颈圣母》。

因此，就艺术而言，除了对内容真切地表达之外，艺术家同样追求形式语言的发展，形式语言本身也有自身非常优美的特征。就总体趋势而言，从具象到抽象，从古典到现代再到后现代，艺术家对形式语言的追求、探索和变革孜孜不倦。样式主义之后的新古典主义、现实主义、浪漫主义、印象派、后印象派、抽象主义、立体主义，都体现了这一点。所以说，艺术需要"形式主义"。

我们的吴冠中先生也是艺术"形式主义"的大力追求者。1979年始，吴先生先后在《美术》杂志上发表了《绘画的形式美》《关于抽象美》《内容决定形式？》等围绕"形式美"问题的文章，由此引发了一场全国性的关于"形式美"问题的激烈辩论，吹响了中国美术迎接改革开放的号角。吴先生认为，一幅画的最终归宿是"上墙"，整体造型和构图最重要，所以讲究个体而忽略整体的"笔墨等于零"；形式美对于绘画艺术至关重要，也应该是美术教育的最重要内容。就吴先生作品而言，20世纪七八十年代以后吴先生从油彩转向水墨，"择一切之手段"迈向更好表达形式的彼岸，"寂寞地追求风景画的形式美感"。最终形成的点线面相宜、黑白粉交错的江南水乡画作凝聚了画家的独特风格。看似简单的画面，没有一样不是画家精心选择和安排的（见《作为文学家的吴冠中》）。例如，在1985年的作品"家"中，为追求和谐，先生不惜破坏了"黑块"（窗户）与"白块"（马头墙）的位置关系，而被整个小桥流水、白墙黑瓦画面吸引的观众对这小小的错位都视而不见，就像我们会更多感觉到《长颈圣母》的优雅，而不是比例失真。

在文学领域，形式主义同样有重要性。作家宗城曾经评论陪跑多年的村上春树为什么一直未获诺贝尔文学奖，重要原因就是他的文学并不新颖，在表现形式上甚至有些陈旧，不合乎诺奖评委对文体创新的期待。

说了这么多，其实我更想说的是，形式主义在艺术中不可或缺，在一定程度上甚至重于要表现的内容。那么，社会生活中是否也需要形式主义？答案似乎要多样一些。

很多时候是需要的。这大概相当于人们经常说起的"仪式感"吧。比如正月十五吃元宵、五月初五吃粽子、八月十五吃月饼，在丰衣足食的现代社会，吃不吃象征性的食物倒不是那么重要，但过节的样子一定要摆足了，因为这里面有传统、历史和文化。《红楼梦》第五十三回"宁国府除夕祭宗祠"里写的满满都是庄严的仪式。如果没有了各式各样的节日，全球民族和文化多样性该失去大半吧。再比如，如果没有那一整套看上去十分"冗余"的礼节，"老北京"可能就算不上"老北京"了。再提升一些，孔子所为之痛心的"礼崩乐坏"其实也可以理解为形式上的错乱、越位、缺位带来了国家治理的混乱。在这里，形式体现的就是文化和历史积淀。

更多时候是不需要的。疫情期间的2020年4月,中共中央办公厅发文《关于持续解决困扰基层的形式主义问题为决胜全面建成小康社会提供坚强作风保证的通知》,特别指出:决不做自以为领导满意却让群众失望的蠢事。罕见的用词表现了中央对屡禁不绝的各类形式主义的顽疾的深恶痛绝。文山会海是老形式,发文件红头改白头、正式改便笺是新形式,过多要求基层提供视频图片资料作为工作佐证是手机微信带来的便捷形式,报文报表是各路领导检查工作、刷存在感的共同形式……

艺术中的形式主义好处理,社会生活中的形式主义难把握。如何处理形式主义,什么场合需要、什么场合弃用,这正是考验我们国家治理水平现代化的试金石。

(2020年4月15日)

以母亲为"主角"的自传——《生而有罪》读后感

今天我用大半天的时间看完了上午刚到货的《天生有罪》（*Born a Crime*）一书，生于南非的脱口秀演员、美国《每日秀》（*Daily show*）主持人特雷弗·诺亚（Trevor Noah）的自传。300页，很快就看完了，这让我有一点小小的得意。我以为我丧失了快速阅读小说类作品的能力——想当年我是多么如饥似渴地阅读小说啊。现在我依然喜欢看书，但阅读速度大大下降了。今天算是恢复了一点原有的功力。主要是因为我对这个年轻人太感兴趣了吧，他的经历确实太过与众不同。

特雷弗（中文昵称崔娃），是我最新的偶像。不看《老友记》之后，我开始更多地收看他的脱口秀和电视节目。风趣幽默是必不可少的——他喜剧演员出身，简直要把带喜剧色彩的政论节目变成带政论色彩的喜剧节目，更难得的是他的主持风格风趣又犀利，每每一针见血，场间和观众的交流独一无二，随机应变和控场能力十分优秀。特别是，他的英语没什么地方口音，清晰易懂，让我这样的母语非英语的观众很受用。还有，他作为外国人和"有色人种"，为节目带来了更广阔的全球视野和种族、性别平等的色彩。总之，样样都好。

我略翻看了一下他的简历，知道他是 1984 年生人，也就 36 岁，已经成名多年，应了"出名要趁早"那句话。父亲是瑞士人，白人，母亲是南非科萨人，黑人。他由母亲抚养长大，成长于贫民窟，甚至连大学都没上过。真是个奇人。为了更多了解他一点，我特地买了他 2017 年出版的自传来看。

看过之后，我只能说，特殊人生造就特殊人才，社会才是最好的大学。也许只有南非这个种族隔离的大本营才能孕育出这等奇特人物。他不是白人，也不是黑人，也不是有色人种（在南非，"有色人种"有明确的定义），在种族隔离制度被彻底打破之前有随时被扔进孤儿院的风险，童年的大部分时间只能待在屋里以书为伴，因此他有了一个善于思考的头脑。他在那个壁垒分明的世界里不属于任何"朋友圈"，虽然可能被孤立，但也因此有了和所有人都交朋友的可能性。以他的话说就是："我找到了我的位置：既然我不属于任何一个小圈子，那么我可以在不同的圈子之间游走，我就是一条变色龙，文化上的变色龙。"我想这一定让他练就了他和不同人进行良好沟通的天大本事。另外，他生活在多民族、多种族的环境中，官方语言就有 11 种，他的母亲坚持给他英语环境，形成了他以英语为母语、其他各种语言兼收并蓄的独特优势，慢慢把自己变成了一个语言天才，模仿能力超群。这一点真是让大部分人难以望其项背。

我还看过一点《华尔街日报》对他的采访，当被问及成功的秘诀时，他说，可能就是投好胎吧，选择好的父母。由于环境所迫，在成长过程中他的父亲一直缺席，而他的勇敢坚强、独立反叛的母亲给了他起飞的原动力。这个女人不一般。她在种族隔离制度完全看不到有机会被打破的时代为自己谋得一份稳定体面的工作，更敢于主动寻觅白人情人，生下孩子之后独立抚养，即使母子两个人连光明正大地在街上牵手而行都可能被问罪也在所不惜。他们生活在贫民区，但母亲开着破车带着他走遍约翰内斯堡的大街小巷，告诉他这个世界不只有贫民区，还有更广阔的天地。在刚能果腹的年代，她不仅买书，还买来了电脑，成就了崔娃精通电脑的本领，这也成了他第一桶金的发掘地。

让我印象最深的是，她是个极端虔诚的基督徒，周日到教堂做礼拜雷打不动，但奇特的是她执意带儿子走遍三个教堂：多种族教会教堂、白人教会教堂和黑人教会教堂，在路上奔波一整天。在这些地方，崔娃接触到原汁原味的和本地化之后的基督文化，以崔娃的话说分别是"基督教卡拉OK、超级英雄故事和暴力信仰疗法"。在我看来，这其实是他与西方社会融洽相处的根本原因之一——要知道他在白人教会教堂的主要任务就是在牧师的带领下精读英文版《圣经》。同样难得的是，在此间成长的崔娃对宗教信仰持有辩证和科学的态度，如他在采访中表达的："我相信上帝，但看到宗教被人利用很痛心。"看到有教众以"耶稣能保佑我"为由，不顾疫情到处游窜，崔娃急得大喊："耶稣和你同行有什么用？！他早死了！"

这个母亲非常务实，她一直保有明确的人生目标，首先让自己自食其力，摆脱黑人女性只能当佣人的命运；其次，既然白人拥有更多的权利，那么就让自己的孩子成为更接近白人的人；最后，自己给不了儿子更好的物质生活，但努力培养他将来赢得更广阔世界、更好生活的能力。正是这些原因，众多书评都将这本自传中的真正英雄给予了这个不平凡的女人。可以说，这本书表面上是崔娃的青少年自传，其实也是他的英雄母亲的传记。

崔娃拥有和他母亲一样清晰的头脑。尽管高中毕业后的崔娃在街区靠攒电脑刻光盘、当DJ和倒买倒卖混得风生水起，但他还是及时抽身，奔向了外面的世界。用他的话说，"倒买倒卖之于工作，就像上网之于读书。如果你把一年在网上读到的文字加起来——推特、脸书推送、网页列表——那你读的文字量都约等于一吨书了，但事实上是，这一年里你一本书都没读到。"至于他如何在很短时间内变身电台主持人、喜剧演员，这本书没有提到，看样子还有续集。

由于疫情的影响，他的每日秀节目停播了，最后一期小伙子为现场观众深情弹唱一曲。真是个宝藏男孩。他应该有大把的时间写书了吧，等待着。

（2020年3月22日）

一个三观"超正"的人是什么样子的

在 B 站收看崔娃的视频节目，屏幕上闪烁着层层的弹幕，其中比较多的评语是"这娃的三观超正"。我深表赞同。都说看一个国家是否发达，主要看它对弱势群体、少数族群的态度，我想对一个人来说，也许这个判断标准也是可行的。我就从这个角度说说崔娃超正的"三观"吧。

先看看他的团队。算一算，他的出境团队大约有 6 个人，包括他自己。小而精的团队在各个方面都是平衡的。性别平衡，两个女生、4 个男生；种族平衡，两个白人、两个黑人、一个亚洲人，他本人是黑白混血儿；国别平衡，4 个人是美国本土人，一个是来自马来西亚的华人，他本人是来自南非。这大概是在可允许范围内的最佳平衡组合了，有国际团队的范儿，符合纽约的国际大都市以及美国的民族大熔炉定位。要知道，想在各个方面都达到平衡是一件非常不容易的事情。例如我熟悉的《联合国气候变化框架公约》秘书处，经常要组织专家团队进行类似深度审评这样的工作。依照惯例，组织队伍的时候要考虑知识领域平衡、国别平衡、性别平衡，个别时候还要考虑语言平衡，真是左右为难。例如 2017 年我所在的专家队伍中只有我一个女性，而 2019 年的队伍中只有一个男性，实在是难以"多全"了。我相信崔娃组织这样一个队伍也不容易。有挑剔的观众不喜欢亚洲小伙子的口音，崔娃特别在节目中澄清："他就是个亚洲人啊，当然有亚洲口音了，我听起来感觉很性感呀。"

再看看他对女性的看法。在《每日秀》(Daily Show)的幕间交流中，他谈到，在南非种族隔离斗争最为僵持的阶段，很多男性都被流亡或监禁了，其实大部分时候斗争是在女性的领导下进行的，例如温妮·曼德拉，她是很多人的偶像。他说，非洲有一个谚语，打击女人的时候就像打击一块石头——女人都是看似柔弱但十分顽强坚韧的。现场响起了热烈的掌声，我也不禁鼓起掌来。在他的书中，他也谈到，他是在一个没有父亲和男人的家庭中长大的，这其实是当时南非的普遍现象，因为男人们不是在监狱就是在外打工。而他就是由优秀母亲和特殊母系家庭抚养长大的优秀孩子。在崔娃返乡录制的节目中，他的姥姥也有出镜，一个谈吐清楚、头脑清醒的百岁老人，让所有人深感惊奇。在他巡回演出的喜剧节目中，崔娃也毫不掩饰对女性柔中带刚品质的赞美。所以啊，崔娃有女人缘，不仅因为年轻英俊聪明伶俐，更因为他对女性的关爱和欣赏。

疫情在全球爆发以后，崔娃的《每日秀》节目停播了，他在居所继续主持《每日社交疏离秀》(Daily Social Distancing Show)，一周五期，期期不落。每隔一段时间他都会针对疫情期间围绕特殊群体出现或加剧的社会问题进行专访，呼吁人们重视并伸出援助之手。例如，他注意到学校都停学了，而对很多孩子来说，中午在学校吃的这一顿午饭可能是一天之内他们能吃到的仅有的营养餐，没有了这顿免费的午餐，时间长了他们的身体健康会受到损害。他连线了专门为此开展活动的教育家和运动员，鼓励大家捐款帮助他们；又比如，他注意到居家令颁布之后，家庭暴力的发生率呈上升趋势，而通常女性都是受害者，他在节目中公开了给这些女性提供支持和庇护的热线电话、临时居所等。政府出台了针对小微企业的扶持款项后，他认真指出，很多小微企业的业主是女人和黑人，他们在负责拨款的银行系统里微不足道，恐怕很难得到支持——哈佛大学不就堂而皇之地拿走了近1亿美元吗？对需要支持的医务工作者、志愿者，崔娃更是大声疾呼，请大家捐款捐物。对于那些在特殊时期可能居无定所、食不果腹的打工群体，崔娃也向社会提出了尽可能多的呼吁。总是关注弱势群体，为他们发声，这是良心媒体和良心主持人的真正意义所在。

此外，崔娃喜欢在节目中讲童年故事。一次他讲起童年最喜欢的玩具，说他最喜欢的是"砖头"，那时小伙伴们一起玩"碰砖"，谁的砖头最结实谁就赢了（跟我们玩的"拔根儿"一个道理），直到现在，他还时不时有一种在纽约大街上寻觅砖头的念想。听到这里，包括我在内的很多观众和听众都会心地大笑。他采访非洲同胞，对方说自己的父亲喜欢"吹树叶"（leaf blowing），一到秋天就高兴得不得了，因为后院里有无数的树叶。崔娃拊掌大笑——看了他这么多电视节目，我头一回看他如此开怀。嗯，这个像孩子一样纯真的崔娃，拥有孩子一样无邪的价值观。童心永存的人的三观不会歪到哪里去吧？

过于正直和理智也会招黑，但崔娃的智慧让他赢得了最大的受众。他的名言是：不要和你不喜欢的体制斗争，但可以嘲笑它（Don't fight the system. Mock the system）。例如他不喜欢特朗普，在节目中总是极尽嘲讽，听上去又好笑又解恨。也许会树敌，要知道特朗普也是有一大群铁杆支持者的。但是，在机场，一个白人走过去，主动对候机的崔娃说："我不总是同意你的观点，但我喜欢你说话的方式，所以过来和你打个招呼。"在《每日秀》节目中，崔娃数次和略持有"白人至上"观点的人辩论，观点清晰强势但风格平和，赢得了广泛赞誉。以崔娃的话说："我想要的是和你交流而不是打倒你。"如果一个人坚持自己的观点立场，总会愿意和别人交流的，我们也总会或多或少找到一些共同点的。

他对生活的态度——不确定是否与"三观"直接相关——也颇得我心，算是人生观的一种具体体现吧。谈到孩子，他说这个世界已经有很多人了，不差他这一个；说到爱情，他说关键是保持诚实，让对方从一开始就知道你是怎样的人，千万别装；说到社交媒体，他说保持低调，你不可能让任何人都喜欢；疫情期间居家不出，他开始减少进食量（他说他妈妈就是这样的），一段时间以后看上去消瘦了一些。

这种清醒和自控能力并不多见。

一个从贫民窟走出来、没上过大学的混血儿，拥有正直纯粹的三观、哲人般的智慧和艺术家一样的喜剧表演天才，实在太难得。希望他永远是一股清流，涤荡美国这个百味杂陈的大染缸。

（2020年4月30日）

那些战争中的异想：漫谈《1917》和《乔乔》

电影终于回到了我的日常生活中，而距离我上一次观影已经过去整整半年。最近陆续看了两部电影，分别是《1917》和《乔乔的异想世界》(*Jojo Rabbit*，中文翻译是否恰当这里不评述)，竟然都是战争片或者与战争直接相关的影片。《八佰》当然也是，稍后去看。对战争无论进行怎样的鞭挞都是不过分的，这里只想聊聊两部电影中的"异想"或"臆想"。

《1917》中的"一镜到底"是让大家津津乐道的，而对于完全跟网络游戏绝缘的我来说，对此印象不甚深刻，除了某些时候随着两位士兵在战壕中紧急穿梭的脚步让我产生了一点眩晕的感觉而已。然而我却喜欢出现在那个"遗世而独立"的庭院中的一树灿烂樱花，那是两个士兵在行进路途中遇到的，娃娃脸的布雷克士兵欣喜地讲起他家后院的小花园。后来这些樱花花瓣又蓦然出现在斯科菲尔德士兵顺水漂流的河道中。那时候，小布已经牺牲（就在那个庭院中），小斯本人历经了穿越德军驻扎地时的惊心动魄的遭遇战，脑后受伤，一路狂奔跳入河中，被瀑布冲下，被激流裹挟，抬眼能看到的就是被冲到岸边的尸体……我觉得他坚持不住了——本来他们接受的就是一项不可能完成的任务。河水终于平静一些了，小斯就那么了无生气地仰面漂浮着。这时候一片片曼妙的花瓣顺水而来，附着在他的头发上，缠绕在他的指尖，顺着他的臂膀轻柔流过。樱花树是真实的，而河流中出现的樱花花瓣却充满了幻觉感乃至使命感，也许它们的蓦然出现就是为了给垂死的士兵以勇气。那一刻时间仿佛休止了。

这片刻的休止给了小斯力量，也许是他恢复了元气，也许是他冥冥中听到了小布的鼓励、家园的呼唤，他翻转过来，努力前游，爬上岸，踉踉跄跄地继续前行。

另一个"异想"时刻出现在这之前。小斯进入德军驻扎的小镇，危机四伏。半夜时分火光冲天，残垣断壁中一个貌似十字架残体的东西在火光中默然出现，士兵站在拱门之下，仰头凝望着眼前的火海。我不确定这是否是个异想画面，但总感觉有一种异样的氛围被导演刻意渲染，一定有某些象征意义。这燃烧着的应该是一座教堂吧？

这画面不由得推动我查阅了一下故事发生的背景地——据说这个故事并非完全虚构。原来是发生在兴登堡防线一带，大约是在法国和比利时边境一线。嗯，这算是解开了我心中的一点迷惑：为什么片中会出现一个法国姑娘以及为什么会特别出现这样一座教堂模样的残败建筑。

《乔乔》中的最大"异想"当然来自小朋友的假想朋友"希特勒"，他在乔乔的生活中如影随形，满足小家伙对"元首"的一切幻想，也指导着他的思想和言行举止。最后乔乔将"他"一脚踢出了窗外，表示与纳粹思想彻底决裂。这种安排对理顺故事逻辑非常重要，但确实并不新颖。那年的《美丽心灵》(*A Beautiful Mind*)，为了表现纳什的怪异癫狂心理，导演就安排了若干个假想人物在其左右出没，让人无比惊艳；在《第六感》中，那个一直不知道自己其实已经是一个"鬼魂"的心理医生实际上也充当了这样的角色，这个安排震惊了所有人。时至今日，"编造"一个假想人物恐怕已经是好莱坞编剧惯用的技巧了，但却失去了第一个"吃螃蟹"的人的美誉。

纵使《乔乔》获得了若干重量级电影奖的提名，终究在故事立意（已有《美丽人生》这样剑走偏锋抨击纳粹的成功影片）和形式上没有那么出彩，最终还是平平收场。中间一小段我居然睡着了。但当最后一个镜头出现，两个小朋友，一个所谓的"雅利安人"（日耳曼人），一个闪米特人后裔（犹太人），相视而笑，音乐响起，"let everything happen to you（让一切都来吧）"，他们翩翩起舞，我还是泪眼朦胧。

（2020 年 8 月 30 日）

乱世中的科学家和少年

2020年6月10日，全球最著名的学术期刊平台《自然》（*Nature*）宣布加入科学界"反歧视黑人"活动（#Shut Down STEM），号召科研工作者在这一天停下常规工作（除了那些为抗击疫情而加班加点工作的人），反思科研工作环境中存在的歧视现象并有针对性地开展行动以改善环境。与此呼应，《自然》编辑部发布的"每日科技要闻"中，没有提及任何科技进展和其他相关内容，而是集中发布了一批科学家的呼吁和思考。全球数千名科学家参与了这一活动[1]。我想，这是象牙塔里的书呆子们能给予这场波及众多国家的游行示威的最大支持。

大范围游行示威的导火索发生在5月25日，一位手无寸铁的美国黑人乔治·佛洛依德（George Floyd）被警察长时间（长于8分钟）用膝盖顶住咽部，窒息而死，期间乔治数次恳求放过自己，表示"I can't breathe（我不能呼吸了）"，但白人警察一脸漠然、无动于衷。视频一经播放，全球哗然。示

---

[1] Nidihi Subbaraman. Thousands of scientists worldwide to go on strike for Black lives. 2020-06-09[2020-06/14]. https://www.nature.com/articles/d41586-020-01721-x.

威活动在美国应声而起,到现在已经持续了半个多月,期间在各地出现了打砸抢现象(这是非常遗憾的),现在活动趋向于和平示威,但仍然在继续,催生了大众关于"警制改革"的共识。如果如美国的华人朋友所说,参加游行的人是极少数,而且都是被左派煽动的,大部分人选择了沉默,那么为什么那么多不相干的国家——英国、新西兰、比利时、捷克等国的不相干的群众也都纷纷走上街头,对暴力和歧视说"不"?不论这个孤立事件(其实一点也不孤立,冤死在警察手里的黑人太多了)背后有多少我们没有看到的隐情,美国社会根深蒂固的阶级分化、种族歧视以及警察对不同族群的区别对待举世皆知,呼吁进步、呼吁变革是所有有良知的人的共同心声。

事件还在发酵当中,一定还会有各种反转版本出现,比如有人会举例说黑人如何可恨,警察采取暴力实属无奈,乔治这个人劣迹斑斑死有余辜,甚至有黑人群众自己站出来诉说自己族群的不堪。吃瓜群众继续等好戏看。但是,我相信科学家们应该是最少被政治所左右的人群,智慧理性,他们出面支持的活动一定是相对正义的活动。我选择加入他们。

当然,有人总说,科学无国界,科学家有国籍。我想说,国籍归属不应该影响真理和真相。美国的福奇(Fauci)博士,作为站在特朗普身后的唯一的流行病学专家,顶着巨大的压力一次次纠正总统的言论,一次次驳斥病毒源于实验室的阴谋论,一次次反对总统仓促复工的建议,最终他露面的机会越来越少。但只要他露面，他说的每一句话都会被大家认真记取。这就是一个坚持真理的科学家应该有的样子。我们的钟南山院士、张文宏教授也是这样的人。

在和平游行的人群中，我们也能看到少年的身影。他们甚至走得更远一些，要求国家对殖民历史进行反思，更有学生将具有殖民色彩的雕像推倒，扔进河里。伦敦市长对这种呼吁给予了支持性回应。我的母校——帝国理工大学甚至已经官方宣布弃用校徽上所写的拉丁文校训"Scientia imperil decus et tutamen"（科学是帝国的荣耀和庇护）。我对这种稍显激进的行为持部分保留态度，但赞同他们反思历史、反思人类发展历程的出发点。

其实，2019年已经是全球青少年群体发声、对这个"由贪婪的成年人统治的世界"表示不满的"元年"。3月我离开波恩的时候，细雨霏霏的市政广场上，一群中小学生在聚会、呼喊口号，看标语似乎和气候变化有关。回来后看新闻，才知道一场以学生为主角、以呼吁更积极的气候应对行动为主题的全球联合游行活动已经持续了一段时间，我在波恩的时候正好赶上其中一波。他们有一条颇为精炼的标语：你们会寿终正寝，我们会死于气候变化。这场气候变化运动的代表人物是瑞典的16岁少女格瑞塔（Greta Thunberg），她的名言是："人类在受苦，人类将死亡，整个生态系统在崩溃，我们面临集体灭绝，而你们讲的完全是钱的事情和无限经济增长的神话，你们好大胆！"这场运动从年初持续到年末。12月的西班牙气候大会上,看到谈判迟迟没有结果,少年们在会场上泼洒马粪宣泄不满。他们有理由这样做,因为前辈们种下的恶果将主要由他们来吞咽。

在欧洲政坛上,青年推动和支持的"绿党"也取得了不俗的战绩。在2019年5月底的欧洲议会选举中,多个欧盟国家的环保主义政党异军突起,年轻选民的力挺是主要原因之一。在法国,18岁至24岁的选民有25%在欧洲议会选举中选择绿党,在德国这一比例高达34%。在芬兰,绿党参与的执政联盟6月初宣布,计划在2035年前实现"碳中和",比原计划提早10年,目标是成为首个放弃化石燃料的工业国。疫情暴发之前的美国虽然处在历史上最长的经济扩张期,但很多民意调查都显示出年轻一代在政治上的左倾。数据表明,2015年到2018年的3年间,30岁以下支持资本主义的美国人从39%下降到30%,比平均支持率低14%,比年长者的支持率低26%[1]。

这些年轻人比前辈们更早更清晰地认识到资本的肮脏无耻,他们要超越以国内生产总值(Gross Domestic Product,GDP)增长作为衡量幸福的标准,要把碳从大气中拿走,把塑料从海洋中拿走,把煤炭石油留在地底,把未驯化的生物留在野外。他们的社会主义倾向是明显的、确实的。当年凯恩斯(Keynes)预测资本主义会有450年寿命,从1580年(英国击败西班牙)到2030年。如果此言不虚的话,2030年

---

[1] 梁鹤年,2020.资本之后.读书(5):48-53.

的主人们正应该是现在的少年！凯恩斯没有预测资本主义终结之后会是什么样子，但应该想不到他的孙辈们变成了社会主义者、马克思主义者！[1] 这些孩子，即使长大之后不得不对现实世界做出妥协，但我相信，他们始终会怀抱年少时的信念。

有坚持真理和真相的科学家们引路，有这些有理想和正义感的少年人作为未来的主人，10年后的世界应该有所不同。

（2020年6月14日）

---

1 Malcom Harris, 2020. It gets worse. MIT Technology Review, 123(1): 10-15.

《少年派的奇幻漂流》观后感

一、信仰的发展、历练和升华

昨天晚上中央六台《佳片有约》栏目放映的是李安导演的《少年派的奇幻漂流》(Life of Pi)。2013年公映的时候我曾在电影院看过，很有感触。这种充满哲学思想的电影看一遍是不够的，特别是其中还暗含了一条线索，不看看影评、不多看几遍电影是体会不到的。多谢电影台播映。

当年观影的时候带着小凤凰，小姑娘看得挺乐，特别是那条名叫理查德·帕克的老虎冲派（Pi）撒了一泡尿的时候，小凤凰哈哈地笑出声。这部电影的一个奇妙之处就是，孩子也爱看，他们不管什么哲学宗教，一个少年如何和一头老虎朝夕相处的故事就够吸引他们了；而大人，会被其中深刻的思考所吸引，一旦领悟到表面故事后面的那条情节线，就会有后背发麻、毛骨悚然的感觉。李安真是牛啊，奥斯卡最佳导演奖实至名归。我尝试着对这部影片进行一下马后炮式的评论。

派是个奇特的印度少年。他出生在一个科学家庭，父亲几乎可以说是个无神论者，深信理性可以引领信仰——这在印度挺罕见。妈妈是个植物学家,对派的各种奇思妙想表示理解。派对各种宗教都充满了好奇,并且接受了各种教义,印度教、佛教、基督教、伊斯兰教,茹素,饭前祈祷,接受洗礼,定时跪地诵经。父亲自然不悦。父子的一段餐桌对话很有意思。派父的基本意思是:什么都相信相当于什么都不信,宁愿你对我所说的东西表示质疑也不愿意你盲目地接受一切,在信仰不明确的时候,不如听一听理性的声音。这时母亲插话说,他还小呢,还在寻找方向。派父厉声说,他不沿着一条道路走,怎么能找到方向呢。听上去蛮有道理的,但派不为所动。父子俩的冲突还发生在对老虎的态度上。派试图和老虎帕克(Park)交朋友,被父亲严厉制止。派争辩说,也许帕克是友善的。派父又一次厉声说道,你永远不会和老虎成为朋友,你看老虎的眼睛时,看到的只是自己的影子或者你自己目光的发射。

海难发生之后,大船倾覆,最终救生船上只剩下了派和老虎。为了生存下去,少年派一边要和老虎斗智斗勇,一方面不得不一一破戒,杀生(捕鱼)、杀人(当然,这是隐藏在背后的故事线)、吃人肉(这当然更是隐藏在背后的)。大风大浪中,派绝望哭喊,我一心信仰的那些神灵啊,我的家人都死了,你们对我的考验是不是应该结束了?为什么不显灵救我?你们还想要什么啊?极端绝望之中,派看到了乌云中的那一道闪亮,狂风暴雨之后宁静美丽的海面和满天星辰,似乎有什么东西在试图抚慰他。特别是,在最危险的时刻一股神秘的力量引导他暂时停靠在一个无名小岛上。是的，神灵一边狠狠地抛弃了他，一方面又似乎在远远地观望和保护着他。

在海上漂流了270天之后，派和帕克得救了。就当派认为他和老虎历经风雨应该已经成为朋友时，帕克头也不回地走向丛林，没有回首看他一眼。少年派虚弱地痛哭流涕，人虎从此诀别。电影中，面对记者，沉浸在回忆中的已经成年的派依然掩饰不住婆娑眼泪：人生也许就是不断放下，但最令人心碎的就是分别的时候没有好好地说再见；父亲说的是对的，人和老虎不会成为朋友，但相信它的内心不会没有任何触动，神灵保佑它安好。

就是这样，一个信仰广泛、先后皈依了多种宗教的少年，在残酷的海难中，不得不亲手突破所有教条，最终获得了超越宗教的认知，信仰真正走到他心里。就是这样，一个少年的成长经历以及在海难后的奇特故事，也是信仰培养、历练和升华的过程。

二、说再见

当少年派经历了半年多的漂流终于在墨西哥海岸登陆后，他的生死伙伴，那头名叫"理查德·帕克"的老虎，跳下小船，头也不回地走向森林，从此消失不见了。派望着老虎隐去的方向，虚弱绝望地痛哭：我们生死相依这么一路，你怎么就这样走了，连个"再见"的样子都不做？电影院里的我也泪流满面。

当确实存在再见的机会或彼此都这么认为的时候,说再见不是什么困难的事情,可是当此一别确实是再也见不着了,"再见"这两个字谁能轻易说出口?

那年休完产假,我要回办公室上班了,不得不结束和宝宝朝夕相处的好日子。大家都说,这是一个不大不小的关口,妈妈离家的时候恐怕宝宝要哭闹,有时候能搞得妈妈出不了门的。不止一个过来人给我支着,说,快离家的时候,让奶奶或姥姥把孩子带到其他屋哄着,妈妈自己偷偷地离开就好,等宝宝醒悟过来也没用了。我感谢了大家的好意,拒绝了这种方法。每天早上,我清楚地和宝宝说再见,告诉宝宝妈妈上班去了,晚上回来。刚开始的时候,可以想象,宝宝大哭,好不容易哄好了,当奶奶抱宝宝送妈妈到门口,看到房门关上的那一刻,宝宝委屈甚至有些恐惧的哭声又响了起来,我这心里也泪水涟涟。但几天之后宝宝顺利接受了现实,说好晚上见,晚上就真的再见了,妈妈好好地回来了,没什么可担心的。这就是一种安全感,宝宝不必提心吊胆地想着妈妈是不是又要偷偷溜走了,宝宝坚信妈妈很快就会回来。

然而当我回到家乡在医院守候重病中的妈妈时,一切都变了。我们都知道妈妈的病情,唯独她老人家可能还被蒙在鼓里——我现在都不能判断妈妈当时是否清楚地知道一切。当兄长们已经在准备后事的时候,我守在床前,有多少次想开口问:"妈妈您还有什么放心不下的吗?"每每话到嘴边又咽下，因为我实在无法以平静的语气说出这句话。直到临终，妈妈都表现出很强的求生欲望，我怎么能用这样"无情"的问题彻底让她老人家绝望呢？我怎么能清清楚楚地说出"再见"二字？

就这样犹豫着。然而一切都比想象中来得快，那个冬雨霏霏的早上，一切很快结束了（详见《记母亲的最后时光》），那句"再见"永远没能说出口，一切就结束了。

那个时候我真的不知道该做什么，也许只能像那只老虎一样，悲伤地走远……

三、好好说再见

离开校园多年后寻访故人，有感，写下一首小诗：

好好说再见

久别了……
听到你在电话中的惊诧
我也瞬间结巴起来
为什么要打探你的影踪
我也没能完全说服自己
既然已经分别了那么久

不知道为什么就没有了彼此的消息

只知道你在南方的艳阳薄雾中
而我依然在大风飞扬的北方
玉兰花年年开放又凋零
只是遗憾那时没有好好地说再见

你或许只记得我的名字但模糊了影像
或许我的照片早已不知所踪
没关系，眼前的生活已经够琐碎的了
谁还愿意背负过去
派说人生就是不断放下什么
我再次回来只是为了好好和你说再见

（2016年3月22日）

2017年观影盘点

在《至暗时刻》(*Darkest Hours*)即将下线之前我终于去电影院观看了这部电影。影片描述了1940年5月丘吉尔临危受命初登首相宝座时面临的"主战"和"求和"之间的尖锐矛盾以及他如何凭借坚韧的信念力挽狂澜,形成众志成城、战斗到最后一息的国家意志。或者可以说,丘吉尔如何运用炉火纯青的语言和演讲功力让议员和民众在他和希特勒两个人之间做出选择。从剧情就能看出,这部电影是部"独角戏"。加里·奥德曼(Gary Oldman)出演的丘吉尔肥胖佝偻、嗜酒嗜烟、暴躁霸气,自带与生俱来的盲目乐观精神和语言天赋。就凭这两点,他赢了,哪怕电影表现的那个时段整个欧洲包括英国都在节节败退、美苏袖手旁观。当然,电影不会单纯地表现他只是赌赢了——否则太政治不正确了,在影片后期也描述了王室和民众对他的支持。我更喜欢的是丘吉尔面对夫人时表露出来的狡黠、天真和孩子气。这个角色塑造的当真立体且形象。奥德曼,我对他不熟悉,后来才发现他居然是《那个杀手不太冷》中的那个猥琐的头号反派人物,简直惊呆了。一个好演员的可塑性到底可以多强大呢!

粗略盘点一下，2017年我观看了如下影片（包括纪录片）：《八月》《爱乐之城》《梵蒂冈博物馆》《绣春刀II：修罗战场》《罗马四大圣殿》《敦刻尔克》《猩球崛起3：终极之战》《相爱相亲》《追捕》（大烂片一枚）、《东方快车谋杀案》《至爱凡·高：星空之谜》以及《至暗时刻》；在飞机上观看了《海边的曼彻斯特》和《狮子》（最大感受：好电影还是需要在相对舒适的环境中观看）；通过网络观看了伊朗电影《一双小鞋子》和《一次别离》。伊朗电影名不虚传，通过平凡的故事反映伊朗的社会现实，不煽情不浮夸不虚幻，小视角低成本但客观平实，故事讲得紧凑自然，现实性和艺术性俱佳。这两部电影的风格与《八月》类似，但故事性更强。《爱乐之城》感觉平平。《猩球崛起》，从一个环保主义者的角度看，是人类自戕自灭的悲歌。《敦刻尔克》是《至暗时刻》的姊妹篇，表现一次以"溃败"为主要内容的"胜利"——也就是丘吉尔能这样解读，同时也能让大家信服。但本身《敦刻尔克》的故事讲得不太好，海上天上陆上，一会儿一个片段，很不连贯。《东方快车谋杀案》，新瓶装老酒，所幸旧版我都没看过，难为了波洛神探，在那么一个复杂的案件面前，他对平衡和精确的极致追求只能妥协了，多么无奈。

感谢这些电影的陪伴，让我在一如既往乏味的2017年里能有所支撑，愿2018年有更多好看的影片。

（2017年12月31日）

日暮乡关何处是

英国怎么了

今天天气很好——闷了几天之后终于见到一个阳光灿烂白云朵朵的夏日,但我的心情依然很郁闷。原因很多,其中一个是英国公投结束,大多数民众赞成脱离欧盟,脱欧进程即将开始。

对关于英国脱欧与否的争论的前因后果了解不深,不敢在这里妄加评论。但不能接受的是,在我惯常的气候政策研究中,一贯将英国作为"欧盟三驾马车"之一进行分析,怎么说脱就脱啦?欧洲的一体化进程是第二次世界大战之后痛定思痛的一种选择,淡化民族国家的概念,强化"一体化"理念,统一市场和货币,取消国境线,给全球带来了多么让人振奋的改变。这是一种代表未来的趋势啊——不分国家、民族和种族,地球人在地球上自由往来,欧盟的实践给了我们相信未来的希望。英国的脱欧决定无疑将给这个进程带来巨大的打击,这是历史的倒退啊!看到英国独立党党魁兴奋地大喊,让欧盟走向失败吧,让欧洲重回民族国家的行列!我简直目瞪口呆。我这个理想主义者又一次遭遇挫折。

我对英国有特殊的感情。2006年到2007年我有幸在英国待了一年,除了学习功课之外,我抽空也研究了英国历史,大致游览了除北爱尔兰之外的英国的风土人情,这一年给我留下了许多美好记忆。2007年8月份,宝爸也带小凤凰去了一趟——那时候宝宝4岁半,第一次出国。那正是伦敦最美好的季节,无雨无风,天天阳光明媚白云漂浮;我们还一起去了剑桥和巨石阵,实现了我儿时的梦想——当年看《苔丝》,对影片的最后一个镜头(苔丝在巨石阵被捕)印象极为深刻。

在英国这一年,我的收获很丰富——同学说我把每一天都当最后一天过,此言不虚。第一,我对这个国家的历史有了较深的了解。苏格兰与英格兰的宿怨、天主教与新教的残酷斗争、大宪章的由来、光荣革命的始末、工业革命的源起等等,这些历史无一不对现代社会有深刻的影响。第二,对这个国家的政治传统也有了解。各种层级的辩论无处不在,从早到晚。那时候为了练习英语听力,我一早就戴着耳机收听各种滔滔不绝的辩论,虽然听不太明白,但无疑对我大有帮助,以至于有人说我的英语有英国口音,让我好得意。第三,我对这个国家的"没落"也有些认识:医疗系统效率很低——我带一个有流产先兆的女生去看急诊,居然等了两个多小时;系主任生病,看上去不是什么大病,也在医院里缠绵了很久得不到什么有效的治疗,我给他出主意说还是去中国吧。交通系统成天罢工,要不然就是信号出问题了,让人无可奈何。学校宿舍区离超市足有20分钟的路程,买一次菜累得要命,这要在国内,小卖部早就开进宿舍区了。第四,对这个国家国民的性格也小有了解。说话婉转曲折、爱谈天气就不说了,他们超级喜欢乡村生活。说实话英国的乡村真是美丽无比,我也很喜欢呢。看到过一篇文章,说对乡土文化的留恋和固守也是英国丢失了工业革命以来获取的优势的原因之一[1]。此外,最重要的是,英国真的有很多同性恋者哦,叫它腐国一点都不夸张。

三十年河东三十年河西,为文艺复兴和工业革命提供了丰富的源泉、曾经拥有广大殖民地的英国在第二次世界大战之后逐渐被边缘化了,连同欧洲一起,让位于大洋彼岸的美国。也是,连续两次世界大战让欧洲元气大伤。按说抱团取暖是上上策,在很长一段时间里英国和欧洲也是这么做的,那现在出什么问题了呢?移民问题?难民问题?欧盟东扩速度太快?欧盟沦为单纯的政治组织而非经济组织?

其中原因我了解得并不深刻,我只粗浅地知道支持留欧的都是社会精英,支持脱欧的大部分都是草根。这次公投无疑是精英阶层对草根阶层的惨败。到底哪个阶层更了解世界、欧盟和英国?毫无疑问是前者,他们才会站得高看得远,后者只能看到眼前的一亩三分地。但精英永远是少数……这也是民主的失败?就像是美国共和党内的一些极端保守分子,一辈子不办护照,对美国之外的世界一无所知,但位居议会手握重权,阻挡了多少全球问题的进程。

不仅欧洲一体化进程受阻,全球治理也要面临新的挑战。2015年巴黎气候大会之后的世界变得更让人难以理解了。

(2016年6月24日)

---

1 康子兴, 2014. 英国文化和帝国的衰落. 读书 (3): 56-66.

再见《苔丝》

法国电影《雪岭传奇》最近在央视六台放映，很少看电视的我守在电视机边等候。该片导演迈克尔·温特伯顿（Michael Winterbottom）在 2011 年执导了印度版《德伯家的苔丝》，而《雪岭传奇》中的女主角之一正是 1979 年经典版《苔丝》的女主角扮演者，德国的娜塔莎·金斯基（Nastassja Kinski）。许久未见，别来无恙？虽然《雪岭传奇》拍摄之时（2000）距 1979 年的《苔丝》已经过了 20 年有余，金斯基应该已经年近 40（据说她拍摄《苔丝》时只有 15 岁），但镜头下的她依然有年轻的面孔、动人的美丽。但电影情节着实一般，而且后半部分金斯基饰演的角色病病歪歪的，没看完我就睡着了。

那年的《苔丝》却着实好看。大家都铭记苔丝在富家少爷挑逗下吃草莓的镜头，我却深深记得影片的最后一个镜头，苔丝和她的情人在清晨的巨石阵被警察包围：薄雾沉沉，剪影般的巨石在东方的鱼肚白背景中默立，苔丝躺倒在石板上沉睡，骑警围拢过来。安静庄严，纯洁凄美。那时我便对巨石阵有了深深的向往。

之所以不记得苔丝吃草莓的镜头，可能因为我没有看到这一处——我是在影片放映了一小段时间之后才进入影院的。那时还在塞外上小学,电影院距离学校不远,有时候会在放学后跑去蹭电影看。票价一两角,那也买不起,只能在电影开始之后抽空溜进去。检票的叔叔们对我们睁一只眼闭一只眼。记得看《苔丝》的时候,人挺多,我们站在过道上,当富家少爷在树林里诱奸苔丝的镜头出现时(居然没删),影院里的小伙子们发出怪叫。我当时懵懵懂懂的,不甚明白。

以这种方式在小峪看了不少电影,包括风靡一时的《少林寺》《红牡丹》,还有《赛虎》《十天》什么的。偶尔还跟着妈妈看晋剧,记得看过《卷席筒》和《孔雀东南飞》,后者给我留下了深刻的印象,因为剧终的时候真的有两只蝴蝶从墓中飞出,在那个时代当真神奇。上高中的时候,语文老师让我们根据古文《孔雀东南飞》编写现代小作文,我循着小学时看戏的记忆,一气呵成。后来这篇文章被老师在两个班级里当范文宣读。

小学毕业等待举家南迁的暑假里,我跑到影院看了在塞北的最后一场电影——《李清照》。买票进去的,人不多,安安静静地看完整场。金兵破城后,谢芳饰演的女诗人咬破食指写下千古诗篇:生当作人杰,死亦为鬼雄。至今思项羽,不肯过江东。两个星期后,我跟随父母离开塞外,从此告别了童年。

(2015 年 3 月 14 日)

小凤凰看《天河》

晚上,上小学的凤凰小姑娘兴冲冲地告诉我,明天学校组织去小西天看电影!什么电影?答曰《天河》。《天河》?我这个电影爱好者听着也不熟,现在不是在上映《一步之遥》(我睡了大半场)、《智取威虎山》《微爱》什么的吗?我忙和小姑娘上网一查,噢,电影主题是关于南水北调工程的。看看主旋律蛮好的,感谢学校的安排。

第二天晚上小凤凰兴冲冲地向我汇报:电影可好看了,里面有只小狗别提多可爱了!真是难得,我顺藤摸瓜地问:为什么可爱啊?宝宝有声有色地描绘:它的主人要搬家,但搬家的车不让小狗上,主人只好把它留在原来的地方,他们依依不舍,我们都快看哭了,但是后来那只小狗居然找到了主人,它怎么这么聪明啊!

这世道!我愤愤不平地说(知道有点跑题了,但没忍住),为什么不让小狗上车?宠物是家庭成员,拆迁队怎么能让家庭成员分离?!要不是最后找到主人,它可能就变成可怜的野狗了!我要是导演,才不会这么编呢!

我的歪批让小姑娘皱起了眉头。嗯……好像有点不对,国外还允许小狗和主人一起坐飞机呢!小凤凰喜欢小动物,一见到小猫小狗就拔不动腿,她的理想是将来开一家宠物店。

  第三天晚上,小凤凰对着作文本发呆,光秃秃的页面上写着标题:《天河》观后感。我必须扶危济困了:你昨天给我讲的那个小狗的故事多感人,就写这个吧,写自己感触最深的东西准没错儿。在我的鼓励下,小凤凰下笔如有神,很快就把昨天讲给我的故事呈现在作文本上。我好得意,但感觉还差点意思,同时也想把昨天歪批可能造成的负面影响扳过来,就诱导说:这个电影的主题是南水北调,你却写了个小狗找主人的故事,是不是有点跑偏啊?结尾部分要把它拽回来哦。

  可怜的小姑娘捧着腮帮子苦思冥想,终于憋出几行字。我拿过来一看:为什么会发生这样的故事?因为有南水北调工程;为什么要南水北调?因为我们北方人不珍惜水资源,所以要从南方调水。我们一定要节约用水,珍惜水资源。

  这题点得再正不过了!

(2014 年 12 月 21 日)

绿色鸡蛋是这样养成的

前段时间去南方出差，参观了一家以养殖蛋鸡为主的生态食品有限公司。进入参观通道，出现在眼前的是高达六层的鸡舍，每一层都有数不清的格状鸡笼远远地延伸到通道另一端，每一个鸡笼里都挤着四五只大小不一的母鸡，或站或卧，个个无精打采，鸡毛斑驳，鸡冠坍塌。部分母鸡被突然涌入的人群吓到，显出几分警觉，张开嘴巴，左右摇动脑袋发出"咕咕"的声音，大部分鸡面无表情。紧挨着鸡舍的是一条窄窄的流水线，上面零星分布着一些刚刚生产还没来得及收集的鸡蛋。企业的技术人员拿出扩音器向我们解释鸡饲料是如何的有机、生态、绿色，这些蛋鸡所产的鸡蛋是如何的营养丰富、价值不菲。

我几乎不忍心和这些可怜的蛋鸡对视，于是匆匆走出了参观通道。不知道是打趣还是真有这样的疑问，同行的德国专家摊开双臂做飞翔状说："今天是工作日，所以它们才被关在这里，周末它们一定会被放出来到田野中走一走飞一飞，是吧？"我们大笑起来。过了一会儿，他很认真地对我们说，这种养殖方式在他们国家早已被明令禁止了。我们无语。这样的鸡是不健康不快乐的鸡，无论饲料如何精良，生出来的蛋不会是十分健康快乐的蛋。

想起小时候房前屋后自由自在的鸡群。那时候的矿区家家都会养几只鸡，除了餐桌剩饭，米粒儿、"沙蓬"草和蚱蜢是它们的常见"补品"。公鸡的鸡冠红亮红亮威武雄壮地挺立，尾巴上的艳丽鸡毛总激励我们满院追着它们拔鸡毛做毽子；母鸡温顺贤良，被妈妈当作宝贝。下了蛋之后的母鸡骄傲地"咯咯"叫，妈妈洒一把小米作为奖赏，我们冲向鸡窝拿到尚有余温的鸡蛋。夏天来临以后，母鸡们倦了，拒绝继续下蛋，要孵小鸡。妈妈在灯下细细挑选，将受精的鸡蛋选出，放在铺了松软草屑的筐里，让母鸡去哺育。20多天后，小鸡们破壳而出（在夜晚甚至可以听到它们啄壳的声音）。稍过几天，鸡妈妈就带着鸡宝宝四处觅食。一旦有不祥的征兆，鸡妈妈就一展翅膀，小鸡们纷纷钻入。一只劳苦功高的母鸡去世后，妈妈伤心地安葬了它。

这样的养鸡模式当然不能满足13亿人口的需求。想起莫言先生写过的一篇游记中写道：满洲里这边人多羊多草原稀疏干枯，边境线那边人少羊少水草丰美，一条边境线两边几十公里之内竟是完全不同的世界。哥哥给我打电话："你们在北京还好点吧，我们这边都不敢吃牛羊肉了——谁知道都是什么喂的呢？"

（2013年7月20日）

第三辑
在家中

活在珍贵的人间——疫中生活纪事

晚餐时，我对小凤凰说："注意到坏消息了吧？"小凤凰哭丧着脸点了点头。是的，小家伙两周后要返校了。既然白天不需要为她准备午餐以及协助打印课件，我应该也可以全天候返回办公室了。在我们都适应并喜欢上这居家"好日子"之后，它突然就要结束了，就像它突然开始一样。我觉得需要为它留下点记录，这前不见古人后不见来者的短暂岁月。

一、居家日常

我的起床时间幸福地推后了 45 分钟。之前的闹钟设定在 5:45，赖 5 分钟，然后起来，匆匆忙忙做早餐。6:30 左右小凤凰起床，和我快速共进早餐。7:05，小凤凰冲出家门。我洒扫庭除、梳洗打扮，7:50 左右出门，8:15 之前到达办公室。现在呢，6:30 起床，从容地做早餐，边吃早餐边轻松浏览前一天的《北京晚报》——我刻意留到早上看的。7:30 小凤凰起床。8:00 左右，我们就都可以坐到电脑前了，她开始上网课，我进入工作状态。一段时间之后我索性把闹钟取消了，因为根本不需要。6:30 起床，对晚上 11:00 左右睡觉的我来说是彻底的"自然醒"啦。

不用化妆、不用琢磨今天穿什么衣服,不知道省了多少心思!再加上不用通勤,光时间就节约1个钟点!代价是,中午需要做一顿午餐。我坚决反对点外卖,只要当妈的我在家,小凤凰就不应该吃外卖,除非她吃腻了我的手艺。我对外卖食品的卫生营养情况不放心,更讨厌用餐之后的那一堆垃圾。

由于不擅长做饭,我确实为中午这顿饭苦恼过一阵,也是新生活最需要适应的地方之一。手忙脚乱了一段时间之后,我给自己规定了一个基本要求:不论做什么,都必须在半个小时之内把饭菜端上桌。看似很挑战,慢慢地也积攒了一些经验。

西餐看似比较省时。比如小凤凰爱吃的意面,只需要备好牛肉馅和意面酱料(都可以在超市买现成的),切点洋葱,再买点面条,中式意式都好,一边准备浇头,一边煮面条,20分钟足矣。如果感觉还缺点什么,就准备一盘沙拉,生菜、西红柿、玉米粒、胡萝卜、黄瓜、火腿、煮鸡蛋……有啥放啥,拌两勺沙拉酱,妥了!小凤凰百吃不厌,我得意洋洋。吃腻了,我就换成自制"吉野家",把牛肉馅换成肥牛,西蓝花、胡萝卜、肥牛用开水焯一下,洋葱和肥牛炒一下,然后搭配前一天焖好的米饭,也是色香味俱佳。汤嘛,超市里有现成的汤料,紫菜鸡蛋汤、西红柿鸡蛋汤、小白菜鸡蛋汤……一冲就好。不过,切洋葱一直是个挑战。

西餐吃腻了,换成中餐,头天晚上多做点就可以了。一般来说晚餐我会略花一些时间，比如做我拿手的"不烂子"和"扁豆焖面"，有点余量就够第二天的午餐了。我常跟小凤凰感叹：有剩饭吃真是一种幸福啊。如果没有剩饭呢，可以煮速冻饺子，着急了还可以煮方便面。当然，我会在方便面里添加青菜、鸡蛋、豆制品等，争取营养和色香味齐全。另外，这段日子里，我们吃了不少素馅大包子。疫情期间饭馆的日子最不好过，纷纷把货摊摆到街边，贩卖各种主食和凉菜、酱肉等物。货比三家——城南老食府、庆丰包子铺、晋阳饭庄——之后，我确定还是我们家乡（晋阳饭庄）的包子性价比最好，个大馅儿足，价格适中。我隔三岔五就骑车过去买四五个，足够我们吃两顿的。

这段时间还发现了一种被我长期忽视的好东西——罐头食品。我特别屯了一批鱼罐头，金枪鱼、带鱼、小黄鱼等等，午餐桌上随手开一罐，好吃又营养——我认为现在的工艺应该能够最大限度地保持罐装食物的原有营养。另外，还有罐装的玉米粒、豌豆粒，都是小凤凰爱吃的。

中餐"简单"解决，晚餐就要丰盛一些。米饭、炒菜、肉蛋，保证营养。张文宏大夫说了，提高抵抗力，蛋白质最重要，我们谨遵医嘱。午餐和晚餐之间再安排一点水果、饼干和酸奶，我还可以为自己冲调一杯咖啡。特别是，午餐之后还能平躺着休息一会儿。这日子，真的蛮幸福。

二、特殊时期的工作安排

疫情开始之后，我们就实行了"弹性工作制"，具体来说我一周只需要去一趟办公室，连续4个月。于是，每周这一天就成了一个很隆重的日子。首当其冲，因为大厦食堂关闭，我必须为自己准备一顿午餐。这个容易，头天晚饭多做一点，再备一个苹果、一小瓶罐头鱼以及一块压缩汤料即可。其次要化一点淡妆，以眉眼为主的简单描画，那半张脸可以不管。衣着也从简了，我看同事们疫情期间的着装都挺休闲的。

因为疫情，上班过程变得复杂了很多。具体说，去一趟办公室要"过五关斩六将"：1）出门之前，量体温，报告办公室；登录"北京健康宝"，扫描面部进行身份确认，得到最新的健康状况证明，截屏保存；戴好口罩。2）出小区：出示小区"出入证"。为什么出去还要看证？答案是，隔离人员没有出入证，检查一下保证你属于非隔离人士。3）进地铁：随身的包包过安检仪器，自己被量体温，通过安检门，接受人工复检。4）进入办公大厦：出示大厦"出入证"、健康状况证明，量体温。5）到达办公室，将上班后的体温报告上级。

细数一下，早上两个小时之内，最少要测三次体温（自测一次，被测两次），报告两次。午后再次自测体温，报告上级单位。下班后，在办公楼下再次被测、进地铁再测、进小区再测。加起来，这一天共测七次体温（自测两次，被测五次），向上级单位报告三次。如果居家办公，一天不挪窝，需自测体温两次，报告两次。

戴口罩办公成为常态。那日在办公室值班——当然，一个办公室只有一个人，中途想去隔壁办公室找同事商量点事情，敲门进去，同事急忙抓起口罩戴上。我当然也戴着口罩，站在离她3米开外，讨论了一下课题进展和下一步打算。

除了微信，和圈内同事的交流都通过视频会议。国内会议用腾讯软件，国际会议用Zoom，泾渭分明。大多数会议并不强求露脸，但少数会议有要求，或是为了记录或是为了礼仪。一旦有露脸要求，自然麻烦一些，无论如何"上半身"也要正式一些，其次还要选择一个合适的位置，最大限度地保护隐私。如果视频会议在上午，一到11点半，我就必须关闭摄像头，并把麦克风开静音，把电脑搬到厨房，边准备午餐边听会。如果组织者能在11点半之前结束会议，那就再贴心不过了。最尴尬的一次是，会议安排在11点召开，我发完言之后，12点冲进厨房快速弄好午餐，顺便陪小凤凰吃了一点，然后仓促回到书桌旁，快速切换到视频状态。我的头像又出现在屏幕上，哎呀，下巴上怎么还有一颗米粒儿！天啊！我慌忙关掉摄像头……真是太尴尬了！

特殊时期的工作显得比平时略轻松一些，让我有了喘息的机会。我趁机完成了拖欠已久的一本学术专著的撰写工作，发给出版社后，三审三校，刚接到编辑通知，下周样书就可以寄出来了。这恐怕是疫情期间最大的工作成就了。

三、业余生活

没有了一天两趟的往返通勤，仅有的这一点点活动没有了，居家行走步数也就几百，这种生活方式恐怕是不可持续的。2月下旬，我决定为自己规定一个专门的健身时间，上午9点半到10点之间。通过B站，多方比较之后我选择了一个15分钟的居家锻炼视频，每天至少跟做1次。虽说只有15分钟，但强度真的很大，每次做完都满身大汗，尤其是天气渐热了之后。一段时间之后，我惊奇地发现，肚皮上的赘肉似乎少了一点，伴随我很久的腰部不适也缓解了。这让我欣喜不已，也坚定了我咬牙继续坚持下去的决心，天热了也要坚持喔。

到了3月，足不出户已经一个月有余，我有点待不住了，工作效率开始下降。看看平稳并下行的疫情发展曲线，再看看窗外渐渐洋溢的春色，我制定了一个"疫中游园计划"，把周边的公园标注出来，争取一星期游走一两个。于是，近3个月中，我在戴着口罩、时刻警惕着与别人的距离的情况下走过了：北海公园、景山公园、中山公园、宣武艺园、天坛、明城墙遗址公园、颐和园、国际雕塑公园、玉渊潭、元大都遗址公园、世界公园、陶然亭、龙潭公园，遇到了玉兰、梅花、杏花、樱花、桃花、海棠、丁香、牡丹、紫藤等各色花儿，还和表妹一起去了大兴庞各庄和丰台王佐镇怪村，在洁白的梨花树下和灿烂的油菜花中徜徉。世界公园那一树璀璨的晚樱最让我心动，而陶然亭里竟然有那么多刺儿玫——童年时代大山里的报春花，我们管它叫"马茹茹"，无比惊喜，仿佛看到了童年。有几个公园是我一大早去的。比如6点半出发，7点钟可以到达，9点之前即可返回。公园里满是健身的老人们，慢慢行走其中，我感觉自己也开始享受退休生活了。

在朋友的推荐下，我下载了"花帮主"软件，每见到一种不熟悉的小花都要拍照辨认一下，乐此不疲。一段时间之后，我对北京市里的各色花儿了如指掌、如数家珍，也第一次深深地感觉到，北京的春天原来如此美好！

零零星星地看完了几本书，最重要的是崔娃的自传《天生有罪》（见《以母亲为主角的自传》），还有几本散文集——《江河旋律》（王鼎钧）、《芳草天涯——寻访文学和电影的现场》（李黎）、《故乡在路上》（黑娃）、《巴黎行》（于坚），为出版自己的散文集做准备。王老的文字真的好，需要慢品；给黑娃这本散文集一个差评，李和于的也都好，虽然图片多了点，有凑数的嫌疑。此外，也给自己足够的时间保证英文学习，免得回归办公室后又发现自己英文水平大幅度下降（这是我休完产假之后最惨痛的教训）。

四、社区变化

《北京晚报》说大疫之中老人们也学会网上买菜了，而我依然坚持一周两次拎着菜篮子去菜市场采购。一是坚持环保理念，二是为沾染点人气吧，居家过久容易抑郁。为坚持营业，我常光顾的和平门菜市场也做出了改变，最大的变化是一扇门变两扇门，一个进一个出，为此新增了一个工作岗位；进口处安置了一个喇叭，不停地播放：此门为进口，出门请走侧门……冬天过去了，厚门帘去掉了，春天也马上过完了，大喇叭还在孜孜不倦地引导人群。超市认真地控制客流量，少数时候门口排起了长队。疫情初期，商品确实出现过短缺的情况，例如我喜欢的韩式辣白菜、黑龙江酸奶、新疆大列巴，服务人员说运不过来。还好，不久就恢复了正常。

隔三岔五地我还会去庄胜崇光地下的华联精品超市采买些许日常用品。所谓"精品"，多为进口商品或小汤山等地来的高档绿色蔬果，货品齐全，包装光鲜，价码自然不低，光靠这里过活，成本要比和平门菜市场高多了。没多久，我就发现超市的很多货架空了，不再补货。收银员告诉我，超市经营状况越来越不好，要改制啦，从"精品"变为平价。哎……

我偶尔也会在社区内的"老羊"小菜店买点蔬菜水果应急。和店主人聊几句，特别问问他最近的生意是不是挺好的，因为大家全天候在家做饭吃饭，光顾小店的机会应该比以前多一些。他叹了口气，说："这儿的生意是略好一点，但我在外面还有几家餐馆呢，不行啦，想着该关就关了。"我吐了吐舌头——这些小老板都深藏不露的。想起来我经常买报纸的报亭，夫妻二人热情健谈，经常会特地给我留一份晚报。一次偶然机会，我发现常停在街边的那辆白色豪华轿车居然是他们的，震惊了一下。疫情以来，报摊已经4个月没开了，不知道他们的日子如何，在家乡还是在北京呢？

楼下的餐厅好久不开了。平常的日子里，要是懒得做饭了，我就和小凤凰在这家餐厅吃饭，物美价廉。每每经过的时候，我都要跟百无聊赖坐在门口的小姑娘打听："什么时候开门啊？"小姑娘叹口气："不知道呢，老板还没回来呢。"我说："那你怎么回来了？"小姑娘说："这个春节我没回家，也算运气好，要不然也难回来。"北京宣布降低风险等级半个月之后，餐厅开始营业了，虽然人气还是有点不足。

社区工作人员的工作量增加了几倍。2月初小区临街的北门就被封了，几栋楼共用东西两个出入口，人手一个出入证。到现在，出入证已经换到了第三代。第一代仓促发放，报上家里人姓名就能拿到一个；第二代需拿着身份证、房本或者租房合同领取，证件上标注姓名和电话。我听到一个住户对社区人员说："我没有正式租房合同，跟房东口头约定，能领出入证吗？"工作人员斩钉截铁地回答："不行！"看看，这下连租房市场都跟着整顿了，一举两得。第三代就是电子出入证啦，扫码出入。天气越来越热了，他们还戴着口罩坚守着大门，很辛苦。

进入5月，北京正式进入了垃圾分类时代。尽管报纸电视上有很多宣传活动，但除了分发过一次垃圾袋，小区内没多大动静。我扔垃圾的时候特意观察了一下各个垃圾箱里的物品，还是五花八门地混杂在一起，远远谈不上分类。看不到报纸上说的垃圾分类"辅导员"，也没有其他辅助措施。我有点失望。居委会一定是忙不过来了,普通居民呢,对垃圾分类的配合程度远远比不上抗疫……

五、作为社会动物的人

马克思说,人的本质在于社会性。几个月之内,本来就不多的社交活动几乎降低为零。居家的日子,面对着一个青春期的孩子,对话的机会也几乎是零。一段日子下来,感觉自己有点不会说话的感觉了,不知道开视频会时同事们是否注意到了这一点。这时候我才恍惚意识到,平时在办公室和同事们的"闲聊天",和朋友的聚餐,参观展览和博物馆,对保持社会人的应有状态多么重要。我甚至怀念起拥挤的地铁上的人气,它明明白白地告诉你:你不是一个人。

有问题就要解决。几番观察之后我在虎坊桥路口选中了一家咖啡馆,交了一笔钱获得会员资格,一周之内我会有一两个下午在这里度过,工作效率并不低。为什么是咖啡馆?因为我喜欢于坚老师的一段话,心有戚戚焉,摘抄在这里:

人需要孤独,也需要群。巴黎为什么会有那么多的咖啡馆?这是对孤独的缓解,人们在这里获得群的温暖。咖啡确实是一种可缓解孤独的饮料。有时候,我下楼去,走进那家临街的咖啡馆,要上一杯,与那些语言不通的陌生人坐在一起,听着他们窃窃私语或者高谈阔论,仿佛我是个坐在角落里的秘密书记员。我确实听到了什么,我将在一首诗里记录。

我并没有被他们抛弃，他们在关心我，那些目光、手势，那些笑容，那些不小心碰到时的轻声抱歉，令我物我两忘，一个上午不知不觉就消磨掉了[1]。

更多的时候，我乘坐公共汽车穿行在北京的大街小巷，奔向计划中的公园，这也是缓解不良情绪的手段。人丁寥落的汽车上，我凝望着窗外，各色建筑一片片闪过，这是一家书店，那是一所学校，远处是一座寺庙……空荡荡的大街上、稀疏的新叶中，北京这座古城显出一丝难得的宁静风貌。

我欣喜地发现，有一个素昧平生的人分享的心情和我很像。这个人是英国伦敦公共卫生与热带病医学院院长、病毒学家彼得·皮奥特（Peter Piot）教授。他不幸感染新冠病毒，在医院艰难康复之后，写道：

I traveled home by public transport. I wanted to see the city, with its empty streets, its closed pubs, and its surprisingly fresh air. There was nobody on the street—a strange experience[2].（我选择乘公共交通回家，我想好好看看这座城市：空荡荡的街道，空气格外清新；与以往不同的是，酒吧的门紧闭着，街上一个行人都没有，这是一种从未有过的视觉体验。）

---

1 于坚，2020. 巴黎记. 南京：江苏凤凰文艺出版社：34-35.
2 Dirk Dranlans. "Finally, a virus got me." Scientist who fought Ebola and HIV reflects on facing death from COVID-19 [EB/OL]. 2020-05-08[2020-10-12] https://www.sciencemag.org/news/2020/05/finally-virus-got-me-scientist-who-fought-ebola-and-hiv-reflects-facing-death-covid-19#.

疫情带来的一个意想不到的后果是，朋友圈前所未有地撕裂了。只要提到病毒来源等略显敏感的话题，针锋相对的意见就陡然开始对峙，即使是以理性见长的科研工作者也不能幸免。那几日两个看上去也算文质彬彬的朋友突然对方方破口大骂，我惊诧万分。可以提出自己的意见，但出口谩骂、人身攻击，在我这个还算是知识分子扎堆的朋友圈中是不能容忍的。还有那么多朋友随手转一些来路不明的帖子，"协助"扩散那些无厘头的虚假信息、阴谋论，我只能深深叹息。不隐晦地说，我趁这个机会对朋友圈进行了"清洗"，道不同不相为谋。并没有删除，只是屏蔽了部分朋友的信息，图个清静，见谅了。

六、活在珍贵的人间

疫情终会过去，生活大体还要按原样继续。也许我们很快就会再次被快速的现代生活裹挟，欲罢不能。我们是否能从这罕见的岁月中真正得到什么？人们说，我们从瘟疫中获得的唯一教训是我们从来没有吸取教训，嗯，我们总是好了伤疤忘了痛。至少，我会感悟到平静生活的珍贵，如张医生所言，更懂得那是因为有人在负重前行。语境再开阔一些，我会说我们的自然母亲一直在负重前行，她背负着人类的沉沉贪欲，她快扛不住了……

抄录一首海子的诗作为结语。希望我们都能回归更自然的生活状态，并早日寻找到基于自然的发展答案。

活在珍贵的人间
海子

活在这珍贵的人间
太阳强烈
水波温柔
一层层白云覆盖着
我
踩在青草上
感到自己是彻底干净的黑土地

活在这珍贵的人间
泥土高溅
扑打面颊
活在这珍贵的人间
人类和植物一样幸福
爱情和雨水一样幸福

（2020年5月16日）

居家念故乡清明

一、今年清明

父母相继过世之后,清明回乡扫墓成了我年年不变的节目。今年特殊,困守京城,只能通过视频参与祭奠活动——今年是母亲去世9周年,按家乡风俗,这次祭奠应该是分外重要的。视频里,塬上风貌依旧,野草返青,但层层黄土依然裸露,沟壑纵横,河谷辽远。能看到一些稀薄的、了无生机的农田,要知道它们都是旱田,靠天吃饭,人们都不太在意,只等夏天的时候种些玉米,秋天勉强有些收成。有些小地块实在没大用,就圈起来成为墓地。我特别让小哥拍一些塬上的植物给我。例如满地的白蒿,去年冬天今年春天的雨水挺好,灰绿的白蒿长势喜人,我猜嫂子还会采摘一些拿回去拌凉菜;又如,一丛丛酸枣灌木,几颗去年秋天的酸枣还挂在枝头上摇摆;学名为"蕤核"的白色小花像往年一样繁盛茂密,细长的绿叶已经蹿出老高了;还有那些迷你核桃树,绿绿嫩芽生机盎然。记得那年我问,以前在姨妈家见到的核桃树都很高大啊,这些核桃树怎么这么矮小?嫂子说那些是老核桃树,现在不多了,人们现在都种这种速生的核桃树,两三年就能收获，但果实的滋味不能和老核桃树的相比。唉。

父母和祖父母的两座坟茔默立，母亲下葬时在坟头插埋的四根柳枝（所谓"哭丧棒"）有三根成活，如今已经长得高大，据说这是个好兆头。几年之后栽种的柏树也都郁郁葱葱，那是大前年的那个真正"雨纷纷"的清明栽种的。两个哥哥和两个侄儿收拾杂草，摆放贡品，然后小心烧一些纸张。青烟缭绕中他们会排成一字跪拜，报告过去一年家中的境况故事。

我知道，祭奠完毕之后他们会回到村里去，留守故居的表哥们会留大家吃一顿便饭，通常是饸饹面。哥哥们会留下一些钱物，感谢亲戚们平日里帮忙照看墓地，要知道羊群经常会侵袭那里面的植物，不仅需要围墙环绕还需要随时在风雨后修缮。

这个小村子，我从来没在这里生活过，却是真正的故里。爷爷和父亲都出生在这里，爷爷告老还乡后在这里去世，父亲从这里走出参军，走南闯北，暮年回到离这里不远的矿务局，也终老于此。我们的长兄从小由爷爷奶奶带大，成长在这片塬上，对这里的感情比我们深厚得多。长大后才回到此地的我和小哥越来越理解，这才是我们共同的故乡。

然而，放眼望去，村子已经凋敝了，大部分人家都搬到城里住了，很多窑洞都没人住，破败了。荒芜的小院女墙坍塌，杂草丛生，窑洞残破，门窗歪斜，一副摇摇欲坠的样子，而杏花、桃花依然开得肆意；辘轳井还在那里，可惜早就打不出水了。谁能想象当年这里是遍布湿地的地方？每次经过那个小院我都要驻足，有一种异样的、荒凉的美吸引着我

447

（见书末附图 13）。今年，它们一定也依然如旧。

二、那年清明

现在有了动车，回乡的时间大大缩短了，但买票出手不及时的时候依然会有问题。2014 年返乡就非常富有戏剧性，值得回味一下。

那年由于各种原因，动手买票确实晚了，几乎做好了不能回去的准备。4 月 3 日离开办公室前，我不死心，又在网上刷了刷，没想到刷出一张票来，4 月 4 日半夜出发，第二天中午到，正能赶上扫墓。急忙定下来。之后居然又刷到了一张回程票，但是是一趟绿皮车，4 月 6 日中午出发，从临汾开往秦皇岛，7 日早上途经北京，时间超长。但还是先定下来，有备无患。之所以必须 7 号早上回到北京，是为了好好准备 4 月 8 日的一个课题启动会议。

顺利回到故乡。返程时，由于没找到其他票源，我只能用那张"老牛车"的车票回北京了，4 月 6 日中午 11 点半登上了列车。一上车就发现，这趟车的速度并不慢，而是路线与众不同：它到达太原之后依然一路向北，经忻州、原平、宁武、朔州、怀仁、大同之后向东，经河北张家口到北京，然后继续经天津等地到达秦皇岛，全程历时一天有余。原来是这样！我突然兴奋起来：太原往北这段路程我曾经走过！小学五年级寒假，妈妈带我去太原，具体什么事儿我忘了，返程的路线正是这条太原向北的火车线。一路上，我默默地记忆着沿途站名,对原平、宁武两站的印象特别深刻。坐在我们邻座的那个年轻男子就是在原平下的车,我觉得他很像我们当时的班主任高忠老师。我甚至还记得他身着军大衣,拎着行囊,右肩略有倾斜地快步走出车站的背影。宁武,这个陌生的地名,不知为什么印入我的记忆,一看到这个名字就想起那次旅行,一想起那次旅行就想起这个从未和我有过直接关系的县城。它那里是有个什么湖吧?它曾让我小小的心灵无限向往过。我给两个哥哥发了短信:这趟慢车有点意思。可惜他们都没搭理我。

然而,重走儿时路的兴奋在火车到达太原之前就被车上无聊的时光打败了。听到列车服务员招呼目的地为太原的乘客下车,我思考了几秒钟之后,从上铺艰难地爬下去,拎包下了车。时间宝贵,我得保证明天一天精力不错。在未出站的便捷售票口,我被告知当天太原到北京的车票已经售罄,包括站台票。我回头看了看依然停靠在站台的绿皮车,犹豫了一下,还是义无反顾地拎包出站。我不相信都这个时代了,太原到北京还会有什么问题。

先把装满土特产的包寄存在站前,我开始排队买票。冷水继续泼来,太原到北京的动车没票!最近的票是夜里三点的过路车,没座,早上9点才能到北京!这远不如我放弃的选择。这趟车是我当年上学时往返家乡和北京的唯一选项,车上之艰难至今记忆犹新。我万分失望地离开窗口。无计可施,我给先生打电话,他建议我坐第二天一早的飞机。我觉得不好，看来还是坐那趟半夜的车吧！我开始后悔那个仓促的、放弃已有车票的决定。

重新排队但换了一个窗口。答复依旧，太原到北京的动车没票。正当我要求查看半夜那趟车时，售票员突然说："等一下！有一张 5 点一刻的动车站票，刚刚放出来，最后一张！要不要？要不要？"

绝处逢生！我激动地说："您真是救了我一命啊！"售票员也很高兴地说："这是你运气好！"就这样我登上了太原到北京的动车。虽然没座，但时间短，晚上 9 点就到，这得省多少事儿啊！突然之间觉得多年积攒的好人品开始爆棚了，不过也许更是父母的在天之灵保佑我呢！

三、年年清明

年年月月花相似，岁岁年年人不同。忘了哪年有感，仿写了一首小诗，贴在这里，纪念每一个清明：

北国清明

我的故乡不在江南
在北方
少湖、少亭、少寺
白衣荆轲离别的北方
曾经风吹草低见牛羊的北方

寒食御柳青烟飘散的北方
多山，多风，多沙
需要春雨的抚慰啊
我的干渴的北国大地

然而绿色依然降临了
没有芬芳
那满山的白蒿 只需要一点点滋润
那么倔强、艰难和疲惫
母亲的新坟上
细小嫩芽竟然攀爬于当年的柳枝
仿佛妈妈的笑容
泪光盈盈

泪光盈盈
恨不能成河
让这渺小的绿色更充盈一些

润湿的江南在远远的那边
裸露的北方，大风飞扬中
荒芜悲哀的北方啊
永远飘荡无边的忧伤

（2020年4月5日）

日暮乡关何处是

享受自由：不刮胡子的男人和不戴胸罩的女人

大疫当前，我经常通过B站收看的几档脱口秀节目——《每日秀》《艾伦秀》(*Alan Show*)、《肥伦秀》(*The Tonight Show Starring Jimmy Fallon*)和《吉米秀》(*Jimmy Show*)都停止了在演播室的演出，主持人们回家自我隔离，但都不间断地推出了"居家秀"，隔空与粉丝观众互动。这些"居家秀"的一个共同点是，走出演播室、没有灯光师和化妆师伺候的主播们都回归日常，呈现出最自然真实的一面。男士们〔崔娃、肥伦（Fallon）和吉米（Jimmy）〕都身着以套头衫、带帽衫为主的家居服，各个胡子拉碴，胡须连鬓——看来天天刮胡子确实也是一件麻烦事儿，能省就省。吉米还戴了一顶帽子，应该是为了遮掩蓬乱的头发吧。电视上，崔娃的发型以几乎短到露出青皮的寸头为主，现在，卷卷曲曲的黑发已经覆盖了满头，蛮可爱的。单凭这一点，我希望隔离时间足够长，让崔娃回归到拥有"巨型爆炸头"或者非洲"小脏辫"的模样，让我看一眼他的青少年时光。居家的女士们，艾伦和她的同性伴侣，都素面朝天；艾伦的短发已经见长了，伴侣的长发随意挽起，着宽松开衩长裙，赤脚在厨房炮制菜肴。她们都是一副"纯天然"的样子。

我想我也是这样的。每天早上起来脱下睡衣之后，就换上以长袖T恤、开衫、运动裤为主的装扮，不仅轻松自如，而且做饭、工作、运动都不误。最最重要的，不需要戴胸罩了！运动的时候不戴胸罩也没事儿，反正没人看！长期以来对胸罩的痛恨终于得以疏解，简直要放声高歌了。"失去了牵绊的女人，自由得想要飞！"

这个玩意儿不知道带给我多少烦恼！

第一，绑在身上不舒服。为了稳定和塑形，服装师说，如果不能做到量身定做般地合适（流水线产品哪有这种合适度，千载难逢），那么宜紧不宜松、宜小不宜大。于是胸前的那两团脂肪一天最少8个小时要被可能小半号的钢托箍着、从紧为宜的肩带吊着，看似坚挺实则憋屈，恐怕男士们难以体会其中的痛苦。很久很久以前，我一直穿戴纯棉的无托胸罩，一次采购胸罩的时候，被售货员循循善诱：你这种尺寸的胸部恐怕必须戴有托胸罩吧，否则很快就下垂啦！和周围的女士们交流了一下意见，才醍醐灌顶，原来这种既不性感也不实用的纯棉胸罩早过时了，我就此开始改弦更张。一年四季被束缚着，夏天尤其烦恼。男士羡慕我们可以穿裙子，我羡慕他们不用箍钢托儿。白天被箍一天，晚上回到家，第一件事就是撤掉那个玩意儿，让老娘喘口气轻松轻松！看电视剧里面的女主角们，即使躺在床上睡觉，也是双峰硬挺、性感无敌，累不累啊！

第二，清洗起来着实不方便。我一向主张内衣手洗，但这个玩意儿，不能搓不能揉，只能在肥皂水里泡一泡，实在感觉不放心的时候，用小刷子把底部边缘小心翼翼地刷一下，另外还需要额外把两条肩带照顾一下，怎一个"烦"字了得！还特别需要平铺晾晒，至少不应该让肩带受力，否则很快就失去弹性了。

第三，旅行打包的时候如何安排这些个劳什子也是一件烦心事儿。它们不能折不能压，必须留足空间。女生出行，随身的东西本来就多，还要特别照顾这些个娇嫩的玩意儿，想想就气不打一处来。每每收箱的时候，忙活半天，零碎东西差不多都安排妥帖了，一转头，呀，还有三个胸罩没安置呢，立刻气馁了。

第四，对我来说购买合适的胸罩永远是一件无比困难的事情。从基本需求来看，一般女士至少要置备以下几种胸罩：日常款、无痕款、运动款，以及肩带可拆卸款（为吊带或礼服裙而备），特殊的还有哺乳款。除了试衣之麻烦让人望而却步，关键是很难买到合适的。对我来说，不能太厚，因为太厚会让我本来就比较丰满的胸部更加累赘；不能太薄，否则会凸点。同样地，夏天是尤其让人痛恨的季节。不得不置备一堆肉色无痕胸罩，为了不走光，还需要购置胸贴之类的附属玩意儿。稍不小心，肩带就露出来啦，尴尬。关键的时候还需要把肩带固定在衣服上——感谢设计师，有些连衣裙的肩部有那么一个小小的机关。

由于各种原因，我通常在国外旅行的时候完成购置胸罩这桩大事儿。除了号码更齐全外，国外的导购员似乎更职业一些。至今我记得在伦敦一家百货商场购物的时候，一个跛脚的黑人老妈妈在试衣间内专门指导女士穿戴内衣，就像郝思嘉的黑人奶妈。她特别问我，想要什么效果？我回答，想让我的胸部显得小一点。在她的贴身指导下，我选购了两件胸罩，穿戴了很长时间。后来再去伦敦的时候，我特意去了那家百货商场，可惜黑人妈妈已经不见了。

为了人类繁衍，女性在日常生活中不得不忍受更多的不方便，例如来例假，例如戴胸罩。听说苏格兰是世界上第一个宣布女性卫生用品免费的地区，女生可以到指定地点领取相关用品。为苏格兰点一个大大的赞。那么胸罩呢？希望大家能够对不戴胸罩的行为、"凸点"现象宽容一些，也不要认为肩带露出来是为了"勾引"什么人。

相比西方女性，东方女性在这方面享受的自由更少一些。好莱坞有"No Bra"（不戴胸罩）运动，明星出街不着胸罩并不罕见，模特儿走秀也多"真空"，但很少影响到东方和现实生活，例如自杀的韩国女星崔雪莉生前因不戴胸罩遭受过网络暴力。我曾斗胆在冬天不着胸罩出现在办公室，但绝对不敢在另三季出格。《老友记》中的三位女性在剧中经常出现类似"凸点"或"不戴胸罩"的镜头，大家都坦然接受。那是20多年前的电视剧了，而现在国内的影视剧中都很难看到类似的场景。略好一点的是，现在无钢托胸罩又重出江湖，托举力量比早前的款式进步不小。

疫情给男人们带来不刮胡子的自由,给我这样的女性带来了不着胸罩的自由,享受中。但希望这种特殊境遇下的自由是短暂的,更盼望一个宽容多样、返璞归真的真正自由王国。

(2020 年 3 月 29 日)

疫中随笔

一、口罩和眼镜

今天（2月5日），北京降下这个冬天的第六场雪，我隔着玻璃看着，心花怒放。盘点了一下冰箱里的存货，实在不多了，该出去采买点新鲜的蔬菜水果了。于是，我换上羽绒服、雪地靴，戴上帽子，再戴上口罩，出门啦。电梯就不坐了，一层层走下10楼，也算增加点运动量。楼外雪花纷纷扬扬，空气清新，雪白的地面上只有零星脚印，白茫茫的大地格外漂亮。我慢慢走在雪地里，心情难得舒爽。但是，还没走几步呢，呼吸气流从口罩上边缘源源冒出，与我的眼镜相遇，凝结成小小水珠，很快我的眼镜就蒙上了一层水雾，眼前的白色世界更加朦胧，就像冬天从屋外回到屋内。我只好停下来，费劲地擦擦眼镜，戴上继续往前走。没走几步，又是一层水雾。太狼狈了，我自己都感觉好笑。还好，反正也没什么人，没人注意到我的囧样儿。下次出来，干脆不戴眼镜了，反正度数也不深，街上没有人也没有车。

二、两颗油菜

疫情期间,一周出去买两回菜,其余时间闷在家里,雷打不动。那天拎着菜篮子去超市,正挑选已经分袋装好的油菜,一个大小伙子举着手机,边念叨边走过来:"三个土豆、一根大葱、两颗油菜……"一错眼珠看见油菜就在边上,就停了下来。"两颗油菜、两颗油菜……"小伙子一边扒拉一边继续念叨:"但每一袋里的油菜都至少六七颗,哪有两颗的啊?"小伙子有点懵,抬头搜寻服务人员。我赶紧说话了:"这样吧,我选这一袋,这么多我也吃不了,你拿两颗走吧。"小伙子谢过之后,扯了个塑料袋装好油菜,又拿出手机念念叨叨地走了。

三、洋葱

吃晚饭的时候,女儿皱着眉头说:"老妈啊,最近怎么总吃洋葱?洋葱炒鸡蛋、洋葱土豆丝、洋葱凉拌木耳、洋葱炒肉……我吃腻啦!"我连忙解释:"最近在手机上看到消息说,云南元谋的洋葱大丰收,但受疫情影响,往年出口的洋葱,如今无法再出口销售,田间地头堆得到处都是,大家都很着急。我就下单买了一箱,10斤呢,价格实惠。买了就得吃啊。再说洋葱是健康食品,降血压降血脂,多吃有好处。"女儿说:"再吃我就变成洋葱啦!""那好吧,"我说,"明天吃番茄罗勒意大利面。"女儿高兴起来:"嗯,这个可以有!"

我心中暗喜，哈哈，又可以吃掉一颗洋葱啦！

四、感谢风雨无阻的送报人

面对这场突发疫情，我不由得感谢自己去年的一个英明决定：通过邮局系统订阅2020年全年的《北京晚报》，而不再用每天到报摊上购买了。原因也很简单，我稍微下班晚一点，晚报就没了。果然，从1月1日起，每天下班回到小区，信箱里就多了一份《北京晚报》，风雨无阻，从不爽约。即使在疫情最严重的那段日子，大家都闭门不出，门前冷落鞍马稀，我家的信箱也从来不会让我失望，而不远处的报摊早已歇业了，到现在都没开张呢。除了心怀感激之外，我突然很想看看邮局师傅每天都是什么时候、怎样分发报纸的。于是，找了一个阳光明媚的春日下午，2点钟我就戴着口罩到了楼下，坐在楼门口，一边晒太阳一边等待。2点40分，一个穿墨绿色工装、衣服后背写着中英文"中国邮政"、戴着口罩的师傅骑着电动车到了楼下，停车，拿着几份报纸走进了楼里。我印象中通常《北京晚报》印刷完毕的时间是1点半左右，也就是说印完一个小时之后读者就能看到报纸了，效率真高。我默默地看着师傅熟练地打开一排排的信箱门，一份份地将报纸放入，等他离开的时候，向他真诚地说了一声：谢谢您。

（2020年2月4日）

日暮乡关何处是

好友验证[1]

我终于决定换手机了,手里的这款手机内存3G,容量16G,最近一次出差途中遭到群嘲。本来还想忍——借此也约束一下玩手机的时间——没想到一些必要的应用程序都无法更新和安装了。我忍无可忍,跑进专卖店换了同品牌新手机。在店员的帮助下,我将旧手机的全部内容"克隆"到新手机。整个过程也颇费周折,只是因为旧手机容量太小,不得不一边删内容一边克隆。尤其是"克隆"微信内容的时候,几番尝试都不成功。技术人员倒挺有耐心,说:"您看您这朋友圈,小1000人,再加上对话内容,需要很大的空间才能完成原样复制。我看您还是不要保留对话内容了吧,只复制通讯录很容易。"左思右想,还是担心遗漏重要内容——现在的微信,不仅是朋友圈,也是工作圈,我还是决定全部保留。于是又折腾了几遍才"克隆"成功。

回到家已经很晚了,17岁的女儿早已点了外卖,吃完钻进自己的小屋了,餐桌上堆了一堆外卖包装、残羹剩饭。我皱着眉头处理完,看看小姑娘紧闭的房门,叹了口气,拿出新手机发了第一条微信:马上放假了,有什么安排,尽快跟你爸

---
[1] 这篇小小说正式发表在2020年1月21日《北京晚报》第37版。

爸说，如果有旅行计划让他带你出去，看最近的工作情况，我恐怕抽不开身。随后胡乱吃了点东西，收拾收拾就休息了。

第二天一早，还没起床，顺手拿起手机准备浏览一下。微信闪了一下，跳出一个对话框："您的微信账户有被盗用的风险，请按照以下程序进行验证……"正发蒙呢，腾讯短信发了过来，给了一串字符，要求至少要两个微信好友发送这串字符到我的微信账号，之后才可能重新使用微信。看来这是手机换新之后的规定动作，虽然滞后了一段时间。

准备好早餐，女儿一如既往睡眼惺忪地坐在桌前，我也不知道她昨晚几点才睡的。自打上了高中，作业量猛增，再加上对手机的痴迷，上床时间越来越晚，晚到我这个中年妇女完全不能跟她同步了。小心地看了看她的黑脸，我咽下了请她帮着发一个验证微信的话。为这点事儿大早上打电话叨扰朋友们似乎也不太妥当，到办公室再说吧，办公室那么多人，大家都是微信朋友，这点事儿还不是手到擒来？

8点半到了办公室。打扫卫生的清洁工老刘早到了，在楼道里处理前一天积攒的各类垃圾。等了一会儿，秘书小王也到了，坐在座位上拿出镜子开始描眉画眼。这姑娘，天天上班第一件事儿就是干这个，不能早一点起床在家里完成吗？太懒了。我恶狠狠地白了她几眼。

眼看9点了，怎么一个人都没有？我走出办公室在楼道里转了转，几位所长的办公室门倒都是虚掩的，应该都在。领导们一般都到得早一些，但九点以后就忙着开会出巡了，一天不见人是常有的事情。有经验的秘书们都会大早上过来"抓"领导们签字,错过这个点儿大概就会错过一整天。但麻烦日理万机的领导们帮我验证微信,似乎不妥吧?我退了回来。

不得已,我只能问小王:"大家都去哪里了?9点了怎么一个人都没有?""黑姐你忘了?今天工会组织秋游,大家都参加活动去了,"小王笑嘻嘻地说,"您下午不是有会吗?所以没报名。我去过妙峰山,而且我最怕爬山,所以才没报名。由博士不是要高调到局里吗?估计今天办手续去了……昨天工会的李姐还抱怨呢,说按照最新规定,春游秋游的伙食费每人只有30元,只能吃面包了……您说这是什么规定啊?哈哈……"小王笑得合不拢嘴,叽叽叽没完了。我慌忙打断:"知道了,知道了,你帮忙给我的微信账户发个信息吧,多谢了。"终于搞定一个,还得找一个,看样子真得打电话求援了。

说话间,老刘到我们办公室搞卫生了,听我正跟小王解释,连忙说:"哎呀,你不用打电话,我帮你发微信不挺方便嘛?"我一愣,清洁工老刘怎么会在我的朋友圈?哦,想起来了,很久以前因为处理办公室钥匙的事情,临时加了一下,后来虽然没有删除,可我早就屏蔽了她。正恍惚愧疚间,老刘拿出手机说:"你看,你们这些文化人儿的微信在我这里都置顶呢,想着哪天我的小孙子作业不会做,我可以向你们请教呢。"

老刘的微信一发出，分分钟我的微信账户就恢复了，一打开，各种信息蜂拥而来，公众号的、订阅号的、快递的、微商的、工作的、朋友的……手机滴滴答答响个不停，屏幕刷刷刷地更新，应接不暇。

　　我又回到了热热闹闹的微信世界。

（2020年1月12日）

我的家庭塑料袋"零增量"生活小记[1]

我是个小家庭的家庭主妇,实行塑料袋"零增量"计划已经有些时日了,效果不错,这里和大家分享一下经验。

首先,我在农贸市场上买了一个草编的菜篮子,不贵,很结实,每次去超市都拎着。现在拎着这么个菜篮子走在街上,回头率挺高,得到赞誉不是一回两回了,人人都说好。如果感觉采买的东西比较多,就再带一个布袋子——我有各式各样大大小小的布袋子,有开会发的,也有自己买的,都是几块钱十几块钱就能买到的东西。那年在周庄旅游,爱上了蜡染布,买了一大块回来,找裁缝做了几个布袋子,现在还在用。我上下班的背包里也时刻装有布袋子,以备不时之需。

然后我又准备了几个大小不一的密封盒,用来购买散放的熟食,例如各种小凉菜、小咸菜、豆制品、熟肉制品,特别准备了一个比较大的盒子用来盛生肉。购买之前,需要和师傅沟通好,先把这些器具的毛重称量一下,"去皮"之后再盛放食物。

必备的"硬件"都准备好了之后,最重要的事情就是重

---

[1] 这篇小文被略加修改后发表在 2020 年 1 月 15 日《中国环境报》第 6 版。

复利用已有的塑料袋了。我的实际经验是，现在的正规塑料袋结实耐用，只要去除前次购物的条码时小心一点，重复利用一二十次一点问题都没有。这当然就涉及一点点麻烦的地方：每次购物完毕后需要将贴在塑料袋上的条形码小心翼翼地撕掉，以免下次再扫一次。这其实也不难，条形码只要破坏一点就扫不上了，问题是很多时候标签的黏性有点大，不注意就会把塑料袋撕坏。后来发现，用湿布擦除这些条形码比较容易。

于是，每次去超市的时候，我心爱的菜篮子里会有如下物件：一个布袋子、几个密封盒以及几个可重复利用的塑料袋。

在超市里，我尽量选择散放而不是已经装袋编码的蔬菜水果，用随身携带的塑料袋盛放。如果遇到个头较大的蔬菜水果，比如菜花西瓜什么的，就请师傅把条形码直接贴在食物上。对于类似酸奶、面包等已经包装好的必备食物，当然不会因噎废食——我们需要特别控制的是那些安装在转轴上供顾客随意撕用的包装塑料袋。

做到以上几点之后，随后的事情就是和超市服务员进行良好的沟通了。在这一点上非常感谢我家附近的和平门菜市场，在很短的时间里就从对我颇不理解转化为不断给予支持。第一次递上小盒子，要求买两块豆腐干，一手拿夹子一手拿塑料袋的大姐既有点发蒙也有点烦，那表情不言而喻：这个顾客事儿真多。旁边的小伙子赶忙过来帮忙，演示了一遍如何"去皮",大姐恍然大悟。卖肉的大哥"哪、哪、哪"地剁好肉,爽快地放进我的盒子里,在盒盖上贴上标签。可是卖鱼的大哥就不干了,问:"你端着这盒子跑了怎么办?"卖肉大哥赶忙过来解释:"没事儿,一样的。她每次都这样,挺好的,环保!"称重处的大姐,开始看到重复利用的塑料袋时,总皱眉头,说:"这要扫错了,领导要罚款的。"我就给大姐仔细翻看一下,说:"以前的二维码都撕干净了,您放心。"现在,他们越来越接受我的那些总带着标签残片的塑料袋了,还不忘再夸我几句。他们也会应我的要求把标签直接贴在某些食物表面——他们不会主动这么做的,说有些顾客不愿意。卖肉的大哥告诉我,不是我一个人这样,和平门菜市场的顾客中还有一位姑娘,每次购物也是自带塑料袋和保鲜盒。我隔空向这位姑娘致敬。

一段日子以后,我在少用塑料袋和塑料制品方面的经验越来越丰富,例如尽量不买袋装豆浆而是买瓶装的,因为塑料瓶可以回收;散放的袋装酸奶与五包拼一袋的价格其实没区别,我就用我的旧塑料袋盛放它们,结账时告诉服务员购买数量就好了。购物回来之后的新增塑料袋越来越少,最近终于接近零了,垃圾增长的速度显著放缓,我满心欢喜。

当然,现代社会,杜绝塑料袋和塑料制品还无法完全办到。女儿喜欢点外卖吃,喊她下楼去餐馆吃都不愿挪步。我只能一再叮嘱:点餐时不要选餐具啊!男主人喜欢网络购物,快递从四面八方飞来,包装垃圾动辄就一大堆,让人无比头疼；单位发的菊花茶，一个花朵一个包装，再加上盒子，包装的分量远远超过菊花本身。不过，办法总比问题多，只要大家意识到塑料是个问题，总会有替代方案的。

这样的生活，显然，可能是不方便的。但是正因为我们太追求方便了，所以才造成了环境污染和生态的破坏。给自己一点点约束，方便的就是他人、环境和生态。

（2019 年 11 月 16 日）

外卖小心机

小凤凰时不时要点外卖吃,一是因为我做的饭乏善可陈,二是要换换口味。作为一个环保主义者,我痛恨吃过外卖之后剩下的那一堆垃圾,因此从没有在网上点过餐,屈指可数的几次也是麻烦别人帮忙。每当小凤凰点餐的时候,我一次又一次地吩咐:不要餐具啊,不要餐具啊!但每次清理饭后残局的时候,总能看到一次性餐具。次数多了,我不由得动怒。小凤凰很委屈:她每次都选"不要餐具",不知道为什么总是有。我半信半疑,有时候和朋友抱怨,朋友说,收单、准备饭菜和打包的工人各司其职,在最后的打包流程,放一次性餐具大概是标准程序,没人通知他们谁要餐具谁不要餐具。好吧,我暂且接受这个解释。

2020 年 5 月 1 日,北京市开始实行强制性垃圾分类制度,其中一条规定是外卖餐厅不再主动提供一次性餐具,除非顾客提出要求。这下我感觉看到了希望。按照新规定,即使顾客什么也不说,餐厅都不应该提供餐具,更何况小凤凰每次都会主动选择"不要餐具"呢?!然而事与愿违,每次送到家中的外卖,毫无例外总会出现一次性餐具的身影。气愤之余,我不由得好奇起来——这到底是怎么回事儿呢?我把钉在塑料袋上的外卖单撕下来，坐下开始研究。

两张流水单都来自美团订单。在商品列表里，除了所点餐食外，还分别写有：支持环保无需餐具、无需一次性餐具。看来小凤凰确实每次都选择了不要餐具的选项，我冤枉了她，好孩子。再往下看，计算过金额之后，两张单子都出现一个"备注"栏，一个字大一点，一个字小一点，但内容基本都一样：收餐人手机号136××××××××，顾客需要餐具。

在一张小小外送单的方寸之地，居然出现了两条截然相反的顾客需求信息！我连忙找小凤凰询问，她不耐烦地说："我从来不看备注栏，没进行过什么操作。"好吧。我拿起手机，按照单子上的电话号码，开始一一拨打。

第一家很快接通了。我气愤地问：你们为什么要在备注栏修改顾客信息？我明明选择了不要餐具，你们不仅非要给，还篡改顾客需求信息，这是为什么？我怎么就想不通！电话那端的女士委屈地说：订单系统是美团统一设置的，我们并没有修改权限……每次看到订单上的信息，上面写不要餐具，下面写要餐具，我们也很疑惑，不知道顾客到底要不要，怕顾客给差评，我们就索性都给了。我说：你们就不怕我投诉吗？我说不要餐具，你们偏要给，我也会投诉你们的。感觉那边的女士笑了，她回答：像您这样的顾客不多……

我继续拨打第二家外卖餐厅的电话。我的问题是一样的，接电话的男士很健谈，滔滔不绝地跟我解释了半天，看样子他也很郁闷呢。他的大致意思是：我们也不想提供餐具，那样可以节省一大块成本啊，但是如果按照新规定去做，一律不提供餐具，除非顾客有明确要求，我们就会得到很多差评。这两个星期，得6个差评啦。我们承受不了，有时候不得不再次派骑手去送餐具。所以，美团外卖系统在备注栏里设置了一个默认选项，每个顾客都需要餐具。即使你在点餐的时候选择了不要餐具，它被作为一份特殊的"食品"列在菜单里。但如果你不去备注栏里更改那个默认选项，系统最终确认你还是要餐具的。实际情况是，很少有顾客会注意到那个备注选项……

终于明白了。美团系统的默认选项是，每个人都需要一次性餐具。呈现在手机界面上的是一个毫不起眼的选项，打印到快递单上，就成了大大的一行字：顾客需要餐具。这样做一举两得：一旦检查垃圾分类执行情况的管理人员质询起来，很好解释，顾客有明确要求嘛；更重要的是，客户不会因为没有餐具而给差评了，省了多少事儿。至于单子上出现的前后矛盾的信息，那根本不是个事儿……想吃一顿"环保餐"，必须跨越这道陷阱才能如愿以偿。

如果一定要有人为这件事情负责，那么首先挨板子的一定是美团了。在新政策面前，它可以做的调整很多：首先，在菜单页取消所谓"环保餐"的选项，因为新政策要求环保，即不提供餐具，如无特殊要求，大家点的都应该是"环保餐"；其次，将备注栏做大做细，明确提醒顾客，如果需要餐具，请一定在这里勾选，否则就不会有餐具——默认选项是"无需餐具";最后,在点餐系统首页贴出醒目的"绿色告示",告诉顾客点餐之前必须知晓餐具的提供规则。做到以上三点之后,我想大部分顾客都会明白其中的道理,能环保就环保,条件不允许就额外勾选一下餐具。如果遇到顾客因无餐具投诉或给差评,美团和餐厅都有解释的余地。

现在看到的情况是,面对新政策,美团似乎没有做任何调整。通过默认选项的无理设置,一方面把锅甩给顾客,另一方面避免了可能产生的差评,唯独不考虑环保因素,也不考虑新政策为商家提供的节约成本的机遇。

如果有谁还应该被批评几句,恐怕就是那些因无餐具而给餐厅差评的顾客了吧。因为我很少有网上购物和点餐的经历,不是很清楚差评对商家的重要性,似乎非常致命。我想在给出重要评价之前,顾客是否应有一个和商家沟通的过程?有些可能是误会,有些可能是顾客不了解政策。如果商家已经尽了一切可能告知顾客新政策要求(如我上面说到的三点),那么顾客再要给差评就是无理取闹了。

美团和餐厅是否能对顾客进行简单分类?比如分成"绿色"和"非绿色",环保和非环保,对于一直点"环保餐"的顾客给予额外优惠,激励其他顾客一起向绿色迈进,慢慢地就会形成良好的氛围。我相信因为无餐具而投诉的顾客也会越来越少。再进一步说,美团是否也可以建立"黑名单",对总是无理取闹的顾客取消点餐权?

为解决差评的问题,我想商家是否可以将得到的差评进行总结，将哪些确实是有待改进的地方，哪些属于"恶意"差评，公布出来，顾客能有所了解，也就不会被一个简单的差评吓退了。对于那些因为坚持原则而得到差评的餐厅，我相信顾客的眼睛是雪亮的，长期看一定会有很好的收益——现在的年轻人，环保理念越来越强。从工商管理的角度看，也应该给予绿色餐厅更好的定位。

　　一个简单的"是否提供餐具"的问题，引发了以上涉及公共政策落地实施的思考。从道理上讲，不主动提供餐具，商家应该最为支持，但平台不支持，不支持是因为大家都怕差评。所以，平台本身要做的工作很多。通过实施精准的对策，如最大限度地宣讲政策、调整系统，以及实施更高层级的顾客分类、差评分类和激励、惩罚措施等，促进环保政策得以实施，并且保证不因此遭遇更多差评，这就是管理水平的体现。不是没有办法，办法多得很，就是怕懒政、一刀切和简单甩锅。

（2020 年 6 月 27 日）

大学入学 30 周年聚会兼记老同学宣东

今年是大学入学 30 周年、也就是大学同学相识 30 周年的特殊日子。群里聚会的呼声很高，但一旦我们的群主吕宣东同学组织活动的时候，响应者就寥寥了。进入 10 月份，工大的校友返校日到了，留校的昔日"老干部"、如今的田教授贴出了通知，宣东同学不管三七二十一先让教授订了包间，然后通知周日聚餐。响应者还是不多。晚上，宣东同学特意私信问我去不去。我给予肯定回答，并问一下有多少人，答曰五六人的样子。正好，正适合我带一瓶好酒过去。

于是，我带着法国红酒，和同学李艳相约一起到了工大。同时赶来的还有王宝和冬冬，再加上宣东以及郑老师，共 6 个人。不见冬冬已经 25 年了——1994 年夏天去他奶奶家吃牛肉饺子应该是最后一次了，和王宝上一次见面应该是 2011 年秋天和杨沐等人一起吃饭的时候了。大家都唏嘘不已，但我们坚信每个人都没怎么变，因为即使在路上偶遇，我们也会马上认出对方的。这是"不变"的铁律，其余什么皱纹啊风尘啊，都不算。我们兴致勃勃地来到宿舍区，想像上一次那样上楼，未果。来到一楼窗户前，猜测了一下哪一扇窗户属于 127，嗯，大概是这一扇吧，敲了敲窗户，窗帘紧闭无人应答。楼前的那几株梧桐树长得真好啊。几片落叶悠悠地飘下来。又向餐厅走去，一路大家都在讨论当年的回民餐厅，真正物美价廉啊，四毛钱的白菜粉丝、6毛钱的土豆牛肉片、8毛钱的红烧牛肉，这是普通食堂买不到的，天天挤得水泄不通。冬冬神秘地说："你们不知道，其实再往里走还有新疆餐厅呢，那个就不是人人都能去的了。"哦，我们再一次"愤愤不平"起来，调侃地说，你们这些少数民族学生，每月拿的补助比我们高不说（多3.5元，差不多相当于两天半的伙食费），吃得还比我们更好更便宜！

宣东同学点菜，交友广泛的李艳同学开始呼朋唤友，招高年级的人过来吃饭。我有点着急地说，别招了，酒不够喝的！人少一点挺好的。李艳有点尴尬的样子。希望大家能听出来，我这是玩笑话；另外，我也确实想安慰一下宣东同学，每次都积极地张罗聚会聚餐，但总得不到积极响应，是不是会有点失落？

菜是家常菜，酒是好酒，席间七嘴八舌话说当年。要论往事，我最有发言权，记忆力好还记日记，各种细节我都记得。李艳直咋舌，说："我得离你远点，太可怕了！"特别是我讲起了大一刚一进校上第二次金工实习课的小事故。当时我们穿着工服戴着工帽当磨工，我和吕宣东一组。当我按下"停止"键的时候，立刻就伸手准备进行下一个操作——这显然是违反操作规程的，因为必须给机器留出一段完全停转的时间。果不其然，我的左手食指关节被还在快速转动的砂轮蹭了一下，鲜血立刻涌了出来。我立刻用右手捂住左手，同时示意宣东同学"别告诉老师"。我担心老师批评我，也担心老师因为学生出事故而受到上级领导的批评。吕宣东看了一眼，毫不犹豫地举手示意："师父，她的手受伤了！"那个酷似于荣光的小师父快速过来查看，然后带我去医务室清创包扎打破伤风。我问吕同学："还记得吗？"他呵呵呵笑起来："这怎么能忘呢？"

这是他的招牌笑声。这30年，他的变化最小吧。他长了一张圆圆的娃娃脸，小小的细长眼睛，脸蛋好像经常红扑扑的，走路似乎有一点摇晃的不稳定感，喜欢呵呵地笑。大一他和班里的一位女同学短暂地谈过恋爱，那个女生长得娇小，也有一张圆圆的娃娃脸，两个人手拉手在周末的校园里游走，就像两个玩过家家的小娃娃，甭提多可爱了。不知为什么，这段小插曲很快结束了。

他叫"宣东"，又写得一手好字，还会篆刻，当仁不让是我们的宣传委员。我们很长一段时间没有特别的交集。时间转瞬就到了大三后半学期，我们343班的四个女生与一帮男生一起去"五十五公里"游玩。在回程的火车上，这家伙和我开了一个大大的玩笑，等我发觉是恶作剧之后，几乎哭起来。不知道是事前安排好的还是为了"赎罪"，他邀请我们一行去他家空着的一套房子过夜，我们一大堆人都过去了，热热闹闹地玩了一晚上。我也算是第一次在一个北京人的家里留宿。半夜几个女生挤在沙发上，晚上稍挪动了一下，我的一只脚就掉进了沙发旁边一个装满水的盆里。早上起来,大家乐得要命,又急匆匆地赶回学校上课。

我并没有觉得我"记仇",但在后来写毕业留言的时候,吕同学在长长的留言中特别提到这件事情,很委屈地说我"从此不大搭理"他了。可能是吧。但还有一件事情我可真记仇了。最后一个学期在燕山石化实习的时候,饭菜比学校食堂还差劲。有天中午,两个菜,一个我特别不爱吃,一个还可以,但所剩不多。看看前面的队伍,我大概估了估,到我应该还有,忍不住念念叨叨起来。吕同学就排在我面前,显然听到了我的"祈祷",似乎还回头看了我一眼。等轮到他的时候,他毫不犹豫地点了我中意的菜,大师傅划拉划拉全给他了。我气不打一处来,但毫无办法,于是更加记恨他。现在想起来,这有什么可记恨的,先到先得嘛,干吗指望人家让给你?不应该,这仇记得不值得。后来有机会和吕东子聊起这件陈年旧事,他一头雾水;连"五十五公里"的恶作剧也不记得了呢。

就这样,大学毕业了,车站送别大家都去了,这事儿我就不想提了——我人生中最难过的一刻。从此没了联系。再点对点地联系上,就是2010年以后了。他热心地利用一切新媒体建立班群,2013年就是他打电话催促我换智能手机,加入微信群(见《再见,我的诺基亚手机》)。有了微信,联系就方便多了。我知道他一直在书法领域钻研,字越写越好,经常在群里招呼我们给他的书法作品投票。我挺敬佩他的毅力。

那年，我把自己搁置的老诺基亚手机送给他，算是帮他一个忙。但很奇怪，他利用这个机会向我推销了一部华为手机。我天真地以为他要送给我，作为对我提供传统手机的谢意，就接下了。之后他才有点不好意思地张口要钱。我生了很长一段时间闷气。后来慢慢醒悟过来了，他似乎是在用这种方式感谢我，因为他用挺低的价格把那款还算新的手机卖给我（他在中国移动工作，应该可以以较低的价格得到新手机），给我提供了一个转手倒卖的机会。事实上，我确实把它卖了，"赚"了些许差价。这也许还是他用隐晦的手段表达谢意/歉意的方式？真是江山易改禀性难移啊！他至今不觉得这种方式会引起误会吗？

尽管有这么多误会，我还是慢慢释然了。就凭他乐此不疲地组织同学们的聚会，我也应该感谢并积极支持他，算是尽老同学的情谊。再说，他继续在书画界努力，我继续在文学领域努力，也算是志趣相投。希望我们都在各自的职业领域之外早日有所成就。

再回到我们的聚会。聚餐后的时间里我们走访了郑老师的实验室，宣东同学在微信群里一路直播，真的是个热心人啊！

（2019年11月2日）

给 16 岁~17 岁女儿的一封信

亲爱的小凤凰：

现在你所处的这个年纪，总让我想起电影《音乐之声》中上校的大女儿丽莎所唱的那支歌：I am sixteen and going to be seventeen（我现在 16 岁，马上就 17 岁了）。你现在正处在 16 岁到 17 岁的过渡阶段，窈窕淑女一枚。在电影中，丽莎情窦初开，和经常给她家送信的小邮差互有好感，开展了一段初恋。16 岁开始初恋，这个太正常了，全世界的孩子都一样。我这样说，不是我感觉你谈恋爱了，过来提醒你几句，而是我感觉这个时候应该是和你交流一下恋爱、择偶和婚姻的较好时机了。

我上高一的时候，那是 30 多年前了，人们的观念相对保守。我对班里的语文课代表有特别的好感，很是挣扎了一段时间。高二分科了，那个男生去了文科班，我去了理科班，这点好感不了了之。之后的时间里，我们有一个小团体，有男生有女生，大家都挺好的，但并没有发展出恋爱关系，我想这是一种最好的状态吧。上大学离家的时候，父亲叮嘱我一件事情，那就是，不要谈恋爱，因为将来还面临分配问题，不知道能不能分到一起。

现在看来，你姥爷真的是迂腐啊！宁愿他的女儿浪费掉四年的大好青春年华（19岁~23岁）！我当然并没有那么听话，大学期间或长或短地和几个男生交往过，当然都无疾而终了。我可能确实考虑了你姥爷的顾虑，一旦将来分配不到一起，两地分居确实是个问题，所以每次都不能彻底地投入一场恋爱。当然还有其他原因，以后慢慢聊。

基于我的失败往事，我想对你说的第一点就是：恋爱和婚姻并没有必然联系，恋爱就是恋爱了，不要那么畏首畏尾瞻前顾后，要认真地投入，认真地了解异性。这是一种生活经验的积累，有助于你成长和成熟。恋爱不是一定要有个什么结果，重要的是过程，一个让自己变得更好的过程。而婚姻，那是另外的事情，是一个结局，需要考虑的因素太多了，你这个阶段暂时可以不考虑。

恋爱这个过程应该是美好的，尽管初恋一般都比较青涩。这个过程可以让你体验有别于家人、同性朋友之间的感情。具体是什么，我并不是那么明晰，可能因为我个人几乎没有真正毫无顾忌地恋爱过，真遗憾。我想起一句话：I love you not because who you are, but because of who I am when I am with you（我爱你不是因为你是怎样一个人，而是因为我喜欢与你在一起时我的样子）。我短暂地有过这样的体会：当你和某人在一起的时候，感觉特别温馨安宁，自己变得十分温婉可人。这应该就是我们谈恋爱追求的境界吧——让自己变得更好。如果你喜欢的人，一段时间之后，让你患得患失、坐卧不宁，那一定是出问题了。如果这个问题确定无法解决，那就要考虑中断了。重要的话再说一次，恋爱不一定要有结果。

除了让自己变得更好，恋爱的另外一个可能的收获是，让你更多地了解异性。俗话说，男人来自火星，女人来自水星，看上去是同一个物种，其实两性之间的差别可以大到天悬地隔。从我和你父亲无休止的争吵中，你应该也有所了解了。因此，在真正建立婚姻之前，更多地了解男人应该是非常必要的。谈恋爱是最佳途径。看看男人的脑回路是怎样的，他们的所思所想所言与女人有什么本质区别，从而慢慢地总结出与异性交往的经验，让自己变得宽容一些，为之后可能的婚姻奠定基础。

所以从这两个角度（让自己变得更美好和更多地了解男人）讲，我甚至鼓励你适度地谈恋爱，青春短暂不容错过，能让自己更美好的人也不应该错过。

当然，我的女儿，作为一个学业繁重的高中生和未成年人，眼下谈恋爱有一个条件：适度。如何把握，或许你可以问一下自己，恋爱这个状态是让你：精神饱满还是精神萎靡？学习效率提高还是下降？心平气和还是提心吊胆？如果以后者为多，我想可能就是"不适度"了，需要调整或中断。

另外，我特别想说一点，生理安全问题。也许有些男生会对你提出别样要求，这时候你一定要考虑一下：如果迎合男生的要求，明天或一段日子之后你会不会因此后悔？如果你感觉自己一定会后悔，那就毫不客气地拒绝吧。真心喜欢你的男生,不会让你受到伤害,也会懂得等待。

当你更成熟一些,有了稳定的工作和收入,对异性和社会的了解与认知也达到了一定火候,谈恋爱的目标可能就会慢慢地、自动地集中于婚姻。这是个水到渠成的过程,不急。

还是回到《音乐之声》这部电影,在后半段的故事中,丽莎发现自己和小邮差其实有很多不一样的地方,尤其小邮差最后居然投靠了纳粹,丽莎当然就和他分手了。这就是一个典型的初恋故事,互有好感发展为初恋,相处一段时间后发现其实两人有难以弥合的分歧,然后和平分手。两个人都珍藏这段感情,然后在各自的生活中继续前进。

啰唆这么多,该到最后画重点的时候了:

我不反对,甚至,鼓励你适度恋爱;

恋爱应该让自己变得更美好,如果不是,就要考虑是否终止;

真心喜欢你的男生,不会让你受到伤害,也会懂得等待;

恋爱不等于婚姻,后者是很长远的事情,不急,慢慢来。享受恋爱的美好过程。

妈妈,2019 年 10 月 25 日

日暮乡关何处是

世园会里的埃塞俄比亚雏菊

　　借着近水楼台的优势，我在金秋 9 月里参观了两次 2019 北京世界园艺博览会。园子真不小，我对位于世界园艺展区的非洲园情有独钟。那里有多个非洲国家的联合展区，例如中非、东非和西非园区，每一个国家展厅的外观都是一个小小的茅草尖顶屋，里面摆放着来自这些国家的特色植物和由这些植物衍生而来的特色产品，以咖啡、精油、木雕、草类编织物为主。虽然被一些人吐槽为"小商品集贸市场"，但充满了浓郁的非洲风情，而且很多国家可能我们这一生都没有机会去，比如乍得、刚果、卢旺达、中非、塞拉利昂等，趁这个机会了解一下不是挺好吗？

　　我在这些非洲小屋里流连忘返。第一次游园的最后落脚点是埃塞俄比亚小屋，在满屋咖啡的香味中，一幅布满黄色雏菊的油画吸引了我。小小的黄花绽放在绿色的原野上，充满希望。小花的形状有点像波斯菊，不过是重瓣的，层层叠叠，甚是娇艳。房间一角还摆放着作画的工具，显然是现场绘制的。我不由得向主人打探价格，主人坚定地表示，这幅画只供展览不出售。第二次游园，念念不忘的我重返埃塞俄比亚小屋，那幅画还在那里醒目地悬挂着，还是那么灿烂，而且年轻的画家尤纳斯（Yonas）也在现场。和画家商量之后，我把那幅画买了下来（见书末附图 14）。

这次时间充裕，有空听画家讲一讲这小花的故事。9 月有埃塞最重要的两个节日，第一个是埃塞新年，通常在 9 月 11 日。这段时间雨季结束，旱季开始，人们开始准备下一阶段的田间劳作。恰逢这个时节，漫山遍野都是这种黄色的小花，当地人称之为阿黛阿巴巴（Adey Ababa）。它在房前屋后、山坡河谷、农田道路上到处都是。埃塞人认为这是大自然给予他们最好的新年馈赠。随手采摘一把，搭配一些野草，就可以作为礼物送给朋友。另一个节日是 9 月 26 日或 27 日的马斯卡节（Meskel），是埃塞东正教的传统节日（我也吃惊地发现埃塞居然是世界第二大东正教国家）。这一天盛装的人们一边手举小黄花，一边簇拥着大主教点燃篝火，围绕篝火载歌载舞。我第二次游园的日期恰好是 9 月 27 日，小伙子笑说："我现在在北京，我的家人朋友们正举着火把寻找'真正的十字架'呢（埃塞东正教仪式）？"他还告诉我，因为这个节日，这种黄色雏菊也被称为"马斯卡花"。原来，这捧小花不仅是自然馈赠，也是文化传承的载体呢。再回头看看墙上那幅画，愈加绚烂。

世间植物大多都承载了人类的情怀吧，因此才更加珍贵。世园会里不仅仅有植物和园艺，更有人类文明独有的东西。

（2019 年 10 月 8 日）

日暮乡关何处是

地球母亲到了最危险的时候

在雾霾中欢度了国庆。一切都是美好的，除了作为背景的"蓝天"。这一次污染过程已经持续一段时间了，9月25日发布了预警，应急措施随即启动。然而并没有奏效，日日晴晒，一片云彩都看不到，大太阳从天空划过，午后的温度毫无例外升到30℃左右——在这9月底的时间。抬头看看，蓝色在灰蒙蒙的无边无际的"霾网"背后隐隐约约、有气无力地闪现。即使在举办世园会的延庆也不能幸免。"阅兵蓝"没有如期显现，这一次人努力了，但天没有帮忙。

人们会越来越明显地感觉到在全球变暖背景下缓解局部大气污染的难度。没有冷空气、没有风，污染物在低空不断累积，新增量就算走低也依然不断加剧累积，再加上晴晒，污染物二次转换过程更加复杂快速，一次污染物、颗粒物、光化学物交织，大气成分难以尽述。来自北方的冷空气越来越稀缺和无力，无法协助我们扫清盘踞在上空的灰霾。局部环境问题和全球环境问题已经紧密关联了，在大气面前没有疆域之分。

作为一个科研工作者，想让人们相信和接受气候变暖并在加速这个事实，还需要列举一系列数据，尽管这些日子以来我一直闭着眼睛、捂住耳朵躲避它们。1880年到2012年，全球平均地表温度上升了0.85℃，而到2018年这一数值已经快速上升到1.1℃，短短6年的时间上升了0.25℃！"平均"二字掩盖了很多事实，实际上如果不考虑海洋的话，陆地温升已经接近1.5℃；部分国家和地区的温升显著超过其他地区——中国的升温幅度就超过全球平均。世界气象组织再一次发出警告：2015年到2019年是有气象记录以来最热的5年。2010年左右曾经盛传"气候变化停滞"的说法，研究发现覆盖地球70%表面积的海洋在帮助我们吸纳额外的热量，充当了巨大的"缓冲器"。到今天，大海母亲已经力竭了，海水酸化让她自己伤痕累累，不能再吸纳更多热量了。地球温度经过短暂的停歇后开始飙升。大自然给过人类改过自新的机会，只是这匹脱缰的野马已经难以悬崖勒住了。

气候在变暖的事实，只要超过30岁的人都不会否认。然而原因是什么，就连科学家内部都不能达成真正的一致。每逢这个时候，我总是说，请大家去看一看政府间气候变化专门委员会的科学报告。该委员会已经连续出版5次评估报告了，每一次都是集结全球顶尖科学家，在所有愿意参与进程的气候专家和一定要参与的各国政府的监督下完成这项工作，不能有任何造次和夸张。"人类活动是造成全球变暖的主要原因"这一结论的信度从第三次评估报告（2001）的"可能"（66%~90%的概率）到第四次评估报告（2007）的"很可能"（>90%的概率），再到第五次评估报告（2014）的"极有可能"（95%~100%的概率），已经是板上钉钉的事实了。目前正在进行的第六次评估报告（2023）应该会将这个信度夯实为100%。气候变暖就是人类造成的，不应该再有任何科学语言的纠结。让我们看一下最重要的人为温室气体——二氧化碳浓度的飙升情况。1880年，它的浓度在280ppm左右，2012年已经接近400ppm，而到2018年这一数值达到408ppm，成为300万年以来的最高纪录。

二氧化碳的主要来源不言而喻，是时时处处都在燃烧的化石能源，比如煤炭、石油、天然气。工业革命之前，化石能源燃烧二氧化碳的排放量微小到可以忽略，而到今天，每年有300多亿吨的二氧化碳通过燃烧过程进入大气，成为一根又一根压垮地球生态系统的稻草。太阳还是那个太阳，它给予地球的热量从来没有变化或者变化在可接受范围内，只是存在于地球大气中的温室气体越来越多，将应该反射回去的热量禁锢在大气圈内。如果还有人反对二氧化碳是温升的原因，我是不是可以这样说：埋存在地下的化石能源是亿万年前的有机物经过漫长岁月沉积而成的，这些有机物在生长过程中吸收了原始地球大气中的大量二氧化碳，释放出氧气，帮助大气成分演进，从而越来越有利于新生命（包括人类）的诞生和进化。这个过程，沧海桑田，漫长到难以想象。而人类在短短200年就把它们全部挖出燃烧，地球系统能够承受吗？

近200年，人类对化石能源的需求已经达到须臾不能离开的境地。电就是从墙上来的，水就是从水龙头里来的，汽油是加油站来的，很多人不会考虑这些"理所当然"背后的能源支持和环境影响。套用一句话，哪有那么多岁月静好，一定有人在负重前行。在这里，自然母亲一直背负着人类生命默默前行，如今她已经病入膏肓。

对于很多人来说，只要有空调，一切都好，温度升几度与己无关。这是一个死循环，更长的夏天和更高的温度意味着更多的空调耗电量，意味着更多的煤炭和天然气燃烧以及更多的二氧化碳排放，然后是更高的温升和更长的夏天。可再生能源技术的进步在加速，但在可预见的未来还不能从根本上替代化石能源，而时不待我。或许人类可以勉强自救，那些不能挪动的植物呢？那些依赖于特定栖息地的动物呢？消亡和灭绝不可避免。不要觉得这和自己无关，丧钟是为人类而鸣。没有人的地球没有价值，只有人的地球更加可怕。

有人看到了气候变化带来的"好处"。前些天网上有一个帖子在疯传，说干旱的西北地区在变湿。其实，短暂的降水增加或者地表径流增加——如果这种现象真的存在的话——大部分都源于融化的冰川和雪水，不用多少年，这些地区的水资源就会出现断崖式下降。希望靠气候变化解决西北干旱问题，无异于天方夜谭或者饮鸩止渴。

该怎么做？作为一个渺小的个人，我已经尽了自己最大的努力。不开车，节约用水和用电，自备各种布袋，尽可能杜绝塑料袋，认真进行垃圾分类。这样的生活自然是不方便的,但我坚信就是因为人类太追求方便了,所以才祸害了自然和地球。我把环保行为当作宗教信条一样恪守。可我的做法影响几何?连我的家人也影响不了。多么让人沮丧。但即使是大卫·巴克尔(David Buckel)[1]这样的以自焚警示世界的悲情英雄又影响了多少人呢?他逝去后的日子里,那个公园里依然日日欢声笑语歌舞升平,有几个人注意到茵茵草坪中那块突兀的空白之地?生活在持续,醒悟的少数人依然痛苦,只管享乐不管未来洪水滔天的人依然不计其数,什么都没有改变。

人们追求自由自在的美好幸福生活没有任何过错,他们生活在当下。错在各个国家的政府,特别是发达国家的政府!在应对气候变化这个公共领域,借用费孝通先生的理念,各国只有"私德",没有"公德"。我们只有一个地球,却没有一个"国际政府"。200个民族国家和地区都明白,落后就要挨打,工业化城市化道路各国都要走,你方唱罢我登场,熙熙攘攘热热闹闹。而那是靠消耗能源和高排放支撑的,已经无比脆弱的地球等不到低碳能源彻底打败高碳能源的那一天了。虎狼屯于阶下尚谈因果,政治家们还在脸红耳赤地掰扯谁该做什么、怎么做。气候大会年年开,气候峰会隔三岔五上演,看不到希望的信号。在个别政治家的眼里,经济发展、市场竞争力、国际主导权高于一切,比地球还重要。心

---

[1] 美国律师、环保主义人士大卫·巴克尔于2018年4月15日在纽约一家公园自焚身亡。

急如焚的科学家们无论如何发布报告、发表宣言和创新视角都撼动不了这些政治家的立场。

作为一个小小的科研工作者，我更没有任何力量推动什么。我所做的事情就是反复校核排放数据，各国到底排了多少，谁多谁少，高估低估，反反复复。这些数据只能让我震惊，对其他大多数人都没有任何意义。悲乎哉。

我们生活在太空中到目前为止唯一一颗能让生命诞生和发展的星球上，却一直忽视它，让它沦为可有可无的背景。背景一旦倾覆，覆巢之下无完卵。

地球母亲到了最危险的时候。也许这也是一个一再重复的循环？也许更久更久以前（久到我不知该如何形容），这颗星球也曾孕育过生命，发展到高级阶段后一发不可收拾，走向毁灭；沉寂亿万年后，曾经的痕迹消失殆尽，一切从头来过。地老天荒，文明有尽头，而岁月和宇宙无止境。能杀死人类的只有人类自己。

（2019年10月2日）

夏日里的中秋节

又是花好月圆时。可能很少有人注意到我们其实是在夏日里过了一个"中秋"节？气象学意义上的秋天开始于连续5天平均温度低于22℃的第一天。今年显然还没有到，看样子还需要耐心等待一段时间。略查询了一下，2000年以来，这种情况还出现过两次，分别是2008年和2016年，这两年的中秋节和入秋日分别是9月14日和9月19日、9月15日和9月18日。2017年侥幸逃脱，只因为有一个闰月，中秋迟至10月4日。其实这一年的入秋日晚至9月23日，再加上早早入夏，2017年的夏天长达139天，史上最长。因此，2017年的秋天也是史上最短，仅有36天。2018年也不省心，9月16日才入秋，比常年入秋日整整晚了一周。2019年似乎还要打破一个纪录，就是中秋节与入秋日的差距。夏天像一个趾高气扬的帝王，正在不断拓展他的疆土，其余三季节节败退。

对我这样一个中年妇女来说，这个夏天无比煎熬。7月中旬到8月上旬这段日子里，酷热加高湿让我无处可逃，一贯不适应开空调睡觉的我，不得不整夜整夜开着空调。既担心长时间在空调环境对健康不利，又忍受着一个环保主义者的内心煎熬，辗转反侧，结果也只能在凌晨到来之际勉强睡一段时间。很多时候我都处于汗湿衣衫的状态,凭着最大的耐心忍耐着,靠着风扇解决一点问题,就当这是对我的考验吧。8月中下旬经历了短暂的蓝天白云、有点秋高气爽味道的相对舒适的日子之后,进入9月份,盛夏再次来临。整个天空——或蔚蓝或灰蓝——没有一丝云彩,大太阳无遮无拦地燃烧着照耀着,天天午后的温度飙升到高温线附近,晚上又不得不打开空调……看样子啊,我们就要在高温预警的状态下度过一个30℃以上的中秋节,难以置信。今年夏天的终点在哪里?

覆巢之下安有完卵?!全球人类都在忍受这一个高温纪录被另一个高温纪录打破的夏天。格陵兰冰盖以前所未有的速度融化、北极出现30℃高温野火频发、亚马孙森林大火连烧一个月……每天我都下意识地躲避着这些新闻,闭上眼睛就当它们没有发生,否则我可能要因此而更加抑郁了。

一个对我很是了解的朋友对我说:"你担心有什么用?这个世界不会因你的担心而变化一点点。"嗯。我想我不只是担心,还有负罪感。人类已经在很大程度上实现了改变自然的宏愿,我们已经进入人类统治时代了,但人类上天入地的同时,也许很快就会进入万劫不复之深渊,连同其他生物一起走向灭绝,或者,这个自然就只剩下唯我独尊的人类,满目疮痍。幸存的人类也许不得不走向太空去寻找另一个地球。如果真的是这个结局,人类是罪魁祸首,而我是人类的一分子,自然也是罪人。或者我在担心我的女儿还有她未来的孩子们，不知道他们的世界将是什么样子的。生而拥有空调的他们大概不懂得这些……

　　2016年到2019年，眼见气候变化在加速，照这个趋势下去，在夏天过中秋将成为新常态。其实只要有空调，这点变化不算什么。北极熊和我们有什么关系呢？北极融化了大家还可以通航呢。

　　我必须坚信，如果有英雄能够挽救世界，那一定还是科学家，不会是其他什么群体。地球工程、太阳辐射管理，不要考虑那么多了，赶快行动吧，科学家们！再继续讨论什么风险什么伦理，我们恐怕要在高温预警中过春节了！

（2019年9月14日）

小黑1987年日记

岁月小插曲

一、一个这样矫情的人[1]

我隔三岔五在某一公益机构担任志愿者,主要任务是周日上午在那个小小的咖啡屋卖咖啡。比我更频繁地过来担任志愿者的是一位中年女士,文质彬彬,一看就是个知识分子。时间久了,我们也变得相当熟络。

这个周日,轮到我值班。开门后不久,她也背着布包来了,笑语盈盈,说:"我今天不值班,但在这里约了个人。"她一边说一边拿出手机扫了一杯咖啡。我们这些志愿者当班的时候,都可以享受一杯免费的咖啡,不值班的时候就主动当顾客了。她端着咖啡来到大槐树下,一边喝咖啡一边看报纸看书,很悠闲的样子。

顾客不多,我也端了杯咖啡凑过去,问:"朋友还没来吗?"她微笑说:"虽然有约,但人家不一定来呢。""哦?这是为什么?"我感觉挺奇怪。她说:"上周在这里值班的时候,突然想起来有个多年不见的朋友就住在附近,于是发了个信息过去,告诉她我在这里值班,有空可以过来喝杯咖啡。

---

[1] 这篇小小说发表在 2019 年 10 月 31 日《北京晚报》第 41 版。

朋友很快回信了，说今天不赶趟了，已经出门了，下周过去。那就是今天喽，所以我过来等着。但又不能确定她说'下周过去'是不是就是一个应景儿的回答，也许她早就忘了，所以不能肯定她会不会来。"

我又问："那你为什么不和朋友确认一下呢？"

她有点为难地说："要是我去确认的话，没准儿让她很尴尬呢？也许她已经有了其他安排，我一问，她一下子想起来说过这周要过来，难免心生愧意，我可不想增添她的思想负担；如果她已经决定过来呢，我又去问，显得不太相信她，她或许会不高兴。反正没什么正经事儿，就是多年不见叙叙旧，来不来都好。要来的话，我就在这里等着；不来呢，这里多好的环境，我看看书看看报也不辜负时光。"

哎呀，这些知识分子，可真是矫情啊！

（2019年9月10日）

二、你确定吗

银行发来信用卡账单，由于上月出去旅行，美元欠款不少。我看了看手头的美元现金，差不多还够，就跑到该银行的营业厅还款。拿号等号，我很快就来到了服务窗口。年轻的柜员端坐在窗口里，眼睛看着右手侧的电脑屏幕，傲娇地询问来意。我把证件、信用卡和美元递过去，说明还款目的。小伙子低头看完证件，就抬头开始操作电脑，看样子业务很熟练，不一会儿单子就打出来，递出来，我签字。很快，我的手机上就收到短信通知，还款成功。小伙子留下必要的票据，然后把其余的东西从小窗口一股脑推送出来，包括那一沓美元钞票。我睁大眼睛吃惊地盯着眼前的东西，然后抬头看着小伙子。也许他很快就会醒悟过来——这个顾客不是取款而是还款。但是没有，他的眼睛始终盯着屏幕，没有一丝要和我进行眼神交流的模样，就像刚才那一番业务操作，熟练但缺乏点什么东西，就是他一直没有正经抬眼看看他对面的顾客。我终于开口说话了："你确定吗？"小伙子的脑袋转了过来，有点不耐烦地看着我。我说："你确定把这美元还给我吗？"几秒钟后，小伙子"哦"了一声，脸蛋唰地变得通红。

（2019年11月15日）

三、比春节还长的假日

眼瞧着2019北京世界园艺博览会要结束了，我和表妹分别请了年假，赶在国庆前最后一个周五，趁孩子们还在上课（我们两个人的女儿一个在东城上小学一个在西城上中学，学校都在长安街附近），大部分人还在上班的时候，去园里游逛了一天，傍晚时分意犹未尽地开车返程。看看时间，孩子们应该都放学回家了，得问候一下。表妹先拨打了电话，小姑娘在那边脆生生地说："我们周六不上课，周日上，然后就放假啦，一下放8天！"小姑娘几乎要欢呼起来了。我随后拨通了我家中学生的电话,那边平静地汇报:"今天6点才下课,累死了!我们周六还要上课,然后就放假了,9天!"平静中隐藏着抑制不住的狂喜。

我和表妹面面相觑,比春节还长的假日!暑假刚做了两个月饭,眼下又得连做一个多星期,苦啊……

(2019年9月30日)

四、给孩子讲过去的故事

之一

小朋友放学啦,回到家中,坐在酸奶、水果、薯片、饼干之中,一边吃一边看手机,一脸傻笑。这算是小朋友们最幸福的时刻吧,待会儿还要完成小山一样的作业。我一边做饭一边唠叨,别吃啦,一会儿该吃晚饭了……我们小时候哪有什么零食啊,饭都吃不饱,粗粮都不能管够,肚子整天咕咕叫。春夏的时候,一下雨就上山挖野菜和地皮菜,回来你姥姥姥爷收拾一下就算一盘菜;秋天到了,我们就上山采沙棘,扛回来自制汽水,没有那么多白糖,太酸了……

小朋友从零食堆里抬起头来,无比羡慕地说:你们那时真好啊,天天玩儿……

之二

小朋友上学啦,虽说不远,爷爷奶奶也是天天接送。那天我有点时间,紧赶慢赶地赶到校门口,算是接了一回这个初中一年级的小豆包。路上,我的唠叨毛病又犯了:你看你现在多幸福啊,从家到学校也就七八分钟,还有人接送。妈妈小时候在塞北,冬天的时候天寒地冻,天色一片漆黑的时候就出发去学校了,因为太远了,好几公里呢。根本没人送,也没路灯,妈妈深一脚浅一脚地走去学校,你看多危险啊。那时候大人们的心都大……

小凤凰一脸认真地问我:没路灯,你为什么不用手机照亮呢?

(2019年10月28日)

五、暖心小邻居

中考之后孩子换了学校,距离有点远,我们就在学校附近的居民区租了房子。刚搬过去两眼一抹黑,谁也不认识,平时各家的门都关得严严实实,在楼道里、电梯间碰上的时候,大家也都一副很矜持的样子,互不理睬。那天下班回家,走进楼门等电梯,一对母女已经等在那里了。妈妈推着电瓶车,孩子满脸稚气,应该是个一年级的小豆包。小丫头看见我走过来,立刻就问:"阿姨,你住几楼?"我一愣,说:"你有什么事儿吗?"旁边的妈妈连忙搭话:"没什么事儿,她要给你按电梯呢,她就喜欢给别人按电梯。"说话间,又有几个人过来等电梯,小丫头一一过问,有人装听不见,小姑娘还不肯放过:"那个穿蓝衣服的叔叔,你家住几楼?"她妈妈又是一通解释,看上去很尴尬呢。我连忙开始夸小姑娘:"多热心啊,真好。"电梯门一开,小姑娘抢先进去,按住开门键,让人们从容进入电梯,然后一一给大家按了楼层键。面对这么热心的小邻居,大家也都不拘着了,七嘴八舌地表扬她,顺带着彼此也开始熟络了。小姑娘很高兴,到了她家楼层,脸蛋红扑扑地和大家说再见。真是暖心小邻居,大人们破冰需要他们的帮助!

(2020年1月1日)

六、菜篮子中的红枫叶

周末下午,外面的大风呼呼地刮起来了,我赶紧出家门买菜,省得一会儿风变大了出门都有困难。在几场风的扫荡下,马路两边的银杏、槐树残存的叶子不多了,居民楼门前的元宝枫小苗们也在风中摇曳,黄色、红色的大大小小的枫叶落了满地,随着风满地打转。我埋头急匆匆向前走,突然看见邻居丽姐拎着菜篮子,站在马路边,低着头仔细地看着脚下。大风把她的帽子都要吹掉了,她不得不腾出一只手捂着帽子。我打了招呼,问:"干啥呢?这么大风怎么不着急回家?"丽姐一笑:"你看这枫叶多漂亮啊。老说去加拿大看枫叶,我看我们楼下这就挺好。你帮我看看,这几片哪片好,我都挑花眼了。"原来是这样,我赶紧凑过去。又一阵风来,集聚在丽姐脚下的树叶随风飘动起来,曼妙地飞走了,旁边的叶子又飞过来。丽姐感叹道:"真漂亮啊,北京的秋天。"我探头一看,丽姐的菜篮子里除了豆腐青菜,已经放了几枚红彤彤和黄灿灿的五角枫叶,跟白白绿绿的蔬菜水果搭配在一起,别提多好看了。能把琐碎的日常变得这么诗意,我也是真佩服丽姐了。

(2019 年 11 月 17 日)

七、不甘心的旧手机

终于换手机啦。老手机内存 3G,容量 16G,最近一次出差途中遭到群嘲。本来还想忍,借此也约束一下玩手机的时间,没想到一些必要的应用程序都无法更新和安装了,忍无可忍,我跑进专卖店换了同品牌新手机。在店员的帮助下,我将旧手机的全部内容"克隆"到新手机。整个过程也颇费周折,只是因为旧手机容量太小,不得不一边删内容一边克隆。等完成传递,旧手机光秃秃地只剩下内置程序,其他内容全部转移和清空了。回到家中,我把玩着新手机,爱不释手,旧手机立刻被我抛在脑后了,我胡乱把它塞进盒子里随手扔到了角落里。

然而百密一疏。第二天清晨 5:45,闹钟声音从房间深处响起来,逐渐由弱到强。懵懂中我抓起手机,没响啊,怎么回事儿?闹铃继续响着,不屈不挠,逐渐声嘶力竭。是旧手机！我跳起来，冲向那个角落，披头散发几番折腾之后才把旧手机捞出来。屏幕倔强地亮着，荧光闪闪、声音洪亮地向我宣示它的委屈和不屈。哎！我关了闹铃，取消了设定，再次关机。安息吧，老伙计，你的使命已经完成了。

（2020 年 1 月 7 日）

八、儿化音的诀窍

我很多年前到北京上大学，班上北京人不少，没混几天我就开始跟他们学说儿化音了，自己还挺得意的。一天，舍友终于忍不住了，教育我说：儿化音可不是随便加的，图书馆不能说成"图书馆儿"，多难听啊，茶馆才说"茶馆儿"呢。我恍然大悟，哎呀，原来还有这么多讲究。那到底什么时候加什么时候不加呢？舍友也没有现成的理论，说，看场合凭经验吧。那年月也没有互联网去查。我自己慢慢地悟，也许庄重庄严的地方不能加儿化音，市井街巷就没问题？

等上班了，周围天南海北的非北京人更多了。和同事一起去食堂吃饭，他一本正经地对大师傅说："我要一个'馅饼儿'。"大师傅大笑，怼他说："不是'馅饼儿'，是'馅儿饼'，北京话还得好好学。"嗯，活到老，学到老。

（2019 年 10 月 28 日）

九、忘带手机

那天上班我把手机落在家里,上了地铁才发现,可没办法回去取了,悬了一天的心。回到家里,母亲大人出去买菜未归,我一头扑向手机,细数各种信息。蓦然发现有几个来自家中座机的未接电话,时间间隔还很近,看上去一副有急事儿的样子,我一下子紧张起来。等老妈一进门,我赶紧迎上去:"出什么事儿了啊?您老平时又不爱多搭理我。"我妈一拍大腿:"嗨,甭提了。看见你没带手机,就想着打电话告诉你一下,想都没想就开始拿出电话本戴上老花镜拨你的手机,简直没脑子!拨了几回都没人接。还纳闷呢,怎么我这儿一拨电话,你屋里就唱歌?够巧的啊。你说说我这猪脑子……"我妈话没说完,我这里已经笑得直不起腰了。

(2019 年 10 月 28 日)

日暮乡关何处是

那些在微信中失去的朋友

那天在琉璃厂中国书店游逛,终于找到了人民文学出版社1982年出版的三册《红楼梦》的二手书,封面已经褪色,纸页已经泛黄,但基本完整。店员说就剩两套了,我毫不犹豫地买下了其中一套,价格是当年书上价格的30倍。回到家里,我兴冲冲地拍了照片,在"××朱门"的家庭微信群中散发,说,这就是当年咱爸咱妈家里的那套《红楼梦》,终于找到了!

我是这个小小家庭群的群主,群成员包括我的两个哥哥和他们的家人:嫂子们和侄儿们以及侄媳妇。除了我一个人在外,他们都在家乡,平时靠微信联络,确实方便。可能由于我个性寡淡,这个群不甚活跃,有事儿说一下,没事儿就没什么人发言,大家都挺忙的,都理解。发了《红楼梦》的照片和感想后,我兴奋地等待大家的回音和评论。这三册《红楼梦》当年是父母的宝贝藏书,也是我当年一读再读的书籍,可惜父母故去后都不知所终了。没想到,没想到,这一条消息自始至终都没有得到任何回应,到现在20天过去了,群里的最后一条消息还是我发的照片和感悟。连一个表情回应都没有,让我有点灰头土脸。我一直在纳罕中。也许他们认为我在夸耀自己读书多？

这倒没什么，亲情永远在那里，割不断，不知哪一天群里就又热闹起来了，这个我不担心。但如果是朋友，估计这友情就要从此淡漠了。当然，我也找不出那么一个朋友，可以让我把找到老版《红楼梦》这样的事情分享给他。在600多个朋友的朋友圈中，我如此落寞。

微信和朋友圈让大家"天涯若比邻"，而在这无时无刻不能进行的沟通中，我的"核心"朋友没有扩大反而缩减了。我想这是我的问题，不是朋友的。

有些朋友的"遗失"，大约是因为在太方便的沟通中发现了原来彼此三观不同。那天有一个颇聊得来的朋友转发了一个链接，讨论两性平等的问题。我不太同意文中的观点，便评论说或许可以参考一下×××最新发表的小文章，我比较赞同那里的观点。正好当天晚上《北京晚报》上发表了一篇与×××相关的报道，我同样兴冲冲地发链接过去，说，你看多巧啊，我们今天正好讨论过……我们的对话到这里就中断了。两个月之后，她才迟迟回应，说她不喜欢×××。可以想象，这几乎成了我们最后的私信聊天。

有些朋友，或许在过多的沟通中，你会怀疑自己在他心目中的位置，是否同他在你心中的一样。一个好朋友——我的大学舍友在城北上班，我在城南上班。每当我到城北开会或办事的时候，都会给她打电话，或吃个饭或见个面。每到年末的时候，我都会奔过去和她吃饭喝酒，聊一聊过去的岁月感慨一下现在的糟心生活。过去一年是怎么回事儿？每次打电话，她都是忙忙忙。好的，很理解。下次再说。最后一次，下午5点半发信给她：我在北边呢，有空吗？答曰，正在开会。我说，手机快没电了，我在地铁站等，有时间吃饭就告诉我一下，没时间我就走啦。然而，直到我的手机没电了关机也没等到任何消息。后来的日子里，这件小事儿像从来没有发生过一样消失了，我没能收到任何她的解释。3个月后，我们的对话再次接续上了，之后偶尔还会闲聊几句，但再也没有见面和吃饭了。或许真的是我的问题。

另一个朋友，虽然联系不多，但曾经共事，在我心里他也算还不错的朋友。端午时节我去他的故乡南方某名城游玩了几天，感觉非常好，又正好听说他调离原来的工作单位了，就发了条微信过去，盛赞他的家乡，同时祝他在新的单位一切顺利。到今天，快3个月了，我和他的对话框里还是只有我的那段话，孤零零的。

有些朋友，也是老朋友或者老同事了，看上去也算志趣相投，然而每一次微信沟通（必要的沟通）的时候总是提心吊胆，因为不知道他们会不会回应，或者不知道他们什么时候回应。有些就石沉大海了，有些几天后回应一下，对于迟复，或解释或不解释。那一次跟一位同事说我住在南城，最近总去看名人故居，同事说他也在南城住过，离谭嗣同故居不远。不久我路过谭故居，特意下车过去看了一眼，然后拍照片给他，说了几句故居现状并感谢他的提醒之情。没有回音。臊眉耷眼，我是不是又自作多情了？

更多的朋友，听说我有写作的小爱好，也说要看看，等我发过去，大部分的回应只是一个竖起的大拇指。当然，有回应已经很好了。

那些以为曾经拥有但在微信里失去的朋友……如果没有微信这样方便的沟通工具，我们相忘于江湖，但想起你们的时候，我的内心应该是充满温情的，因为我们是朋友，或真或假无从辨别，或许也不需要辨别。不曾想到，当沟通越来越方便的时候，大家却越来越远了。

美丽的夕阳在天边……拍几张照发一个朋友圈，可以毫不费力地得到几十个赞。能找一个朋友发私信吗？没什么大事儿，就说说现在面对夕阳的心情……你有这样的朋友吗？

（2019年8月25日）

我在南堂卖咖啡

天主南堂，位于北京宣武门内，地铁二号线东北出口处，始建于公元1605年，是北京地区第一座天主教堂。最重要的是，它距离我租住的公寓只有不到10分钟的步程。刚搬过来的时候，穿过楼道的窗户，看到教堂高耸的灰色外立面和十字架，感觉甚是亲近——这些年各处旅行，遇到过无数教堂，也阅读了一些关于哲学和宗教的书籍，原先的疏离感慢慢消减了。上班途中走进教堂小院，立刻喜欢上了，真是一个闹中取静的好地方！悠久的历史就不说了，院子里有顺治和康熙赐封的石碑，单是那两株树龄超过130岁的大槐树就很让人动心了。其中一株树下有两个圆桌子和几把椅子，再一看旁边是一间迷你的咖啡屋。我兴致勃勃地走过去，想在这个二环边幽僻的院子里享受一回咖啡，结果被告知这个咖啡屋只在"主日"（也就是周日）开放。由于周末还要回到自己的住处，很长一段时间里我都没能实现那个小小的心愿，也没能看看周日教堂里人来人往的盛况。去年年底的时候我还发现教堂被围了起来，看了一下告示，原来是要进行一次大规模的维修。

今年夏天以来，我的周末几乎也在租住地度过了，于是和这座教堂以及那间小咖啡馆的缘分立刻就接续上了。那个细雨霏霏的周日早上,我参加了一场意大利语的弥撒,感受了一回庄严的气氛,然后来到咖啡屋要了一杯咖啡,真是良心价,一杯才10元。和当班服务人员聊了聊,没想到非常投机——有宗教信仰的人确实有不一样的地方,至少为了了解自己秉承的教义也必须去熟悉历史。她们告诉我,这个咖啡屋完全是非营利性质的,只是提供服务,她们几个志愿者组成一个小组,轮流当班,没有任何报酬。我小心翼翼地问,是否欢迎非教友加入团队?她们毫不犹豫地说,当然欢迎。于是,我就加入了志愿者团队,每周日到南堂卖咖啡。

到今天,我已经服务五次了,前两次是和花姐(志愿者团队的组织者)一起,熟悉业务和流程(例如如何操作那个小小的咖啡机),后三次独立值班。有一些心情要写一写。

"营业额"是非常惨淡的,最好的一次也就40多元。主要原因是南堂在维修,周日弥撒次数缩减到两次,其中一次是早上7点开始,咖啡屋还来不及开张。听她们说,没有维修之前,周日弥撒每两小时一台,咖啡屋的营业额最高可达千元。现在是盛夏,常年在这里做弥撒的西方人也都休假了,而他们是喝咖啡的主力军。不管怎样,我还是有点气馁,枯坐大半天才收这么点钱!花姐告诉我,我们把服务做好就可以了,其余的事情就交给主吧。我竟一下子心安了。

中午的时候教堂提供一顿午餐。小小的食堂干净利落,一位阿姨和一位大爷当主厨,神父、保安、其他服务人员都在这里打饭。话说,一荤一素的饭菜虽然简单但相当可口,就连上周的"葱爆羊肉"我也吃得一点不剩。对我这样不爱做饭的人来说,这简直是天赐的福利。尽管这样,我也只带了个小小的饭盒过去,每次阿姨都说我吃太少。我心想,吃太多恐怕就抵得过卖咖啡的收入啦,呵呵。

饭菜之所以可口,有一部分原因是这里的工作人员大多是山西人,从神父到厨师到花姐——也真是够巧的,由此我似乎发现了山西人和天主教的深厚渊源。我们霍州的深山里就有一座富丽堂皇的教堂,那年我们上山游玩的时候偶遇,进去参观了一下,印象极为深刻。遥想一下,当年西方传教士抛家舍业来到异乡,辛勤传教建堂,最后多半都客死他乡,无论如何这都是一种让人钦佩的精神。后来这座教堂成为电影《1942》的外景地之一。我的亲戚们,信教的不在少数,其中一位姥姨还正经受了洗。某次家庭聚会的时候,一位曾经备受经济困扰的堂兄略聊了聊入教后的感受。我的印象是,他对生活的怨气少了,接受了现实。也许还是那句话,我自己努力就好了,最后生活是什么样子由主来决定。后来听说他做了小生意,挺红火的样子。

经常能见到过来打听相关信息的人们。我开玩笑,除了"咖啡屋"的名号,这里还应该挂一个"information(问讯处)"的招牌。很多是西方人,保安和小商店的人接待不了就让他们过来问我们了。很多是初来乍到的老外,一到北京就寻找自己的"主堂",按图索骥找到这里,没想到这里在维修，一时有点迷惑。我们就会耐心地告诉他们可以去北堂，不远，109路公共汽车坐五站地就到。也有一些熟人，譬如那个意大利女士，每次过来必要半杯意大利浓缩咖啡，顺便聊几句。还有相当数量的同胞。除了问路的，还有人非常认真地和我们探讨"天主教"和"基督教（新教）"的区别。作为一名非教友，我是没有什么发言权的，但可以认真地听一听教友们之间的对话，也算学习了。

那天一个小伙子大汗淋漓地跑过来，要换几个硬币，说没想到南堂关了，要换车去北堂做弥撒。他穿着保安制服，后背泛着汗渍，我有些莫名的感动。他瞪着大眼睛——其中一只有点斜视，认真地说："我有一个朋友，找了个女朋友是信新教的，不知道他们能结婚吗？"花姐肯定地回答，没问题。他一副很欣慰的样子，又告诉我们他在西直门上班，周日有点时间在北京的教堂转转。要给他倒点水喝，他羞涩地拒绝了，然后匆匆去赶公交了。又一次，一个穿白色防晒服、有一点点看起来像患过唐氏综合征的小姑娘，也羞涩地过来聊了两句。她说她是一个面包师，一周只能休息一天，今天走进这个小院子，感觉真好。还有一次，一个操着东北口音的小伙子过来，问院子里的牙科诊所是否还开着，我回答有一段时间没看到人了。略聊了一下知道他和父母一起在北京承包了一所公厕，他自豪地说："马路对面的厕所就是我家的。"他父母在这里看过牙，很便宜，现在他的牙齿也需要看一看了。几次都看到了几个类似退休职工的大姐在院子里聚会。她们都自带干粮饮料，围坐在一起唱圣歌，模样虔诚。他们都是我平时不易接触到的人，能遇到真好，愿我们都安好。

这段时间天气太热了，我自动延长了服务的时间，早去晚走，尽量给更多的人提供服务。我坚持不开空调，因为一开就必须关闭门窗，大家买东西就很不方便了。再说人们也都是在院子里的大槐树下喝咖啡，我应该和他们一样。真是热，汗出了一身又一身。但静下心来，能更深地品味到这座小院子的味道。百年老树巨大的荫蔽覆盖了半个院子，白色的槐花落了满地。不解风情的清洁工人大扫把一挥，槐花尽去；但小半天之后，又会落下薄薄的一层。坐在树下看书，书页之间也会承接一两片落花，让我不忍心翻页。话说，值班三个星期，我看完了三本书，都是积攒了很久的旧日功课，多好啊。抬头看一看，高大的教堂庄严肃穆；小院里的白色圣母像娴静温柔，时不时有教友行礼致敬；院门上覆盖着古老的砖瓦，能看到圆圆的瓦当上面的古朴线条。恍惚之间，我感觉自己坐在一个四合院当中，蝉鸣阵阵中感受旧日京城风情……

（2019年8月4日）

辜负了一只猫的深情

今天是个细雨霏霏的好日子，在这个干涸的春天里。我在屋里一边梳洗装扮准备上班，一直侧耳倾听楼道里的动静，希望能像昨天一样在这个时间听到响亮的猫叫声，然后我再打开门，一只猫箭一样蹿进来。如果再有这一次，我一定坐下来好好想一想，也许就把它留下了。

那一阵猫叫的声音太奇怪了，因为半年里从来没在这个楼层（10层）看到猫，听到猫叫。很清晰很响亮，感觉并不凄厉。我忍不住打开门看了一下。或许有点危险，听说过歹人在外模仿小动物的叫声，勾引善心的女主人打开房门。但已经接近早上8点了，应该没什么问题。门缝刚刚打开一点，一只肥硕的猫就拼命挤了进来，擦过我的裤管，飞一样地蹿进了房间，跳上床，钻到了窗帘后面。迅雷不及掩耳。我呆了几秒钟，探身向屋外看了看，电梯外的大厅里空空地没有一个人。开着门（预备着这只迷路的猫原路退出），我转身看着在窗帘后逡巡的身影和那条垂在窗帘外的粗大的黑色猫尾巴，有点茫然了。

这只猫难道就蹲在我家门口？看样子，不像是在其他地方听到开门的声音再冲过来，要不怎么这么快？它是怎么上来的？10层啊！而且也不是顶层。难道它知道我女儿喜欢猫，千里迢迢找过来？

　　拿着晾衣竿远远地挑开了窗帘，黑白相间的小猫立刻向高处攀爬，眼神警惕又凶狠。真是只肥猫，还这么凶。我的怜悯之心立刻消退了。看样子我是对付不了它的。想了想，我决定出门找物业帮忙。出了楼门，没走几步就看到了一个岗亭——××社区微型消防站。好吧，找他们没错的，消防战士是和平时期的守护神。果然，值勤的小战士爽快地答应了我的请求，和我一起上楼抓猫。

　　进屋，我找了一副手套给小战士，他很顺利地抓住了猫，两手掐着走去了电梯间。那只猫拼命地叫着，扭动着身体，挣扎着扭头看我。我不忍看它，回身进屋，没立刻关门，而是先打开窗户，想让空气对流一下，散一散味道。就在这一瞬间，那只猫，又箭一般地蹿了进来，再一次躲到了窗帘背后。小战士甩着手龇牙咧嘴地跟进来，他被猫抓了，不一会儿血珠子渗了出来。

　　麻烦了，必须上医院，这个万万不能麻痹大意。小战士有点胆怯了，不敢再走近。我们一起下楼寻找后援。他的同事，一位较年长者，经验丰富，寻了一个纸箱子跟我们上来。这一次异常顺利。抓捕过程我没有亲见——不愿意看小猫的眼神。静悄悄地，小猫就被装进了箱子。年长者捧着箱子，一路坐电梯下来，小猫在里面一声没出。他得意地说，方法得当的话，越凶的东西越温柔。小猫被捧走了，我带着小战士去医院。要打五针狂犬疫苗，一直打到下月。

算是搞定了。我回到办公室，和同事们说起这件奇事。一个同事养过猫，说，可能是母猫要下崽了，着急找个地方。

醍醐灌顶！我又呆住了。怪不得它那么肥硕！早上的故事一幕幕回放过来，它眼神里的不是凶光，那是焦急恳求的目光！它那么挣扎地看着我，是因为它以为我开门是要收留它；它在纸箱子里那么安静，大概是因为它以为终于有一个窝了……我是不是做错了什么？

我立刻给小战士发了短信，让他一定善待那只猫，它可能要生孩子了。小战士回复说他们会处理，让我放心。因为这事，我大半天都心神不宁。

下班后我到消防站找人，小战士已经换岗了。半夜里春雨潇潇，温度下降得很快，半梦半醒之间我辗转反侧，不知道那只小猫是否有了安身的地方。它对我是不是很绝望？上班的时候我再次经过消防站，值勤的还不是那个小战士，说是去别的地方站岗了。

找不到它了。冥冥中它找到了我，而我辜负了它的深情，以及可能的天意。

（2019年4月9日）

听妈妈讲过去的故事——身边的能源革命[1]

我是 00 后，对我而言，电是墙上来的，水是水龙头里来的，冬天的暖气是窗外冒着白烟的那几个大烟囱提供的。爸爸妈妈是 70 后，妈妈总是对我说，千万不要把这一切当作理所当然，这背后的艰难历程太多了。陆陆续续地，妈妈给我讲了很多她小时候的故事，差不多是 40 多年前的事情了，也正是改革开放还没有开始或者刚刚起步的时候。

妈妈的童年是在山西北部的一个小煤矿度过的，离内蒙古不远，算是城乡交接地带。那里夏天温暖短暂，冬天漫长寒冷。那时候没有任何气体燃料，也就不会有管道系统，煤炭一支独大，提供了从炊事到取暖的所有能源需求。同时也没有集中供暖系统，家家户户都通过自备的煤炉和火炕度过冬天。少量的电力供应仅仅提供了有限的照明服务。由于居住在煤矿，煤炭似乎不是那么稀缺，但也不是想象中那么宽裕。偌大的一个教室，有五六十名学生，也就一个煤炉，仅仅能照顾到坐在它附近的几个学生，其余的地方还是一片冰凉。妈妈说，上课的时候冻得伸不出手来，脚丫子几乎失去

---

[1] 小凤凰的假期即将结束。为应急之需，匆匆帮她写了一篇小作文。此文以小凤凰的语气写成。

知觉,伸出来的手上全都是裂口和冻疮。早上赶到教室的时候,窗户上结满了厚厚的冰花(妈妈说很漂亮,我没见过,遗憾),等值日生点好炉火,有了一点点热气,窗花开始融化,淋淋漓漓的,直到中午才能化完。第二天周而复始。经常有家长给班主任写条子,写着让我家孩子坐在火炉旁边吧。妈妈还说,教室里有那么一个火炉子,对喜欢嬉闹的小学生而言,是个危险的家伙。她亲眼见过一个奔跑中的小男孩撞在炉子上,头破血流,实在可怕。

每家每户在每年10月份的时候就要准备铁皮炉子,安装好,迎接严冬。每天晚上,妈妈的爸爸,也就是我的姥爷都要将炉火小心翼翼地封好,节省能源,保证安全;每隔半个月,姥爷就要把烟囱拆卸下来,仔细清理里面的烟灰,保持空气流通顺畅。妈妈满脸悲戚地跟我说,邻居家的三个孩子,一夜之间煤气中毒全死了,太惨了!

为了煮饭和采暖,除了煤炭,还需要引火的东西,通常用薪柴。在晋北这样植被稀疏的地方,薪柴是非常紧俏的,因此家家都有生火的高手,能用一点点柴火就引燃煤炭。妈妈骄傲地说,她就是这样的高手之一。不管怎样节省,还是时不时就需要拎着小篮子去木柴厂捡拾一些,偷偷摸摸的,挺丢脸呢。

爸爸从小生长在北京,那奶奶家那时又是什么样子呢?一样是煤炭当家,不过换成了煤球(蜂窝煤),市政府定点定时定量供应,家家都需要省着用,跟妈妈的故事没什么大差别。当然,北京市的集中供暖开始得比较早,孩子们在学校可能不用受冻。

  这是 40 年前的事情了。几年前,爸爸开车,我们三个人一同去妈妈的故乡走了一趟。当年的棚户区虽然还没有完全拆除,但老邻居们都搬走了,去了城里,那里有燃气管道、集中供暖、成熟社区、高大上的学校。棚户区的拆除工程马上就要开始,再晚一段时间回来,妈妈应该什么都找不到了。再看看奶奶家,早就搬进了楼房,水电气暖齐全,冬天像春天一样温暖,夏天像秋天一样宜人。但妈妈时时提醒我们节约能源、节约用水。听了她讲的故事,我越来越能理解她的啰唆了。

(2019 年 2 月 22 日)

新生活一月盘点

亲爱的小凤凰：

我们正式搬到南城已经整整一个月了。对你来讲，这是全新的生活，新的居所、新的学校；对我来讲，这也是新的生活，特别是这好像是我第一次正式承担起一个家庭的日常运营——以前这份工作都是爷爷奶奶代劳，说起来很惭愧。一个月之后，我非常欣喜地告诉你，妈妈非常喜欢这个地方，也很喜欢早晚做饭这项我曾经有点惧怕的"工作"。一句话，我喜欢这样的新生活。

第一个原因，应该是南城这个地方吧。都说南城落后，住了一个月之后，我感觉其实南城保留了最多的老北京风情。尤其是昨天（9月30日），一个难得晴好的秋日，一早出来看到槐树叶间透出碧绿的天、洁白的云，成群的白鸽环绕，马路对面教堂外的蓝色牵牛花沾着夜露[1]，一瞬间感觉回到了老北京。南城就这样时刻提醒我这是独一无二的北平，而不是越来越国际化的北京。我骑车在这里游逛了两次：路过了牛街，看到排队买牛肉和烧饼的队伍；走过了几条胡同，看到胡同口花架上垂下的小葫芦，老人在藤椅上喝茶听曲；多

---

[1] 这曾是郁达夫笔下的秋天。

年后又一次去了陶然亭公园,看到古色古香的念慈庵。我还在广安门电影院看了场电影,票价比双井便宜很多。在这里,耳边充盈着更多更地道的老北京方言。我感觉我似乎带着《城南旧事》中小英子的目光寻找旧时北京,而且并没有失望。再看看我们周边,马路北边就是一个教堂,那是天主教北京教区的主教府,我已经进去过多次了,实在是个闹中取静的好地方。再隔一条马路,就是"繁星戏剧村",我曾经在那里看过一次小型话剧。往南一点就是庄胜崇光,逛街是不用发愁的;往东有和平门菜市场,一早就人来人往,可见物美价平。这是个生活的好地方,也是个怀旧的好去处。

第二个原因,可能是我终于回归了更正常的生活,而且也体会到了其中的乐趣。房子虽然小一点,但十分温馨,经过一番打理之后,日常生活完全没有问题了——当然,洗澡略有点费劲。更重要的是,这里完全是我的家了,至少在这3年里。我终于不用在食堂吃晚餐了!我中午就开始盘算晚上吃什么,脑子里形成一个简单菜单;5点左右离开办公室后,5点20就能回到楼下;一番采购和炊事之后,6点半到7点之间我们就能吃上晚饭;差不多8点左右结束厨房的活动,之后的时间我可以看看电视、洗洗衣服、加加班、去楼下走走。感觉真的挺好的!我终于可以选择某天在家里办公了!这么些年,只要不出差,我维持着几乎100%的出勤率,最大的原因是不想在住处叨扰爷爷奶奶。现在,如果哪天感觉累了，我就不去啦，在家里歇着（当然，到目前为止还没发生过）！当哪天下午开会结束得比较早的时候，我也不用在大街上溜达啦，可以直接回家！这种感觉真好！小凤凰，我这样说绝不是要"批评"爷爷奶奶，相反，这些年爷爷奶奶做出了很大牺牲，我心存无限感激，但是也确实到了我们必须独立生活的时候。

第三个原因，在新的环境中我感觉到了宝宝的进步，虽然从你的角度看，我似乎永远处于"否定"你的位置。现在早上起床不用我叫了，你已经完全自主起床了；放学回来，能够把自己的衣服搭在衣架上晾晒；做功课的主动性也比以前有明显提高。特别重要的，宝宝在第一个月里获得了"数学基本功大比拼"二等奖，让人喜出望外。小凤凰，妈妈为人悲观一些，总是批评你，这里想让你知道，你的进步妈妈是看在眼里的。

还有一个原因，这里离我办公室近了，现在通勤时间大概只是以前的一半，比起双井到办公室就更近了。而且，我的工作效率似乎也得到了一点提高。现在每天要争取五点下班，在办公室的时间短了，我需要努力完成一样的工作量，效率必须提高。也许以前总想着七点离开办公室也可以，磨洋工的时候也是有的。

感谢宝爸雷厉风行，花很短时间租了房子，而且选择了这么一个好地方。房租不便宜，但是值得！至少这一个月，妈妈很满意。也许冬天不太好过，但没关系，有困难就有克服的办法。让我们一起努力！我继续提高厨艺，小凤凰继续提高学习效率！

妈妈，2018 年 10 月 1 日

周末散记

这个周末我过得出奇的轻松。因为，第一，下周没有什么急着要汇报的东西（但不能保证下下周没有），如今只要没有汇报，我就能轻松不少；第二，这周小凤凰随爸爸待在奶奶家；第三嘛，呵呵，周五傍晚在办公室外的餐厅点了两个菜，非常节制地吃了一点，打包回家，我连做饭都省了。

周六，我清洗了这周积攒的衣物，把卧室飘窗的纱帘卸下来洗了，认真地擦洗了窗台和玻璃，一片窗明几净。简单的午饭后，决定出去走一走，我拿出了那条心爱的蓝花连衣裙。春末夏初阳光明媚的日子，正是这条裙子大显身手的时候。这条裙子购置于2011年春天，那段日子，我中意的英国品牌Lauran Ashlay即将撤出国内，正挥泪大甩卖，我闻讯赶到，抢购了一批。记得那次颇花了一笔钱，当时挺心疼，但6年过去了，那几件衣物依然是我的最爱（有一件居然穿烂了，我拿出去让师傅修了修，继续穿），包括这条蓝花裙子。一条春天的裙子，白底上播撒着大面积的蓝紫色花朵，春意盎然，最难得的还是9码的，非常适合我的身材。虽然略显保守，但这样经典的衣裙永远不会过时，就像春天年年到来一样。每每走在街面上都会引来一些回头率，也有人问过我在哪里买的，我只能含糊回答。来到富力城，没什么好电影，也没什么一见倾心的新衣，我在一家花店流连很久，最后买了一大把干花，不便宜，据说是荷兰进口的。我从黄山拎回来一个竹篮子，用这些干花点缀一下最合适不过了。花店主人说这把干花颜色淡雅，是春天的色彩，到秋天还可以过来选择一些深色的花儿。

周日，清洗了两件毛衣，打开晾衣架晾晒。冬春换季多烦忧，要洗要存的东西一大堆。这次我采取了化整为零的方法，规定每个星期清洗一两件毛衣，并按计划送衣物到干洗店。几个星期下来，任务已经化解得差不多啦，只剩棉被，好生得意。再收拾夏天的衣物出来。每次清理衣服的时候都感慨衣服太多了，不能再买了，但看到中意的又忍不住。这也是一种病。

清洗的两件毛衣中，有一件是妈妈当年寄给我的，有15年了。当年我向妈妈报告了怀孕的好消息之后，妈妈就开始着手准备给外孙辈的衣物。等我快临盆的时候，东西寄到了，宝宝的小被子小褥子小棉袄小棉裤，还有一件给我的枣红色开襟毛衣。厚实细软宽大，一看就是妈妈买了上好的毛线，央人给编织的，家乡那边有无数手巧的婆娘。从此，这件毛衣陪伴我到现在，每年冬天只要在六铺炕就穿着它，保暖性就甭提了。每年春天清洗的时候，毛衣一放到盆里，水就变红了，掉颜色。可是十几年过去了，它的颜色还是那么鲜艳亮丽，丝毫没有因为多年的穿着和浆洗而褪色黯淡。真是让人感叹啊。看样子，穿到我入土应该是没什么问题的。

这几天我又捧着《唐诗经典》开始温习了，因为报名参加了院里组织的诗歌比赛。我对自己的诗词功底还有些自信，尽管比赛是在"五四"当天举行，我还是积极地报了名。说起诗词，还得提到我的母亲。老人家热爱诗歌，在小峪的贫寒岁月中，记忆中的第一本诗集就是妈妈省吃俭用买来的。再加上我相当不错的记忆力，学过念过的诗歌都在我头脑里留有印象。大学的时候，同宿舍的女生都喜欢诗词，熄灯之后会联诗取乐，《琵琶行》《卖炭翁》什么的都不在话下。另外，还有一段强化的时间，2001年我在日本探亲，随身带了《唐诗经典》，无聊的时候就拿出来念一念，诗词记忆库又有所扩展。我自信会为所里取得不错的成绩。

（2017年4月23日）

后记：我确实带领队伍取得了不错的成绩——第二名，共12支参赛队伍。如果不是题出得实在太烂、抢答器实在不好使，我们的成绩还会更好一些。不枉我前一段时间的温习和前一天刚染的头发。

日暮乡关何处是

给即将参加"学农"活动的小凤凰的一封信

亲爱的小凤凰:

已经好久没这么正儿八经地给你写信了。上一次写信是2008年汶川大地震的时候,你还在幼儿园。灾难中的孩子们所表现出来的勇敢乐观成了哀鸿遍野中的一抹亮色,妈妈被深深感动,在幼儿园老师的号召下写了那封信。到现在已经过去9年了,你已经成了一个初二的"大姑娘",眼下要离开家一星期去参加"学农"活动,是时候再给你写点什么了。

其实这不是你第一次离家了,之前你有过两次离家一周的经验。第一次是2013年1月份你参加滑雪冬令营,我们给你收拾好行李千叮咛万嘱咐。整整一周里,你就利用老师的手机打过一个电话,问"我的那双鞋放哪里了",然后就杳无音信。我们的心悬了一周之后,你意犹未尽地回来了,玩得乐不思蜀。所以,第二次,2015年暑期你参加青少年军事夏令营的时候,我们就放心多啦,何况那次还有你的好朋友做伴。在夏令营里,你们接受了相当多的军事训练,包括叠"豆腐块"、跑操、拉练等,所以,我们就更不担心啦!好好地享受吧,亲爱的宝宝,你一定会特别怀念这一周的!

学农不等于军事训练,在这一周里你一定还会接触到很多其他内容。宝宝，你还记得我们曾经讨论过你将来的职业选择吗？你喜欢宠物，说将来要开个宠物店。我们举双手赞成，同时提醒你，开宠物店不那么简单，至少应该熟知宠物习性，懂得一定的护理知识，所以首先要选择一个合适的专业和学校进行系统学习。讨论之后你的目标初步定为中国农业大学生命科学系。在这个背景下，你参加这次的学农活动意义就更重大了。当然，在高考真正到来之前，你的目标还可能改变，但为将来所做的一切准备都是有万分价值的，你将来会知晓。童年和少年时期的经历对成年后的影响说得多么深远都不夸张。拿妈妈的经验来说，现在想背会任何一首新诗都难上加难，映在脑海里的全部是青少年时期的东西。

我想你一定会接触到很多农作物。看看返青的小麦是什么样子的、油菜花是多么的绚烂、大棚里的反季蔬果是不是长得有点怪异……如果能听到布谷鸟的鸣叫、看到雨后丛生的地皮菜那就太完美了。妈妈小时候生长在城乡交接地带，知道农田、原野和大山的味道；你是京城里的小姑娘，深谙电子产品，会弹钢琴跳芭蕾，但可能五谷不分六畜不辨。这次要努力接触自然啊，看一看猪舍羊圈，听一听鸡鸣犬吠，闻一闻泥土的味道，尝一尝青涩的野果……

你会学习做饭做菜的基础知识。加油啊，宝宝，这可是妈妈的弱项。妈妈小时候也曾帮你姥姥发面、揉馒头、蒸花卷，但已经多少年没有实践了，早就不知道怎么下手了。等你"学成归来"，我们一定要一起做一次馒头或花卷，也让我捡拾一下童年记忆。我还特别希望你能学会如何做寿司,这是你最爱吃的食物。总之,这个环节的学习会让你受益终身的。

或许妈妈的想法都太浪漫了,你更可能遇到一些意想不到的困难,例如较大的体力劳动量、比较复杂的手工制作、田野中的烈日或寒风,如果住上铺,还可能有爬上爬下的烦恼。集体淋浴,有严格的时间限制,你要洗头发就要精心掐算了(想让你把头发剪短一点,你又不肯)。告诉自己,这都不算什么,都是小事儿。妈妈住集体宿舍的时候,从来都是睡上铺,感觉很好。

这一个星期你会远离手机和其他电子产品,妈妈很高兴,也许你会不习惯。一两天之后你就会发现离开手机的生活是更纯粹的生活——更多的面对面交流、更多的思考、更多的阅读、更多的动手实践,实在想念手机的时候就仰望一下星空,在郊外也许能看到群星灿烂的夜空呢!希望这一个星期能让你体会没有手机的快乐和充实。妈妈还希望你能利用这个机会表演一下你的芭蕾技艺,我会把你的芭蕾舞鞋放入行李箱中的。

一个星期转瞬即逝。人生一瞬间将带来一辈子的记忆,你们是幸运的孩子。好好珍惜这个机会,相信回来后我们将看到你的成长和进步!

爱你的妈妈

2017 年 3 月 31 日

通灵的衣服

那日在商场一家颇为有名的羊绒店铺小逛，为亲爱的九旬姥姨挑选礼物，买了一件大红色的羊绒披肩。同时，一件红色和格面两面穿的带帽薄羊绒大衣也进入了我的眼帘。自从跨过45周岁之后，我开始喜欢上了比较鲜艳的颜色，因为青春越来越远，只能靠衣物的颜色来提点气色。（而凤凰小姑娘正相反，从粉红女郎一下子变成了黑衣女郎，从上到下全黑，倒是突出了那张白皙的青春的小脸。差别就是这么大。）精明的销售人员看出了我的心思，不失时机地介绍：现在在打五折哦，我们这里是折扣店，全北京市都找不出这样的折扣了哦；这恐怕是现阶段最后一件了，看看，多精细的羊绒，打完折才4000多块；红色面可以配正装穿，格面就更休闲一些，一件衣服的价格买两件多合适啊！过这村就没这店啦……我有点动心了，穿着在镜前比来比去。看上去似乎还不错——有几分正式有几分随意，长度、款式、颜色似乎都合适……想想手头同类的大衣，只有一件，还是灰黑色的，也该添置一件增加些多样性了……于是，咬牙买了下来。

谁知道没穿几次就开始厌弃了。首先，也是最关键的，这件风衣居然没有一粒扣子（当时怎么就没注意），全靠腰间的那条腰带捆绑，一旦系得不好看就有几分睡衣的感觉，早上出门之前哪有那么多时间整理啊？太疏忽了。我曾经有过这么一件无扣系带灰色风衣，也是穿了几次就把它打入冷宫了。其次，帽子的装饰性强于实用性，大面积披搭在肩膀之后，不仅影响挎包的放置，而且也会影响衣服前襟的效果。最后，两面穿看上去是可以的，但格子那面没有口袋，严重影响了实用性——我不得不把手套、手绢等随身物件放进反面的口袋里。那次穿着去开会，散场大家匆匆往外走，我抓起衣服披挂起来也跟上去，没时间好生整理，就那么敞着胡乱走了一路，好生尴尬……

自那以后这件衣服就被挂在衣架上了。倒不是完全抛弃，主要是因为天气冷了，换成了稍厚一些的大衣。挂了一段时间之后，我想还是拿回双井那边收纳起来吧，省得在凤凰奶奶家这边占地儿。于是，就叠起来扔进了我日常携带的箱子中。悲催的是，关于这件大衣的明确记忆就到这里中断了。至于后续是如何处理的——是拿回双井放置于某一角落里了还是干脆没拿回去就放在六铺炕的某一角落了，我丝毫记不起来了。

那天，不知道哪根神经被触动，我突然想起了这件大衣，哎，似乎好久没看见了，放哪里了？在双井找了找，没有。哦，那应该是没带回来，挂在六铺炕的衣柜里了。回到六铺炕，再找找，没有！哦？那应该就在双井，也许是我没好好找，周末回去再找找。但连续几个周末都忘了这件事情。昨天，又一个周六，我终于想起来了，于是在各个可能收纳的地方细心翻找了一番。没有！没有！没有！我站在屋子里茫然无措，满心愧疚。难道是我对它的厌倦被它觉察到了？于是，它就悄无声息地主动从我生命中消失，不留下一丝痕迹？

抱歉啊，既然把你买回来，就不应该这么对待你。即使我上班时间紧张穿着不合适，也可以周末穿啊；即使我穿着不合适，也可以留给小凤凰啊，一定会很合适的，到底还是个青春款。怎么能把我的歉意传达给你呢，这件通灵的大衣！

总结几句买衣经验：多买经典不买花样。看看我那件灰黑色的大衣，简单大方，什么场合穿都合适，配正装可以，配牛仔裤也没问题；冲动是魔鬼，对自己要买什么东西一定要心中有数，多谋划一段时间；最重要的，买了都是好的，不要嫌弃！否则它们会感觉到的，说不定什么时候就消失无踪了，让你后悔。说来说去，买衣服和选老公也差不多呢。

（2017年1月15日）

别人家的卫生间

眼下又到春节出行旺季，按照常规，去日本的游客数量一定不在少数。同样，按照惯例，乘旅游之机大规模采买日本家居产品（很可能是中国制造）也是可以想象的，大家都不会感到意外。唯一的悬念，今年的采买热点会是什么呢？两三年前是电饭锅、马桶盖，去年据说是日式药妆、药品连同卫生巾什么的，今年应该有新的热点。但现在，我却想再聊一聊日本的公共卫生间，不谈马桶盖，专门说一说"蹲坑"。

话说"蹲坑"卫生间，中国人民都不陌生。现在北京市的大部分公共卫生间，包括机关楼宇内的卫生间，还是蹲坑式的；老式居民建筑中的卫生间大抵也还是这样的。标准的"蹲坑"都很简单，长度约60厘米的长条形白色陶瓷容器，一端有一个直径十几厘米的"洞"，用于冲去排泄物。我一直有一个疑问，这个"洞"应该是在如厕者的前方还是后方？在国内使用了多年，见过多处的"蹲坑"之后，这个疑问一直没有得到明确的解答。当然，大部分蹲坑的"洞"都是在前方的，也就是需要用水将排泄物冲入这个"洞"，但是我所见到的"洞"在后方的情形绝不在少数。每到这个时候，我就会想，不知道有没有国家标准说明这个问题，简单地百度一下，似乎没发现明确说法，也许真的要看施工者的个人理解了。这个问题应该不止困扰了我一个人吧。记得看到过一篇短文，说一个中国姑娘带外国女婿回家省亲，女婿如厕很久不见出来，进去一看，原来那洋人对着蹲坑发愣，因为不清楚该朝哪个方向下蹲。

在我的国外旅行经历中，似乎只有在日本见到过蹲式便器——也许西洋人真的不擅长两个脚后跟不离地的"亚洲蹲"——遗憾没有特别关注。趁最近一次赴日的机会，我特地去了解了一下，看看一贯注重细节的日本人如何处理这个问题。很简单，一下飞机这个问题就得到了基本解决，因为羽田机场就有蹲式卫生间，所有的安排和说明都简洁明了。首先，卫生间内干净整洁，蹲便器横置眼前（见书末附图15），距地面1米左右的墙面上有两幅用日文、中文、韩文和英文标注的图示，告诉如厕者如何使用该器具。这两幅图示悬挂的位置其实就暗示了大家正确的下蹲方位，即蹲下后你的脸部应该正对着图示，否则你是读不到的。因此，关于那个问题的正确答案是：那个洞应该在如厕者的前方。其次，文字和图片都直白地告诉你如何使用这个玩意儿，包括小孩子，要犯错误也是不容易的。此外，在一些客流密集的车站，我也见到了人家的蹲式卫生间。当然，由于人来人往，卫生条件不能与国际机场相比，但贴心的是一些卫生间配有解释性文字，阐述蹲式便器的优点，打消不解此物的如厕者的疑惑。

由此我不由想起了诸多的日本卫生间细节。在居家环境中，马桶一定要安置在一个独立的小小空间内，与洗脸池、淋浴室或浴室隔开，不管日本人的家居面积多么局促。这样的布局应该是更有利于卫生和健康的。有些家庭在马桶水箱上方安置了洗手装置，洗过手的水会自动注入水箱，方便节约用水。带有加热、冲洗和烘干功能的马桶盖现在在国内也比较普遍了，20年前我在日本写字楼的公共卫生间见到时感觉还很新鲜，更加新鲜的是马桶盖还会有"噪音消除"功能键。如果感觉如厕的声音会让自己或隔壁尴尬，那么就按响那个功能键好了，顿时一阵"喊哩喀喳"混乱的杂音传出，足以掩盖如厕声响。时间长短由你掌控，真是太人性化了。质量上乘的厕纸总是足够量的，而且放在位置和距离非常适宜的地方。我不知道为什么国内很多宾馆的厕纸正好悬挂在废纸篓上方，稍不注意厕纸就垂悬到纸篓里，与用过的手纸亲密接触了，想想都恶心。也还记得那年在我们单位实习的加拿大小伙子红着脸向我索要厕纸的事情，至今都替他尴尬。

这些细节告诉我们，日本人真是特别认真地对待如厕这件事情，以至于日本大概是世界上拉粑粑最舒适的地方了。《驴得水》中老校长的口头禅是"办大事者不拘小节"，在现代社会恐怕正相反，细节决定成败，细节决定一切。

（2017年1月2日）

日暮乡关何处是

那天和久未谋面的京籍老朋友一起吃饭，说起父母早亡，不免有些伤感。朋友问我：还常回去吗？我说兄长还在那边，每年还要回去，至少扫墓的时候要回去，毕竟我的根在那里。朋友略带吃惊地问道，你在北京都待20多年了，还没把自己当北京人吗？我一愣，一时不知该怎么回答。这真是个好问题。

我是哪里人？细细想来，不同的语境下，这个问题的答案有很多呢。

小时候，一直随父母生活在晋北的煤矿，那里的职工大都来自四面八方，本地人倒不是很多。别人问起我老家，我总是毫不犹豫地说"晋南的，霍州"——那是爸爸妈妈出生和生长的地方，尽管对我来说很陌生。我们兄妹三个在外说当地话，在家都随父母说霍州话，虽说有点不伦不类的。老家，必须是一个很遥远的地方。

小学毕业后，随落叶归根的父母回到老家。同样是一个煤矿，职工们的口音也五花八门，还有相当数量的本地人。当新同学问我"老家是哪里"的时候，十三四岁的我竟有些纠结——当一个本地人似乎挺没劲的，答案便长了起来："老家就是霍州本地的,但我是在大同那边出生长大的。"于是,故乡,便成了那个度过童年的地方。

在霍州上了三年初中后,到邻近的洪洞县(没错,就是"洪洞县里没好人"的那个洪洞,但这里的"洞"音"同")读高中。在一大堆洪洞人中,我就是个正宗的霍州人。高中毕业后来到北京,再后来留在北京工作,期间留学和访学异国几年时间。在北京的时间里,那个问题的答案很简单,山西人——这就够了,一般人不会在意你是晋南的还是晋北的。遇到山西老乡的时候,我的答案也是现成的:老家是霍州、童年在大同。有时候还会加一句,高中是在洪洞县上的,就是想更多地听到惊喜——哎呀,我也是霍州(大同、洪洞)的!这时候的故乡,就是未成年时生活的地方。

但也有纠结的时候。记得那年去杭州出差,利用半天休会的时间,我和同事跑到了西湖。一位阿姨热情地跟我们打招呼,自然要问我们是哪里人。我想了想,说,我们从北京来,但我的老家是山西的。我的同事也老老实实地说,嗯,我是河南的。那位阿姨高兴地说,哦,北京人!我们杭州人喜欢北京人,不喜欢上海人,来,阿姨带你们走走。于是热情的阿姨带我们去了一个农家院,品茶赏花,当然少不了临走时买几斤茶叶。事后接待我们的当地领导痛心疾首地说,让你们不要随便买茶叶,你们还买!

结婚的时候去青岛旅游,住店时把结婚证、身份证一同奉上。接待大姐看着我们身份证上的地址,略带艳羡地说,哦，北京来的！一转眼，大姐叫起来，哎，哎，你这身份证号码不是北京的啊？我有些尴尬，似乎有诈骗她的嫌疑。大姐没再继续盘问，转头和我丈夫说了一句，北京小伙子娶了个外地姑娘，啊？

在国外的日子里，"你从哪里来"的答案异常简洁明了，"中国"！偶尔有人会问中国的哪里啊，当然是北京了，跟老外们没有那么多可解释的。

后来父母相继过世了。当晋南的山塬上新坟默然、青烟刚刚散去的时候，这片我只短短地生活过3年、曾经和我那么疏离的地方突然和我异常亲近了起来。一直以为故乡是留着童年记忆的乐园，现在才知道故乡是有着父母坟茔的地方！霍州这个地方，在我心中的地位终于上升到故乡这个应有的高度。真的，我的故乡就在这里，不会再有纠结了。

（2016年3月9日）

日暮乡关何处是

一天到晚游泳的鱼

在静静地悬浮了两天之后,小凤凰的小宠物——一条黄色的小金鱼,昨天死了。小凤凰伤心难过,吩咐我要写一篇博客纪念一下这条小鱼儿,她自己准备写一篇作文。好的,这个工作妈妈很擅长。

去年10月份这条小鱼来到家中,屈指算来已经半年多了。小凤凰兴奋地说:"那么多鱼,我一捞就捞到它。"就这么一条,找了个小小的鱼缸就此养了起来。在我们的家中,环顾四周,除了我们这几个人,这条鱼算是唯一的活物,没有花没有草,更没有真正意义上的宠物。理由只有一个,没人照顾,照顾不好死了多伤心啊。母亲当年在这里小住的时候,曾经养过几盆花。妈妈回老家之后,我们想起来的时候浇点水,出个差什么的就顾不上了,没几天花就蔫儿了,很快就不行了。小凤凰当年吵着要养小鸡,我们不同意,她就去找姥姥,我妈又来劝我,我说那怎么行啊,在城里。前几天我送她上学的路上,居然听到公鸡鸣叫的声音,我们好一阵驻足寻觅观望。小凤凰对小猫小狗有无尽的热情,经常要求养一只,我们的统一答复是:等我们退休之后吧。

有了这条小鱼,小凤凰就有了很多牵挂。她经常给留守家中的爸爸打电话：爸爸你喂鱼了吗？喂了几粒？一次喂5粒啊，不要多也不要少。周五晚上从奶奶家回到家里，放下书包，小凤凰就坐在沙发上盯着鱼缸看半天，小心翼翼地喂一两粒鱼食。真是奇怪，不管什么时候走过去，那条鱼都张大嘴巴做讨食状，真是吃不够。换水的事情不用我们操心，小凤凰很殷勤，冬天还会把水放在阳光下晒一晒。周日晚上离开家里的时候，小凤凰会和小鱼儿说再见。

我想金鱼一定有非常不错的视力。每当我们走过鱼缸的时候，不论从什么方向，小鱼儿都会准确地向这个方向游过来，摇头摆尾张大嘴巴，楚楚可怜地和我们打招呼。看它这么热情的样子，谁都会停下来看看它，逗逗它。有人说金鱼的记忆力不超过7秒，不知道该怎么测试。真的是一个转身就是一个新的开始？难道在它眼里每次看到的都是一个新鲜的人，所以才会一点都不厌倦，永远那么热情？还是它看到小凤凰的时候尾巴会摇摆得更欢快一些？观察了一段时间，我想小鱼儿一定真没什么记性，像我这样不怎么喂它、看上去很冷漠的人，它也对我一视同仁呢。真让人感动。我在这个小小的鱼缸面前驻足的时候也不由多了起来。

小鱼儿就那么游啊游啊游，不停地重新开始，没有停歇的时候。是不是会很寂寞？小凤凰在缸底放了几个彩色玻璃球，小鱼儿有时候会触碰几下，但很多时间还是独自在鱼缸里逡巡。我跟小凤凰商量是不是再买一条放一起，她一副不置可否的样子，我想她是偏爱这只与她很有缘分的小鱼。

几个月就这么过去了。五一小凤凰和爸爸出去玩，两天不在家。我出差回到家的时候，鱼儿应该已经饿了一段时间了。我走近鱼缸，小鱼儿并没有像往常一样欢快地游过来，而是慢慢地转过身来缓缓地游向我。我心一沉，难道饿坏了？不应该啊，家里两天没人并不罕见。赶快喂了几粒，小鱼儿居然没吃完。再过一天宝宝回来了，看到小鱼这个样子，很难过，要我们带它去宠物医院。有点犯愁，没听说过金鱼医院——没法出水检查和治疗吧？后来小鱼几乎不能游了，静静地悬浮在水中。再过一天，宝爸打来电话，说鱼儿死了。宝爸把它葬在院子里。

　　我也很难过，失去了一个永远都那么亲切的小朋友。它永远不会厌倦我，总是摇头摆尾地和我打招呼……想起了张雨生的一首歌——《一天到晚游泳的鱼》，我喜欢的歌和歌手，送给离开我们的小鱼儿。

（2016年5月4日）

世界末日

　　持续了212个小时的大气污染橙色预警终于在昨天夜里解除了，这可是一场跨年的严重污染。污染之重绝对超过了红色预警等级，但政府没有启动，可能是考虑到红色预警要求单双号限行、学校停课，正好进入期末考试阶段，停课不现实，咬牙不升级了吧，尽管公众都很奇怪。1月2日那天，难得晴朗了小半天，没到下午，雾霾那妖怪就卷土重来了。有人利用摄影技巧生动地再现了妖怪从城南扑面而来的景象，真正骇人。抬眼望望，整个世界都是灰蒙蒙的，想象一下其中的颗粒物……让人不寒而栗，世界末日的感觉。街面上不戴口罩的人很少，我显得有些另类。那天我试着戴了一下，没走几步路，眼镜就被口罩边缘冒出的热气笼罩，眼前一片模糊，就摘了。前天，实在是感觉太有必要防护一下了，我又重新戴上，左试右试找到一个还算合理的角度，不至于让我过于难受，于是就戴上出街了。

　　严重污染持续这么长时间的情况好像不多，公众的焦虑情绪在蔓延。网络上各种帖子乱飞，什么中国在燃烧比煤炭还肮脏的燃料（指石油焦）、"雾霾下我为什么没搬回美国"、反对"我为什么没搬回美国"、不听工程师言吃亏在眼前……

以至于我这样一个科研人员也糊涂了，到底是什么原因？难道除了煤炭、机动车还有更大的污染源吗？稍分析一下就知道其实各个利益集团都在为自己发声而默默回避自己的责任：政府说机动车、厨房油烟是污染源（暗示这个没法监管，靠自觉行动），大众嗤之以鼻，说燃煤才是根本原因，政府推卸责任；煤炭工业说石油焦是罪魁祸首，放着好好的煤炭不用偏要进口石油焦；能源局说石油焦每年的消费量不过千万吨级，哪里能和40亿吨煤炭相比……更多的人一边抱怨雾霾，一边开足空气净化器（这意味着更多的电力消耗和更多的排放），一边在淘宝上无休止地买买买（意味着更多的浪费、更多的交通排放）……我想说的是政府有管理责任——既然有更严格的排放标准，为什么不严格执行？煤炭工业难辞其咎，盲目发展导致产能严重过剩；拔高一点，再清洁利用也还是气候变化的元凶之一，夕阳产业就不要乱找替罪羊了；公众也有不能逃避的责任，没有哪一个日常行为不牵扯到能源和排放，就像没有买卖就没有杀戮，没有过度消费就没有过度排放。如果全世界70亿人口都追求"美式生活"，10个地球也不够人们消费的。（研究认为，如果这样需要10.8个地球。）

　　终于，昨天环保部部长和北京市市长分别召开了记者会。结论是，总体看，治污是有效果的，但冬天治理效果不明显，甚至有加重趋势；将进一步出重拳治理。我非常同意一个观点：永远不放权、事事都操心的家长总有无尽的责任。让全社会行动起来效果会更好，成本会更低。拿违规排放这件事来说，让公众和非政府组织承担起监督责任，要比有限的执法大队没日没夜地督查好多了。政府要做的就是"断腕"，环保一票否决，财政预算与环保力度挂钩。如果铁腕治污真的在一定程度上妨碍了某些工业行业的发展，牺牲一点GDP是否可以接受？这个需要全社会形成共识。

（2017年1月8日）

日暮乡关何处是

再见，我的诺基亚手机

今天晚上不得不和用了 3 年半的诺基亚 720 说再见了。不是我对不起你，实在是诺基亚你对不起我，而且实在是等不起了啊。

这是我的第一部智能手机，2013 年 5 月购置，2014 年换过一次屏幕。本来问题已经很多了，我都忍了，但最近频频找不到 SD 卡，需要无数次关机重新启动，然后碰运气。前天晚上，触摸屏又失灵了，死活不动，我看得到进来的电话、短信和微信，但无法操作，连关机都做不到。最搞笑的是第二天早上闹钟响起的时候，我无法关闭闹钟，只能远远地把它扔到阳台上，由它闹下去。最终没电了，它自动关机。到了办公室，插上电，它又活了，包括触摸屏。到这个地步已经不能忍了，我下单买了一部华为手机，昨晚到货，今晚置换。真对不起，我真的已经忍很久等很久了，多少次我需要三键一起长摁重启死过去的你，多少次从微信中闪退，多少次为自己少得可怜的应用长叹……看到多少次新闻说诺基亚要重返手机市场，6 月份时听到消息说今年年底之前诺基亚一定回来，但都等到现在了，没有任何消息。我不能再等了……新买的华为手机也是一部过气的，不过 1300 元，权当过渡吧，继续等待诺基亚新机！

我知道不论是尖端的还是过气的，新机一定都比目前这部诺基亚好。一旦用了新的，我可能就再也想不起这部旧的啦，抱歉啊。就是这样，世间万物都是这个道理。除了古董，什么东西都是新的好——古董不是用的，而是看的。那些说旧物好的人不过是自欺欺人。

三年前购置智能手机的时候，苹果手机早已风行天下了——那时候已经是苹果5了吧，但我坚决不随波逐流，坚决购买了这台诺基亚720。慢慢地，这部手机像素低、内存小、应用少（因为它的系统是不多见的Windows）的缺点暴露出来，各种不方便如影随形，速度慢、随时死机（第一次死机出现在2014年11月初，正逢出差前夕，差点急死我，不得不打车沿街找手机维修店）、触摸屏失灵、SD卡失踪……实在抱歉啊。

20世纪末购置的第一部手机就是诺基亚，那时候它真是风靡世界啊。一直都很好使，直到2001年5月~7月在泰国亚洲理工学院，长期关机和潮湿的天气让那部手机受了伤，小小的液晶屏不灵光了，时不时就看不到来电。至于换了一部什么手机，我真有点忘了，似乎有过小灵通，还有过一部飞利浦。在英国学习的时候，在当地又选择了一部小巧的诺基亚，一直使用到2010年，没什么大问题就是屏幕太小了，有一次差点误了大事——别人给我的短信一屏没有显示完，但我没有注意到，耽误了重要信息。2010年3月换了一部大屏幕的诺基亚。其实那时候智能手机已经相当普遍了，真是奇怪那时候我为什么还是选择了非智能手机。没有任何问题，顺畅地使用了三年，直到微信遍天下，不用就要被抛弃，我才转向了这部智能诺基亚手机。

时间又过了 3 年，我不得不更换了。再见，希望下一部诺基亚不要让我等太久。

（2016 年 11 月 25 日）

记好友源源以及大学舍友们

9月20日（上周二），我终于和源源见面了。距离上一次见面，已经整整25年了！1991年9月，大三刚刚开始的时候，源源飞往美国与家人团聚，从此再没有见面。

翻开我的日记，那里详细地记录了那段青葱岁月。那时候我们宿舍有8位姑娘，刚刚进校的时候大部分都不满19岁，个个稚嫩新鲜。为了方便各种活动，8个姑娘很快就成双成对起来，我和任淑蓉、叶源源和赵辉、孙燕和张伟红、黄晓梅和刘英群。感觉到"源源"这个名字朗朗上口，我们一致认为每个人都需要这样一个单字叠音的名儿，于是每个人都取了一个，大部分都使用至今。我叫丽丽，黄晓梅叫佩佩（来自《星星知我心》中戴眼镜的小姑娘），张伟红叫梦梦（因为她喜欢睡觉），孙燕称慢慢（因为她心细如丝，做事慢条斯理），刘英群叫佳佳（音同"家"，因为她最恋家，经常往回跑），任淑荣叫任任（因为实在没想出其他更好的名字），赵辉叫什么，不记得了[1]，只记得她的绰号"大哥"，因为她那

---

[1] 后来赵辉羞涩地说她的名儿是"桥桥"，桥牌的桥——当然因为她那时爱打桥牌喽，但没叫起来。后来她把这个名字给了她儿子，如今的清华大学学生。

时短头发,着装男性化,性格看上去也大大咧咧,整天和一帮男生混在一起(现在看来完全是表象啊,"大哥"其实是个比其他任何人都温柔的女孩子)。后来我们每个人似乎还取了个英文名字,她们管我叫"Stephanie"(斯蒂芬妮),说我和某个外国电视剧中叫这个名的女孩子有点像——我那时候刚从乡下来,没看过什么英剧美剧,她们既然这么说就欣然接受吧。于是我又多了一个名字,不久就被简化成"Phanie"(芬妮),也一直沿用下来。听说男生们也为我们这些女生起各种外号,我是"玛格丽特",据说是某个动画片中一只红色的小松鼠的名字(可惜我也没看过),与我的中文名字有暗合的地方。其实,我的外号最终被定位为"小黑",也就是如今的笔名。这里先按下不表,否则严重跑题啦。

　　过了一段时间之后(可能到了大一第二学期了吧),我们这些个临时组合就重整了:我和源源、佩佩和大哥、慢慢和任任,刘英群休学了,梦梦不是我们班的(她是89541的),与我们的行动有时候不合拍。就这样,我和源源成了好朋友。她是个独特的女孩子,英语和机械制图学得都很好(因为这两项是我的弱项),经常捧看英文版的《读者文摘》(*Reader's Digest*),让我羡慕不已。她知道我所有的小秘密,包括那一众男生(多么可笑的往事,此处也按下不表了),当然也有闹别扭的时候——我是个很古怪的人。大二第二个学期,源源开始办理赴美探亲的手续。到大三一开学,差不多万事俱备就差机票了,于是她开始办理退学手续。记得那个时候她剪短了头发，似乎还染黄了一些，在宿舍待的时间不多了。我的心情好复杂。我们大家开始商量送她些什么礼物，最终集资买了一对景泰蓝手镯和一条项链。我咬牙跺脚地用那个月的全部补贴（17元）买了一个白兔公仔送给她（当时真是捉襟见肘），她送我一个日记本（后来这个日记本记录了大三到大四的生活）。1991年10月30日，源源飞往美国，从此天各一方。

随后的日子里，我接到过源源的一些信件，知道她没能立刻进入大学继续学习，需要做"baby sister"（临时替人看管小孩）这样的工作权当过渡，等待正式的身份。后来联系少一些了，但直到毕业我们还有书信往来，我在能源所实习那段时间还收到过她的信件呢，最后一封是在1994年4月吧。之后我处于飘零状态，她也在打拼中，于是我们断了联系。直到2006年，我突然收到了一封来自"Yuan YE"的电子邮件，说在一篇英文文章中看到了"Songli Zhu"的名字，于是按照电子邮件地址尝试和我联系一下。我收到信时真是欣喜若狂，立刻回信。我们从此就又联系上了，这一下已经是15年过去了。从事软件设计的源源还精心为我们这群343的姑娘们设计了一个网页，可以让我们上传一些照片什么的。如今，我们通过微信联系，更加方便了。

有了微信，天涯咫尺。夏天的时候源源说秋天要陪母亲回北京走一走，差不多是9月中旬。大家都很高兴，几经商量确定了吃饭的时间和地点——9月20日，下午6点，五棵松地铁口的一家餐厅。那天我刚从香山下来，拎着一大堆东西奔向地铁。出了地铁口，不知道为什么我居然有点慌乱，就像那次时隔15年再次和Z相约见面一样，但这次已经25年了！我很快就看到了源源——因为她一点儿都没变，短发、衬衣、过膝裙。她也看到了我，含笑快步走过来。我把手里沉重的包扔到地上，深深、深深地拥抱了我25年没见的好朋友……刹那间我们都满含热泪……我不知道还有什么朋友能让我这样泪流满面！又一次想起了那个遥远的寒冷的冬天晚上，大一第一个学期就要结束，我送她去30路车站，我们有说有笑地走到车站。车来了，很舍不得分开，我们自然地拥抱了一下，似乎还贴了贴脸颊。那可是1990年啊，感觉特别美好，我这个乡下女生一点都不觉得异样。

我们在必胜客坐定，点了少许饮料，开始谈起分开后的岁月。我的毕业还乡、返京打工、复习考研、重返校园、再次毕业以及进入目前的职业状态，她的打工谋生、转换身份、再次进入校园、重新选择专业以及毕业来到华盛顿进入目前的职业状态……不胜唏嘘。虽然身处不同的环境，但都是"移民"，有类似的拼搏经历和感受，我们能够更多地理解对方。

不久，赵辉、梦梦和佩佩都相继赶到了，我们一下子开启了怀旧篇章，话题围绕343宿舍、501宿舍以及相关人物、班级展开，热闹非凡。不能不自夸一下，她们的记忆力都不如我，许多事情都要靠我来回忆，特别是细节——我也挺纳闷的，有些事情跟我也没多大关系，我怎么都能记着？我跟她们第一次讲起了 C.R 的故事。当时我心碎了多少回啊。我说 1991 年新年我们是在源源家过的,她们纷纷表示不记得。好吧,我回去查一下日记。(查的结果是当时有 8 个人去了源源家,女生 4 个人——慢慢、佩佩、任任和我,男生 4 个人——班长、建国、何平和冬冬)。9 点多,大家依依不舍地告别,在地铁里一通拍照,就像我们当年在宿舍里轮流穿新衣拍照片一样。

第二天傍晚,我又去酒店和源源见了一面,把我们 4 个人集资、我在蒙古购买的一条羊绒围巾送给她。坐在酒店大堂里,我特别向她讲起了我和 Z 的故事,我似乎从来没有向同时熟知我和 Z 的同学说起过这段往事,原因大概在于这段往事有相当多地下色彩吧,连我这个当事人也时不时怀疑一下,那是真的吗?现在我可以非常平静地讲给源源听了……一切都过去了,大家现在都很好。

我还向源源讲起了工作中的那些烦心事,她告诉我她的工作经历和心路历程,我们互相宽慰。彼此都需要这种能够给彼此带来安宁平静心情的倾诉和倾听。

9 月 25 日,源源就回美国了,之前在五棵松体育馆参加了"小哇"(钟汉良)的演唱会,我们都惊叹她真是"铁粉"一枚。这一次返乡当真不虚。很快,我买了三张 CD 寄给她,朴树和小娟的歌,她说她很喜欢。

(2016 年 10 月 1 日)

夏日纪事

一、夏日早上的清凉

最高温度 30℃甚至 35℃以上的日子已经持续了一些时间，晚上闷热不已，只有早上有短暂的清凉。今早突发奇想翻出了 10 年前的一件连衣裙，麻质翠绿色，试一试居然还穿得下，于是穿上，心情愉快。到办公室，沏了一杯谭博士送我的日式煎茶，泡开后也是翠绿的颜色。捧茶阅读"凤凰读书"公众号发送来的"夏天的早晨真是舒服"（汪曾祺）——栀子花、白兰花、株兰、牵牛花、秋葵……我看到了它们在夏日清晨随风摇曳的样子……一时忘记了上班路上拉拉妈妈对我的谆谆警告：今年中考 520 分以下就没有高中上了！530 分以下只能上七中！她准备把拉拉送出去，她现在正在读雅思，不能让她留在国内给毁了！

这才是现实！夏日早上的清凉多么虚幻……

期末考试，小姑娘的成绩稳定地停留在中游状态。稳定是好事，但我期盼着还能有一点儿进步。期中考试的时候进步了一些，被学校表扬，现在又退回到原来的位置了。细看一下分数，语文、地理和思品的成绩还不错，其他几门课都

100名开外了。所有科目的成绩都拥挤扎堆，比如历史，宝宝83分，简单算一算，如果一个分数点只有一名学生，宝宝应该是17名，现在却是117名，平均一个分数点有六七名学生。真是可笑，这一分之差能说明什么呢！

尽管如此，我还是心有不甘：历史我给宝宝花了不少力气啊，怎么看样子还是不太好！拿来试卷一看，我扼腕叹息，至少有5分失分是不应该的。加上这5分，88分，排名一下子会提高三四十名呢！唉，看一看，戊戌变法的领导人，怎么会是孙中山，辛亥革命的领袖怎么会是康有为梁启超！我给小凤凰你讲了多少次啊，百日维新，康有为梁启超还有以谭嗣同为首的六君子；兴中会同盟会武昌起义辛亥革命，国父孙中山！凤凰无奈地说，不小心填反了。这可是3分的题啊！还有，任选一幅图简单描述历史事件，你怎么不选"中共一大会址"，我无数次地跟你讲今年是建党95周年，一定会考党的一大，你也背得滚瓜烂熟，怎么一到考试的时候就忘了呢？偏偏选了个"南昌起义"，写得不靠谱。这个妈妈也讲过多次啊，我们的建军节是怎么来的！这可是2分的题啊。

罢了罢了，再写下去我的好心情就彻底泡汤了。就到这里。

（2016年7月14日）

二、夏日午后

炎炎夏日，午后我去买菜。夏季正是各式蔬菜瓜果集中上市的季节，但我买的还是那几样：扁豆、五花肉、青菜外加一个大西瓜。小凤凰喜欢吃我做的扁豆焖面，我也百做不厌。夏天也正是吃"扁焖"的最佳时机。

在小姑娘这个岁数，我在故乡上初中。每到夏天，爸爸总喜欢做焖面吃。当然，爸爸的手艺比我好多了，我每次都吃得心满意足。妈妈从杭州出差回来后说，南方人吃饭不论吃什么总会有一盆青菜汤，简单好吃。于是我们的餐桌上也开始出现青菜汤，和"扁焖"一起吃更增加了美味。那年夏天，西瓜出奇的便宜（1分钱1斤），以至于爸爸每天都能买一个不大不小的西瓜。于是，夏日周末通常会是这样的：中午爸爸做焖面和青菜汤，我们吃得干干净净；午休之后，妈妈切西瓜给我们吃。爸爸心满意足地说，多好的日子啊！是啊，是啊，多美好的日子！

在这个夏日午后，我突然泪流满面。我真的很想念他们。

（2016年7月2日）

三、天生低碳人

这几天烈日炎炎似火烧。周一上班后闲聊，我才知道大家周末都没敢出家门，躲在家里吹空调。我和大家说，我一整天都没开空调,靠着一锅绿豆汤和一台小小的电扇度过了周日那火烧的一天,大家都瞪大了眼睛。丝毫不夸张,我就是这样一个天生低碳人,不怕热不怕冷。

当然,那天那样做需要前提条件——小凤凰和她爹不在家,要是他们在,不开空调是不可能的。我熬好绿豆汤,把小电扇拿出来放在餐桌上,放在合适的位置,打开。这一整天我基本就守在餐桌边,写写文章,看看视频,听听《锵锵三人行》,中午简单弄点凉面,丝毫不难过。晚上洗个澡,摇几下蒲扇就能安然入睡。就这么低碳。

夏天,只要是我一个人在办公室里,空调能不开就不开,真正需要开的时间很少很少。当然,我是做好了准备的,化纤类的衣物绝不穿,棉麻丝当家。些许热一些略微出一些汗又有何妨呢?这是操练机体调节能力的最佳时机,否则人的身体真的就只能适应一个非常狭窄的温度范围了。冬天,只要我一个人在办公室,我几乎从不开空调取暖。一方面,现在的冬天真心不冷,另一方面,如果感觉冷,加个披肩什么的也够抵挡了,冷一些还能保证头脑清醒呢。

看看,要保持我的低碳天性需要诸多条件,首当其冲是"一个人"。当周遭还有其他人的时候,我就无能为力了,只能听大家的——否则我该是个多么各色的人!所谓众口难调,我这种调节能力强的人只能俯首听命了。

建设低碳社会的难处也就在这里,少许的低碳人群不得不让步于贪享舒适的大多数普通人群,后者的势力范围远远大于前者。就他们而言，电就是墙上来的，水就是水龙头里来的，便宜，取之不尽用之不竭。

　　我努力把小凤凰打造成一个低碳人，有一点点成效。想改造她爹是让人绝望的，看来一切都得从娃娃抓起。

（2015年7月15日）

那时的端午节

今天是三天端午假期的最后一天。朋友圈里都在探讨该不该说"端午快乐"这句问候语，最终的答案似乎是端午节的形成早于屈原投江，有没有屈原端午都要过、龙舟都要赛，所以说"端午快乐"没错。我不想参与这样无厘头的讨论，回想起我们小时候的端午，全都是快乐呢。

那时候的端午，要做的事情很多。第一，当然家家都要包粽子（我看粽子的英文翻译是 rice dumpling，有点过于简单了吧）。糯米、红枣、花生等物品不难寻，难得的是粽叶。在我们那个荒芜的塞外小镇，多的是沙棘、酸枣、松柏等叶子细细的植物，很难找到宽大的可以包住食物并进行烹煮的叶子，只能从市面上买或者亲友之间相互赠送。于是粽叶是相当珍贵的，今年用完，要细细地清洗干净、晒干留待明年再用。清洗粽叶是一项相当繁复的工作，因为糯米黏稠，粘在粽叶上很难清理，而且清理的时候还要分外小心，不能把珍贵的粽叶撕破。家里的小姑娘一般都会被派来做这项工作，我就没少干过。有时候家里没有粽叶了，爸爸妈妈就会蒸一锅加红枣的糯米饭，让我们蘸白糖吃，嗯，差点意思。第二，家家户户要悬挂艾草和花符。我已经很久没有见到艾草这种植物了，当年我们的山上很多，颜色发白，有特殊香气。大家采来，悬挂在门梁上，说是辟邪。晚上还会点燃干燥的艾草熏香，据说能祛除蚊虫。和艾草一起悬挂在门梁上的是花花绿绿的花符——人们用五颜六色的彩纸彩线编织而成的小玩意，学名是什么我还真不知道。有时候人们也会把艾草和花符别在小孩儿背后，也有防灾辟邪之意。第三，手巧的阿姨大娘会制作香囊和五彩线绳，送给小孩子们玩耍和佩戴，既清香又好玩，我们喜欢得不得了。香囊内填充的是山上采来的香草——真是香啊，我至今记得那股清香的味道。邻居师姓大娘，虽然腿脚不便但心灵手巧，我们采来香草后都会交给她，然后巴巴地等待做好的香囊。我记得那些香囊都做成小鸡、小猪、小羊的样子，白白的肚囊加红绿色的小冠子小羊角什么的，十分精巧且香气扑鼻。我喜欢得要命，妈妈也啧啧赞叹。五彩线绳容易制作，把不同颜色的丝线放在一起扭搓成股，戴在小孩子的手腕脚腕上，也说是辟邪。

　　看看我们小时候的节日多么快乐丰富！我不知道那时候的大人心里怎么想，反正孩子们是非常快活的。我给小姑娘讲起以前的故事，她总是羡慕地说你们小时候真好啊，天天玩。现在的节日，对大人对孩子都只意味着放假休息睡懒觉——怎么都那么累！那时候真的是在过日子，虽然清贫但悠闲自在，一针一线真实具体，现在很多时候是在"疲于奔命"，看上去富足其实心力交瘁。

　　中午跟小凤凰一起在楼下吃日餐的时候，我给她讲了以上端午故事。她听得挺认真。我说和妈妈一起念念诗词吧,小凤凰也欣然同意了,跟我念了几句"沅湘流不尽,屈子怨何深""无边丝雨细如愁""千树万树梨花开"、"衡阳雁去无留意""杨柳岸晓风残月"等等。希望她是个喜欢诗词的孩子,像我一样。当然,我也是受了她姥姥的影响。我至今记得在小峪的贫寒岁月中妈妈买的那本小册子,第一首是一支《菩萨蛮》:平林漠漠烟如织,寒山一带伤心碧……还知道除了《满江红》,岳飞还写过充满婉约派气息的"知音少,弦断有谁听"(《小重山》)。之后去买菜,小凤凰要吃扁豆焖面。回家的路上,她悄悄问,门口货架左边的东西是什么?我正一头雾水,小凤凰说听有人说那叫"避孕套"。我有些吃惊,但很高兴她能向我咨询这些东西,于是也趁机和她讨论了一些青春期问题。呵呵,那时的我们恐怕不知道这个。

(2016 年 6 月 11 日)

最美好的时光

今天送小凤凰去跳芭蕾，跳完后老师对我说，小朋友最近长了不少啊。我说是啊，每次给她梳"芭蕾头"感觉最明显了。开始的时候我坐着她站着，后来我必须站着，到现在她必须坐着而我站着。在镜子里看一看，我们之间的差距只有一点点了，在身高上赶超我是指日可待的事情。

我常常不由自主地凝视着小凤凰的小脸，心里全是赞叹：一张还满是稚嫩但已处在豆蔻年华的脸庞，眼神明亮，皮肤白净，神情坦然，真是清水出芙蓉，天然去雕饰，不需要任何粉黛就那么楚楚动人，青春无敌啊！小凤凰一发现我在看她，就冲我翻白眼，看什么看。她不知道，她已经进入了一生中最美好的时光。

每个人都有这段时光。但它总在混沌中开端，让当事人不知道美好岁月的降临；结束的时候又是那么仓促，惊觉时已消逝得踪影全无，空留下满满回忆。想告诉小凤凰这些道理，她哪里懂得。她会说你们上班多轻松啊，我们要听五花八门的课程，完成山一样的作业，参加年复一年的考试……

最近我常对着手机傻乐，小凤凰说妈妈你怎么了。我说妈妈最近和大学时期的好朋友联系上了，正和朋友们一起怀旧呢。我给她看那时的照片，告诉她一定要上大学啊，那是一生中最最美好的时光，因为有最美好的青春和最美好的人。小凤凰似懂非懂，问大学还要学那么多课程吗？要的，但那时自学能力都相当强了，不要担心。

写一句歌词：青春是段跌跌撞撞的旅行，拥有后知后觉的美丽。

（2016年3月5日）

日暮乡关何处是

童年的冬天

这几天北京的天气稍稍冷一些，白天最高气温在-2℃到-3℃，晚上-10℃左右。据《北京晚报》说，昨天是今年冬天以来第12个最高气温低于零度的日子。看预报，周五周六将是"极寒"天气，特别是周六，最高气温可能是-9℃，最低-15℃。中午去吃饭的时候大家在电梯里议论纷纷。经过数不清的暖冬之后，大家都忘记了冬天应该是个什么样子了。我充满了期待，也再一次想起童年的冬天。

塞外的冬天，冰天雪地。9月份一开学，学校里的大孩子们就需要上山砍柴了，为冬天烧煤取暖储备"引柴"，学校还会贴出大红榜对贡献大的学生进行表扬。好不容易等到三年级，我也去砍了一回，好玩儿，但上红榜是不可能的。就那一回，之后学校就搬入楼房了，有集中供暖了。

整个冬天，从11月中下旬到2月中下旬，天寒地冻，滴水成冰。孩子都全副武装，棉袄棉裤棉帽棉鞋棉猴儿外加口罩，脖子上还要挂着厚厚的棉手套。从服装上很难看出性别，也很难辨清谁是谁，大家都差不多。早上起床很痛苦，裤管冰冷；简单吃完早餐后在黑暗中踏雪赶到学校。早上的教室里，冷得抽不出手，窗户上结满了厚厚的美丽的姿态万千的冰窗花（可怜的宝宝，她哪里知道冰窗花是什么），直到半晌时分，这些冰花才会慢慢地融化，第二天周而复始。学生们轮流负责生炉子，这是一项异常艰巨的任务，需要早早赶到学校而且还要具备生炉子的技能——这个不是每个孩子都会。我记得有一次是妈妈到学校帮我值日。偌大的教室里，通常只有一个炉子，热量辐射范围非常有限。能坐到炉子周边是天大的福利，家长有时候需要走后门，让老师把自家孩子安排在炉子旁边。教室里放着这么一个大大的铁质"巨无霸"，有时候真会出点事故。记得两个小男孩打闹追逐，其中一个大概是被什么绊了一下，一头撞到炉膛里，满脸鲜血放声大哭，吓得女生们哇哇乱叫。

　　冰冷的天气挡不住我们的户外游戏，滑冰、破冰等各种游戏照样进行。孩子们的手上都布满了冻疮，血口子这一道那一道。晚上清洁后抹点蛤蜊油，火上烤烤能缓解一些，第二天照旧裂口。我的脚上还生过冻疮，小脚趾那一侧红肿一片，天暖的时候出奇地痒。家家户户都生炉子砌炕，这也需要很多技能。生炉子要谨防煤气中毒，记得父亲经常清理烟道，晚上封火的时候小心翼翼。不幸的事情时有耳闻，邻居就因此失去三个孩子，母亲痛哭不已。家家户户都有地窖，存储过冬蔬菜，无非萝卜土豆什么的。进入地窖也要异常小心，不小心也要一氧化碳中毒，通常人们会用蜡烛做警示。严寒的冬天还带来其他事故：邻居小哥哥两手揣兜走在铁轨上，不小心绊了一下，嘴巴直接磕在铁轨上，一排门牙都飞了,此后几天里嘴巴肿得像头小猪,伤口愈合之后装了一排假牙,他还是个十二三岁的小孩子;我的脚后跟被冰车严重碰伤过,很长时间内都无法痊愈;大哥从温暖的晋南(奶奶家)来到雁北,不知天高地厚,不肯戴帽子,差点把耳朵冻掉。

下雪的时候很多。我记得那些纷纷的雪花,真正塞北的雪,很有些"燕山雪花大如席"的味道。小小的我有时候会望着漫天的雪花发呆,脑袋里空空的什么也不想。这些雪花伴着北风,在空中打转盘旋,不是飘向地面,而是飘飘忽忽不知所踪。不知道这些小精灵从哪里来要到哪里去。现在回想起来,感觉那时候的我倒像个得道老僧。

初中后我随父母回到晋南,再见不到那样的冬天了。到北京后,也是连续的暖冬了,塞北的冬天更遥远了。

(2016 年 1 月 20 日)

孩子们的"欢乐"

昨天（12月7日）晚上首次发布大气污染红色预警，引来了孩子们的一片欢呼。

晚上正和同学吃饭的时候，收到了北京市发布大气污染红色预警的消息，即从12月8日7时至12月10日12时将启动空气重污染红色预警措施，视情况建议中小学、幼儿园停课。我随即和小凤凰联系了一下，明天一切照旧吗？她的学校正好要在第二天组织孩子们去某地做体检。宝宝回答说，先上课后体检，没变化啊。

等我九点左右回到家里，小凤凰已经成了热锅蚂蚁，念念叨叨地说，三帆、四中、八中都放假了，我们怎么还没接到通知？偷看了一下宝宝的朋友圈，全是这样的画面：只要全市中学都放假了，×××学校一定会停课……呵呵，这帮孩子们。

到十点钟准备关灯的时候，小凤凰绝望地对我说，琪琪学校放了，逍逍学校也放了，我们学校怎么还不发通知！我对她说，你就先睡吧，说不定明天早上一起床就有好消息了。小凤凰恨恨地躺上了床。

10分钟之后，我再次拿起手机的时候，班主任的微信到了，通知8日、9日、10日放假！我没有丝毫犹豫，即刻把这美妙的消息传递给还在床上余恨未消辗转反侧的小姑娘。小姑娘惊喜地大叫一声从床上跳起来，以迅雷不及掩耳之势发了一条朋友圈：学校停课了！好激动！感谢雾霾！片刻之内同学们点赞纷纷，都在激动中啊！小凤凰还兴致勃勃地给我念了个段子：美国孩子因为天气太好而停课了，大家出去郊游，而中国孩子因为天气太差停课了！

我真是哭笑不得。在这霾气重重的日子里，也许只有孩子们最高兴了。他们不知道霾的危害——似乎以为戴个口罩就能解决一切，只知道可以睡懒觉了，可以呼朋唤友了。其实，我上大学那阵子也一样啊，那时候电力供应还不是很充足，偶尔会有停电的时候，那真是太开心了！不用看书了，校园里顿时熙熙攘攘，但一瞬间又归于平静，因为大家都跑出去玩去了。唉，这样的停课还是越少越好吧。

（2015年12月8日）

一个有信仰的人

最近看到一篇奇葩短文,解释对康熙有重要影响的苏麻喇姑为什么一年只洗一次澡:苏是蒙古族人,大草原上非常缺水,一般人都是一年只洗一次澡;为什么远离草原到了不那么缺水的京城、永不会缺水的皇宫也还保持这样的习惯呢?因为她是个有信仰的人——一个人的环境会变,但一个真正有自己的信仰的人,她的信仰是永远不会变的。这么说来我也是个有信仰的人呢!

山西北部是个缺水的地方。我们当年一直挑水喝,直到离开那里之前半年才接通了自来水。当年挑水的任务都是男人们完成的,冬天哥哥们去井边挑水的时候妈妈非常担心,因为井口通常结了很厚的冰。自然,我们用水也是非常谨慎的。我们很少有机会洗澡,通常是用半盆水擦洗一下,春节前会比较正式地洗一回澡,因为要穿新衣服了嘛。但也并不是想象的那么不卫生——一盆水照样可以让人清清爽爽,而且那地方冬天寒冷、夏天温和,出汗很少。那时洗衣机还没有大量出现,大家都是勤勤恳恳地用手洗衣,用水自然不多。抽水马桶更是没有了。

大家都很自觉地节约用水,除了因为缺水,还有一个重要的因素，也许真的和信仰有关。人们说，每个人踏上黄泉路之后，在奈何桥头都要喝一碗"孟婆汤"，喝掉之后，前世的事情就会全部忘记，之后就可以被安排投胎了。而这碗汤的容积，与这个人生前向地面泼洒的水数量呈正比——那时候当然没有排水系统了，只能随地泼洒。为了不至于被那碗汤难倒，大家就自觉地选择尽可能地少用水。

  直到今天我的用水习惯在相当程度上还保留了童年的印记：没有特殊情况，一周洗两回澡，其余时间用一盆水的水量解决个人卫生。还是那句话，一盆水照样可以让人清清爽爽。用过的水不轻易倒掉，倒入塑料桶中积攒起来，用于冲厕。除了换季时节，洗衣机一周转一次，一般来说只洗外衣，内衣类都用手洗。洗衣机出水口与水桶相连，积攒的水用于墩地和冲厕。所以，我家大大小小的水桶有好几个。在我的言传身教下，小凤凰也养成了非常好的节约用水的习惯。宝爸我就不要求了，木已成舟。我们家加上公婆家，两家五口人，一个月的用水量不超过 10 吨，人均不超过 2 吨（目前的基础水价是按照每人每月 3 吨设计的，五口之家一年用水 180 吨），绝对属于超低水平。要知道小凤凰的奶奶和爷爷也是节约用水的楷模哦（简直有点过头了）。

  老北京水草丰美，但现在毫无疑问是个极端缺水的城市，但是有几个人真正意识到这个问题了呢？北京市"五好家庭"的评选标准之一就是人均月用水量不超过 8 吨！在办公室里，前一天的暖壶剩水可能只有我一个人不介意继续喝；表妹看到我家的大小水桶就皱眉头，批评我"这点水用来用去很不卫生"。对大多数人来说，反正一开水龙头就有水，而且价格便宜，可以尽情使用，却很少有人意识到华北地区的地下水位连年下降，巨型漏斗年年扩张。这些年提高了水费，但在我看来依然是远远不到位的（见表1）：最高档的水价每吨只有9元，也就两三根有机胡萝卜的价格。征地移民排除万难之后，2014年"南水"终于进北京了（参见《小凤凰看〈天河〉》），大大缓解了北京市的燃眉之急。其实在大多数人都没养成节约用水的习惯时，大动干戈地把南水调来，只能助长人们"更不缺水"的潜意识。

表1 北京市阶梯水价

阶梯	年用水量（m³）	水价（元/m³）	水资源费（元/m³）	污水处理费（元/m³）	总价（元/m³）
第一阶梯	0~180	2.07	1.57	1.36	5.00
第二阶梯	181~260	4.07			7.00
第三阶梯	>260	6.07			9.00

信仰是一种精神力量，与事情的大小无关，所以请不要问我这样做能带来多少影响和效果。实用主义者从来不讲求信仰。信仰只遵从根植于内心的呼唤，是"初心"。信仰的培养不容易，在漫长的路途中做到不丢失它更不容易。

（2015年10月1日）

遇到年少时的自己

那几天去隔壁同事办公室闲聊，她讲起她大学同寝室的好朋友刚刚因病去世，她正在帮忙打理后事。我们都唏嘘不已，后来话题转到了那位刚过世朋友的女儿身上，16岁，正上高一。同事说，这个品学兼优的女孩子在母亲的葬礼上表现得异常冷漠，一滴眼泪、一声哭喊都没有，葬礼没结束就匆匆离开说学校有事。大家都不理解。同事还给我看了这个女孩子的一篇作文，说这篇文章给病重的母亲带来不小的打击。文章题目为《想想别人》，这个女孩子以第三人称的角度描写了母亲长期卧病给自己带来的冲击。听完讲述，看完文章，我对同事说，难道你没有感觉到这个女孩子在故作坚强吗？她的痛苦可能比任何人都深重，只是年少的自尊不允许她自由表露，在无人的时候她一定在痛哭……我艰难地、慢慢地说着，似乎在抑制着自己的眼泪。

这一定是个像我一样的姑娘。1987年寒假，当我回到家里，父亲的胃癌已经确诊，不日将出发到太原做手术。当时大哥上大学，二哥上技校，我上高二，按父母的话说，"一个都没交代呢"。在启程的前一天晚上，爸爸特意与我一番长谈。一向坚强的父亲流泪了，具体说什么我忘了，应该是好好学习之类的叮嘱。当时的我——可能没人相信——手捧一本物理书,埋头翻书,从头到尾没有说一句话,更没有流一滴眼泪。父亲叹息道:你的心怎么这么硬!我不能说话,否则我会哭,而我不愿意让别人看到我的眼泪。再说我能说什么呢?我一直在好好学习,像父亲叮嘱的那样——多年前父亲就叮嘱过(那时候父亲和母亲吵架吵得一塌糊涂,母亲又一次离家出走,那时候我哭过);此外,我不知道我还能做些什么,因此无法回应。父亲去了太原,做了手术。那年的春节一片愁云惨淡。母亲在家中大哭不已,说如果父亲不行了,她可供养不了我们三个人啊……我还是没有掉一滴眼泪,甚至蔑视母亲的软弱。

我不是一个铁石心肠的人,只是我不愿意让他们随便看到我的软弱和眼泪。那是少女的自尊、自我的约束和自幼贫苦生活的历练。无人的时候我会陷入深深的痛苦,也许还是没有眼泪。是不是我还相信一切都会过去,我们家的运气没有那么不好?总之,父亲的手术还算成功,之后又陪伴了我们近20年才去世。我们三个人顺利完成学业,成家立业,过得都还不算差。我还是那个样子,朋友说我"心硬",但我哭泣流泪的时候已经明显多了,只在无人的时候。

那个我素昧平生的女孩子,她宁愿让大家误解她也不肯卸掉盔甲,宁愿留给大家一个冷漠无情的背影。但她又是很真实的,在文章中毫无掩饰地把自己塑造成一个略带负面色彩的形象,冷静得可怕。她是一个比我走得更远的女孩子。

(2015年3月19日)

被时光遗忘的故乡

2011年年底母亲去世之后,也许是感觉到"意外和明天谁先到"确实是个问题吧,我越发想回那个地方看一看。那是个塞北的小镇子,我在那里出生,度过童年,小学毕业之后,随落叶归根的父母回到了晋南真正的老家。离开的那天是1983年9月16日,眼泪汪汪的少女一步三回头地离开了童年的乐园。在之后很长很长一段时间里,那个小镇子——小峪一直被我固执地认为是我心目中的故乡。终于,29年之后的国庆假期,已经变成中年妇女的我决定回去了。

早上五点就从北京出发了,按照设定的线路一路向西,途中在河北某服务区稍作休息,初升的阳光照耀在身上,让我泛起一些暖意,让我纷乱的心思变得从容一些。是的,塞北的秋天总是到得很早,冬天无比漫长。上午十点就到了怀仁地界,我打电话给不久前刚来过的小哥,打探好下一步路线,奔向小峪方向。经过金沙滩之后,很快就看到标有"小峪"字眼并指示右拐的交通标识。于是车右拐,偏离大路,沿着窄一号的车道继续前行,两边大山对峙。车开了很久,每遇到一个村落,我都下车打听一下:这是小峪煤矿吗?答曰,不是,继续往里走吧。我几乎有点疑惑,是不是走错路了？我们的车就这样一直往大山深处开，直到一个十字路口。旧时记忆扑面而来，再不用问了，这就是我居然没大变的故乡：从这里向右是圆坟湾，向左是矿区（我家所在地），向前呢，是当时唯一的一所小医院，当年打针输液都在那里。终于到了，原来小峪真的在深山里啊，深深的大山里。

到达矿区之后，稍作打量，我找到了故居所在的那排房子，毫不费力。我有点疑惑地望着眼前的小街道：是的，一切都没变，仿佛一砖一瓦都知道我要回来，固执地拒绝岁月的变迁；但是又好像都变了——这是我曾经房前屋后捉迷藏、跳皮筋的地方吗？怎么会这么狭窄局促呢？那时候我们自由自在地在这里奔跑，像小鹿一样舒展矫健，如今想顺畅地走过去都必须小心翼翼，因为那宽度完全不够我双臂伸展。我前前后后走了几圈，左顾右盼，恍如隔世。

小胡同尽头通往母亲曾经供职的变电所，独木桥不见了，沟壑也填平了，但变电所所在的小小院落看样子还在那里。漂亮的波斯菊还在开放吧？当年为了偷花，我们费尽了心机。对面山上依然是参差的棚户区，当年我们在这边喊，那边的同学能应声而答，然后跑过来跟我们一起游戏。但是小河也不见了，吊桥也不见了，那时的我们攀爬在晃晃悠悠的吊桥外边缘上，邻居奶奶大惊失色，跺着脚叫我们赶快爬回来。夏天涨水的时候，我坐在吊桥上，两脚垂挂下去，低头盯着急速流淌的河水，幻想自己坐在船上。我呆立了好一会儿。故乡的小河啊！

我沿着小小的坡道走了上去。熟悉的院落还在那里，没错，这是孟家，丈夫是工人，有一个贤惠能干的妻子和两个儿子，当年的小日子过得朴实温馨，我们常跑到这院里来玩。我平抑心情，敲了敲院门。很快有人应门，是的，是孟姨……故人来见。我说，孟姨，您好，我是……我是小丽啊！头发已经花白的孟姨两眼茫然。我指着下面的房子，30年前我家就住在那里，我爸是谁我妈是谁……后来我们搬走了，30年了……我比比画画，语无伦次。几经提醒之后，孟姨终于接受了眼前这个陌生的激动的中年女子。

我进了院子，原来也是小小的。印象中的院落多么精致整齐啊。打听了一下邻居们的去向，知道大家几乎都走了，远的去了人同，近的在怀仁，故人几乎只剩这一家，明年他们也要搬家了，棚户区要彻底消失了。算我运气好。我和孟姨夫妻聊着过去的事情，他们说本地话，不知不觉我的口音也略变了回去。小凤凰和她爸爸跟不上，只好跑到院子里逗狗去了。在这里吃了简单的午餐，有我一直喜欢的土豆粉。走时我放下300块钱，男主人匆忙钻进院子里的地窖，拿出一堆土豆和各色豆子让我带着。

随后我又轻松地找到了哥哥们的好友唤友家，他正在门口洗车，一下子就认出了我，应该是哥哥已经把我要回来的事情告诉了他。他说我长得有点像我父亲的样子。我一时眼眶有点湿润，没敢接茬儿。他还住在旧居中，居然也是那么小，可我小时候多喜欢这里啊。那时候他的母亲——我们都叫她大娘——下肢瘫痪，整日只能坐在炕上，但头脑清醒而且见识不俗，成了我们所有人的"心灵导师"。父母吵架找她评理，孩子被父母打也找她诉苦，我们这些小女孩把山上采来的小花小草给大娘，她就帮我们缝制"香包"。这个小屋子见证了太多往事。当然，大爷大娘已经去世多年了，大家唏嘘不已。

看时间尚早，我央求他家的小儿子带我们上了山。小峪就在大山里，房前屋后都是山。让我欣喜不已的是，这山与我儿时的印象保持了最好的一致。中秋已至，野草野花已经有枯黄疏落之态，植被稀疏，黄土裸露，沟壑蔓延，但一点儿不影响我的兴致。我们兴致勃勃地走了很久，累了，坐在山坡上，我久久无语地凝望眼前的一切——曾经的天堂和乐园（见书末附图16）。

晚饭与唤友一家在怀仁县城共进晚餐。听他们介绍，怀仁县是附近十几个县市中最富庶的，支柱产业是煤炭，这里的煤炭量多质好，同时也很好地支撑了陶瓷业的发展。我不由得想起每到除夕夜家家户户都点燃的"旺火"，大块乌黑的煤炭能烧大半个晚上。唤友说这个风俗还延续着呢，你们在北京过年没意思吧，来这里吧，热闹着呢。

当晚在怀仁县住宿。第二天，我催促先生再开车去小峪，因为总觉得还有一件心事未了。嗯，我要再去走一走那条运煤的铁路线，再看一看铁路尽头的母校，昨天没顾上。当年学校离家非常遥远，走铁路算是一条捷径。几百米的铁路线，我可以一直踩在铁轨上，脚不落地稳稳当当地走完，非常得意。我想在小凤凰面前秀一秀我的"童子功"。当然，这铁路也给我们带来过不少祸害，那年冬天的一个早晨，唤友双手揣在棉衣里，不慎被绊倒，嘴巴磕在铁轨上，一排门牙都磕飞了，此后几天里嘴肿得像一头小猪。昨天晚上我们还聊到了这件事，他的假牙看上去还不错。更凄惨的是，邻居的大儿子被火车碾压身亡。我一直记得当年阿姨听闻这件事情时灰白凄惨的脸色。

果然，我踏着铁轨稳稳地向前走了一段，当年的功夫没有任何退步。铁路依旧，童子功依旧，但周边更加残破，灰头土脸，让我心情沉重。想起了旧时玩伴，她家应该距此不远，我循着记忆走过去。破旧的胡同里，几个老人在晒太阳。我问：寇××家在这里吗？她们很吃惊地看着我这个说普通话的异乡人，用土话回答我，在那边呢。我敲门进院，同学的年迈父母疑惑地看着不速之客——我记得他们，他们当然不记得我了，我也没有再费劲地解释。我问：春梅在家吗？回答说，搬到县里去了，留下电话吧，我们转告。不知道为什么，我迟疑了一小会儿，没有留下电话，也没有按照他们的建议记下旧时小友的电话，道声再见，转身匆匆出来了。

沿着熟悉又陌生的小路，我走到了学校。而它更加残败了，我们曾经滑冰的河道上堆满了垃圾。唉！我长叹一声，该是告别的时候了。抬头望去，黛青色的大山永远是沉默的，山坡上那一丛金黄的树木美丽得仿佛和这一片残破没有关系。在这个日新月异的世界里,我的童年乐园岿然不动,仿佛被时光遗忘了。

(2012 年 10 月 15 日)

记母亲的最后时光

我迟迟不愿意动笔写这段时间的经历和心情,发生了很多的事情,心情负重累累,悲伤和悔恨交错,难以平复。我一向是个自诩坚强的人,还是写下来吧,让这段经历告一段落。

妈妈去世了。2011年12月5日上午10时35分。

一切都已经过去。我如今在厦门,选择这里不仅仅是因为朋友的建议,还因为这个地方让我想起了青岛——妈妈待过的地方,天下的水不都是相通的吗?过去的一个多月依旧历历在目。没人能逃避这一天的到来,但妈妈留给我的时间太短了。临终前妈妈表现出的求生的欲望更让我心痛不已,一定有很多事情我能做到而没有尽力去做……这种悔恨将使我在很长一段时间里无法实现内心的平静。

11月初接到了二嫂的短信和大哥大嫂的电话,得知妈妈从8月份以来一直咳嗽不已,住院治疗效果不佳,呼吸已经出现了困难。我的心情一下子沉重起来,想到今年以来妈妈一反常态几次要我抽时间回家看看,她一定是已经预感到什么了,而我总觉得自己工作太累了,有点时间就想在家休息,迟迟没有动身。我立刻让他们做准备带母亲到北京来,然后和多年没联系的高中同学、如今在301医院急诊科工作的李同学取得联系。11月5日，星期六，两个哥哥带母亲从霍州出发，坐矿务局医院的急救车上京，我在301医院等待。终于见到了一年半未见的母亲，老人家十分消瘦，喘息之声可闻。幸亏有李同学帮忙，妈妈才暂时在急诊室安置下来。妈妈不能平躺，否则呼吸会更困难。我坐在床边，看到妈妈穿着我那年给她买的棉袄，随身携带着我为她买的蓝色挎包，心酸不已。大夫看了片子，简单诊断之后，说老人现在已经处于呼吸衰竭状态了。我一下子陷入慌乱，这么严重？还有可能逆转吗？大夫勉强说，治愈了还是有可能逆转的。

将两位哥哥安排在宾馆之后，我回了家。下一阶段一定非常难熬，照顾母亲、工作、家庭，我的生活会更加烦乱。但不知为什么我反而有一种很亢奋的感觉，急切却平静地洗漱完毕，静待第二天一大早赶去医院。可能我一方面坚信301医院这样的大医院一定不会束手无策，另一方面感觉这也是我在母亲面前好好尽孝的时候了。

但第二天一早就接到了大哥的电话，说昨天半夜母亲有明显的心衰迹象，已经被转移至重症监护室，一切护理都由专业人员来进行，每天3点半探视半个小时。如此之严重，母亲看来已经在死亡线上了，瞬间我泪流满面。这段日子濒危的妈妈一定非常想念我，要不然怎么会随身穿戴和携带我购买的衣物和包？想到这些，我悔恨地连连跺脚，跑进卫生间大哭起来。扔下早餐我打车赶往医院，一路上泪水涟涟。见到两位兄长，他们同样心情沉重。按家乡风俗，亲人是不能死在异乡的，一定要在最后一刻拉回老家。他们让局里的车多待一天，如果情况不乐观就即刻返乡。

上午我们三个人一同赶到医院急诊科。医生说老太太的情况比较稳定了，至少能躺下来睡觉了，我们稍稍放了心。下午3点半探视，我看到母亲半躺在床上，心跳、血压等随时监控，同时还在输液，上面吊着一袋子白白的东西，应该是营养液。妈妈向我们招手，虽然看到她还有些喘息，但毕竟比昨天晚上好多了，我们暂时放了心。

随后的几天里，我们按时探视。母亲的精神状况还不错，她还向我们抱怨吃不了医院的饭，让我们送饭过去。但主治大夫暗示我们，病情发展如此之快，应该不仅仅是一个间质性肺炎（太原专家的诊治结果），等老太太病情再稳定一些需要做进一步检查。周五（11月11日）那天，原定的增强CT因故没有做（为此我还和主治医生吵了一架）；周六一早，我接到大哥的电话，说某项细胞检测的结果已经出来了，是肺癌无疑，但以母亲的体质和目前状况而言，手术和放化疗她都难以承受……

我赶到医院，两位兄长已经去肿瘤科咨询过了，因进一步治疗无望，肿瘤科拒绝接收，建议回乡静养，辅以靶向治疗。大哥即刻和局医院联系，要求派车过来。我又和李同学联系，恳求肿瘤科医生再仔细诊断一下。探视时间里，我又隔窗见到母亲，但不能与母亲对视和谈话，因为我不能控制眼泪，哥哥也是这样。

星期天（11月13日）下午，我们一家三口和宝宝奶奶一起探视母亲，朱钰也从延庆赶来。哥哥告诉母亲很快要离开北京回家去了，妈妈平静接受，说生老病死是人之常情。妈妈夸宝宝长得不错，要我好好地照顾她。

那几天里，我一方面要为"十二五"课题准备可行性论证材料，星期天参加答辩，另一方面又要奔波于医院与家庭之间，心情沉重，眼泪涟涟，但又不得不强打起精神应付专家们的提问和同事之间的讨论。我感觉有点人格分裂，好像成了一个演员，不同的是每个角色都是真实的自己。

星期一——整天，我上班，两位哥哥和大嫂为启程做准备。身为医生的大嫂与主治大夫探讨治疗方案，购买药品。探视时间里，妈妈说回去后想和她的哥哥和姐姐（也就是我的舅舅和姨妈）见一面，还说不要原来那个保姆了。听妈妈说这个，我有点疑惑是不是妈妈觉得自己的病治好了要回团柏的家了？真让人心酸又无语。

星期二（11月15日）一早，一顿手忙脚乱之后救护车带妈妈走了，我对妈妈说我过两天就回去。这距妈妈上京来也就10天。至今我还在不断问自己，当时是不是不应该同意他们走？如果再待一段日子或转去通州的结核病医院（同事的母亲生前也罹患肺癌，在这家医院治疗效果不错），也许母亲还能挺一段日子？那天早上妈妈还因为我们送早饭不及时而发脾气，是不是说明妈妈其实也不愿意这么快离开？这一系列假设让我无法释怀，这应该是我能做到的。哥哥们坚持说再拖延也没什么意义了，妈妈不单是肺癌晚期，还是肺癌合并间质性肺炎，病情雪上加霜。嫂子说矿务局医院的医疗条件并不差，况且方案还是301医院的方案，药品也从这里买。或许是这样的，家乡人们的观念也许更实际一些，他们不会做无实质意义的拖延式治疗，而是接受现实。

将手头的事情安排妥当后，星期六（11月19日）晚上我乘火车回霍州。第二天一大早大哥接站，我们直奔局医院。终于见到了妈妈——在北京的那些日子里大多数时间我们只能隔窗相望。妈妈的精神状态还不错，能平躺休息，喘息也较平稳，但胃口很不好，几乎吃不下东西。二嫂悄悄指着引流袋说，现在引流出来的东西已经带血色了，很不好。不长的时间里，我相继见到了前来探视的舅舅舅妈、华宝舅舅和女儿女婿、大表哥表嫂。妈妈话不多，亲戚们显然震惊于她病情的快速发展和她的憔悴，只能含泪勉强安慰。晚上，我给妈妈洗了脸，烫了脚，还用热水泡了泡屁股，为她更换了内衣和床单被罩，妈妈一副很满意的样子。

我在医院一共陪护了一个多星期。这期间来探望母亲的人络绎不绝，基本都是两个哥哥的朋友、同事，还有少许邻居和亲戚，各色点心、盒装奶、鸡蛋堆了满地。哥哥们对妈妈说，就凭这些都能看出儿子们在矿务局混得不错，都很有出息，她老人家一定能够顺利恢复。几个老邻居来探望时，妈妈很激动，握着他们的手哭了起来。不知道妈妈是否已经感觉到这是诀别。

起初几天里妈妈的病情尚稳定，连续输了三天血浆，妈妈很满意，说有用；妈妈对我的护理也颇满意，说我照顾得好，她的嗓子和肛门都不疼了。我给妈妈念唐诗，放她喜欢的歌曲和戏曲，妈妈很受用。但随后的几天里，情况开始发生变化，先是能引流出来的液体越来越少了，医生判断胸腔可能粘连，动手将管子撤掉；后来激素用量慢慢减少（医生说激素的用量很大，时间不宜很长），妈妈的喘息加重了。等我离开的那一天，妈妈的呼吸困难程度已经和我当初在北京见到她时差不多了。妈妈悲伤地说，她恐怕活不了了！她说，她梦见自己像一片树叶一样飘落在地上……

11月27日晚，我返回北京。临别前，我抓着妈妈的手泣不成声。妈妈说，我闺女不哭，这已经很好了……我把头埋进大衣里哽咽着随大哥离开医院。

在北京的3天里，不时传来坏消息，妈妈的脚肿了，饭量更少了……我心急如焚，完成了报告、参加完会议之后，12月2日一早和先生经太原返霍州。那一天北京下着雪，一路南行，途经之地都被白雪覆盖，有几分美丽，我的家乡……回霍州的路上，接到嫂子的短信，说妈妈的情况不好正在抢救。我说不出话来，一路飞奔入医院。妈妈已经暂离危险，但大张着嘴巴艰难呼吸，真让人心痛。我拉着妈妈的手，泪流满面。大哥交给我一项特别的任务，为妈妈的葬礼准备一篇祭母文。晚上妈妈又有些危险，一番忙乱之后平稳下来。所有的人都意识到这应该是最后的时光了。

随后的两天里，哥哥们购买了棺椁，很昂贵；腊梅姨妈婉转地告诉了妈妈，妈妈点头表示满意。寿衣早已经备齐，是多年前妈妈自己准备的。姨妈说别在医院待着了，回家吧。嫂子说，老人家的意识还很清醒，等血压开始下降、意识基本丧失的时候再走不迟。

候在妈妈床前，有多少次我想开口问，妈妈您还有什么放心不下的吗？话到嘴边又咽下，话到嘴边又咽下，因为我无法以平静的语气说出这句话，也不忍心让妈妈彻底陷入绝望——即使妈妈拒绝服用其他药物的时候（长时间用嘴巴呼吸造成咽喉肿痛，咽下任何东西对妈妈而言都是艰巨的任务）也还是没有拒绝那片粉红色的药片——我告诉她那是治疗间质性肺炎的特效药（其实是针对肺癌的靶向药），妈妈还是想活下去的啊！

12月4日下午，我小心翼翼地问妈妈，您还记得我们是哪年从塞北回来的吗？妈妈自然无法应答。我自问自答道，是1983年9月16日，我记着呢。于是我们兄妹三个开始你一言我一语地讲述起我们印象中妈妈的求学和工作经历。妈妈的喉咙里发出一些声音，我说妈妈一定是不同意我们的说法。大家都笑了，气氛略有些活跃。但随后妈妈憋足了劲说，别说了！

我希望最后给一生悲苦敏感的母亲一些别样的东西，看来妈妈不接受。稍后妈妈又说想喝点粥，我得了"圣旨"，跳下床欢天喜地地去熬粥。

晚上7点，先生要赶车返回北京，与妈妈道别，看得出妈妈眼泛泪光，她一向喜欢这个女婿。入夜，大哥暂去休息，我和二哥陪护，妈妈要求坐一会儿。我们小心扶她起来，妈妈靠被而坐。我还想和妈妈开个玩笑，说，妈妈，我们这三个孩子中您是不是对二哥最好啊？二哥笑了，说，你千万别这么说，你不知道大哥大嫂的意见很大吗？二哥转向妈妈，说，您以后再别说嫂子没把孩子养活好了，好不好？妈妈居然使劲点了点头。现在想来，这应该是所谓的回光返照了。但当时我还心存一丝侥幸，因为妈妈的血压一直还不错，嫂子不是说等血压下降的时候，给上升压药还能挨两三天吗？现在想来，那天晚上真应该坐着陪母亲一夜。

12月5日早上雨雪交加。妈妈已经气若游丝了，不断地抬眼皮试图睁开眼睛。我抓着妈妈的手不断应答，我是小丽，我在这儿，哥哥出去了很快回来。主治大夫尝试着问妈妈还输液吗（前两天妈妈对持续不断的点滴已经非常抗拒了），妈妈微弱地点了点头（多让人心酸！）。然而，扎上液体没多久，几声微弱的咳嗽之后妈妈的血压就开始急剧下降了，医生们开始抢救。我站在廊外，自知此次回天无力，不禁痛哭不已。

一切很快就结束了。妈妈一直都很清醒，直到最后一刻。救护车拉着逝去的妈妈回家。我们为母亲擦拭身体换好衣服。一切就绪之后的妈妈真的很安详，面目如生，我稍稍安了心。妈妈在2003年就为自己准备好了遗像，天生略带卷曲的短发微微翻翘,面带微笑,眼中隐约泛着泪光。望着遗像,泪眼朦胧中我还想问,妈妈还有遗憾吗?您的小女儿都已经40出头了,两个孙子都上了大学,外孙女也快9岁了,放心走吧。

按照风俗,停灵五天,前来祭拜的人无数。晚上夜深人静之时,我们收拾母亲不多的遗物(看得出很多东西已经提前处理了),不出所料找到了遗嘱。妈妈留给我一块表。此外,妈妈的照片和一些文字资料都由我保管。母亲还留给我们三个每人一笔不算小的存款。何苦呢?我们都唏嘘不已。母亲的一部分衣物放入棺椁,一部分送人,还有少许烧掉了。

家乡的葬礼风俗比较讲究,人来人往络绎不绝。我一向认为欢乐可以和别人分享,悲伤应该留给自己,但彼时彼刻悲伤已经难以掩饰。12月10日,出殡,妈妈生前一直担心葬礼太冷清让人笑话,这点妈妈完全可以放心了,很多人来送妈妈最后一程。12月11日,头七,由于有"犯七"之说,我们没有去墓地而是在家里"救火"。12月12日,复墓,我们5人到墓地祭拜父母和爷爷奶奶,告诉他们晚上我就要回北京了,来年清明再回来。站在塬上,眺望家乡原野,竟有别样的美丽,我几乎爱上了这个地方。晚上,与哥嫂相拥告别,我登车离开家乡。大哥说,别忘了小凤凰还有两个舅舅在这里!

是的,我们已经父母双亡了。对我而言,除了回来祭拜亡灵,似乎没有什么其他回来的理由了……

对于我的妈妈,我的感情非常复杂,相信两个哥哥也是这样。她的一生可谓不幸，幼年丧母少年丧父，辗转亲戚家，成家后倔强沉默的父亲也没有给予她太多的关爱，因此妈妈敏感悲观，脾气不能说不乖戾。没有得到过爱的人或许不知道怎样付出爱，妈妈对我们三个人苛刻严厉，再加上家境一直贫寒，父亲中年生病后更加拮据，生活给母亲太多压力，她对我们更缺少亲昵。不管怎样，那个时代的人都不善表达感情，养育之恩重于天，我们不应该再记恨什么。而我的悔恨可能更为绵长：没有给母亲买更多的东西——看来妈妈喜欢我买的每一样东西；没有说服妈妈在北京多住一些日子——2008年妈妈曾到北京小住；没有经常回家探望——我总抱怨家乡那么脏，车票那么难买；没有像别家女儿那样和妈妈亲密交流——我总是一副酷酷的样子，像爸爸……

此处附上我在母亲葬礼上的感言。希望妈妈的在天之灵能够感应到。我没有更多地提及父亲，因为在我的印象中他不是个很好的丈夫（当然，是个好爸爸），希望妈妈理解。但妈妈的遗言中对父亲的评价出乎我们所料，也深感这是母亲伟大的地方。

追忆母亲

我们的母亲，刘俊平女士，生于1938年4月，卒于2011年12月5日上午10点35分。我们为母亲换上了她亲手准备的寿衣，老人家应该是非常坦然地接受了这一天的到来。生命是值得留恋的，但死亡无法避免，母亲只是比我们先走一步。她的生命将以别的方式继续下去，我们三个孩子均已成家立业，事业有成，我的两个哥哥各有一个儿子，我有一个女儿。妈妈有我这个女儿，我也有一个女儿，姥姥——女儿——外孙女，妈妈的血脉将在这条生命线里延续。

  我和我的女儿继承了妈妈的血脉，但有一点点遗憾的是，没有继承她老人家的美丽。一点都不夸张，我妈妈是一个非常美丽的女人。很多见过我母亲年轻时照片的同事和同学都对我说，小朱，你没有你妈妈漂亮。我很惭愧。1983年我们从大同调回来的时候，妈妈已经有45岁，在座的各位邻居同事见到的是已是人到中年的妈妈，亲戚们可能更多地记着妈妈年轻时美丽的容颜。我的女儿出生后，妈妈有点遗憾又有点嫉妒地说，宝宝看样子是随了她奶奶了。现在宝宝已经快9岁了，让我欣慰的是她已经不是那么的不像她姥姥了，女大十八变，我希望能在小凤凰身上更多地看到一些她姥姥的影子。

  除了美丽，母亲更是一个聪颖坚强的女性。她出身书香门第，她的父亲是20世纪20年代山西大学的毕业生。但母亲命运多舛，幼年丧母，少年丧父，相依为命的奶奶也随即去世，幸有姨母等亲戚庇护，尚能解决温饱。14岁时，她的命运出现转机，她的长兄和表姐接她到太原读书。由于天资聪颖，3年之后母亲即高小毕业考入青岛技术学校。18岁~20岁，母亲在山东青岛市度过了两年异地求学时光。20世纪50年代末母亲进入太原市新华橡胶厂工作。由于工作成绩突出，追求进步，母亲光荣入党，并获得去省委党校进修的机会。工作之余，母亲继续刻苦学习，函授获得大专文凭。努力把握机会再加上亲戚朋友的资助，母亲从一个不幸的孩子成长为一名职业女性。她老人家的坚强为儿女们树立了良好的榜样。

然而个人的命运和奋斗有时候在社会大背景下又显得那么渺小。父亲由于出身不好，无法转业至太原工作。两地生活多年之后，母亲不得不调离太原，转徙至雁北地区小峪煤矿。无论怎样讲，这既是无奈的选择，更是一个职业女性为家庭所做出的巨大牺牲。塞北风霜14年，1983年我们举家迁回老家霍州，少小离家老大回，母亲也算落叶归根。在团柏矿工作10年之后，1992年母亲光荣退休。

尽管命运和社会给予母亲种种考验，母亲却一直是一个有浪漫情怀的女性。妈妈喜欢读书念诗，唐诗宋词是妈妈的枕边书，病中都不忘记让我念诗给她听。妈妈的字迹娟秀工整，书画才艺非一般人能比。母亲堪称才女。

母亲一生坎坷，却自强不息，不辜负人世间的七十四载日月精华。往事已成云烟，命运之舟的航向最终不由我们掌控，多少传奇多少梦想从此要被黄土埋葬。母亲故去的时候冬雪飘零、冬雨淅沥，一路上应该有人为她点燃灯火，不孤寂，不寒冷。我们的生活还将继续，悲伤或许还将不时袭来，但快乐应该成为主旋律，这一定是妈妈所希望的。

最后，我想再给妈妈念一首诗：爱尔兰诗人叶芝的《当

日暮乡关何处是

你老了》。这首诗是叶芝写给他的情人的,或许并不十分适合这个场合。但我很喜欢,我想母亲也会喜欢。

　　　　当你老了,白发苍苍,睡意蒙眬,
　　　　在炉前倦坐,请取下这本诗篇,
　　　　慢慢吟诵,梦见你当年的双眼,
　　　　那柔美的光芒与青幽的晕影;
　　　　多少人真情假意,爱过你的美丽,
　　　　爱过你欢乐而迷人的青春,
　　　　唯独一人爱你朝圣者的心,
　　　　爱你日益凋谢的脸上的哀戚;
　　　　当你佝偻着,在灼热的炉栅边,
　　　　你将轻轻诉说,带着一丝伤感:
　　　　逝去的爱,如今已步上高山,
　　　　在密密星群里埋藏它的赧颜。

就这样。安息吧,妈妈。

(2011 年 12 月 15 日)

结　语

从 3 月开始与出版社联系，到 5 月交出完整稿，再到现在，我的第一套散文集就快要面世了。当样稿放到我面前时，我努力把自己当成第一次阅读这些文字的读者，细细地读了一遍，尽管我熟悉其中的每一个字。读完，我又一次忐忑起来。

读者是否会接受一个文学素人的充满个人情绪的絮絮叨叨？这个城市和我的缘分、那个地方与我的关联、旅途中的精打细算、电影院里的剑走偏锋、环保主义者的焦虑、个人生活中的感受，这些极具个人色彩的书写，我是否让它们超越了个体、到达了与多数人更有共通性的层面？这个问题很让人纠结。

与此同时，我也在一些职业作家的访谈中得到些许自信。他们提及写作经验的时候，会强调"写你自己""写自己看见的事和亲身体验的事""从阅历和情感出发，连续不断地展现生活的瞬间和细微之处"。这应该是鼓励创作者从小处入手。目前我还处在"写你自己"的阶段，似乎缺少足够的扩展、提升和发酵，更没有达到抽象的层面。希望读者能谅解。在未来的作品中，希望大家能看到我的成长。在我心心念念的小说创作中，我应该能让埋在心底的生活的种子，盛开成一朵花，成长为一棵树。

　　要感谢的人很多，这里就不一一点到了，我生怕挂一漏万。特别想要感谢我自己，多年来坚持两条战线作战，笔耕不辍，终有收获。辛苦了，给自己点一个赞。也想感谢一位素未谋面的编辑，提醒我写作要写那些"百度查不到的东西"、写人比写景物重要、细节比场面重要。醍醐灌顶，这一年多以来，我观察生活的角度和写作内容由此发生了一些让自己感觉欣喜的变化。

　　还有一些特别的话想送给小凤凰：等你有兴趣阅读我的作品的时候，一定会发现这套书里有我对处在青春叛逆期的你的"抱怨"。我思虑再三还是没有舍得删掉。有一些文字我留不住，这些我能做主的文字，就留着吧——它们也像是我的孩子。也希望越来越成熟的你知道，不论何时何地，你都是我最亲的人。

　　最感谢的还是文学，相伴多年，最终成了我的信仰，在很多时候给了我继续走下去的力量。世间万物，唯写作不负我。

　　写下这段结语的时候，北京迎来了2020年冬天的第一场雪，落地即融。盼望更多的冰雪，也期盼百花齐放的春天。

小黑
2020年11月21日

图13 故乡的废弃院落

（相关内容请见本书第448页）

图14　埃塞俄比亚的"马斯卡花"

（相关内容请见本书第483页）

图15　日本的蹲式卫生间

（相关内容请见本书第531页）

图16　30年后重返童年乐园

（相关内容请见本书第573页）